昭和俳句史

―前衛俳句〜昭和の終焉

川名大

角川俳句コレクション

装丁　大武尚貴
編集協力　大蔵　敏

昭和俳句史—前衛俳句～昭和の終焉

目次

Ⅲ　昭和世代の台頭──昭和四十年代前半

Ⅳ　二項対立の時代、俳壇・総合誌・読み・物と言葉──昭和四十年代後半

Ⅴ　眼高手低の時代、戦後世代の台頭──昭和五十年代前半

Ⅵ　俳句の大衆化と戦後世代の新風──昭和五十年代後半～昭和の終焉

はじめに　――俳句史の記述における問題

三好行雄先生の御指導の下、『昭和俳句の展開』（桜楓社、昭54）で近現代俳句の研究者としてスタートした私のささやかな研究生活も、傘寿を超える高齢となり、終わりに近づいてきたようである。『昭和俳句の展開』の巻末には「新興俳句作品年表」が収めてある。また、『新興俳句表現史論攷』（桜楓社、昭59）の巻頭にはそれを増補した「新興俳句作品年表」が収めてあり、「あとがき」には、

「新興俳句作品年表」を収録した意味は、私の持論とも言うべき問題意識として、俳句史の記述は俳壇史や俳句運動史、結社史等に必然的に纏綿《てんめん》している残滓《ざんし》を払拭して、俳句表現史として紡がれていくべきだ、とする基本認識があり、そこに立脚した純粋形態としての表出というところにある。

という文言が見られる。このことから考えると、私は昭和五十年代から前記の持論を胸中に抱いていたと思われる。そして、その持論は、基本的に、今日まで一貫して変わっていない。

こうした持論を抱くに至った背景には二つの要因があった。一つは先学たちの近現代俳句史の記述方法への疑問。神田秀夫氏の「現代俳句小史」（『現代俳句集』筑摩書房、昭32）は、表現史的

な視点からの考察が多く見られる優れた論考で、そこから私は多くを学んだ。山本健吉・楠本憲吉・松井利彦氏らの著作や論考も、それぞれ優れたものである。だが、それらは、概して俳句史が俳壇史と漫然と癒着したまま記述されており、そこに「書かれるべき俳句史」に対する著者の明確な方法意識やポリシーが鮮明には見えてこない憾《うら》みがあった。

もう一つは、優れた俳句様式を確立しながらも、無名や地方在住といった諸事情で俳句史から埋もれてしまった俳人たちを発掘し、正当に俳句史に復権してやらねばならない、という研究者としての必須のモラルである。独創的な研究のプライオリティーが公認されることが研究者の名誉であり、存在証明であると同様に、独創的な俳句様式の確立のプライオリティーが公認されることは創作者としての俳人の名誉であり、存在証明である。その意味で、一研究者としての私は、高篤三・小澤青柚子《せいゆうし》・藤木清子・すゞのみぐさ女・磯邊幹介ら埋もれた俳人たちの怨念（ルサンチマン）を晴らすべく、彼らの俳句史への正当な復権を行ってきた。

ささやかな研究生活の過程で、何回か昭和俳句史を執筆する機会があった。「昭和俳句史」（『昭和俳句選集』永田書房、昭52）、「昭和俳句史㈠」（『鑑賞現代俳句全集』第一巻、立風書房、昭56）、「昭和俳句表現史」および「戦後俳句の検証」（『昭和俳句の検証』笠間書院、平27）など。どれも、「俳句史は俳壇史ではなく、表現史として記述されるべきだ」という持論に立脚したものである。ただし、それらは昭和の終焉《しゅうえん》までの昭和俳句史ではなく、時間的に一番長いものでも、昭和初期から四十年代後半までのものであった。

そうした中で、十数年前に、昭和初期から昭和の終焉までのスパンで、改めて昭和俳句史をより詳細に書き切ってみたい、という思いが募ってきた。そこにはいくつかの思いや事情があった。具体的には次のようなものだ。

三好先生には「文学研究は文学史の体系によって完結する認識の純粋運動である。（略）〈文学史〉という歴史学のひとつの系としてのみ、文学研究ははじめて成立する」（「作家論の形の批評と研究」『三好行雄著作集 第五巻』筑摩書房、平5）という言葉があり、厳密な論証や実証に基づく作家論を文学史へと繫《つな》ぎ体系化してゆく理路が構想されていた。私の昭和俳句史の構想は、そういう厳密な学としての構想ではなく、「表現史は新風の更新の歴史」という持論に基づき、いわばライフワークとしての昭和俳句史を、まだ誰も書き切っていない昭和の終焉まで書き切り、遺しておきたいという思いからであった。

また、そこには、戦後俳句にリアルタイムでかかわってきた者として、同時代の俳句史を詳細に記述しておくのが責務である、といった思いもあり、私自身の残された生―もうあまり時間がないという思いもあった。

さらに、平成時代に入り、ホビー（趣味）俳句が流行し、俳句の大衆化が加速する状況下で、俳壇や俳人たちの関心がもっぱら目の前の現在の現象へと向かいがちになり、昭和俳句史への関心が薄らぐようになった。そのため、戦後俳句をリアルタイムで体験していない戦後生まれの俳人たちの戦後俳句に触れた文章には、内容や年代に関する客観的事実にも誤った認識がしばしば見られるようになった。

近年のそうした顕著な例を挙げれば、まず、昭和三十六年の「現代俳句協会」の分裂、「俳人協会」の結成という俳壇を二分する俳壇史・俳句史上の大事件の直接的なきっかけとなった第九回現代俳句協会賞の選考経過に関する客観的事実の誤り。すなわち、「石川桂郎と赤尾兜子《あかおとうし》が争って兜子が受賞した」「遅参した原子公平が〈石川桂郎は新人に非ず〉に投票したので、十対九で桂郎は否決された」という誤伝（誤伝を正した詳細はⅡ章3節）。誤伝の直接的な原因は選考委員の当事者たちの朧化した記憶による語りにある。その語りを収録した『証言・昭和の俳句 上下』（角川書店、平14・3）の文言を後続世代が次々に孫引きして記述するので、誤りはいっこうに修正されない。最近、『証言・昭和の俳句』の増補新装版（コールサック社、令3・8）が出版されたが、肝心の前記の誤りは修正されないままである。次に、筑紫磐井氏は言う、「「前衛俳句」は虚子の没後誕生したものであるのでその評価（注＝虚子の前衛俳句評価）を聞くことが出来ない」（「虚子による戦後俳句史③」「夏潮」別冊 虚子研究号第6号、平28・8）と。ここには二重の錯誤がある。虚子が死去したのは昭和三十四年四月八日。金子兜太が自作〈銀行員等朝より螢光す烏賊のごとく〉の句を挙げ、「造型俳句」論を唱えたのは三十二年三月。虚子の死に至る間には〈音楽漂う岸侵しゆく蛇の飢〉赤尾兜子、〈満開の森の陰部の鰓呼吸〉八木三日女、〈広場に裂けた木塩のまわりに塩軋み〉赤尾兜子、〈彎曲し火傷し爆心地のマラソン〉金子兜太、〈えつえつ泣く木のテーブルに生えた乳房〉島津亮、〈僕等に届かぬ鍵がながれる指ひらく都市〉島津亮、〈見えない階段見える肝臓印鑑滲む〉堀葦男、など話題の前衛俳句は次々と作られ、俳壇は前衛俳句の渦中にあった。その前衛の跋扈《ばっこ》に対して、虚子は黙っておれず、「俳句界が少しでも誤つた方向に進まうとしてをるのに気が附いた場合には、めい〳〵の意見として之を論ずべきものと思ふ」（「消息」―「ホトトギス」昭34・2）と書いたのだ。

さらに、長谷川櫂氏は言う、「端的にいえば、社会性俳句とはマルクス主義俳句だった。だからこそ昭和三十五年の六〇年安保闘争の挫折によって社会性俳句は衰退に向かうことになる。彼（注=金子兜太）は六〇年安保闘争の敗北を機に社会性俳句運動の闘士から前衛俳句運動の旗手に生まれ変わった」（「社会性と前衛」『金子兜太戦後俳句日記 第二巻』白水社、令1）と。ここにも二つの錯誤がある。社会性俳句の推進者には赤城さかえ・古沢太穂などコミュニストもいたが、中心のエネルギーは米国の属国化への反発、反米感情だった。社会性俳句から前衛俳句への転機は六〇年安保の敗北ではなく、金子の造型俳句論の提唱前後（昭31〜32）。長谷川氏の錯誤は『俳文学大辞典』（角川書店、平7）の「社会性俳句」の項目の「昭和三五年の反安保運動挫折によって大きく退潮した」（林徹執筆）という誤った記述に依拠したことに因るだろう。

俳壇を二分する大事件のきっかけに関する客観的事実の誤認や、筑紫・長谷川両氏の「社会性俳句」や「前衛俳句」に関する客観的事実の誤認は、昭和俳句史や昭和俳壇史にとって大きな問題である。にもかかわらず、その誤りを正す人、正せる人がいない。膨大な情報が瞬時に世界中を駆け巡るインターネットによる情報伝達時代に多くの錯誤が撒き散らされ、その余波が俳句界にも及んでいることは、歴史の大いなるパラドックスだ。こうした状況に鑑み、できるだけ精度の高い昭和俳句史を書き遺すことで、出現する錯誤の波消しにしたい、という強い思いもあったのである。

ところで、一口に「新風の更新の歴史」として昭和俳句史を記述すると言っても、事はそう簡単ではない。更新される新風とは何か、過去の既成の新風とは何か、といった難問が直ちに立ち塞がる。それを乗り越えるには過去から現在までの様々な新風への透徹したパースペクティブと、それに基づいて捉えた各新風を昭和俳句史という座標上に適切に体系化する炯眼《けいがん》が求められるのである。

私は昭和俳句史を構想するに当たって、先学の優れた二つの言説を指針とした。

一つは尾形仂氏の言説。

俳句を宴の座から引き離して考えた場合、季題が俳句にとって必須の条件でなければならぬ必然的理由は見あたらない。もしあるとすれば、それは季題が今日まで創作と享受の両面にわたって俳句の上に果たしてきた効用の実績である。その効用の実績を尊重し、現代の生の表現を託すべく、従来の季題にさらに新しい年輪を重ね、もしくは新たな季題を発掘してゆくか、それとも季題の効用にとってかわるべき別途の方法を創出するか、その選択はこれからの俳句の上に課された大きな宿題だといわなければならぬであろう（「季題観の変遷」『俳句と俳諧』角川書店、昭56）。

もう一つは三好行雄先生の言説。

季語の喚起するイメージは読者の条件に応じた多様なひろがりを含みながら、一方で、日本人の伝統によって洗練された美意識の〈約束〉（略）のなかに解消するという制約を有している。子規が季語を許容したとき、俳句は俳諧からその〈約束〉を継承したのである。しかも、季語のそうした非個性的な象徴性は、十七音定型のおなじく没個性的な韻律の機能ともみごとに対応していた（「反近代の詩」『三好行雄著作集　第七巻』筑摩書房、平5）。尾形言説は季題を分水嶺として、季題の効用の実績に未来を託す方向と季題の掣肘《せいちゅう》を解き放ち、現代の生の表現を普遍的な詩性に托す方向とを提示したもの。三好言説は季語と十七音数律の没個性に反近代の詩としての俳句の根拠を見出したもの。私はこの〈近代〉と〈反近代〉という複眼的視野から昭和俳句史の横の枠組みを押さえつつ、新風の更新という縦の糸を辿《たど》るという方法で昭和俳句史を構想し、執筆した。その際、「新風の更新」という表現史を中心に置いたのは言うまでもないが、時代や俳壇状況・評論や批評や論争なども随時、必要に応じて採り入れていった。

執筆は順調に捗《はかど》ったが、昭和三十年代初めまで来たとき、事情が生じ、一時中断。折しも、現代俳句協会の企画『昭和俳句作品年表』（「戦前・戦中篇」平26・「戦後篇」平29、東京堂出版）の編集に携わるというクッションを置いて、昭和後期に当たる「前衛俳句の勃興」（昭和三十年代前半）から「昭和の終焉まで」を書き継いだ。本稿はその昭和後期に当たる「昭和俳句史」である。

I　前衛俳句の勃興　—昭和三十年代前半

1　「薔薇」の新風

昭和三十年代前半は私の高校・大学時代だが、いったいどんな時代だったのか。私の貧しい生活体験を回想しつつ、中村政則編『年表 昭和史』（岩波ブックレット、平1）を繙《ひもと》いてみても、点《てん》綴《てい》的な現象ばかりが鮮明で、時代思潮の核心がつかめないもどかしさがある。中学や高校を終えて就職した級友も多く、大学に進んだ者たちも概して貧しかった。同世代の多くは貧しかったが、真面目に健気に生きていた。時代そのものが貧しかったのだ。

政治的には、対日平和条約発効後（昭27・4）も米国の実質的属国であった日本の唯一の自主独立の機会が保守権力の強行で奪われた時代ということになろう。それを象徴するのが二人の美智子（正田美智子と樺《かんば》美智子）の光と影。田舎出（千葉・南房総）の私はブントでも民青でもない政治的に貧しく臆病な学生だった。昭和三十年のいわゆる「六全協」（第六回全国協議会—武装闘争路線を放棄し、党内民主化と議会主義政党を目ざす）以後、日本共産党や民青は左翼的求心力を失っていった。マルクス経済学の書物などを熱心に読む学友もいたが、カミュの『シジフォスの神話』などを愛読する学友の方が圧倒的に多かった。時代の重苦しさの中で、シジフォスの徒労な行為に自らを重ねていたのだろう。

文学・芸術面ではヌーヴェル・ヴァーグ（新しい波）と呼ばれる既成権威を否定する前衛の旗手たちが各方面に出現し、旧世代との断層が明確になった時代であった。大島渚（映画）、浅利慶太（演劇）、大江健三郎（小説）、吉岡実（現代詩）らと並んで、短歌では塚本邦雄・岡井隆・寺山修司・春日井建らの前衛短歌が台頭。俳句では社会性俳句の方法的超克として造型俳句論を提唱した金子兜太、「夜盗派」（のち「縄」）、「十七音詩」などの関西の前衛派（島津亮・八木三日女・林田紀音夫・堀葦男ら）、高柳重信を中心とする最大の同人誌「俳句評論」の俳人たち（赤尾兜子・加藤郁乎ら）が注目を浴び、俳壇的趨勢《すうせい》として前衛の渦が生じた。彼らは主に大正後期生まれのいわゆる「戦後派」俳人であり、この時代に顕在化した組織と個人の軋轢《あつれき》、組織や社会からの疎外感や不安感などを主要なモチーフとし、表現方法として暗喩・イメージ・二物衝撃などを多く駆使した。そのため、季語を中心にした写生句や境涯を詠む旧世代の俳人たちとの間に世代的、方法的な対立が生じ、断層がより深まった。

この時代の俳壇のキーパーソンは金子兜太と高柳重信の二人。まず、高柳・富澤赤黄男《かきお》・三橋鷹女を中心とする「薔薇」の新風から見てゆくことにしよう。

「薔薇」（昭27・8創刊～昭32・12終刊）は富澤赤黄男を擁し、高柳重信が編集を担当。本島高弓・三好行雄・山口草虫子《そうちゅうし》・鳥海《とりうみ》多佳男ら少数精鋭の尖鋭な俳誌。日野草城や富澤赤黄男を中心に創刊された同人誌「太陽系」（昭21・4創刊）やその後身の「火山系」（昭25・5終刊）と大きく異なる点は、日野草城が「青玄」の主宰者となるとともに、伊丹三樹彦・桂信子・赤尾兜子（のち参加）ら関西の俳人が一斉に退いたこと。他方、二十八年十一月から三橋鷹女を迎えるとともに同人制に改編したことである。鷹女の加入で作品活動はぐんと重みを増した。塚本邦雄も短歌や評論を寄稿。有名な「天爵」（重信論）もその一つ（昭31・6〜7）。

「薔薇」の全体的な特徴は「太陽系」以来の暗喩を用いた象徴的な作風と言えるが、とりあえず三十年以後を通覧し、その佳品、新風を示しておこう。

日が
　落ちて
山脈といふ
言葉かな　　高柳重信（昭30・6〜7）

垂　直　は　か　な　し　縄　の　ご　と　く　　富澤赤黄男（昭30・11）

ひまわりかわれかひまわりかわれか　灼く　　三橋鷹女（〃）

木枯や　死んだおばばのハタオリキカイ　　寺田澄史（〃）

かの日

炎天
マーチがすぎし
死のアーチ　　高柳重信（昭31・2）
わが行くにどの寒木も軀を躲す　三橋鷹女（昭31・4）
鳥や雲　にんげん哄笑ふとき泪　富澤赤黄男（昭31・6～7）
花火待つ花火の闇に脚突き挿し　三橋鷹女（昭31・9）

昭和三十年以後の作品だけでなく、改めて全冊を通読してみると、三橋鷹女・富澤赤黄男・高柳重信という「薔薇」の中核俳人にその成果は絞り込めるだろう。
就中《なかんずく》、鷹女の孤高の自意識の表出は、ひときわ小気味よい。

鴨翔たばわれ白髪の媼とならむ　（昭28・11）
十方にこがらし女身錐揉に　（昭29・1）
薄氷へわが影ゆきて溺死せり　（「俳句評論」創刊号、昭33・3）

前記の引用句を含め、これらの句からは、強い束縛感、疎外感、孤心、老いや死への意識が伝わってくる。鷹女は後に「俳句評論」第6号（昭34・1）のアンケート「我等何を詠うべきか」に対して、たった一言「孤独」と回答した。この一語に象徴されるように、鷹女の晩年の句は孤心や老いや死の意識をモチーフとして、それをひたすら追いつめていくことになる。

赤黄男は最後の句集『黙示』（昭36）の「あとがき」に「私は俳句の〈純粋孤独〉を考へつづけてきた」と記した。それは、

無名《アノニム》の空間　跳び上る　白い棒

草二本だけ生えてゐる　時間　（昭27・10）

零《ゼロ》の中　爪立ちをして哭いてゐる

などの句において最も成就されているだろう。空間と時間についての抽象的な思惟をぎりぎりまで深め、そこにおける存在や生を虚無的、空白的なイメージによって定着した。この極北の世界は赤黄男以外、誰も至りつくことがなかった〈純粋孤独〉の世界と言えよう。「鳥や雲」の句は、「根源論も俳人論も、無季俳句論、社会性論議も、僕には無用である。僕はたゞ、ひとりの人間が、憤りの果てから、虚妄の座から、涙を通し、哀歓を越えて、つひにひろびろとした大気の中で思い切り呼吸することが出来ればと、それのみを悲願するだけだ」（「クロノスの舌」―「薔薇」昭31・6〜7）という思いを具現したような句だ。赤黄男は「俳句評論」創刊号（昭33・3）に、

鳥　消えて　人間はつぶやくものか

などを発表したのを最後に筆を折った。それは、もう俳句を書き切ったという思いと、自らに自己模倣を許さぬ厳しい文学的良心とに因るものだった。

高柳重信は引用句の他に、

杭のごとく
墓
たちならび
打ちこまれ　（昭27・9）

軍鼓鳴り
荒涼と
秋の
痣となる　（昭29・11）

など多行表記と暗喩を駆使して、戦争による亡びや悲傷など戦争の傷痕を象徴的にイメージ化した。これは、同世代によるいわゆる社会性俳句がリアリズムや即物的表現によって社会性のある素材や現象を表層的に詠む傾向を超克するための方法だった。「日が／落ちて」の句のモチーフは戦争ではないが、日没の光景を外面的に詠むのではなく、「山脈といふ／言葉かな」と内面的なつぶやきへと屈折させることで、懐かしい郷愁へと読者を誘《いざな》う名句である。

その他の俳人の中では鳥海多佳男の異色の試みが注目される。その代表句、

ながれる
　ながれる
　　ながれる
　　　なんて。　　　　（昭29・7）

は、多行表記による視覚的効果だけでなく、言葉の繰り返しと頭韻の効果を強く意図して、言葉による意味性を抑制して、韻律による音楽性を読者に訴えようとする方法が採られている。昭和四十年代に阿部完市が平仮名を多用し、「てにをは」（助詞）を省いた文体によって言葉の意味性を抑制したメルヘン的な世界を創出したが、鳥海の方法はその魁《さきがけ》とも見做せよう。残念なことに鳥海の試みは未完に終わった。

「薔薇」は散文の面でも密度の濃い優れた評論が豊富で、貴重な成果が見られる。まず、赤黄男は昭和二十九年一月号から同三十一年八月号まで「クロノスの舌」と題する詩的エピグラムを連載し、卓越した詩的洞察を示した。

象徴は〈間接的〉なものではなく、より厳しく〈直接的〉なものである（昭29・2）。

蝶はまさに〈蝶〉であるが、〈その蝶〉ではない（〃）。

現実―それは外部ではなく、自己の内部である（昭30・3）。

高柳重信は辛辣な時評などで健筆を揮《ふる》ったが、人間探求派の作句法や金子兜太の造型俳句について注目すべき認識が見られる。

鰯雲人に告ぐべきことならず　楸邨

蟾蜍長子家去るよ《（ママ）》しもなし　草田男

たとえば、こういう俳句の書き方に対してこそ、僕の疑問と不満があるのです。「人に告ぐべきことならず」乃至「長子家去るよしもなし」という、極めて一般的な、日常的な人間の感懐に対して（略）作家の、個性的な、独創的な把握を示す言葉が「鰯雲」乃至「蟾蜍」というたつた一語にすぎないという点、これは明らかに俳句という短詩型のもつ弱点を露呈しているものです（「助言のようなもの　3」昭28・12）。

金子は（略）僕たち「薔薇」の方法は想像力による造型であると規定し、彼等の目指す俳句は現実からの造型でありたいと言っていた。これはいささか割り切れすぎていて疑問の余地があるが、（略）俳句詩論の基盤に、メタフアによる造型ということが登場してきたことは、俳句と俳壇の将来のために結構なことだと思う（「俳壇閑談㈣」昭31・6〜7）。

金子が規定した二つの「造型」観について高柳が「いささか割り切れすぎていて疑問の余地がある」と全面的な賛意を保留したのは、金子が表現の次元以前の「現実」に力点を置き、その「現実」が表現の次元にどう転位されるかの認識が不分明であったからである。後年（昭和四十年代末）、「物と言葉」論争が起こったとき、金子は作品は物と言葉の二重構造という認識を露呈し、「現実」の表現への転位という言葉の次元についての認識の欠如が明白になった。また、「メタフアによる造型」についても、高柳と金子との間には、その認識や方法に違いがあった。それに関しては、後に節を改めて言及する。
その他では、三好行雄が「近代俳句の成立をめぐるおぼえ書」（昭28・3）、「子規ノオト」（昭28・11）、「子規ノオト（続）」（昭29・1）で、子規が季題と定型という前近代性を継承した点に近代俳句成立史が負うべき限界を指摘。後年の三好の反近代の詩という認識（「反近代の詩─正岡子規と高浜虚子」─「俳句」昭45・11）の祖型が窺《うかが》える。

2 「俳句評論」の新風

「俳句評論」の創刊号（昭33・3）の「創刊趣意書」には次のようにある。

（略）今こそ、俳壇を久しく支配してきた微温的な雰囲気を打破し、俳句文学の新しい創造のために、感情的派閥的に走らない真の文学的な研究と論争が、それにふさわしい場を得て、大いに展開されるべき時であると信じます。（略）この時にあたり、私たちは、俳壇の一角に大きく窓を開けはなち、一陣の清新な涼風を呼び入れるために、各人の力を惜しみなく綜合的な同人雑誌「俳句評論」に結集し、自主独立の旗のもとに立ちあがろうと決意いたしました。
（略）

その末尾には「俳句評論」創刊世話人として、大原テルカズ・折笠美秋・北野民夫・孝橋謙二・香西照雄・高島茂・高屋窓秋・高柳重信・富澤赤黄男・永田耕衣・東川紀志男・三谷昭・三橋鷹女・湊楊一郎の名がある。

なぜ「薔薇」を解散し、大同人誌「俳句評論」を立ち上げたのか。その真意は詳らかではない。ただ、次のような推測は可能であろう。「薔薇」の継続的発行が困難となり、俳壇状況に鑑み、いわば乾坤一擲《けんこんいってき》、往年の新興俳句総合誌「天香」のようなものを構想したのではないか、と。「薔薇」は昭和三十一年九月号を発行したあと休刊となり、ようやく翌年七月に復刊号を出したものの、十二月に復刊3号を出して終刊となる。背景には同人・会員数が少なく、経済的な逼迫《ひっぱく》があった。

当時の俳壇状況はどうか。社会性俳句から派生した金子兜太の造型俳句が注目され、また、金子の神戸転勤により関西の前衛俳句も台頭してきていた。中村草田男や加藤楸邨の影響を受けた「戦後派」俳人たちの俳壇的な存在感の高まりもあった。それらを背景にして「現代俳句協会」（昭22結成）の中で「戦後派」俳人たちの発言力も強まっていた。まだ過渡期ではあったが、明治生まれの旧世代対大正後期生まれの「戦後派」俳人、伝統派対前衛派という二項対立の構図が生まれつつあった。

「俳句評論」創刊号の「後記」には同人招請は約百五十名に及んだとある。その招請の中に「風」の金子兜太・沢木欣一・鈴木六林男《むりお》・佐藤鬼房《おにふさ》、「寒雷」の古沢太穂・田川飛旅子・赤城さかえ、「十七音詩」の林田紀音夫・堀葦男なども入っていたのか否か。新興俳句は「寒雷」とは一線を画していたので、少なくとも金子・沢木を含めた「寒雷」系の俳人には招請の声はかけなかっただろう。結果として彼らは同人に参加していない。

「俳句評論」は九十四名の大所帯で船出したが、その同人名簿を眺めると旧「薔薇」を中心として、高屋窓秋・三谷昭・湊楊一郎ら往年の新興俳句の俳人、「琴座」の永田耕衣・河原枇杷男、「白燕」の橋閒石・和田悟朗、「坂」(のち「渦」)の赤尾兜子ら関西の俳人、「萬緑」の香西照雄・孝橋謙二・北野民夫ら、「麦」の田沼文雄・橋爪鶴麿ら、「水明」の星野紗一・長谷川秋子ら、「紫」の関口比良男とその門下、そして異色の作風を示していた加藤郁乎・大原テルカズらである。

つまり、これは往年の新興俳句総合誌「天香」がプロレタリア系俳人も含めた野合であったと同じように、「萬緑」や「麦」のような社会性俳句派や、「水明」のような伝統派まで含めた野合であった。俳壇的構図で眺めれば、「天香」が新興俳句の大同団結であったのと異なり、「戦後派」俳人ないしは前衛派の大同団結とはなり得ていなかった。

作風や主張が大きく異なる俳人たちが混在する同人誌のあり方には早くも第2号から疑問の声が上がっているが、早々に「萬緑」「麦」など社会派の俳人たちは退会していった。そして、編集長の高柳重信を中心として旧「薔薇」派の俳人たちと兜子・耕衣・閒石ら関西の俳人たちを主要同人とする純血主義へと収斂《しゅうれん》していった。

創刊号から第16号(昭35・12)までの作品活動を通覧すると、すでに富澤赤黄男は沈黙し、三橋鷹女の作品発表も間歇的だ(鷹女は年に一、二回特別作品を発表)。高柳重信は批評活動は旺盛だが、作品は間歇的。そんな中で、作品上の成果は加藤四雨《しう》(第7号より本名の郁乎となる)の際立った句業である。

ここで四雨(郁乎)の句業の推移とその新風に言及しておこう。昭和二十年代後半の四雨は

「青蝶」（神葱雨《じんそうう》主宰）と「黎明」（鈴木葭汀《かてい》主宰）に所属し、次のような句を作っていた。

サイダーをサイダー瓶に入れ難し　（『微句抄』）
朝顔におどろく朝の女かな　（『〃』）
サンダルを海に揃へて泳ぎけり　（「青蝶」昭28・8）

など、同語反復、古句のもじり、連想の裏切りのレトリックを駆使した諧謔句。

灰皿を火鉢の横に置いて去る　（「青蝶」昭27・3）
長き夜のソファーに指をさし入れぬ　（「〃」昭27・11）
冬の波冬の波止場に来て返す　（「〃」昭28・3）

など、四雨の友人清水一郎が命名した、いわゆる「無意味俳句」。さらに、

六月や鶴いまは亡し鶴を折る　（「黎明」昭29・7）
昼顔の見えるひるすぎぽるとがる　（「青蝶」「黎明」昭29・8）
枯木見ゆすべて不在として見ゆる　（「黎明」昭29・12）

など、四雨自らが言う「非具象俳句」。
　ところが、四雨が「俳句評論」に発表した句は「非具象俳句」をさらに変貌させた次のような句だった。

一人静ゼノン静止の内に発つ
メタフィジカ麦刈るひがし日を落とし
（「ゼノン静止」二十六句、2号）

天文や大食《タージ》の天の鷹を馴らし
一満月一韃靼の一楕円
（「あるたい文」五句、6号）

雨季来りなむ斧一振りの再会
麦穂なせる第一ヴァイオリンの遅れ
《Que sais-je?》傾き立てるいたどり
（「候鳥伝」二十五句、8号）

雄蘂相逢ふいましスパルタのばら
（「黒鏡」五句、10号）

これらの句に見られる方法は、抽象的な外来語や漢語を一句の中に奔放に投入し、各語やフレーズどうしの超論理的なアナロジーによる超絶的な詩的交感を通してメタフィジックな観念やイメージを創出しようとするものと言えよう。この類例のない瞠目すべき新風、即ち、異物が「俳句評論」誌上に突然現れたとき、あるいは翌三十四年に第一句集『球體感覺』として出現したとき、俳人たちはその異物に圧倒されながらも、誰も読み解くことができず、沈黙せざるを得なかった。批評の触手がのびるのは昭和三十四年に書かれた大岡信の「現代俳句遠望」（『抒情の批判』

所収）まで待たねばならなかった。

大岡は『球體感覺』について、

> （加藤のいう）「反性」の詩とは（略）反自然の詩と同義であろう。（略）かれは色々表現上の工夫をこらし、「反性」的な句の創造に努力しているのだが、それらの句から聞こえてくるのは、むしろ途方もなく伸びのある、少々明るすぎるほどのトランペットの響きである。

と評した。かつて、加藤は「寺山修司は青春俳句しか遺せなかった」という卓見を示した。確かに寺山の句は過剰に演技し、過剰に歌っていて、青春俳句と呼ぶにふさわしい。だが、それに倣って言えば、『球體感覺』の加藤もまた、大岡が評するように伸びやかに歌っていたのではなかろうか。そこに加藤の青春、青春俳句を見ておきたい。

なお、次のことも付記しておきたい。仁平勝の『加藤郁乎論』（沖積舎、平15）は、加藤郁乎の句業を初めて表現論として読み解いた卓抜な論考である。ただし、その後書かれた仁平の二つの見解（「返俳のちろり」―「豈《あに》」第54号）には郁乎の言葉遊びを肥大化させるあまり、当時の郁乎の俳句志向や俳句史的文脈の歪曲《わいきょく》、矮小《わいしょう》化《か》があろう。

一つは郁乎には「そもそも『新しい俳句』という発想がない」という歪曲。郁乎自ら「当時の自分が新しい俳句の可能性を信じていなかったといえば嘘になろう」と回顧するように、『球體感覺』の非具象俳句はそれを志向したものだろう。

もう一つは郁乎の言葉遊びで「俳句が（「写生」や「人間探究」や「社会性」から離れて！）豊かになった」という俳句史的矮小化。嘱目的な写生句に対して新興俳句から前衛俳句までの展開は、要するに社会性の多様な追求。それによって俳句の表現方法も表現領域も豊かになった。それに加えて、郁乎は言葉遊びのレトリックという面から、さらに俳句を豊かにしたと捉えるのが妥当であろう。

加藤郁乎の俳句が「俳句評論」第15号以降見えないのは、神戸で開かれた第四回「俳句評論」全国大会（昭36・5）で、楠本憲吉の代理講師を加藤が務めることになった経緯をめぐって高柳重信と齟齬《そご》が生じ、退会したからである。読者が再び加藤に会うのは、『球體感覺』とは大きく異なった相貌をもって現れる「縄」においてである。

「俳句評論」は赤黄男・鷹女・窓秋・耕衣・閒石・重信・兜子など、俳句表現史にそれぞれ独自の表現様式を刻んだ錚々たる俳人たちを同人として擁し、総勢約百名からなる俳句史上例のない一大同人誌だった。にもかかわらず、その作品上の成果は、それに比例して大きかったとは必ずしも言えない。否、むしろ貧しかった。

今日、歴史的距離をおいて眺めると、その要因は次のようなところにあったと言えよう。即ち、耕衣・閒石・兜子の他、枇杷男・悟朗・阿部完市（阿部は「俳句評論」にいた）ら、主として後年それぞれ独自の文体を確立していく俳人たちが、意味性が過剰な散文的な文体に陥っていたからで、異質な言葉を強引に結びつけることで作者の意図が伝達できるメタファーになると考える言葉の強引なねじ曲げの流行に陥ったことだ、と。それは、あの悪名高い関西の前衛俳句（暗喩のコード化が顕著）と類似した風景だった。

もちろん、「夜盗派」（のち「縄」）、「十七音詩」など関西の前衛派との対立構造の中で、「俳句評論」の内部でも俳句の音楽性やメタファーの重視は意識され、誌面でも説かれていた。たとえば、高柳重信は石原八束や原子公平がメタファーに関して無知であることを批判して、「美学軽視の風潮」（第3号）で次のように書いている。

意識的に、そしてきわめて意志的に美学を作りあげようとする場合の、一つの方法としてのメタファーは、個々の言葉と言葉との関係や、イメージとイメージとの関係にとどまる筈はなく、はじめから、一篇の作品が、それ自体ひとつのメタファーになるように企図され計算されているのは当然のことである。その場合、作家の強烈な主観や、独自な個性的な世界観が、一つのメタファーの定着に如何に必須であり、その言葉が、他の如何なる言葉との代置をも許さない唯一のものであることが必要なのは言うまでもないことだ。そして、そのことは、こうした内的な欲求や、精神の疼きのない場合のメタファーが、その作家と共にとめどなく堕落するものであることを併せて意味している。

また、前衛俳句のメタファーのコード化と言葉の音楽性の無視を批判した有名な演説（「酒場にて—前衛俳句に関する大宮伯爵の演説」第17号）に言う。

諸君！諸君は、あの着せかえ人形をよくご存じだと思うのでありますが、諸君は、またそのめぐまれた天賦の才能をもつて、目にもとまらぬ素早さで、着物を身につけ、身に纏うことにもきわだつてすぐれているのであります。（略）もし、詩人が音楽的な条件を重要視せず、それを熟慮しなかつた場合には、もし、その詩人の耳がいたずらに受動的であつて、韻律、抑揚、音色が、詩の構成に於て意義の重要性に匹敵する本質的な重要性をもつていないことを観取した場合には、この詩人に対して、わたしは絶望しなければならないのであります。

この演説はヴァレリーがコレージュ・ド・フランスの詩学教授として講義した「詩学叙説」を巧みに引用したものだった。

高柳だけではない。鳥海多佳男も関西の前衛俳句について〈ぶつかる黒を押し分け押し来るあらゆる黒〉堀葦男、などを例に挙げ、その表現の冗長な説明化や暗喩のコード化を批判（「奇妙な風潮について」第16号）。また、林田紀音夫の言う「（俳句は）言葉の意味性に頼るより術はない。言葉の音楽性などといっても、それはひとつのアクセサリーに過ぎないし、本質論には遠いものだ」（「静かなドン・キホーテ―孤立しない前衛」―「俳句」昭36・2）という俳句観を批判した（「大きな隔り―前衛俳句」第17号）。

高柳と鳥海の批判は前衛俳句の表現や俳句観の負性を衝いた詩学的正論だったが、関西前衛派の胸に滲透《しんとう》することはなく、三十年代後半に「俳句評論」対「海程」、「俳句評論」対「縄」という敵対構図へと向かった。皮肉なことに、二人の詩学的正論は、「俳句評論」内部の作品活動へも滲透していなかったのだ。

エレベータへ腫れた既成の足音の諸君　永田耕衣（3号）
闇から飛びつく雨粒はけもの断く木馬等　河原枇杷男（〃）
昆《こん》布《ぶ》林《ばやし》で　嫉妬の魚《うお》の　発光や　野田　誠（〃）
麻 薬 街 の 内 部 撫 で 了 る 鼠 の 孤 児　赤尾兜子（5号）

仮設階段を昇る・過去完了の青春　東川紀志男（〃）
日本冬眠五階のビルの背中の傷　阿部完市（6号）
垢湯に埋める殺意消ゴム　バンカー消す　大原テルカズ（7号）
揉み手で訣れる責めの時間にかぶさる赤　稲葉　直（〃）
火の軸の自転の雲雀ただよへり　中村苑子（8号）
石よ帆を張れ渋面の海に鍵をかけ　橋　閒石（〃）
耳とび出す地下道に消える音楽　和田悟朗（9号）

「俳句評論」の中核となる著名俳人たちのこれらの句に共通するのは、意味性に統率された冗長な文体、観念的で未熟な暗喩、強引な言葉の連結やねじ曲げ。したがって一句が統一的なイメージを結ばない。つまり、高柳や鳥海が批判した関西前衛派の表現の負性をそっくりなぞったような表現である。これは金子兜太の造型俳句や関西の前衛俳句というこの時代の潮流、渦の中に「俳句評論」も翻弄されていたことを物語るであろう。

したがって、「俳句評論」の作品上の成果は、それに翻弄されず、おのがじしの表現様式を確立した諸句ということになる。

鳥　消えて　人間はつぶやくものか　富澤赤黄男（1号）
広場に裂けた木塩のまわりに塩軋み　赤尾兜子（〃）

薄氷へわが影ゆきて溺死せり　三橋鷹女（1号）

密漁地区抜け出た船長に鏡の広間　赤尾兜子（8号）

花冷えの
擂鉢の辺の
母とゐて　大岡頌司（〃）

くわらくわらと　藁人形は　煮られけり　寺田澄史（〃）

蜷煮らるる
谷の翳りと
片照りと　大岡頌司（9号）

二人静萬人萬人を敵とせり　原田奈緒美[1]（10号）

遠藁火　枯木に棲んで　木霊も枯れる　寺田澄史（11号）

東洋を一羽の蝶がてりかへす　塩原風史（〃）

ちやんちやこの
魯西亜さむがる
ひもむすび　大岡頌司（〃）

老人集つて深海に棒頭の眼を差しこむ　永田耕衣（14号）
夕焼けやぼおんぼおんと地球鳴り　阿部完市（15号）
火の色の石あれば来て男坐す　中村苑子（〃）
天国へブラックコーヒーのんでから　阿部青鞋（16号）

（1）原田奈緒美は第一回俳句評論賞受賞者で、無所属。

これが第16号（昭35・12）までの中から私が選び出した成果。ここに加藤四雨（のち郁乎）の俳句を加えてみると、加藤の俳句が質・量ともに断然新しみに輝いている。それにつづくのは大岡頌司《こうじ》の三行の多行俳句。大岡は前衛俳句に翻弄されることなく抒情的な資質を守り抜き、前近代的な世界への郷愁を詠んだ。寺田澄史《きよし》の句も前近代的な世界だが、怨霊や霊魂への関心が強い。耕衣・完市・苑子・青鞋《せいあい》の諸句にはそれぞれの個性的な作風が窺える。河原枇杷男や和田悟朗の句は一句も抜き出せなかった。後年の『烏宙論』（枇杷男）や『七十万年』（悟朗）のような独自の俳句様式はまだ全く姿を見せていない。この時代の「俳句評論」誌上の作品データのみに基づくかぎり、「俳句評論」の作品はトータルとして貧しかったと言わざるを得まい。

だが、実は「俳句評論」の作品の成果には別の側面があった。それは「俳句評論」の同人たちの句を収録した三冊のアンソロジーである。即ち、『火曜　火曜会作品集』（俳句評論社、昭35）、『現代俳句選集　「俳句評論」五周年記念合同句集』（俳句評論社、昭37）、『昭和俳句選集』（永田書房、昭52）。『火曜』はマラルメの「火曜会」に倣って高柳重信を中心に加藤郁乎・鳥海多佳男・

大岡頌司ら主に首都圏在住の新鋭俳人を合わせ十五名で発足した「火曜会」（昭33）のアンソロジー。『昭和俳句選集』は新興俳句の系譜の俳人百三十六名の主要作品を編年体で編んだアンソロジー。すでに引用した「俳句評論」誌上の作品とは重ならない成果を、これらのアンソロジーから引用してみよう（昭和三十五年までの作品とする）。

此 の 姿 見 に 一 滴 の 海 を 走 ら す　　加藤郁乎

辞書ニハ
辞書ノ青イ筋肉

緬羊睡ル　　志摩　聡

まなこ荒れ
たちまち
朝の
終りかな　　高柳重信

たてがみを刈り
たてがみを刈る

愛撫の晩年　〃　（以上『火曜』）

明るい山肌残すため散るオートバイ　赤尾兜子
轢死者の直前葡萄透きとおる　〃

寸烏賊は
寸の墨置く
西から来て　大岡頌司

招きにまねく
かの
一髪の
青みどろ　高柳重信

零《ゼロ》の中　爪立ちをして哭いてゐる　富澤赤黄男
泥鰌浮いて鯰も居るというて沈む　永田耕衣
蠅のごと手で哭く友を花で打つ　〃　（以上『現代俳句選集』）
月光の奥へ奥へと蒼ざめぬ　榎島沙丘（昭33）

春の夜のひとの言葉をみごもれり　沢村和子（〃）
森九月木篦よりでて耳輪鳴る　津沢マサ子（〃）

かがまりて
竈火の母よ
狐来る　大岡頌司（〃）

毒人参ちぎれて無人寺院映し　赤尾兜子（昭34）
散るといふ言葉の奥へさくら散る　折笠美秋（〃）
日は帰去来《かへりなむ》日は智恵の樹の望郷(1)　加藤郁乎（昭35）
空蟬の両眼濡れて在りしかな　河原枇杷男（〃）
立春や野に立つ棒を水つたひ　中村苑子（〃）
墜ちてゆく炎ゆる夕日を股挟み　三橋鷹女（〃）

秋たけて
血も冷えゆくや
水の上　高柳重信（〃）

（以上『昭和俳句選集』）

（1）「縄」18号では「日は帰去来《かへらなむ》日は智慧の樹の望郷」の表記。

これらの諸句に見られる相貌は、前衛俳句の荒波に揉《も》まれた「俳句評論」誌上の諸句のそれとは大きく異なる。雑多な集まりではなく、一つのエコール（流派）をなしている相貌が窺える。それを端的に言えば、写生やリアリズムでは捉え得ないもの、ただ網膜に映るものを超えたもの、知覚では捉え得ないもの――いわば目に見えない世界を言葉の連鎖と喚起力によって捉え、言語空間として創造しようとする志向と言えよう。エコールの中で、赤黄男の「零《ゼロ》の中」、重信の「まなこ荒れ」、耕衣の「泥鰌」「蠅のごと」、鷹女の「墜ちてゆく」などの句は、おのがじしの独自の表現様式や志向をみごとに具現した絶唱であろう。高柳の朝の終焉と「たてがみ」の句は晩年意識の暗喩。耕衣の「蠅」の句は島津亮の傑作〈怒らぬから青野でしめる友の首〉（昭31）と並んでサディスティックな同性愛《ホモセクシャル》のにおいを感じさせる傑作。また、河原枇杷男の「空蟬の」や中村苑子の「立春や」の句は、後年のそれぞれの独自の表現様式の魁を示す句。

それればかりではない。ここで重要なのは、有名無名という形式的な弁別ではなく、『昭和俳句選集』によってエコールとしての俳句表現史が確立しているということだ。それを目に見える形で示したのは、その表現史を紡いだ高柳重信の卓越した審美眼に因る。高柳はその俳句観のみならず、作品の読みにおいても、前衛派の負性などに全く侵蝕されていなかったのだ。それは、たとえば『昭和俳句選集』を赤尾兜子が編んだとしたら、いかなる相貌を呈したかを想像すれば、明らかだろう。

改めて結論づけておこう。「俳句評論」の作品上の成果をアンソロジーを含めてトータルに眺めれば、すでにエコールとしての俳句表現史上の成果は確かな形をなしていた、と。

3　金子兜太の新風　―「造型俳句」論の提唱とその作品上の成果

昭和三十年代の初期に金子兜太がいわゆる「造型俳句」論を唱え、それに基づいてその実作を旺盛に試みていったことはよく知られている。この節では、その「造型俳句」論とその実作に言及し、兜太俳句の新風としての造型俳句の成果の実質を明らかにしてみよう。その前に、「造型俳句」論の提唱の前提となった、昭和二十年代末期を中心とするいわゆる「社会性俳句」の実質について明らかにしておこう。

まず、社会性俳句といわゆる「社会性俳句」の概念の違いを押さえておくことが肝要。「社会性」とは政治を中心として経済や労働などの問題について関心があること、あるいはそういう問題を提起する力があることを言う。したがって、広義の意味の社会性俳句とは、たとえば新興俳句や、戦時下で鈴木六林男・佐藤鬼房・富澤赤黄男・渡邊白泉らが作った俳句や、戦後、六林男や鬼房ら、主としていわゆる「戦後派」俳人が作った俳句などを広く含むものである。具体例を挙げれば、

銃後といふ不思議な町を丘で見た　渡邊白泉（昭13）
穴ぐらの驢馬と女に日ぽつん　片山桃史（昭14）

遺品あり岩波文庫「阿部一族」　鈴木六林男（昭17）
切株は　じいんじいんと　ひびくなり　富澤赤黄男（昭23）
呼び名欲し吾が前にたつ夜の娼婦　佐藤鬼房（昭25）

などの傑作は、みな広義の社会性俳句だ。

他方、狭義のいわゆる「社会性俳句」は時空を限定されたものだ。即ち、昭和二十年代末を中心に「風」「寒雷」「萬緑」などに所属する「戦後派」俳人たちが、主に反米的な思潮や感情を強く打ち出そうとした俳句運動である。その政治的背景にはサンフランシスコ平和条約発効（昭27・4）後も各地に米軍基地が置かれ、またマーシャル諸島ビキニ環礁での米国の水爆実験により第五福竜丸が被災した事件（昭29・3）などがあった。磯田光一の記述を引けば、

「近代化」を求めてナショナル・アイデンティティを否定した日本人は、占領終了のころから過去を思いだしはじめていた。占領の初期には「親米」＝「民主化」という等式が可能であったのにくらべて、人びとがナショナルなものを想起しはじめるとともに、「親米」は徐々に「反米」に移行する（『戦後史の空間』新潮社、昭58）。

という反米意識である。端的に言えば米国の属国となることへの反発意識である。

いわゆる「社会性俳句」にかかわった俳人たちは、金子兜太の有名な態度論は共有していたのであろう。即ち、

社会性は態度の問題である。（略）自分を社会的関連のなかで考え、解決しようとする「社

会的な姿勢」が意識的にとられている態度（「風」昭29・11）。

この「社会的な姿勢」に意識的であることは俳句にかかわるグルントであるが、課題はその先にあった。社会性を表現の次元でいかに定着させるかという課題。いわゆる「社会性俳句」はその課題を実作で実現できず、予定調和の左翼的な観念や行為を表層的に詠むという類型的な表現に陥った。

原爆許すまじ蟹かつかつと瓦礫あゆむ　金子兜太
白《しら》蓮《はす》白シャツ彼我ひるがえり内灘へ　古沢太穂
川へ虹プロレタリアの捨て水は　原子公平
みたび原爆は許すまじ、学帽の白覆い　古沢太穂

「原爆許すまじ」という観念や主張が社会的正義として最初から是認され、目的化されており、それに対して瓦礫の上を無機的な音を立てて歩く蟹のイメージを配し、原爆投下後の荒涼たる世界を想起させる予定調和の句。米軍の内灘演習場使用への反対闘争が最初から社会正義行動として想定され、風に翻る「白蓮」と「白シャツ」はそのコードとなっている。無産生活者の捨て水が彼らの希望の象徴としての虹となるという最初から想定された通俗的な観念。「みたび原爆は許すまじ」という主張は社会正義として最初から是認されており、それに対して学帽の「白覆い」はその社会正義のコードとして予定調和の配合。

これらのいわゆる「社会性俳句」は社会的正義としてあらかじめ目的化された観念や行動に言

葉が予定調和として奉仕している構造である。ここにはそういう固定化した表現様式の機制が働いている。それは、志賀直哉の言葉に倣って言えば、「主人持ち」（小林多喜二宛書簡）の俳句である。

いわゆる「社会性俳句」のこうした負性の方法的脱却として金子兜太の「造型俳句」論は執筆されたのであるが、そこには高柳重信の重要な指嗾《しそう》や影響があったのである。高柳は金子の「社会性は態度の問題」という認識を正当なものとして理解を示す一方、佐藤鬼房や鈴木六林男らに何があって何が欠けているかを明確に指摘した。

「社会性」の議論についても、種々のまわり道を経て、遂には「社会性は態度の問題である（略）」という金子兜太氏の明快な結論によって一応の到達点にはたどりついたが、それからあとの、しからばいかなる方法によって書くかという処へ来ると、佐藤鬼房とか鈴木六林男とかが、単に社会主義リアリズムによって書くんだといっているにとどまって、精緻な俳句詩法の展開にはほど遠いのが現状である。（略）

私には、彼等（注＝金子・佐藤・鈴木ら）が、彼等のもっているその意志や根性や態度にふさわしい俳句詩法を現在もっていないからだとしか思われない。私は、俳壇の多くの作家たちの中で、彼等をもっとも選りすぐられた人数に数えているので、このの ち彼等が大いに新しい俳句詩法の創造に努力することをのぞんでいる（「俳句に於ける「もの」と「こと」」—「俳句研究」昭30・3）。

ちなみに、この論考の末尾には「「俳句は私小説なり」とした作家のグループや、人間乃至人生探求派を呼称した作家たちが、はなはだしく身辺的な事件の諷詠につとめ、それを戦後俳壇の主流としたことを、私は忘却することは出来ない」という文言がある。これは戦後俳句の主流となった境涯派や人生派に対する俳句表現史の視点からの異議申し立てであり、戦後俳句史の書き替えを孕《はら》む重要な指摘であった。

高柳によって「新しい俳句詩法の創造」を指嗾され、期待された金子にとって、もう一つ、大きな刺激を受けた高柳の論考があった。「写生への疑問」（「俳句」昭31・4）である。高柳は日常や経験に従属した「写生」や「実感」を否定して、「メタファー」と「イマジネーション」を方法とする表現を主張した。批判の対象として中村草田男が挙げられている。

俳壇のメタファはおそるべき未成熟の状態にある。（略）

中村草田男が思想性という言葉や散文精神という言葉を使って言おうとしているもの（略）も、（略）その思想とか論理を「感じられる思想」たらしめようとする努力を全く欠いている。（略）

僕らを縛りつけている日常性の次元の他に、想像力の次元があるのである。（略）だから、詩の正統な形式はイマジネイションによつて現実をいつたん魂の吸収に適するように変形して表現することなのである。

金子兜太が俳句表現の方法として「造型」という文言を使ったのは、管見によれば「本格俳句・その序論」（「俳句研究」昭31・2）においてが最初である。この論考で、金子は山口誓子のいわゆる写生構成の革新は手法的革新にとどまった、と批評した。

高柳重信の前掲の諸論などに刺激を受けて金子が「造型俳句」に言及したのは、昭和三十一年、上野の東京国立博物館で開催された「寒雷」の第五回全国大会での講演「新しい俳句について」（「寒雷」同年七月号に掲載）においてである。この講演で、翌年の「俳句の造型について」（「俳句」昭32・2〜3）において詳細な形で結実する「造型俳句」論の骨格が初めて提唱された。金子は諷詠派に対する造型派として、現代詩におけるシュールレアリスムの方法を学びとろうとする「薔薇」の一群と、現代詩におけるリアリズムの方法を取り入れようとする「寒雷」や「風」の一群の両派を挙げる。そして高柳の「写生への疑問」（既出）を援用して、次のように語った。

シュールの場合、想像力を自分の頭の中で完全に一つのイメージに造型し、それを詩のことばとしてつまりメタファーとして詩形象として、獲得する。（略）リアリストの場合は現実から自分のイマジネーションを獲得して、イマジネーションをイメージに完熟させ、それをメタファーに仕上げ、それを主として打ち出す。（後略）

また、現実からの造型では作家として社会的な自我を確立すべきこと、現実からの造型では有季か無季かは問題にならないことなどが語られた。大会に参加した武田伸一によれば、講演終了後、最前列にいた中村草田男との間で激しい議論の応酬があったという。季語を必須とする「芸と文学」論は草田男の持論なので、季語認識についての応酬などがあったのであろう。高柳重信もこの大会に出席しており、「（金子兜太が）しきりに「造型」ということを説き、併せて諷詠俳句を否定したのは、きわめて注目すべきことだ」（「暗喩について」—「俳句研究」昭31・11）と賛意を表した。このころ、両者は互いに意識し合う戦友であった。

金子兜太の「造型俳句」提唱の道筋は、彼の論考「本格俳句─「誓子の革新」の評価をめぐって」（「俳句研究」昭32・1）から同「俳句の造型について」（既出）によって辿ることができる。かつての「楸邨論断片」（「寒雷」昭25・4）が、楸邨を乗り越えるために金子にとって書かれねばならなかったのと同様に、「本格俳句─「誓子の革新」の評価をめぐって」も、誓子を乗り越えて社会的現実に対する作家としての態度と方法とを統合、確立して、「造型俳句」への力強い助走とするために書かれねばならないものであった。

「俳句の造型について」はそれを直接受けて、「俳句は素朴な方法に甘んじてきました」と書きはじめられる。素朴な方法とは対象と自己との直接結合の方法であり、「諷詠」と「観念投影」がそれに該当する、と言う。「諷詠」については、サンプルとして高野素十《すじゆう》や石田波郷の句などが挙げられ、自然諷詠から人生諷詠まで、対象と自己との直接結合という方法として括《くく》られる。「観念投影」とは、観念への傾斜を志向した俳句の謂《いい》だとして、主に楸邨と草田男の句に言及。彼らは生活の実感や心理などの表現を希求したが、早々と自己と対象との直接結合に陥ったため、構成や意識操作という方法的な場を確保できなかったため、閉鎖的な心情や思考を抜け出せなかった、と言う。要するに、金子は、楸邨らは「真実感合」のように早々と主客を直接結合させたために、個人的感懐の表現にとどまり、本格的な方法上の成果に結びつかなかった、と言いたいのである。

金子は自己と対象とのかかわりという発想から、楸邨らの方法的未熟を突いたが、同じころ、高柳重信は短小な形式でいかに複雑な世界が詠めるか、という具体的な表現論の場に降り立って、楸邨や草田男の象徴的な季語による取り合わせの方法を、単純で脆弱《ぜいじゃく》な俳句構造として批判した。〈鰯雲人に告ぐべきことならず〉楸邨、と〈蟾蜍長子家去るよし（ママ）もなし〉草田男、は共に象徴的な季語に個人的な感懐を配合した単純構造だ、と。高柳が『蕗子』で編み出した暗喩と切れの累加による多行表記の方法は、こうした認識に淵源していただろう。その高柳は「造型とは、心象を積み重ねて、一つの構造物を作ることである」（「暗喩について」既出）と言う。この文言も「暗喩」と同様に金子の「造型」論に影響を与えたであろう。

すでに触れたとおり、高柳の指嗾があったとはいえ、「社会性は作家の態度」という自らが切り開いた認識の出発点から独自の表現方法を模索するとともに、それを実作で試行しながら、いわゆる「造型論」と「造型俳句」を紡ぎ出したのは、絞って言えば金子兜太ただ一人であった。

対象と自己との直接結合を切り離し、その中間に結合者としての「創る自分」を設ける――これが造型論の骨格。つまり、発想の原点となる主客未分的な要素を帯びる直覚的なところから一句成就に至るまでの句作工房において、「創る自分」の意識活動を可能なかぎり鋭敏周到に活動させながら一句へと生成せしめるということである。金子はそのプロセスを五段階に分節し、敷《ふ》衍《えん》する。すなわち、

一　感覚が先行するが、それ自体表現対象にならない。

二　感覚の内容を意識で吟味する。また、感覚によって喚起される意識の動きを発掘する。この「創る自分」の作業過程を「造型」と呼ぶ。

三　意識を発掘する作業のあとに、「創る自分」はイメージを獲得するが、どういうイメージ

に結実するかは予測できない。
四　しかし、言葉に移行させるとき、イメージは適切か否か、いま一度意識によって確かめられる。
五　感覚を発端として自己の内部世界に対象を求めるので、イメージは必然的に「暗喩」を求める。

この一～五にわたる敷衍化のところを、今まで何回も慎重に読んできた。そのたびごとに躓《つまず》くところは「五」である。ここには論理の飛躍があるだろう。「自己の内部世界に対象を求める」ことが、「イメージは必然的に「暗喩」を求める」（傍点＝川名）ことにはならないからである。なぜ、こういう論理的な飛躍が生じたのか。それは、直後の文で「直喩を造型とは異質のものだといいたいところです（高柳重信の「暗喩について」―俳研三一年一一月号は参考になる）」と書いていることが物語るように、高柳の暗喩論に刺激を受け、それを強引に自らの造型論に接木したからである。即ち、

暗喩（メタフォア）は、直喩（シミリイ）と共に、こうした心象を作り出す一つの方法である。（略）この方法は、論理だけではなしに、説明のしにくい複雑微妙な感情や、意識下の精神の世界までを伝えようとする詩、――俳句のような文学にとっては不可欠のものである。殊に、暗喩は、詩にとって、いちばん重要な技術である（高柳重信「暗喩について」既出）。

を接木したのである。
また、敷衍化した「五」の後文中には肝心の「暗喩」に関する認識錯誤がある。即ち、

僕の前掲句（注＝〈銀行員等朝より螢光す烏賊のごとく〉）で「烏賊のごとし」は「ごとし」だから直喩のようですが、「烏賊」というイメージは暗喩だと確信します。「深海魚」などいえば余りに直接すぎて、既に直喩的になつてしまいます（金子兜太「俳句の造型について」既出）。

これは直喩と暗喩のレトリックの基本がわかっていない金子の強弁。この句は「銀行員」（喩《たと》えられるもの）と「烏賊」（喩えるもの）という二つのイメージを、際立った差異性に支えられたアナロジー（類比）によって交感させたところが卓抜だが、二つのイメージ（朝から螢光灯の下で執務する銀行員と深海で青白い光を放って泳ぐ螢烏賊）が「ごとく」によって類比であることが明示され、類比の根拠も「螢光す」と明示されている以上、直喩以外の何ものでもない。「烏賊のごとく」と言おうが、「深海魚のごとく」と言おうが、「ごとく」によって二つのものの関係が明示されたレトリックは直喩である。第一句集『蕗子』以来、暗喩のレトリックを得意としていた高柳重信は、

僕流に書くとすれば、

朝
すでに
銀行員は
螢烏賊である

となるか、あるいはまた、

朝の銀行員は螢烏賊である

となるであろう(「思いつくまま」―「薔薇」復刊第2号、昭32・10)。

と、暗喩によってリライトして見せた。

ちなみに、敷衍化した「一」に触れておけば、金子が表現対象にならないとした「感覚」をモチーフにしたのが阿部完市の俳句だった、と言えよう。選択作用が働く知覚とは異なり、それ以前の直覚、直感、気分、感じといった主客未分から覚めたばかりのような識閾《しきいき》、その現瞬間を言葉で掬《すく》いとろうとしたのが阿部であった。だから、阿部にとって直覚的な現瞬間を生み出す発想の契機は言葉でも幻覚でも、何でもよかった。「海程」における師弟関係ではあっても、発想の契機を社会的現実に求めた金子兜太とは詩法的に交わることはなかった、と言えよう。

さて、以上のように「造型論」は論理の飛躍や認識錯誤を含みながらも、イメージと暗喩を核にした意識活動による表現方法の理路を初めて明確に提唱したところに画期的な意義があったのである。栗山理一が、
詩的感動と詩的操作の峻別に立つ俳句造型論が実作者の側から提出されたことは、ようやく俳句の近代化への可能性がその露頭を示し始めたという意味で、私の長い渇を医するものがあった(「俳句」昭32・6)。

と高く評価したのは正当な評価であり、金子を大いに勇気づけただろう。

この「造型俳句」論に立脚して、実作の試行錯誤の中から生み出された金子の代表的な新風は次のとおり(『金子兜太句集』昭36に収録)。

銀行員等朝より螢光す烏賊のごとく
豹が好きな子霧中の白い船具
彎曲し火傷し爆心地のマラソン
華麗な墓原女陰あらわに村眠り
冬森を管楽器ゆく蕩児のごと
西の海にブイ浮く頭蓋より濡れて
果樹園がシャツ一枚の俺の孤島
放牧の痴情の牛と澄んだ南空《みなみ》
わが湖《うみ》あり日蔭真暗な虎があり

暗喩は部分的な暗喩よりも、一句全てが暗喩のほうが詩的密度が濃い。また、大山天津也が言うとおり、暗喩は象徴になることで深遠な機能を果たす。その意味で、最後に引いた「わが湖《うみ》あり」の句が、その暗喩の条件を最も満たしたものであろう。

4　「十七音詩」の新風 ―林田紀音夫の無季俳句の成果

昭和二十年代の後半から三十年代の前半にかけて、無季俳句の領域に表現史上の新風を打ち立てたのは、林田紀音夫であった。その無季俳句は新興無季俳句の精神を継承しながらも、実作と理論の両面で、新興無季俳句が遺したものとは異なる新風であった。たとえば、新興俳句のエスプリ・ヌーボーのようなモダンなコードや、モダンな詩的情趣に林田は溺れることはない。また、新興俳句に大きな影響を与えた山口誓子の即物的な文体（西東三鬼や三橋敏雄の戦火想望俳句の文体を見よ！）に同調することもなかった。新興無季俳句で最も大きな成果を上げた渡邊白泉のイロニーの発想は継承したが、その文体や無季俳句についての考え方は大いに異なっていた。林田は新興無季俳句の俳人たちや戦後の俳人たちの作風とは異なる独特の口語文体による散文的な細みの文体を確立したのである。

大正十三年生まれの林田は、赤尾兜子と共に弾圧後の新興俳句に連なる最後の俳人である。大正末期から昭和初期に生まれた俳人は出征体験（海外出征とは限らない）の有無がその精神構造に大きな影を落としている。この戦争体験と、それに基づく戦没者への鎮魂の思い、それに加えて肺結核の闘病生活の有無が、いわゆる「戦後派」俳人とそれにつづく「第四世代」俳人（注＝沢木欣一による命名で、昭和一桁生まれを中心とする世代）とを分かつ重要な要素である。

洗つた手から軍艦の錆よみがえる　（「十七音詩」22号）

戦死者の沖からの波足濡らす　（『風蝕』以後）

と詠む林田はまぎれもなく「戦後派」俳人である。

その林田を、戦後間もなく、無季俳句の試みへと激しく誘発した動因があった。それは「永田耕衣と火渡周平の仕事にはげしく動かされて無季を試みた」と自ら言い、「終戦後間もなく、三鬼・耕衣氏らと共に神生彩史・火渡周平氏らの無季作品も見られた」(「十七音詩」10号)という三鬼らの無季俳句の試みであった。三鬼の「有名なる街」、周平の「花鳥昇天」、耕衣の「牛」の各無季俳句の連作や、彩史の句集『深淵』(昭27)の句などに、無季俳句の可能性を強く刺激されたのだ。

広島や卵食ふ時口ひらく　三鬼
セレベスに女捨てきし畳かな　周平
行く牛の月に消え入る力かな　耕衣
深淵を蔓がわたらんとしつゝあり　彩史

だが、林田はこれらの句に誘発されながらも、これらの句を批判的に乗り越えることにより、林田独自の無季俳句を確立した。

では林田は、三鬼らの戦後の無季俳句の展開に対してどのような批判的な認識を抱き、それを乗り越えようとしたのか。林田は言う。

戦後の無季俳句は、戦前のそれが全面的に失敗であつたと断定するところから出発した。そして不思議なことに、「風流より生活へ」の根本理念が忘れられ、過去の奔放な詠ひぶりに対する反動として俳句性の掣肘を伝統的な意味で肯定することから始められた。三鬼氏が「広島」「行列」だけで行詰まつた原因はそこにあるし、永田耕衣・波止《はし》影夫・火渡周平等の諸氏の印象深い諸作品が次の展開を示さなかつたのもそのためである（「無季俳句実践の第一歩」-「十七音詩」第9号）。

戦後の無季俳句が行き詰まったのは、俳句性の掣肘を肯定することから始まったためだ、と林田は批判する。批判された三鬼や耕衣らの戦後の無季俳句は前に引いた四句など。これらの無季俳句は、林田の無季俳句の理念とどこに径庭があるのか。その着眼点は「俳句性の掣肘」。「広島や」の句を含む三鬼の「有名なる街」は原爆都市広島を詠んだ連作（注=高屋窓秋がこの連作の鑑賞文を書き、それがGHQの事前検閲でデリートの処分を受けた）。〈行列に顔なし息をしつつ待つ〉などを含む「行列」の連作は、戦後の食糧難による配給の行列を詠んだものか。したがって、共に「風流より生活へ」には符合する。林田の意に反している点は「広島」や「行列」を季語に代わるキーワードとして用いた点と、切字「や」とともに即物的表現を用いた点であろう。耕衣の「牛」の連作では、季語に代わるキーワード「牛」や、切字「かな」を用いた定番の韻文的文体であろう。周平の句では、有名な「セレベスに」の句のように社会性を孕んでいても、切字を用いた定番の韻文的文体になっている点であろう。

林田は「俳句性の掣肘」の主要な一つである「季語」に懐疑の目を向ける。「十七音詩」の創刊号（昭28・10）では、星野立子の〈誰もみなコーヒーが好き花曇〉など、予定調和の季語の取り合わせを批判する。林田が季語を否定するのは、この句のような季題趣味では、季語に付随する伝統的情趣や俳味によって個の独自性やポエジーは類型化し、希釈化されてしまうからだ。林田は何よりも、現代社会の機制（メカニズム）の中に生きる庶民の個の独自性や、機制や組織からの疎外感や、現代の斬新なポエジーを求めた。だから、季語に関して、次のようにも言う。

俳句を十七音詩として把握することにより新しい俳句の誕生を念願する。（略）中世的文学理念のつき纏《まと》ふ俳と季の束縛を断ち切つても、なほそこに俳句の骨格を形成する特性は失はれず、むしろそれによつてこそ現代民衆の詩精神を盛るに相応しい新しい俳句の誕生が可能であると確信する（「十七音詩」の「創刊の辞」）。

即物的表現を特色とする俳句は、季語の古典的羈絆《きはん》を脱するときに、始めて現代にも生き得るであらう（「写真サロン・季語」―「十七音詩」創刊号）。

季語を根底とする限り、遂に或る約束の埒内《らちない》にとどまらざるを得ない宿命は、俳句の可能性の一端を殺《そ》ぐ事になりはしないか（「季語への錯誤」―「十七音詩」第3号）。

だが、いったん肯定してきた誓子や三鬼などの即物的な把握へも懐疑の目が向けられる。

われ遂に鳴くこほろぎの声と化す　　山口誓子

この狭い「われ」へ追込（ママ）まれてゆく悲劇は決して俳句のもつ宿命の故ではない。（略）ホトトギスの写生提唱以来の物に対する虚心な執着が、場を変へて素材としての自己へ転化されただけのこと。（略）われわれが関心を払はなければならぬのは、この狭い「われ」の意識を、人間と人間とのつながりに於て生活してゐる社会のメカニズムの中にあつて、批判的な能動性を以てはたらかせる、それの作品への実践である。（略）俳句は「物」なくしてはあり得ない―といふ三鬼氏の物が何時の場合でも主体であり優先すると、極論すれば、常に見る立場に身を置いて絶えず眼をギラつかせてゐなければなるまい。（略）必要なのは批判する要素であり、その感情の伝達のために最善の道は主体を自己へ取戻すことである（「即物性への疑問」―「十七音詩」第4号）。

さらに、渡邊白泉のキーワードによる「新興季論」や、石田波郷の韻文精神や韻律を重視した定番的文体へと懐疑の目を向ける。

季語に代る普遍性・連想性に富んだ言語を探りあてることによつて、無季俳句もまた在来の俳句に比肩するボリウムを持ち得ると考へるのは早計である。（略）事物のひとつを表はす部分的な言葉が重心になるのではなしに、季を棄てた代償として得られる近代的なポエジーを十七音に結晶せしめた一句そのものが重量感ある共感を呼ぶのである（「無季俳句実践の第一歩」既出）。

これまで俳句は韻文精神で貫かれ、散文化を極度に恐れて来た。そして、その韻律が季題や切字と無関係でないといふことを〈霜柱俳句は切字ひびきけり《ママ》―波郷〉の句とともに此処に諒解出来るのである。（略）が、俳句としてのリズムを従来の形で余りに尊重し過ぎると、表現面からかうした制約を肯定しなければならなくなる。（略）季語を排し、然もそれに代る詩語などの連想性に頼らず一句全量を以て訴へる内容の重さを大切にした場合、表現の息づかひは必然的に変つてこなければならないことを僕は意識してゐる。（略）仮令《たとい》有季の句であつても散文化する例はあるが、無季の場合、季語を必要としない詩精神は敢《あ》へて意識的な冒険を試みるやう要求するであらう（「散文化に関して―無季俳句の実践」―「十七音詩」第10号）。

季題と切れを重視した波郷の韻文精神を体した俳句が、「霜柱」の句の文体が物語るように紋切り型の表現構造に陥ったことは、よく知られている。林田は季語・切字・即物的表現・もの・韻文性という伝統的な俳句で必須とされてきた要素の縛り（俳句性の掣肘）を解き放ち、無季の散文的表現によって一句の全量をもって訴えようとしたのである。それが林田の「意識的な冒険」の試みである。また、表現内容としては、現代社会のメカニズムやヒエラルヒーの中で疎外された庶民（市民としてのヒエラルヒーを得られぬ無名の庶民）の列中に自らを置き、その疎外された内面意識を掘り下げ、表出しようとした。

昭和二十年代の「金剛」「青玄」時代には、

死ぬわれに妻の枕が並べらる　（昭24）
棚へ置く鋏あまりに見えすぎる　（〃）
鉛筆の遺書ならば忘れ易からむ　（昭28）

など、主として闘病生活というプライベートな日常に焦点を当て、口語的・散文的な独特の無季俳句の文体を創出することに実践の工夫が注がれた。

二十年代末から三十年代の「十七音詩」時代に入ると、

隅占めてうどんの箸を割損ず　（3号）
葬送の酒に手を出し縁消ゆ　（6号）

銀行へまれに来て声出さず済む　（8号）
運河には個のさびしさの影とどかず　（10号）
受けとめし汝と死期を異にする　（〃）
黄の青の赤の雨傘誰から死ぬ　（14号）
舌いちまいを大切に群衆のひとり　（16号）
マラソンのおくれた首を消さずに振る　（19号）
引廻されて草食獣の眼と似通う　（21号）
消えた映画の無名の死体椅子を立つ　（22号）

など、無名の群衆の一人、無名の庶民の列中の一人として他者とかかわりながら生きる個の内面意識や心理の屈折をモチーフにした独自の表現様式を確立した。

「隅占めて」「銀行へ」「運河には」「黄の青の」「引廻されて」「消えた映画」などの句には、とりわけ無名の庶民の個のさびしさや疎外感が読み手の胸の奥にしみ入るように発信されている。林田の無季俳句の核心と言っていい。

最後に引いた「消えた映画」については、林田俳句の核心に触れた鮐山實のみごとな鑑賞がある。

椅子を立つのは作者自身であるが、ニュース映画かあるいはリアリティの強い劇映画に感動した作者が、この場合最大のショックを受けたのは、名も無い一人の庶民の死であり、自分もその無名の人間の一人だという連帯意識からくる、その死者への愛のきづな《ママ》が、そういう連帯を断ち切る力によつてようしやなく切り崩されていくことであつた。映画がおわり茫然と、しかしぬくぬくと生ま身で椅子を立つた自分の像が焼きつけられている作品である。（略）孤独と連帯性とはどうつながるのか。（略）林田の作品では先にみたようにこの二つは明らかに共存し、協同している。（略）孤独とは何時も離れたところから、醒めた目で自分を見つめる魂であり、そのためには自分を突きはなし、自分がまとつている衣裳や粉飾を剝ぎとつて丸裸にもする。それは逆に、何を見、何を意識してもその丸裸の自分にたちかえつてくる魂でもある。そういう醒めた目は己れのうちに人間の本質を発見し、この本質の普遍性を介して他の孤独な魂たちを意識し、つながる（「林田紀音夫論」―「十七音詩」第23号）。

これは「消えた映画」の句の鑑賞であるばかりでなく、みごとな林田紀音夫論にもなっている。飴山は林田の句に「作者の心音」をはっきりと聞いたのである。他方、その後（昭和三十年代末）、飴山は、金子兜太や沢木欣一らの戦後の社会性俳句は「社会性」という合言葉で表面的に連帯しただけで、そこには作者の心音が聞こえないと断じた有名な「戦後俳句」批判を行った。

飴山に倣って読み解けば、「隅占めて」の句は大衆食堂の隅の席でうどんを食べる孤独で疎外されたような無名の庶民の主人公に自分の分身を見出すことで、孤独な魂どうしが繫がるということだろう。また、「引廻されて」の句も、現代社会のメカニズムの中で、あちこち引き廻されて生きてきて、もの悲しく空ろな眼をした主人公に自分の分身を見出して、孤独な魂どうしが繫がるということだろう。

林田はこれらの句を第一句集『風蝕』（昭36）に収録したが、昭和三十六年以後の句を収録した第二句集『幻燈』（昭50）でも、

筏で流された夜のようにひらたく寝る　（昭36）
生きのびて流れる方へ傘をさす　（昭37）
いつか星ぞら屈葬の他は許されず　（昭38）
滞る血のかなしさを硝子に頒つ　（〃）

など、孤独な魂に共鳴させる口語文体による独自の無季俳句を作った。

最後に、林田紀音夫・鈴木六林男・佐藤鬼房の三人は、暗喩のコード化に陥った関西の前衛俳句の渦に巻き込まれることなく、それぞれ独自の社会性俳句を貫いたことを指摘しておこう。

5　「夜盗派」の挑戦　――島津亮と八木三日女

同人誌「夜盗派」（謄写版）の創刊は昭和二十七年四月だが、そこに至るには紆余曲折がある。昭和二十一年四月、鈴木六林男を中心に大阪府泉大津市で「青天」が創刊され、東の「群」（高柳重信ら）と呼応して既成の俳句を打破して戦後俳句における独創的な表現を目ざす青年の旗が掲げられ、果敢な試みがなされた。その作品における画期的な成果はたとえば、

生き残るのそりと跳びし馬の舌　　六林男（「青天」6号、昭21・9）

身をそらす虹の
絶巓
　処刑台　　重信（「群」26号、昭22・11〜12）

などであった。

　ところが、山口誓子主宰の「天狼」を創刊（創刊は昭和二十三年一月）するに際し、戦後の用紙不足のため「青天」を「天狼」に改題して発刊する処理がなされ、「青天」は昭和二十二年九月廃刊。二十三年一月、六林男・佐藤鬼房・島津亮らにより「雷光」が創刊され、西東三鬼の指導を受ける。「雷光」を廃刊し、二十六年七月「梟」を創刊。「梟」を廃刊し、二十七年四月「夜盗派」を創刊。主な同人は六林男・鬼房・亮・杉本雷造ら。したがって「夜盗派」は三鬼や六林男の系譜、その指導や影響を受けた同人誌と言えるが、昭和三十年代前半期には、すでに六林男や鬼房らは退会し、島津亮と八木三日女が中心的存在であった。

亮も三日女も、すでに昭和二十年代にそれぞれ独自の作風を確立した実力俳人であった。

象の足しづかに上る重たさよ　　亮
父酔ひて葬儀の花と共に倒る　　〃

土砂降りの傘の中にて諍へる　〃
氷挽く帯がほどけてならぬなり　〃
怒らぬから青野でしめる友の首　〃

「象の足」の句は第一句集『紅葉寺境内』（昭27）の冒頭句で、「処女作」と註記された昭和二十一年の作。渡邊白泉の、

あげて踏む象の蹠《あうら》のまるき闇　（『白泉句集』）

と並び、象の本情をみごとに捉えた忘れがたい傑作だ。「父酔ひて」は、喪主自らが会葬者の面前で葬儀の花と共に倒れる醜態を描くことで、父なる存在の哀しみとあわれを読み手の胸中深く刻んだ傑作。「土砂降りの」と「氷挽く」の両句は俳句の骨格と俳意をしっかりとつかみ、男性性が際立つ秀句。「怒らぬから」の句は第二句集『記録』（昭35）所収。昭和三十一年の作。サディスティックな友情行為には多分に男同士の同性愛《ホモセクシュアル》のにおいが感じられる。類例のない傑作だ。八木三日女の第一句集『紅茸』（昭31）にも、次のような独自の秀句が見られる。

緋牡丹を見し瞼《まなぶた》を持ちて嫁け　三日女
愛慾や蜜柑のしづ枝地に触り　〃
初釜や友孕みわれ潰れゐて　〃

香水や姙むを怖れ死を怖れず　〃

さしのぞくたび紅茸にまみゆるや　〃

例ふれば恥の赤色雛の段　〃

蛸を揉む力は夫に見せまじもの　〃

灼けし鉄管のたうちまわること知らず　〃

「緋牡丹を」の句は昭和二十一年の作で、亮の「象の足」の句と同年の作。二人は敗戦直後の同じ時期にデビューしていたのだった。三日女の句は全体的傾向として、内容面ではセクシュアリティー（性的指向性）が強く感じられる。調べの面では、命令形・打消表現・体言止めが使われ、力強く歯切れがよい。セクシュアリティーが強いと言ったが、鈴木しづ子のように性愛用語をふんだんに投入した性愛俳句や、桂信子や橋本多佳子のように身体や物に託した性的情念の表出とは異なる。「初釜や」や「例ふれば」の句に見られる強烈なイロニーを伴った把握に三日女の独自性がある。「灼けし鉄管」の句は視覚を中心とする感覚と知覚との融合により、のたうちまわることを許されない灼けた鉄管の非情な存在を捉えた透徹したリアリズムの傑作であろう。

だが、昭和三十二年以後は、島津亮も八木三日女も、三鬼・六林男・鬼房らのリアリズムを基調とした表現からは大きく逸脱した独特の異色の表現に傾斜していった。

時系列で作品を列挙してみよう。

ラッシュアワー白でこらえてシャツかがやく　亮　（「夜盗派」17号、昭32・8）
真っ直ぐあるいて消える人体広い工場　〃　（〃）
あざらしの愛咬鈍い太陽よ　三日女　（〃）
黒くたるんだ鎖のように使われる(1)　亮　（同18号、昭32・12）
盛り場を棒の十代湿った午後　〃　（〃）
固型になる吾等蒼びかるエスカレーター(2)　亮　（同20号、昭33・5）
えっ〳〵泣く木のテーブルに生えた乳房(3)　亮　（同21号、昭33・8）
満開の森の陰部の鰓呼吸　三日女　（〃）
ウランを平和へ河鹿死んでも合掌する　〃　（〃）
純な朝日に水母血潮のしづかなビル　門田誠一　（〃）
咬みつく陽綿蘇生させ嬉しい婆　三日女　（同23号、昭33・11）
ラッシュアワーのだぶつく斧らへ開く電車　亮　（〃）
僕らに届かぬ鍵がながれる指ひらく都市(4)　〃　（〃）
きついエレベーター嘔吐のさようなら達　〃　（〃）
汗の丸太ン棒の広場の人夫ぶ厚い都市　〃　（〃）
うしろ向けぬ改札の朝チューブの都市　亮　（同25号、昭34・3）
ビルで加速の紙幣に乗れぬ椅子のぼくら　〃　（〃）
雨をひかる義眼の都会死亡の洋傘(5)　亮　（同27号、昭34・9）

？？？まきつく楕円くびれぬ楕円　三日女　（〃）
飢えて禅な　洪水の村の粥の晩鐘[6]　亮　（同29号＝終刊号、昭35・2）
ミンチな父刺すフォークの妻子茹で死んだキャベツの家[7]　〃　（〃）
泳がぬ鱶の日曜の父ロープの家族[8]　〃　（〃）

金子兜太の「造型俳句」の提唱が典型的な例だが、昭和三十年代前半の新風の中心は社会性俳句の方法的な超克、発展として捉えられる。昭和二十年代の社会性俳句の成果は、表現方法的には二つの方法として捉えるのが妥当だろう。一つはリアリズムの方法。たとえば、佐藤鬼房の、

縄とびの寒暮いたみし馬車通る　（「夜盗派」創刊号）

など。寒さとわびしさが心に沁み入る寒暮の光景は、戦争の傷痕を人々の胸奥に刻んだ戦後の精神風土にも通じていよう。その意味で、「縄とび」の句は「草田男の犬論争」（草田男の戦時中の俳句〈壮行や深雪に犬のみ腰おとし〉をめぐり赤城さかえと芝子丁種《しばこていしゅ》の間で交された論争、昭22～24）のとき、赤城さかえの主張した「写実の果ての象徴」に通じる社会性俳句の秀句になり得ている。

もう一つはメタファーの方法。たとえば、富澤赤黄男の、

切株は　じいんじいんと　ひびくなり　（「太陽系」23号、昭23・10）

や、鈴木六林男の、

暗闇の眼玉濡さず泳ぐなり　（「現代俳句」昭25・6）

など。切株が内部から発する「じいんじいん」という重苦しく哀切な響きは、戦後の荒涼たる焦土と虚無的な精神の疼《うず》き。暗闇の中を眼玉を濡らさず泳ぐ行為は、戦後の混乱した社会情況の中で自己を見失わず、情況に向き合っていこうとする意志的な生き方。両句とも一句全体がメタファーの力を発揮した秀句だ。社会性俳句はメッセージ（イデオロギー）を露出させると、たとえば、

原爆許すまじ蟹かつかつと瓦礫あゆむ　金子兜太（昭30）

のようにスローガンや寓意に陥りやすい。他方、批評精神の欠如した素朴なリアリズムは、たとえば、

小説は義経ばやり原爆忌　佐野青陽人（「曲水」昭27・12）

のように社会性のある素材を詠み込んだだけになりやすい。社会性俳句で秀句を詠むのはむずかしいのだ。

さて、引用した島津亮の句には「ラッシュアワー」「エスカレーター」「エレベーター」「都市」「ビル」などの語彙が頻出するように、組織（企業・団体など）で働く都市生活者の疎外感などが中心的なモチーフになっている。その意味では昭和二十年代後半の社会性俳句と地続きであるが、

表現方法がもっぱら部分的なメタファーに頼っている点では昭和三十年代の新しい特徴である。このメタファーの駆使の背景には、関西に転勤した金子兜太が島津亮・堀葦男・赤尾兜子ら関西の「夜盗派」「十七音詩」「坂」などの俳人たちと交流し、「俳句の造型について」（「俳句」昭32・2～3）で造型俳句の方法論を立ち上げたことがあるだろう。
だが、問題は島津亮が多用した部分的なメタファーは俳句表現として効果的に機能したか否かにある。それを検証してみよう。

えっ〳〵泣く木のテーブルに生えた乳房

「木のテーブルに生えた乳房」とはシュールなイメージだが、これは何かのメタファーなのだろうか。島津亮の句に初めて接する人は大いに戸惑いを感じるだろうが、島津の句を読み慣れれば、メタファーではなく単なる見立ての表現だと種明かしができる。一人の女性が木のテーブルに上半身を伏せ、乳房を押しつけて「えっ〳〵」と声をあげて泣いている姿を見立てたのである。つまり、初めにそういう女性のイメージがあり、それを「木のテーブルに生えた乳房」と言い換えたのである。メタファーは二重性が象徴的に拡がっていかなければ効果的でないが、この句では「木のテーブルに生えた乳房」＝「木のテーブルに押しつけられた乳房」とぴったり重なり、暗喩のコード化、着せ替え人形に陥っている。

うしろ向けぬ改札の朝チューブの都市

朝のラッシュアワーの時間帯、後ろも向けぬほど密集した人々が改札口に押し出されてくる光景。それを「チューブの都市」（チューブの中身が押し出されてくるように群衆が無機質に生きる都市）と言い換えたもの。「夜盗派」21号（昭33・8）には「十七音詩」に発表された堀葦男の、

ぶつかる黒を押し分け押し来るあらゆる黒

が引用されている。この「黒」もラッシュアワー時に改札口やコンコースを押し合いへし合いして進む都市の群衆の光景を言い換えたもの。

固型になる吾等蒼びかるエスカレーター

「固型になる吾等」とは、エスカレーターに乗ることで階段式に一列ないし二列に鋳型化される光景を言い換えたもの。

きついエレベーター嘔吐のさようなら達

満員の密閉されたエレベーターが上昇し、ある階で停止したとたん、何人かが吐き出されるように降りた光景を「嘔吐のさようなら達」と言い換えたもの。

泳がぬ鱶の日曜の父ロープの家族

日曜日なので働きに行かず、家の中でごろごろしている父親を「泳がぬ鱶」と言い換えた。

「蟻の」の「の」は「のような」という古来の直喩の用法。その父親を中心に妻と子供たちが家の中でくつろいでいる核家族を、「ロープの家族」（ロープで繋がったような家族）と言い換えたもの。

このように島津が多用した部分的なメタファーは、本来のメタファーとしての機能を果たしておらず、新風とは言えないコード化したものだった。換言すれば、本来のメタファーとはベクトルが逆なのだ。それを具体例で説明しておこう。赤黄男の、

切株は　じいんじいんと　ひびくなり

は、根元近くから幹を切断された切株が年輪を晒《さら》しながら、じいんじいんと重苦しく、呻《うめ》くような響きを立てている。この視覚と聴覚が融合した切株の痛ましいイメージが第一次のイメージ。このイメージはその奥へと拡がってゆき、敗戦後の焦土と化し、あちこちに焼け残った残骸や樹が晒されている荒涼たる光景や、戦争の傷を負い焦土に生きる人々の虚無的な精神の疼きなどの第二次のイメージと二重化される。これがメタファーが効果的に機能した本来のメタファー。他方、島津の「泳がぬ鱶」の句は、初めに、日曜日に父親を中心に家の中でくつろぐ核家族のイメージがあり、父親を「泳がぬ鱶」、核家族を「ロープの家族」と思わせぶりの言葉で言い換えただけ。言葉がコードであり、判じ物であって、読み手側から言えば、その謎解き遊びが終われば一件落着。メタファーが二重性の奥行きをもって拡がってゆかない。

もう一例挙げておこう。

広場に裂けた木塩のまわりに塩軋み　赤尾兜子

「広場に裂けた木」と「塩のまわりに塩軋み」という視覚的には極めて異質なイメージを取り合わせた二物衝撃法の句。この二つの異質で具体的なイメージが第一次のイメージだが、単に二物衝撃で終わるのではなく、メタファーとして二重性を帯びた奥行きをもって拡がっていく。それは第一次の二つのイメージが感覚的にはアナロジーとして交感するからである（いわゆる「とりはやし」）。「広場に裂けた木」からは傷つき、内面がむき出しになったような痛ましさ。「塩のまわりに塩軋み」からはこすれ合ってひりひりするような痛みの感覚がある。このアナロジーの交感によって、木と塩の視覚的イメージが、現代人の繊細で傷つきやすい精神の痛ましさや疼きという感覚的なイメージへと二重性を帯びた奥行きをもって拡がる。

赤尾はこの第二次のイメージ（メタファーのイメージ）を「第三イメージ」と称して自分の独創的な方法のように主張したが、それは誤りだ。昭和十年代の「人間探求派」の中村草田男・加藤楸邨らが得意とした二物衝撃法もアナロジーの交感による第二次のイメージを生み出すものだったからである。赤尾は、

具体的な方法といえば、やはりメタファーを使い、二つないし三つのイメージをからみ合わせ、第三のイメージを構成してゆく方法、あるいはいわゆるアレゴリーしかないね（座談会「抽象俳句について」―「俳句評論」第8号、昭和34・5）。

とも言う。メタファーは象徴的に機能してこそ効果的なのであって、アレゴリー（寓意）のよう

に一義的なコードに陥っては効果はない。その点でも赤尾は俳句の方法についての洞察力が不十分だった。

では、昭和三十年代前半の「夜盗派」時代において島津の秀句は何だったのか。それは、

真っ直ぐあるいて消える人体広い工場

であろう。この句は昭和二十年代に島津が確立していたリアリズムに拠るもので、新風ではないが、広い工場の彼方へと直線的に姿を消す「人体」によって、工場労働者の個としての存在や固有性の喪失を感じさせる秀句。もう一つは、

僕らに届かぬ鍵がながれる指ひらく都市

この句は初めに、発展する都市の中に生きる市民として疎外感のイメージや観念があり、その発展する都市を「指ひらく都市」と言い換え、自分たち市民の疎外感を「僕らに届かぬ鍵がながれる」と言い換えたもの。その意味で前にたくさん分析した句と同じメタファーのコード化（メタファーの逆ベクトル）だ。ただ、その言い換え表現が以前分析した「判じ物」と違って、「指ひらく都市」「僕らに届かぬ鍵がながれる」というかなり具体的なイメージを結べる表現になっている。その点で「判じ物」の謎解き遊びの機制から辛うじて逃れ得た句と言えよう。

もっぱら島津亮の句に言及してきたが、八木三日女の句はどうか。

咬みつく陽綿蘇生させ嬉しい婆

肌を刺すような強い太陽光を擬人化して「咬みつく陽」と言い換えたもの。当時、いわゆる関西の前衛俳句や、「俳句評論」などで流行った奇を衒《てら》った言い換えで、他の語やフレーズとの詩的交感があるとは思えない。

捧樺美智子　一句
雲雀の天使零《ゼロ》の星まで昇りつめよ(9)　（「縄」3号）
ダム眠るごろごろ根株の晒し首　（〃）
黄蝶ノ危機ノキ・ダム創ル鉄帽ノ黄　（〃）

第一句は昭和三十五年六月十五日に反安保闘争に参加し、国会デモの最中に死亡した（圧死とも機動隊の暴行によるともいわれる）東大生樺美智子への追悼句。樺美智子の純粋無垢《むく》なたましいを「雲雀の天使」と言い換え、そのたましいが天界の極みまで昇天せよという観念を「零《ゼロ》の星まで昇りつめよ」と言い換えたもの。追悼の発想は常套《じようとう》的、観念的であり、その言い換え表現も観念的、感傷的。追悼の観念が先行し、思い入れが露出している。

第二句は静かに水を湛《たた》えたダムを「ダム眠る」と言い換え、ダムに接する山肌に掘り起こされた切株があちこちにごろごろしている光景を「ごろごろ根株の晒し首」と言い換えたもの。この言い換えは極めて陳腐。またこの言い換え法はすでに見てきた島津亮の着せ替え人形と同じ。

第三句は多用なレトリックが投入されている。イメージの面では上のフレーズと下のフレーズの二物衝撃法。音韻の面では頭韻と脚韻の交響。構文の面では対句法。片仮名表記による緊張感・危機感の表出など。上のフレーズは一匹の黄色い蝶が高所でダムを造っている作業員たちのあたりを乱高下しながらひらひら飛び回っているイメージ。下のフレーズは黄色い鉄帽をかぶった作業員たちが高所でダム建設に働いているイメージ。この二つの異質なイメージを統合する感覚的なアナロジーは危機感。だが、この句はメタファーとしての危機感へと滲透していこうとする前に、モザイク的なレトリックへと引き戻されていく弱点がある。とはいえ、「夜盗派」および「夜盗派」の後身「縄」に発表した三日女の句の中では最も工夫された一句だろう。

「夜盗派」の中心俳人島津亮と八木三日女が新風を切り開けなかった原因をメタファーの方法的な未熟・錯誤に求めてきたが、高柳重信は「夜盗派」終刊号（第29号、昭35・2）に寄せた文章でその原因を的確に指摘した。

この句集（注=「夜盗派」年刊合同句集『車座』）の作品には（略）言葉への素朴な偶像崇拝が顕著にみられた。そしてその原因は、あまりにも早く判ろうとしすぎることによるようだ（「『車座』の外から」）。

また、孝橋謙二は、

現在の難解俳句の解説を見ると、暗喩に関する独善的な用法と解釈が横行しているとしか私には思えない（「難解俳句の歴史とその理論」―「俳句」昭34・2）。

と、批評側の不備を指摘している。たとえば山口聖二が草田男の〈秋の航一大紺円盤の中〉について、「高柳重信が、かつて草田男俳句には暗喩がないと断定していたがこの作品はその代表的な暗喩作品」（「前衛俳句の方法談議」—「俳句研究」昭34・4）と論じたのは、見立てを暗喩と誤解したもの。創作者側の島津や八木にも山口聖二と同様の誤解があったのである。

〈注〉
（1）句集『記録』（昭35）では〈くろくたるんだ鎖のように使われる〉の表記
（2）同〈固型となる我等　蒼びかるエスカレーター〉の表記
（3）同〈えつえつ泣く木のテーブルに生えた乳房〉の表記
（4）同〈僕等に届かぬ鍵がながれる指ひらく都市〉の表記
（5）同〈雨をひかる義眼の都市　死亡の洋傘《かさ》〉の表記
（6）同〈飢えて禅な洪水の村　粥の晩鐘〉の表記
（7）同〈ミンチな父　フォークの妻子　茹で死んだキャベツの家〉の表記
（8）同〈泳がぬ鱶の休日の父　ロープの家族〉の表記
（9）句集『赤い地図』（昭38）では「悼」の詞書で〈雲雀の天使零の星まで昇りつめよ〉の表記

6　「戦後派」俳人の作風の展開と現代俳句協会賞受賞者

昭和二十年代後半の俳壇の顕著な現象は二つ見られた。一つは、いわゆる「社会性俳句」の勃興。もう一つは、いわゆる「戦後派」俳人たちの台頭。この二つの現象を生み出したのは、世代的に言えば、大正後期から末期にかけて生まれた俳人であり、戦中に暗い谷間の青春を生きた。したがって、戦争の心的傷痕、従軍戦死者への鎮魂の思いが深い。

彼らは単に世代的な勢力として俳壇に台頭したのではなく、それぞれ個性的な新風をもって登場した。その彼らが昭和三十年代前半にどのような作風の展開を見せたかを把握するため、まず昭和二十年代後半における彼らの個性的な新風を、それぞれ代表句一句をもって示しておこう（参照＝「特集・戦後俳句」―「俳句研究」昭45・9、「戦後新人自選五十人集」―「俳句」昭31・4）。

君はきのふ中原中也梢さみし　金子明彦（昭26）
血を喀いて眼玉の乾く油照り　石原八束（〃）
白桃や満月はや、曇りをり　森　澄雄（〃）
鰯雲日かげは水の音迅く　飯田龍太（昭27）
煖炉ぬくし何を言ひだすかもしれぬ　桂　信子（〃）
縄とびの寒暮いたみし馬車通る　佐藤鬼房（〃）
天地《あめつち》の息合ひて激し雪降らす　野澤節子（〃）
白地着て血のみを潔く子に遺す　能村登四郎（〃）
暗闇の下山くちびるをぶ厚くし　金子兜太（昭28）
汝が胸の谷間の汗や巴里祭　楠本憲吉（〃）
金魚玉とり落しなば鋪道の花　波多野爽波（〃）

逢ひにゆく八十八夜の雨の坂　藤田湘子（〃）
白蓮白シャツ彼我ひるがえり内灘へ　古沢太穂（〃）
蛸を揉む力は夫に見せまじもの　八木三日女（〃）
鉄階にいる蜘蛛智慧をかがやかす　赤尾兜子（〃）
五月の夜未来ある身の髪匂う　鈴木六林男（昭29）

軍鼓鳴り
荒涼と
秋の
痣となる　高柳重信（〃）
秋風や書かねば言葉消えやすし　野見山朱鳥（〃）
隅占めてうどんの箸を割り損ず　林田紀音夫（〃）
干し物をつひに隠さず出棺す　堀　葦男（〃）
水浸く稲陰まで浸し農婦刈る　沢木欣一（〃）

一句一句の違いに目をつぶり、概括的に特徴をまとめてみると、金子（明）・波多野・野見山・林田・堀は内面の意識や心理を繊細、鋭敏に捉える傾向。森と藤田は季語の美的情趣を捉える傾向。桂・楠本・八木はセクシュアリティー（性的指向）を意識する傾向。古沢と高柳は戦争や米軍基地へのかかわりを一方はリアリズム、他方はメタファーで表現する。飯田と金子（兜）は対象（自然）への鋭敏な感覚的反応。能村と沢木は血筋の継承と厳しい風土の中の生を捉えた句。野澤は自然の激しい気息を凝視する。生活の底辺に注ぐ佐藤の目と、青年の生命感を捉える鈴木の感覚。石原はこの世代特有の肺結核による闘病生活の惨状に肉薄。

　では、彼らは昭和三十年代前半にどのような新たな作風の展開を見せたのだろうか。「特集・戦後俳句」（「俳句研究」昭45・9）や総合俳誌「俳句」「俳句研究」などを参照しつつ探ってみる。

音楽漂う岸侵しゆく蛇の飢　赤尾兜子（昭32）
ブランコ軋むため傷つく寒き駅裏も　〃（〃）
蛾がむしりあう駅の空椅子かたまる夜　〃（昭33）
広場に裂けた木塩のまわりに塩軋み　〃（〃）
密漁地区抜け出た船長に鏡の広間　〃（昭34）
くらがりに歳月を負ふ冬帽子　石原八束（昭33）
青年鹿を愛せり嵐の斜面にて　金子兜太（昭30）
白い人影はるばる田をゆく消えぬために　〃（〃）
銀行員等朝より螢光す烏賊のごとく　〃（昭31）
朝はじまる海へ突込む鷗の死　〃（〃）
彎曲し火傷し爆心地のマラソン　〃（昭33）

冬森を管楽器ゆく蕩児のごと　〃（昭34）
果樹園がシャツ一枚の俺の孤島　〃（昭35）
馬の目に雪ふり湾をひたぬらす　佐藤鬼房（昭30）
女児の手に海の小石も睡りたる　〃（昭34）
塩田に百日筋目つけ通し　沢木欣一（昭30）
怒らぬから青野でしめる友の首　島津　亮（昭31）
真っ直ぐあるいて消える人体広い工場　〃（昭32）
えっ〳〵泣く木のテーブルに生えた乳房　〃（昭33）
僕らに届かぬ鍵がながれる指ひらく都市　〃（〃）
吹操銀座昼荒涼と重量過ぎ　鈴木六林男（昭31）
いつまで在る機械の中のかがやく椅子　〃（昭32）
擦過の一人記憶も雨の品川駅　〃（〃）
戦争が戻ってきたのか夜の雪　〃（昭33）
古仏より噴き出す千手　遠くでテロ　伊丹三樹彦（昭35）

日が
　落ちて
山脈といふ

言葉かな　高柳重信（昭30）

かの日
炎天
マーチがすぎし
死のアーチ　〃（〃）

まなこ荒れ
たちまち
朝の
終りかな　〃（昭33）

招きにまねく
かの
一髪の
青みどろ　〃（昭35）

白川村夕霧すでに湖底めく　能村登四郎（昭30）

暁紅に露の藁屋根合掌す　〃（〃）

白地着て父情ゆたかにあるごとし　〃（昭31）

無花果を捥がむと腕をねぢ入るる　波多野爽波（昭32）
葉桜の頃の電車は突つ走る　〃（昭33）
銀行へまれに来て声出さず済む　林田紀音夫（昭30）
受けとめし汝と死期を異にする　〃（昭31）
黄の青の赤の雨傘誰から死ぬ　〃（昭32）
マラソンのおくれた首を消さずに振る　〃（昭34）
引廻されて草食獣の眼と似通う　〃（昭35）
消えた映画の無名の死体椅子を立つ　〃（〃）
洗つた手から軍艦の錆よみがえる　〃（〃）
暗き湖より獲し公魚の夢無数　藤田湘子（昭34）
沖の暗さに触れず無花果の内部咲う　堀　葦男（昭32）
燈を遮る胴体で混み太る教団　〃（昭33）
見えない階段見える肝臓印鑑滲む　〃（〃）
ぶつかる黒を押し分け押し来るあらゆる黒　〃（昭34）
沼いちめん木片かわき拡がる慰藉　〃（昭35）
海女沈み遠く浮上のサブマリン　三橋敏雄（昭32）
古き巌すみれを挟み潤へる　〃（昭33）
死の国の遠き桜の爆発よ　〃（昭34）

海山に線香そびえ夏の盛り　〃（〃）

世界中一本杉の中は夜　〃（昭35）

早乙女の股間もみどり透きとほる　森　澄雄（昭30）

磧にて白桃むけば水過ぎゆく　〃（〃）

満開の森の陰部の鰓呼吸　八木三日女（昭33）

黄蝶ノ危機ノキ・ダム創ル鉄帽ノ黄　〃（昭35）

これらの句を通覧して、まず気づくことは、米軍基地反対闘争や原水爆実験反対運動など反米的な政治的イデオロギーに根ざしたいわゆる「社会性俳句」から、組織と個人という社会の仕組みが必然的にもたらす連帯と疎外、軋轢とそれに伴う精神的な痛みやストレスなどへと主要なモチーフが移行したことである。それは金子兜太の関西転勤を一つの契機として勃興した関西の前衛俳句の奔流と重なっていた。

音楽漂う岸侵しゆく蛇の飢　赤尾兜子

広場に裂けた木塩のまわりに塩軋み　〃

銀行員等朝より螢光す烏賊のごとく　金子兜太

果樹園がシャツ一枚の俺の孤島　〃

真っ直ぐあるいて消える人体広い工場　島津　亮

僕らに届かぬ鍵がながれる指ひらく都市　〃
吹操銀座昼荒涼と重量過ぎ　鈴木六林男
いつまで在る機械の中のかがやく椅子　〃

まなこ荒れ
たちまち
朝の
終りかな　高柳重信

銀行へまれに来て声出さず済む　林田紀音夫
受けとめし汝と死期を異にする　〃
黄の青の赤の雨傘誰から死ぬ　〃
引廻されて草食獣の眼と似通う　〃
消えた映画の無名の死体椅子を立つ　〃
燈を遮る胴体で混み太る教団　堀　葦男
見えない階段見える肝臓印鑑滲む　〃
ぶつかる黒を押し分け押し来るあらゆる黒　〃

これらが昭和三十年代前半の主要なモチーフの範疇《はんちゅう》に属するもの。高柳を除いては全て関西在住の俳人であることも際立った特徴だ。表現方法としてはリアリズムとメタファーの方法が混在するが、メタファーが多用されるようになったことも大きな特徴。これは金子兜太の「造型俳句」論の影響と、モチーフが内面意識の表出へとシフトしたことの必然的な結果と言えよう。

赤尾兜子は「広場に」の句のように、極めて異質な二つのイメージの衝撃法を採り、それをアナロジーによって統合する方法(兜子の言う「第三イメージ」)を確立、多用した。金子兜太は「銀行員等」と「烏賊」との卓抜なアナロジーによって銀行員の生態のイメージを生き生きと作像した。また、都市近郊の田園地帯がベッドタウンとして変貌していく最中、父祖代々の果樹園を守り継ぐ青年の強い自恃を「俺の孤島」と卓抜な比喩で捉えた。島津亮は無名化された工場労働者の姿を「人体」としてリアリズムで表現する一方、発展する都市に生きる小市民の疎外感をメタファーで表現した。同様に堀葦男も、宗教団体の祭祀における信者たちの密集の一齣《ひとこま》を比喩を交えたリアリズムで表現して発展する教団を捉える一方、組織の中で将来への自己の展望が描けない都市生活者の心身の疲労感や、ラッシュ時に駅のコンコースなどに溢《あふ》れる都市生活者の生態をメタファーで表現した。

ただし、「「夜盗派」の挑戦」の節で触れたように、この二人のメタファーは象徴的な機能が十分でなく、言い換え・コード化に陥る傾向が見られた。堀の句の中ではそういう陥穽《かんせい》から逃れた「沼いちめん」の句が最も成功した句だろう。鈴木六林男は、多くのレールが複雑に交錯する巨大な操作場を移動する連結車や物を満載した貨車などを「重量」と抽象化して表現する一方、組織のヒエラルヒーの中での個人の不安定な危うさをメタファーで捉える。高柳重信の句は一般的に社会性がなく、幻想的な美意識の世界や個の内面の世界に閉ざされていると受け取られがちだった。しかし、すでに昭和二十年代の後半には戦争にかかわる社会性のある句をメタファーの方法で書いていた。「まなこ荒れ」の句も一見、個人的な憂愁感や倦怠感《けんたい》に閉ざした句に見えるかもしれない。だがこの句には現代社会を生きる個々の人間にそうした感情、一種の晩年意識を否応なくもたらす社会機構が背景にあるだろう。

そうした社会機構の軋《きし》みが個人の内面意識にもたらす疎外感を、無季俳句による書き言葉の口語文体で鋭く繊細に追尋し、書きとどめたのは林田紀音夫だった。「銀行へ」の句はATMが導入されたコンピューター社会を半世紀も前に先取りした句。「受けとめし」や「黄の青の」の句は連帯意識が冷めた意識によって引き裂かれ、孤立化する意識を鮮やかに捉える。「引廻されて」の句は組織の中で疎外されつづけた人物を、「草食獣の眼と似通う」と鮮やかな比喩で捉える。林田は昭和二十年代後半からそのモチーフと方法を一貫し、それをさらに稔り豊かに展開した。

伊丹三樹彦の一句、

古仏より噴き出す千手　遠くでテロ

は、千の慈手と千の慈眼を持ち、衆生を済度し給うという千手観音と、遠い異国のテロという対照的なイメージを配することで、後年のケネディ米大統領暗殺など、「テロ」を先取りした句として印象深い。

次に目につくのは、この世代に最も顕著に見られる従軍戦死者への鎮魂と戦争への思いを詠んだもの。

朝はじまる海へ突込む鷗の死　金子兜太
彎曲し火傷し爆心地のマラソン　〃
擦過の一人記憶も雨の品川駅　鈴木六林男
戦争が戻つてきたのか夜の雪　〃

かの日
炎天
マーチがすぎし
死のアーチ　高柳重信

洗つた手から軍艦の錆よみがえる　林田紀音夫
海女沈み遠く浮上のサブマリン　三橋敏雄
死の国の遠き桜の爆発よ　〃
海山に線香そびえ夏の盛り　〃

金子兜太の「海へ突込む鷗の死」は特攻隊のメタファーを意図したようだが、それは判じ物で、無理であろう。富澤赤黄男の句に、

軍艦が沈んだ海の　老いたる鷗

があるが、赤黄男の句の「老いたる鷗」は「軍艦が沈んだ海」というフレーズとの相互限定・交感により、敗戦後も生きのびた者のメタファーとなり、そこから海戦による戦死者への鎮魂の思いが伝わるのである。金子の句にはそういう言葉の相互限定という周到な用意がない。「彎曲し」の句は「彎曲し火傷し」という部分的メタファーが効果的に機能し、ありし日の原爆投下の惨状と、現在その爆心地を喘《あえ》ぎながら走るマラソン走者たちとが糾《あざな》えるダブルイメージとして浮上する秀句だ。鈴木六林男の「擦過の一人」の句は、中野重治の著名な詩「雨の降る品川駅」の引用により過去と現在の時間を往還させ、「擦過の一人」を同志的な関係として浮かび上がらせる重層的なドラマを生成する。この引用の方法は、すでに太平洋戦争の南方のバターン・コレヒドール戦（フィリピン）に参戦中、

遺品あり岩波文庫「阿部一族」　鈴木六林男

の傑作によって鈴木自身が確立したもの。鈴木は生涯を通じて意志的、持続的に「戦争」をモチーフとし、三橋敏雄も生涯を通じて「従軍戦死者への鎮魂の思い」を胸中深く蔵しつづけた。

沢木欣一が能登塩田に取材し、リアリズムの単一表現により「塩田に」という傑作を詠み、能村登四郎が岐阜県白川村の合掌造り集落に取材し、「白川村」の秀句を詠み、それぞれ風土俳句を刻印したのも忘れがたい。他方、社会性や風土性から離れた波多野爽波は「ホトトギス」の伝

統的な把握である「俳意」に闊達な独自性を発揮。森澄雄は空間的把握と時間的な把握に自己の資質を生かした。女性俳人の中では八木三日女がメタファーの表現で新風を開こうと奮闘した。

この時代に毎年現代俳句協会賞を受賞したのは、いわゆる「戦後派」俳人たちだった。現代俳句協会賞は新人賞だったので、彼らが受賞するのはいわば必然だったが、そのことも「戦後派」俳人の台頭を俳壇に強く印象づけた。ちなみに、この時期の現代俳句協会賞受賞者は、三十年＝野澤節子、三十一年＝金子兜太・能村登四郎、三十二年＝鈴木六林男・飯田龍太、三十三年＝目《め》迫秩父《さくちちぶ》、三十四年＝香西照雄であった。句集『百戸の谿』（昭29）の新風で鮮やかに登場した飯田龍太は、意外にもこの時期、秀句が見られない。また、句集『未明音』（昭30）で新風をもたらした野澤節子も秀句が見られなかった。

7 「前衛俳句」の成果

昭和三十年代前半の俳壇的な主流は前衛俳句の勃興とその推進だった。前衛俳句については、すでに前節までに断片的、間歇的に触れてきたが、ここでその主たる成果について概括しておこう。

いわゆる「前衛俳句」の新風は関西から吹き出した。昭和二十八年、金子兜太が日本銀行神戸支店に転勤以後、関西の革新系の俳人たちと交流、相互に刺激し合う中でその革新的な高まりは醸成されたものと言えよう。即ち、「夜盗派」（島津亮・八木三日女ら）、「十七音詩」（堀葦男・林田紀音夫ら）、「坂」（赤尾兜子・和田悟朗ら）などの俳人たちとの交流だ。兜太個人の展開としては、いわゆる「社会性俳句」の新たな方法的な展開であった。

この運動の理論的な推進力になったのは、兜太が自作〈銀行員等朝より螢光す烏賊のごとく〉（昭31）の句の創作過程の解析とともに立ち上げたいわゆる「造型」理論（「俳句の造型について」―「俳句」昭32・2〜3）。その背景には高柳重信が、いわゆる「社会性俳句」作家には新しい俳句詩法がないとし、それを嘱望したこと（「俳句に於ける「もの」と「こと」」―「俳句研究」昭30・3）、暗喩による心象《イメージ》の連鎖を説いたこと（「暗喩について」―「俳句研究」昭31・11）があった。かくして、いわゆる「前衛俳句」は兜太をイデオローグとし、「造型」理論をイデオロギーとして展開された。

したがって、「前衛俳句」の発端は三十一年から三十二年にかけてとするのが妥当である。当初は「難解俳句」「抽象俳句」といったネーミングが多用された。では、「前衛俳句」は何をモチーフとし、そのためにどんな表現方法を採ったか。いわゆる「社会性俳句」は米軍基地や米国の原水爆実験への反対など反米的なイデオロギーをモチーフとして、社会性のある素材を投入してリアリズムによって表現しようとした、政治的なバイアスが強くかかっていた。他方、「前衛俳句」は、昭和三十二年の流行語「ストレス」に象徴されるように、組織と個人、連帯と疎外、マッスの中の無名の市民など、社会の軋みやその中に生きる無名の市民の内面意識（精神的な痛みなど）をモチーフとして、イメージや暗喩を多用して表現しようとした。反安保闘争という時代の大きな潮流があったが、それに直接的にコミットすることはほとんど見られず、大衆市民社会をベースとした精神的・生活的なバイアスが強くかかっていた。

「前衛俳句」の範疇の規定は悩ましい。兜太を中心に関西前衛派（のちの「海程」と「縄」）で括ればいちばんすっきりする。戦後、いち早く「太陽系」を創刊し（昭21・4）、その後「薔薇」（昭27・8）を経て「俳句評論」（昭33・3）に至る富澤赤黄男や高柳重信らの活動を「前衛俳句」の範疇に入れるか否かは悩ましく、便宜的に折り合いをつけるしかないだろう。赤黄男や重信らの活動はイメージや暗喩によって個々の内面意識を掘り下げるものだったが、その志向は昭和二十年代前半から一貫しており、関西の「前衛俳句」の勃興を契機に興ったものではない。また、「俳句評論」の一般的な傾向としては、関西の「前衛俳句」とは異なり、時代と直接的に並走しようとする意識は稀薄であったが、他方、関西の「前衛俳句」の飛沫を浴びたことも確かであった。さらに、「俳句評論」は百人ほどの様々な同人が蝟集《いしゅう》し、表現方法を大きく異にする加藤郁乎がいる一方、赤尾兜子や和田悟朗など関西の「前衛俳句」の俳人たちも所属していた。しかも加藤郁乎は昭和三十六年には関西の「前衛俳句」の中心である「縄」（島津亮・八木三日女ら）に同人参加するという人的錯綜が見られる。結局、「前衛俳句」の方法的な概念と俳人の所属誌との間に整合性が見られないので、「前衛俳句」の範疇にすっきりとした線引きができないのである。

ここでは、当時の俳壇ジャーナリズムが行った枠組みを視野に入れて、便法として「俳句評論」系も範疇に含めておく。なお、金子兜太は「前衛派」を「戦前の新興俳句運動を経験した人たちと、それを囲む若い作者たち」と「新興俳句運動に客観的、乃至批判的であつた人たちと、それを囲む若い作者たち」に分けている（「前衛派の人々」―昭和三十六年度『俳句年鑑』）。そして、前者に西東三鬼・細谷源二らや「縄」「渦」（「坂」の後身）などを入れ、後者は「風」と「十七音詩」が中心だとする。これは「前衛俳句」の概括としてはその実体から大きくくずれている。兜太には新興俳句対人間探求派という固定観念があり、また「前衛俳句」は「社会性俳句」の延長だという認識の誤りがある。「前衛俳句」は「社会性俳句」の延長上に生まれたものであっても、モチーフと表現方法を大きく異にするものだ。そもそも三鬼や源二などを「前衛俳句」と括ることは、その概念から外れているし、「風」には兜太以外「前衛俳句」の推進者はいない。「縄」は新興俳句の系譜とは無縁だし、その系譜を言うなら、むしろ「十七音詩」の方がふさわしい。

　では、「前衛俳句」には作品上どのような成果が見られたのか。「前衛俳句」の審級（価値判断の枠組み、評価の階級）には二つの視点が効果的だ。即ち、象徴的な暗喩かコード的な暗喩か。形式（表現）と内容（主体）が融合しているか否か。「前衛俳句」の表現方法上の主要な特徴は暗喩を多用したことだが、象徴的な暗喩は表と裏のイメージが相乗的に交感し、渺茫《びょうぼう》たる詩的な奥行きと拡がりが生まれ、最良の効果がある。他方、コード的ないし寓意的な暗喩は表と裏のイメージが符合、限定され、詩的な奥行きと拡がりが得られない。

　まず、関西の「前衛俳句」から見ていこう。

銀行へまれに来て声出さず済む　林田紀音夫（昭30）

受けとめし汝と死期を異にする　〃（昭31）

黄の青の赤の雨傘誰から死ぬ　〃（昭32）
引廻されて草食獣の眼と似通う　〃（昭35）
消えた映画の無名の死体椅子を立つ　〃（〃）

林田紀音夫の俳句の表現方法には、他の「前衛派」の俳人とは著しく異なる点が二つある。一つは、暗喩をほとんど使わなかったこと。内面意識の表出には暗喩の方法は必然的だとする一般論に囚《とら》われず、林田はそれを表出したのである。もう一つは、俳句の構成法の定番である取り合わせ（二物衝撃）――つまり山本健吉の言う「時間性の抹殺」という畸型の文体――を解体して、それに代えるに散文的な文体をもってしたこと。林田にとって散文的な文体とは文節を「てにをは」で繋ぎながら、そこにイメージと韻律の屈折を設ける方法のことであった。その方法によって林田は無名の市民の疎外感を中心とする内面意識を一貫して詠んだ。その明確なメッセージの強さは、林田の自己表出の強さを反映している。

林田とは対照的に二物衝撃法を多用し、イメージと暗喩を駆使して、都市社会に生きる者の傷つきやすい内面意識や危機感などを表出したのが赤尾兜子。

音楽漂う岸侵しゆく蛇の飢　赤尾兜子（昭32）
ブランコ軋むため傷つく寒き駅裏も　〃（〃）
広場に裂けた木塩のまわりに塩軋み　〃（昭33）

密漁地区抜け出た船長に鏡の広間　〃（昭34）

兜子は第一句集『蛇』（昭34）の「後記」で、

> 神戸にいた金子兜太のエネルギーに接触、激しい制作欲に駆られた。社会との連帯意識の上にたつて、現代の傷心、孤独、不安といつた感情を定着すべく、私の思考や筆はのびていつた。

と自己のモチーフを語る。その一方で、

> 前衛、抽象、難解俳句と、俳壇の騒音はこのところ、新らしい勢力の誕生に沸き、私もその側の一人に数えられている。しかし私は、こうした革新的エネルギーの台頭は喜びたいが、騒音にはまきこまれないで、自分をたしかめてゆきたいと思う。

と書く。「前衛俳句」の奔放な渦中に巻き込まれないで、自己の方法とモチーフを追求しようとする自己抑制と省察に自覚的である。兜子はその主な方法として二物衝撃法を多用したが、彼はそれを「二つのイメージが重なつて第三のイメージに進展する」と言う。これは単なる二物（二つのイメージ）の衝撃ではなく、二物の間にアナロジーによる詩的交感が行われ、その相乗効果が引き出されることである。「広場に」の句は、広場で痛ましい内面を晒された裂けた生木のイメージと、塩と塩が軋み合い、ひりひりと疼くようなイメージとがアナロジーによって交感し、現代の都市生活者の内面の傷心の疼きをひりひりと伝える最良の成果だ。「密漁地区」の句も、「船長」と「鏡の広間」という異質なイメージを衝撃させることで、密漁船の船長の内面意識を鋭く照らし出した秀句。「音楽」の句は「岸」が前と後のフレーズを繋ぐ蝶番《ちょうつがい》の役割を果たしており、それによる蛇身のうねるようなイメージと韻律を通して危機感や不安感が表出されている。
関西の「前衛俳句」には林田紀音夫を除いては、現代の発展する都市に生きる市民の様々な軋轢、疎外感、不安感、内的な痛みや疼きなど「ストレス」に象徴されるモチーフを、イメージと暗喩を駆使して表現するという共通項が見られる。そういう試行を最も奔放に実践し、いわゆる「前衛俳句」の渦を巻き起こすとともに、自らその渦に翻弄された人物が島津亮だった。

父酔ひて葬儀の花と共に倒る　島津　亮（昭23）
怒らぬから青野でしめる友の首　〃（昭31）
えっ〳〵泣く木のテーブルに生えた乳房　〃（昭33）
僕らに届かぬ鍵がながれる指ひらく都市　〃（〃）
飢えて禅な　洪水の村の粥の晩鐘　〃（昭35）
〈シャガール〉ら鰭振り沈む七妖の藻の街角　〃（〃）

「父酔ひて」の句は、葬儀の場での父の醜態の像《イメージ》によって父なる存在の原像や哀しみに迫った傑作。「怒らぬから」も、若い男同士の同性愛的な戯れの一齣を描いた傑作。こうした傑作を持つ島津が、いわゆる「前衛俳句」に急転したのは何故か。おそらく兜太の唱えた「造型」理論に現代俳句の新たな可能性を確信したからであろう。イメージと暗喩の象徴性によって同時代と並走しようとした「前衛俳句」と、俳諧的な方法によって言葉の象徴性や同時代と切れた全く異質な俳句を創り出した加藤郁乎との差異を鮮やかに解析した仁平勝（「「前衛俳句」への一視点」『詩的ナショナリズム』、『加藤郁乎論』）は、

「前衛俳句」の破産とは、散文的な「思想」の問題を俳句形式に持ちこもうとするモチイフの破産であった（「「前衛俳句」への一視点」）。

と言う。「散文的な『思想』」の具体的な概念は明示されていないが、それが「前衛俳句」がモチーフとした現代の都市社会生活における様々な軋轢や疎外などを指すとしたら、それはモチーフ自体の破産ではない。前に引用した紀音夫や兜子の句はそういうモチーフを俳句形式によってみごとに定着しているからである。島津の俳句において「前衛俳句」の破産が見られるのは、モチーフゆえではなく、暗喩が象徴的な機能を果たさず、コード化に陥っているからである。たとえば、「えつえつ」の句（「えつえつ」はしゃくり上げて泣く女の泣き声の擬声語で、「えっえっ」と読む）で「木のテーブルに生えた乳房」というシュールなイメージに直面して、読者は「これは何だろう」と驚き、しばし訝《いぶか》しむ。だが、これは木のテーブルに乳房を押しつけて泣きじゃくる女の見立てだと気づくには、そう時間を要しないだろう。つまり、この句はテーブルに伏せり、乳房を押しつけて泣きじゃくる女の像《イメージ》が最初から想定されており、それを一見奇抜な言葉で言い換えたにすぎない。像《イメージ》と言葉は一対一で対応、コード化している。謎解き、絵解きが終われば、一件落着なのだ。「僕等に」の句も、発展する都市の中の疎外感の絵解きだが、島津の句の「前衛俳句」の中ではイメージの拡がりがあり、佳良なもの。「飢えて」の句も、洪水に襲われた村で、夕食に粥を啜《すす》ることで飢えをしのぐ家族の像《イメージ》が最初から想定されていることは見やすい。

島津の俳句における暗喩のコード化は、島津に限らず、関西の「前衛俳句」における顕著な負性だった。その負性に言及したついでに、「シャガール」の句の負性に言及した大岡信の見解を紹介しておこう。大岡は、「シャガール」ら、と言えば何かが伝わると思い込む言葉の表象力への過信と、五七五の定型を破壊しながら、同時にそれに寄りかかる矛盾を指摘（「現代俳句についての私論」-「俳句」昭36・7など）。この鋭い指摘は「前衛俳句」に共通な泣きどころであった。

燈を遮る胴体で混み太る教団　堀　葦男（昭33）
見えない階段見える肝臓印鑑滲む　〃（〃）
ぶつかる黒を押し分け押し来るあらゆる黒　〃（昭34）
沼いちめん木片かわき拡がる慰藉　〃（昭35）

堀葦男もイメージ・暗喩・抽象の三点セットで熱心に「前衛俳句」を試みた一人。島津が奔放で奇矯な言葉のモザイクを作り出したのに対し、堀は兜太の「造型」理論に従って意識活動を行い、言葉を組み立てる理知派。そのため、概して句の構造の骨組みが透けて見える。「燈を遮る」の句は宗教団体の祭祀で講堂に全国の信者たちが犇《ひし》めいている光景。「太る教団」は陳腐な比喩だが、「胴体」との縁語によって救われている。「見えない階段」と「ぶつかる黒」の句は単語やフレーズに最初から特定の意味を付した意図が見え透く暗喩のコード化。即ち、「階段」（=組織の中の昇進階段）の句は組織の中に生きるストレスの絵解き。「黒」（=群衆）の句は駅のコンコースなどに溢れる群衆の絵解き。「沼いちめん」の句は、沼いちめんに浮く乾いた木片のイメージが慰藉をもたらす喩えとして効果的に働いている、堀の句の中で最良の句。

初釜や友孕みわれ瀆れゐて　八木三日女（昭22）
例ふれば恥の赤色雛の段　〃（昭23）
蛸を揉む力は夫に見せまじもの　〃（昭28）
満開の森の陰部の鰓呼吸　〃（昭33）
黄蝶ノ危機ノキ・ダム創ル鉄帽ノ黄　〃（昭35）

八木三日女はセンシュアルな感性に特色を有する女性俳人で、すでに昭和二十年代にその特色を発揮した秀句を持っていた。その八木が島津亮と同様、昭和三十年代に入って、一転して女性「前衛派」として奮闘するに至ったのは何故か。金子兜太や島津亮などを中心とする関西の「前衛俳句」のエネルギッシュな活動に新たな俳句の可能性を見出し、自らも新風を創り出そうとしたからだろう。「満開の」の句は俳壇を大いに賑わしたが、センシュアルな暗喩のコード化が透けて見えすぎる。「黄蝶ノ」の句は多様なレトリックが用いられているが、読者の胸に暗喩による危機感のモチーフが滲透する前に、モザイク的なレトリックの網に搦《から》め捕られてしまう。また、イメージの結像力も弱い。

銀行員等朝より螢光す烏賊のごとく　金子兜太（昭31）

彎曲し火傷し爆心地のマラソン　〃（昭33）
冬森を管楽器ゆく蕩児のごと　〃（昭34）
果樹園がシャツ一枚の俺の孤島　〃（昭35）

「前衛俳句」のイデオローグ、金子兜太のこれらの句はイメージと比喩を多用した兜太らしい秀句。「烏賊」「蕩児」は直喩、「孤島」は見立てだが、それぞれ「銀行員等」「管楽器」「果樹園」とのアナロジーが効果的。金子兜太と言うと、その人柄も作風も一見豪放な印象があるが、理論ではなく、言葉に対する感度のよさが秀句を生み出す大きな要因である。「彎曲し」の句は文節ごとに細かい切れを用いてイメージを屈折させながらの連鎖法。被爆の過去と現在が往還するダブルイメージが効果的だ。

まなこ荒れ
たちまち
朝の
終りかな　　高柳重信（昭33）

俳句は数ある文学ジャンルの中で歯がゆいもの、「敗北の詩」である。したがって「俳句は本質的に前衛ではあり得ない」というのが高柳重信の一貫した認識だった。そして、重信は関西の「前衛派」たちの説く主張とその作品との乖離《かいり》を一貫して批判した。そういう重信を「前衛俳句」

の範疇で括るのは本意ではないが、多行表記の創出自体は、言葉本来の意味で前衛だろう。
高柳重信の多行表記の詩法は一行ごとに切れを設定し、イメージを累加していく連鎖法だが、言葉のイメージと暗喩による象徴的な映像に依拠する点ではいわゆる「前衛派」の方法と方向を同じくする。とはいえ、二つの点で「前衛派」とは異なる特徴があった。一つは同時代の思潮と並走しようとするモチーフは稀薄であったこと。たとえば、引用した「まなこ荒れ」の句は、「ストレス」という流行語に象徴される同時代を生きる憂愁感に重なっていようが、それは様々な軋轢を強いる同時代とことさら並走しようとすることによると言うよりは、高柳個人の人生観や感受性に根ざした憂愁感や倦怠感の暗喩による表出であろう。もう一つは、その暗喩の方法が、「前衛派」では部分的な暗喩が多用されたが、高柳の場合は「まなこ荒れ」の句のように一句全体を暗喩とする方法が採られたことである。この両者の暗喩の方法の違いについては、節を改めて言及する。

朝　顔　に　お　ど　ろ　く　朝　の　女　か　な　　加藤郁乎（『微句抄』）
サ イ ダ ー を サ イ ダ ー 瓶 に 入 れ 難 し　　〃（〃）
昼 顔 の 見 え る ひ る す ぎ ぽ る と が る　　〃（「青蝶」「黎明」昭29・8）
豆のかたちは莢のかたちにより決る　　〃（「黎明」昭29・9）
メタフィジカ麦刈るひがし日を落とし　　〃（「俳句評論」2号、昭33・5）
一　満　月　一　韃　靼　の　一　楕　円　　〃（「〃」6号、昭34・1）

天文や大食《タージ》の天の鷹を馴らし　〃（〃〃）
雨季来りなむ斧一振りの再会　〃（「〃」8号、昭34・5）

加藤郁乎については、すでに第2節「『俳句評論』の新風」で言及した。屋上屋を重ねる感は否めないが、やはりこの節でも言及しておくべきだろう。加藤郁乎の方法とモチーフは、畳語・畳韻・頭韻・掛詞・もじり・パロディーなど、和歌・謡曲・浄瑠璃・俳諧の伝統的な修辞を過激に尽くして、俳句の伝統的シンタックスや象徴的伝達性を解体した言葉遊びの愉悦、諧謔が狙いだった。ちなみに「朝顔に」の句は畳韻・頭韻を用いて芭蕉の〈朝顔に我は飯食ふ男かな〉をもじったパロディー。その句業は昭和二十年代後半の「黎明」「青蝶」など俳号「四雨」時代から三十年代の「俳句評論」の「郁乎」時代へと地続きで、そこに句集『球體感覺』（昭34）が成ったのである。

『球體感覺』上梓《じょうし》までに約十年の句業があったが、その間「四雨」（郁乎）は俳壇的には無名に近かった。だから、この『球體感覺』という異物の突然の出現は俳壇的な事件だった。だが、それは仁平勝が的確に言うとおり、「時代と寝ない」「言葉の象徴的な喚起力を拒否した」「俳諧の方法」（パロディーの方法）という俳句の方法としての事件だった（『加藤郁乎論』沖積舎）。それゆえ、郁乎の俳句は、時代と好んで寝て、言葉のイメージや暗喩による象徴的な喚起力で合歓しようとした「前衛俳句」とは方法的なベクトルが真逆であった。しかし、『球體感覺』は既成の俳句概念や表現に圧倒的な断層をもたらした異物だったので、「前衛」の本来の意味で最も前衛だったと言えよう。

『球體感覺』が出た当時、それに言及したのは高柳重信と大岡信ぐらいだった。それも、最も傑作とされる、

一満月一韃靼の一楕円
天文や大食《タージ》の天の鷹を馴らし
雨季来りなむ斧一振りの再会

などに印象批評的に言及したもので、『球體感覺』の方法を解析したものではなかった。仁平が言うように、『球體感覺』に対する既成の俳句批評はなす術《すべ》を知らなかった。『球體感覺』に対する明晰な方法的な解析がなされるのは二十七年後（昭61）、仁平が『加藤郁乎論』を書きはじめるまで待たねばならなかった。

『球體感覺』を郁乎の方法として論じる仁平は、郁乎をいくつかの名句によって論じるやり方を認めない。これは正論である。だが、私は、たとえば前に引用した傑作とされる三句を、郁乎が採った方法の中の顕著な方法的な成果として論じることを敢えて自己承認したいと思う。即ち、「一満月」の句は吉田一穂の三連詩法に倣い、三つのイメージを入れ子型に交感させて広大な宇宙へと拡がる球体的な造型を遂げた句。「天文や」の句は「天文」という学術的観念語と砂漠の民の壮大で神秘的な天空観の交感。壮大な奥行きを持つ天空を仰ぎ見るような造型的イメージは圧倒的。「雨季」の句は「斧一振り」という瞬時の剛強で切断的イメージによる暗喩の力が絶大。

偶発的で衝撃的な再会と潔い別れの像が鮮やかに立ち上がる。これらの三句や、

メタフィジカ麦刈るひがし日を落とし

白鳥は来る！　垂直のあんだんて

吉田一穂師

などを貫く方法は、アナロジー（類比）とコレスポンダンス（万物交感・詩的照応）による超絶的な詩的交感の美学。つまり、最も遠いものどうしの類比や詩的照応の極限を意図した方法で、そのスパークは最も詩的燃焼度が高い。そして、ここでは言葉のイメージや象徴的な喚起力が発揮されている。

結論的に換言すれば、『球體感覺』における加藤郁乎は、畳語・畳韻・ダブルイメージ・掛詞・語呂合わせ・もじり・抽象語や外来語の投入など、俳諧的な遺産としてのレトリックを奔放に駆使する方法で非具象俳句を目ざす一方、抽象語や抽象的な思惟までをも駆使した超絶的な詩的交感の方法を極限的に追求した、と（詳細は拙著『挑発する俳句　癒す俳句』筑摩書房を参照されたし）。

高柳重信や大岡信が「天文や」や「雨季」の句を傑作として採り上げたのも、そこにそういう詩的交感の成果を見ていたからではなかろうか。高柳が、『球體感覺』以後の『えくとぷらすま』『形而情學』『牧歌メロン』と続いた加藤の句業をほとんど黙殺したのは、『球體感覺』上梓の翌年（昭35）、「俳句評論」の全国大会の講演人事をめぐって加藤と対立、疎遠になったからではな

く、掛詞の連鎖・ダブルイメージ・引用・もじりなどのレトリックを日本語のシンタックスの解体に至るまで過激に推し進める方法に、俳句の可能性を見出すことができなかったからだろう。
加藤の同世代にもう一人、過激な俳句の実験者がいた。阿部完市である。精神科医の阿部は自らの体内にＬＳＤ（幻想・幻覚症状を発症する麻薬）を取り入れる人体実験を通して、幻覚症状下の脳内に浮上するシュールな像や潜在意識をオートマティックに記述しようと試みた。文字どおり体を張った前衛的実験と言えよう。

萌えるから今ゆるされておかないと　　阿部完市（昭35）
犀が月突き刺している明るさよ　　〃（〃）

前句は意識下の抑圧から浮上した切迫した潜在意識であろう。後句はシャガールの絵のような幻想的でシュールなリアリティー。共に、後に意識下から浮上する現瞬間の気分や直感を捉えようとした句集『絵本の空』（昭44）への過渡的な句で、読み手を妙に魅了する新鮮さがある。

8　「前衛俳句」の負性

いわゆる「社会性俳句」が素材主義、散文的表現、反米的・左翼的イデオロギーの予定調和表現などの負性作品を量産したのと同様、関西を中心とした、いわゆる「前衛俳句」も様々な負の表現を生み出した。その顕著な負の表現の一つとして暗喩のコード化があったことは、すでに前節で触れた。「前衛俳句」の負性については俳壇の内外から様々な人々による様々な批判がなされたが、それらを核心に触れた問題に絞り込めば、「暗喩の未熟」「韻律の疎外」「定型の逸脱」と言えるだろう。これらの負性を具体的な作品に即して明確に指摘した人物としては高柳重信・大岡信・岡井隆を挙げることができる。したがって、ここではこの三人の指摘、批判を採り上げれば十分だろう。ちなみに、「前衛俳句」も亜流が亜流を生む負の連鎖によって、前記のような負性作品が量産された。それらの負性は金子兜太の「造型」理論に倣ったところに発したものが多いと思われるが、それは「造型」理論の罪ではない。それは俳人たちの暗喩や言葉や定型への認識や具体的な作品生成の力量が未熟だったのだ。

まず、「暗喩の未熟」は「暗喩のコード化」と「言葉の伝達力への過信・オポチュニズム」として露出した。「暗喩のコード化」は、とりわけ島津亮と堀葦男に顕著だった。たとえば、

ぶつかる黒を押し分け押し来るあらゆる黒　　堀　葦男

当初「抽象俳句」と呼ばれたこの句の「黒」は「群集」と簡単に置き換えられる仕掛けである。つまり暗喩が詩的象徴を遂げておらず、単なる代置、コード化（符丁）に陥っている。

「言葉の伝達力への過信・オポチュニズム」は、たとえば「泡だつ夜」「密語の石」「寡婦の森」「唖の生産」など異質な名詞を繋げば詩的暗喩となると錯覚した言葉への甘え。この現象は、関西の「前衛俳句」から「俳句評論」の俳人たちにまで幅広く瀰漫《びまん》し、「前衛俳句」の伝達と享受

を錯綜、混乱させる主たる原因となった。

高柳は部分的メタファーを多用した「前衛俳句」に対して、

メタファーは、個々の言葉と言葉との関係や、イメージとイメージとの関係にとどまる筈はなく、はじめから、一篇の作品が、それ自体ひとつのメタファーになるように企図され計算されているのは当然のことである（「美学軽視の風潮」―「俳句評論」第3号）。

と、一句全体としてのメタファーを主張し、自らもそれを実践した。そして、「前衛派」の暗喩のコード化の原因を的確に突いた。

言葉というものは、それが単独にある場合には、その数多くの属性をふくめて、その言葉のもつ一切の意味を同時にもつているのである。そして、そこに他のもう一つの言葉があらわれて、相互に交感作用が生じたとき、はじめて方向性が出来、意味の限定がはじまる。ところが（略）いわゆる前衛派の中には、まだ単独のままでいるうちから（略）特定の意味を、勝手に付与している作家が数多く見られる（「前衛俳句診断」―「俳句」昭36・4）。

いわゆる前衛派の人たちの大部分が、言葉を他の言葉に単純素朴に換算する一種の遊戯に、異常な興味をもってしまった（「関西の前衛俳句について」―「俳句研究」昭36・10）。

大岡信は「現代俳句についての私論」（「俳句」昭36・7）で、

言葉という、本質的にものの形、ものの意味を喚起する媒体を用いて表現しようとする限り、非具象をとなえることは徹頭徹尾矛盾している。（略）

と、「前衛派」俳人たちの言葉についての認識を批判する。言葉はものの像《イメージ》を喚起し、意味を表し、象徴的な喚起力・作像力を持つものであり、俳句はその像や喚起力に依拠すべきだ、とする点で、大岡と高柳とは言葉についての認識を同じくする。加藤郁乎が非具象俳句を唱え、その後『えくとぷらすま』から『牧歌メロン』へと言葉の象徴的な喚起力を解体する逆ベクトルを試行したことに対して、大岡も高柳と同様言及しなかったことは、その傍証となり得るだろう。

次に、大岡は「前衛派」の言葉への楽天性に言及して「言葉の表象力に対する途方もない過信、疑いを知らぬ楽天性は、かなり多くのいわゆる前衛俳句作家に共通して」いる（同前）として、島津亮の〈〈シャガール〉ら鰭振り沈む七妖の藻の街角〉（初出では〈「シャガール」の鰭ら沈む七妖の藻の街角〉「縄」4号）を引き、「〈シャガール〉ら」と言えば何かが伝わると思い込む言葉の表象力への過信を指摘した。そして、

> 五七五の定型を制約と感じ、これを破壊しようとする絶えざる欲求を示す一方で、無理な語法のもたらす結果を、五音七音五音の音数律によつて緩和しようとすることは、明らかに矛盾している。（略）五七五の音数律は、俳句独自のダイナミックな力学を支える背骨にほかならない（同前）。

と、「前衛派」の楽天的な定型観とそれに因る実作での定型の逸脱のメカニズムを的確に批評した。

岡井隆も、「前衛派」の楽天的な定型観について、

> 定型とは（略）一定の音数律（略）の約束である。（略）時代の音声言語（話しことば）の動きによつて変わるものではありえない（「兜太の場合、紀音夫の場合」—「俳句」昭36・9）。

最短詩型だというより定型だということ、それとそれがほかならぬ、五・七・五だということ、それと過去にあれだけのすぐれた仕事があるということ、これが重要だと思うね（座談会「現代俳句のうちとそと」―「俳句研究」昭37・4）。

と、厳格な定型観を示した。これは金子兜太が俳句の固有性を「最短定型」という言葉で繰り返し主張したり、金子や堀葦男が口語の侵蝕で定型は変わり得ると語ったりした楽天的な定型観の泣きどころを鋭く突いたものだった。

「韻律の疎外」については、主に関西の「前衛派」が言葉の意味性やイメージに固執し、韻律を疎外した現象を高柳重信は批判し、ヴァレリーの言説を引き、詩の条件としての音楽性の重要さを説いた。

もし、詩人が、音楽的な条件を重要視せず、それを熟慮しなかった場合には、もし、その詩人の耳がいたずらに受動的であって、韻律、抑揚、音色が、詩の構成に於て意義の重要性に匹敵する本質的な重要性をもっていないことを観取した場合には、この詩人に対して、わたしは絶望しなければならないのであります（「酒場にて―前衛俳句に関する大宮伯爵の演説」―「俳句評論」第17号、昭36・3）。

最後に前衛俳句に対する高浜虚子の批判を挙げておこう。

俳句界が少しでも誤つた方向に進まうとしてをるのに気が附いた場合には、めい〳〵の意見として之を論すべきものと思ふ。俳壇人として其を闡明《せんめい》する義務があるものではあるまいか（「消息」―「ホトトギス」昭34・2）。

俳句形式の骨格を放恣《ほうし》に逸脱した前衛俳句に対して、伝統俳句墨守の立場からの気概に満ちた堂々たる批判であった。この二ヶ月後の四月八日、虚子は死去した。

9 高柳重信と金子兜太の暗喩方法論および暗喩作品の対比

戦後、句集『蕗子』（昭25）の巻頭句、

　身をそらす虹の
　絶巓
　　　処刑台

以来、いち早く暗喩導入を説き、実践してきた高柳重信の暗喩論および暗喩作品と、金子兜太のそれとを対比してそれぞれの特徴に言及しておこう。高柳の暗喩論は「暗喩について」（「俳句研究」昭31・11）で最もまとまった形で提示された。その主旨は次のとおり。

心象は、一定の方向に意識の関連をたもちながら、表現の世界を創造してゆく能動的な行為現象（略）造型とは、こういう心象を重ねて、一つの構造物を作ることである。それぞれの言葉は、それぞれの心象をえがく。そして、そうした言葉の集合の単位毎にも、やはり心象がえがかれる。しかも、そういう心象は、言葉の集合の単位から単位へと、次から次へと引き継がれ、次第に累積していって、最後に一つの作品全体の心象を形づくる。この場合、大切なのは、それらの心象が、より大きな包含的な心象に対して、常に合理的な一単位として存在していなければならないということである。（略）個々の心象と、それを集合する心象との関連は意味の上での論理性や心象形態の面からいえば、そのおのおのの色合・影・匂い・響きなどの属性から引き出される一連の類似性や調和である。

このように、高柳の暗喩法は心象を積み重ねて、最後に一つの作品全体の心象を形づくるというもの。即ち、一句全体が暗喩になる一個の構造物を造ること。この認識は前節の引用でも「一篇の作品が、それ自体ひとつのメタファーになるように企図され」（「美学軽視の風潮」既出）と言われており、高柳の暗喩論の特徴である。そして、個々の心象とそれを集合する心象との関係は色合・影・匂い・響きなどの属性から引き出される類似性や調和だと言う。

この高柳の暗喩論はマラルメの「影像の連鎖の方法」に倣ったもの。この方法は鈴木信太郎の『フランス象徴詩派覚書』（青磁社）では「マラルメは一影像が喚起し暗示するところに依つて他の影像を得、順次に影像を連結して一聯と為すものであつて、影像と影像との間には、その「類推の魔」に示す如く、類推《アナロジー》が存在するのみである。即ち、類推によつて距てられた影像の堆積であつて、排列ではない」と説かれている。この『覚書』は昭和二十四年刊行で、普及したものらしいので、当時、フランスの象徴詩には強い関心を抱いていた高柳は当然読んだであろう。

心象の連鎖法に比べ、金子兜太の造型論（「俳句の造型について」「俳句」昭32・2〜3）では「創る自分」の意識活動を中心に説かれており、「意識活動によつて自己の内部に対象を求めてゆく造型は必然的に暗喩を求める」（これは高柳の暗喩論に倣ったもの）と言うのみで、心象の連鎖には触れていない。金子の実作に照らして推測すれば、赤尾兜子の「第三イメージ論」（二物衝撃による交感・とりはやし）と同様にボードレールの「詩的交感《コレスポンダンス》」の方に中心が置かれていると言えよう。実作で検証してみよう。

銀行員等朝より螢光す烏賊のごとく　　金子兜太

この句は造型論において実作例として引かれた句。その創造過程が語られ、「ごとく」が使われていても「烏賊」は暗喩だと言う。これは強弁。この句は「銀行員等」と「烏賊」の二つのイメージを類比（アナロジー）によって交感させたところが卓抜。「ごとく」によって類比であることが明示され、類比の根拠も「螢光す」と明示されている（「烏賊」も海中で青白い光を発する）。明らかに直喩（明喩）だ。だが、直喩だからダメだと言うわけではない。直喩も暗喩も類比は同時に異質を伴う。類比が効果を上げるには異質性が際立たねばならない。この句の二つのイメージの類比の卓抜さは「銀行員等」と「烏賊」の際立った異質性に支えられている。この句は銀行員等の生態を烏賊の生態によって喩えて（直喩）表現したもので、「銀行員等」が何かの暗喩であるわけではない。

果樹園がシャツ一枚の俺の孤島　　金子兜太

この句は「果樹園が」「俺の孤島」だ、と言っているだけでアナロジーの根拠が示されていいない。したがって「孤島」は暗喩。隠されているアナロジーを発見し、暗喩を読み解くことが求められる。「孤島」とは海上遠く離れて一つだけある島のこと。では、なぜ「果樹園」は「孤島」なのか。それは「果樹園」が陸上で他のものから隔たって一つだけ存在しているからだ。つまり、都市近郊の田園地帯はベッドタウンとして住宅地へと変貌してゆき、今や住宅に囲まれ「俺」(青年)の「果樹園」がぽつんと一つあるだけだ、と言うのである。この句は「果樹園」自体が何かの暗喩ではないので、部分的な暗喩。このように金子には概して部分的な暗喩の多いのが特徴。

きみ嫁けり遠き一つの訃に似たり　高柳重信

この句は「ごとし」や「ごとく」の代わりに「似たり」というアナロジーを明示する語が使われており、直喩句。その意味で構造的には「銀行員等」とほとんど同じ。ただ、類比の根拠が明示されず、読者が読み解く仕掛けになっているところが若干異なる。もちろん根拠は大切なものを失った悲傷。

杭のごとく
墓
たちならび
打ちこまれ　高柳重信

句集『罪囚植民地』(昭31、句集『黒彌撒』に収載)の中の一句。『罪囚植民地』とは戦後日本国の暗喩。この句は「杭のごとく」という直喩を含んだ、いわば入れ子型の暗喩の句。高柳の説く「心象の連鎖」による暗喩のモデル的な句であり、かつ一句全体が暗喩となるモデル的な句である。四行に行分けして一行ごとに心象を屹立《きつりつ》させながら累加してゆく心象の連鎖であり、高柳が多行表記を採る根拠を明示した構成法。棒杭のごとく墓が立ち並び、脳天から打ち込まれている視覚的イメージ、即ち「墓」は明らかに敗戦後の日本の荒涼とした現実の暗喩であろう。

金子兜太にも一句全体が暗喩になる句がなかったわけではない。

わが湖《うみ》あり日蔭真暗な虎があり　　金子兜太

『金子兜太句集』(昭36)の中の一句で、昭和三十六年の作。兜太の俳句の中で暗喩を用いた最も完成度が高いものだろう。「湖」は精神的領土、精神世界の暗喩。日蔭に潜む「真暗な虎」は精神を脅かすもの、心の奥底に潜む自ら御しがたい性情や心性の暗喩として読み解けよう。兜太は、日本のマラルメと言われる竹内勝太郎の詩集『黒豹』(創元社、昭28)の中の「虎」や「豹」を知っていて、そこからイメージを引き出してきたのかもしれない。ともあれ、この視覚的イメージ豊かな暗喩は見事と言うしかない。

暗喩は直喩や見立てや寓意などよりもアナロジーの根拠が見えにくく、それゆえそれを読み解く精神の緊張感が生まれる。それが暗喩の持つ詩的密度であり、魅力である。とはいえ、鈴木六林男や佐藤鬼房のリアリズムの句も十分に現代に耐え得る句である。

かなしきかな性病院の煙突《けむりだし》　鈴木六林男

呼び名欲し吾が前にたつ夜の娼婦　佐藤鬼房

暗喩ばかりが切り札と言うわけではない。

10　関西の俳諧派と昭和世代の登場

昭和三十四年四月八日、鎌倉で高浜虚子が死去した。八十五歳であった。虚子は戦前・戦中の改造社の「俳句研究」や、戦後の「俳句研究」「現代俳句」「俳句」などの俳句総合誌、即ち俳壇ジャーナリズムに積極的にかかわることなく、もっぱら「ホトトギス」と朝日俳壇に拠り、「俳句は花鳥諷詠詩」だという一貫した信念の下、作句と選句を続けた。虚子は俳壇ジャーナリズムには積極的にかかわらなかったが、俳壇の俳句には関心を向けており、花鳥諷詠詩という自己の俳句観に立脚してそれらの俳句に言及していた。

春の山屍をうめて空しかり　高浜虚子（昭34）

これは亡くなる十日ほど前の三月三十日の作品。

大寒の埃の如く人死ぬる　高浜虚子（昭15）

大寒や見舞に行けば死んでをり　〃（〃）

などと同様、万物を「なるようになる」と観念する虚子の世界観、人生観が貫かれているニル・アドミラリの句だ。

虚子が死去した後、高柳重信は、

高浜虚子が死んだ。少なくとも僕にとつては、既に久しい以前から生きている屍に過ぎない存在であつた（「俳壇展望」―「俳句研究」昭34・6）。

と書いた。これは高柳だけでなく、戦後俳句を推進した、いわゆる「戦後派」俳人たちに共通した認識だっただろう。虚子の反近代の俳句は、たとえば富澤赤黄男の『黙示』（昭36）や加藤郁乎の『球體感覺』（昭34）のように、「戦後派」俳人たちを揺さぶり、驚かす衝撃力を持つものではなかったからである。

「ホトトギス」が播《ま》いた種は多様な俳諧の種。それはこの時代にも俳諧味の饗宴として健在であり、特に関西を中心として多様な俳諧味が見られた。

綿虫を指ざす誓子摑む三鬼　右城暮石（昭30）

どこやらが冬どこやらが春の雲　後藤比奈夫（〃）

粽結ふはじめのところ大切に　高野素十（〃）

寒波急日本は細くなりしまま　阿波野青畝（昭31）
ががんぼのタップダンスの足折れて　京極杞陽（〃）
皆が見る私の和服パリ薄暑　星野立子（〃）
便所の扉石で押へて吉野さむし　右城暮石（昭32）
夕方は滝がやさしと茶屋女　後藤比奈夫（〃）
無花果を捥がむと腕をねぢ入るる　波多野爽波（〃）
蝶々に蚕豆も花豆も花　高野素十（昭33）
鞄より水着出すとてすべて出す　山口波津女（昭35）

いわゆる「前衛俳句」の新風が関西から吹き出したように、この時代の俳諧味、諧謔味のある俳風は関西の俳人たちに際立っている。この現象は貞門・談林以来の地縁的な伝統とでも呼べばいいのだろうか。

夏の河赤き鉄鎖のはし浸る　山口誓子（昭12）

など即物非情な対象把握によって一時代を築いた山口誓子は、この時代に

雪埋《うも》るテレヴィアンテナ聰《さと》き枝　山口誓子（昭34）
月の下花火瓔《やう》珞《らく》ぶらさがる　〃（〃）

など、見立てを多用して諧謔味を狙った作風をもっぱらとした。誓子も関西の俳人。戦後、「天狼」に加わり誓子に師事した右城暮石は、元来諧謔味を得意とした俳人だったが、句集『声と声』（昭34）ではその天然キャラの諧謔にますます磨きがかかった。就中、「綿虫を」と「便所の扉」に加え、

火事赤し義妹と二人のみの夜に　　右城暮石（昭26）

の三句は暮石俳句の諧謔を堪能《たんのう》させてくれる。

「鞄より」の波津女は言うまでもなく誓子夫人。戦前、客観写生に独特の冴えを見せた高野素十が、戦後、諧謔味を濃くしていったのも一つの特色であった。

次に、昭和世代俳人に目を転じよう。昭和世代俳人たちが俳壇に群像として大きく台頭してくるのは昭和四十年代に入ってからだが、この時代にも次のような俳人たちが頭角を現し、初期の佳句を歴史に刻んだ。

かがまりて
竈火の母よ
狐来る　　大岡頌司（昭32）

万緑や死は一弾を以て足る　　上田五千石（昭33）

スケートの濡れ刃携へ人妻よ　　鷹羽狩行（〃）

鳥墜ちて青野に伏せり重き脳　安井浩司（〃）
夏ははや雲に思想のあるごとし　足立音三（昭34）
くわらくわらと　藁人形は　煮られけり　寺田澄史（〃）
青麦や軋る厠《かはや》は舟さながら　友岡子郷（〃）
藁《に》塚《ほ》裏の陽中夢みる次男たち　福田甲子雄（〃）
睡くなる子に麦秋の脱穀音　廣瀬直人（〃）
風摶つてわが血騒がす椎若葉　福永耕二（〃）

寸烏賊は
寸の墨置く
西から来て　大岡頌司（昭35）

空蟬の両眼濡れて在りしかな　河原枇杷男（〃）
蜂《ほう》窩《か》暗し父より悪の眼を享くや　齋藤愼爾（〃）

十代の同人誌「牧羊神」（昭29・2創刊）で早熟の才を示した寺山修司や、句集『球體感覺』の加藤郁乎も、言うまでもなく昭和世代の俳人。彼らについてはすでに詳細に言及した。引用した昭和世代の佳句を眺めると、それぞれの作風を示す個性がすでに鮮やかである。たとえば、民俗的・郷愁的な世界に強い関心を示した大岡頌司。歯切れのよい文体や斬新な感覚を特色とする上田五千石や鷹羽狩行。田園生活に根ざした「雲母」の福田甲子雄と廣瀬直人。青春の清新な感性を特色とする福永耕二。すでに観念的、形而上的な世界の入口に立つ河原枇杷男。悪や罪や暗い血筋などに執する齋藤愼爾。そして、彼らの佳句には、いわゆる「社会性俳句」や「前衛俳句」の影響ないしその負性が見られない。これは昭和世代の特徴である。

昭和三十年代前半を閉じるに際して、評論家・神田秀夫の業績に触れておこう。神田は昭和三十二年、『現代俳句集』（筑摩書房『現代日本文学全集　91』）を編み、その巻末に「現代俳句小史」を執筆。この編書は現代俳句の受容史上画期的なもので、その影響はいわゆる「戦後派」俳人から昭和十年代生まれの俳人にまで及ぶ。それは多くの俳人に読まれたという量の問題ではなく、近現代俳句史を初めて卓越した表現史として構築し、それに立脚してアンソロジーを構築したという質の問題である。「（秋桜子の抒情の）難点を克服して、現代俳句の成立を決定的なものにした功は山口誓子」「篠原鳳作、高屋窓秋、西東三鬼、富澤赤黄男、少くともこの四人は俳句を近代詩の水準に引きあげるために、これまでの伝統派の作者が誰もやらなかった仕事をした。その業績は、当時の秋桜子や誓子や草城より一歩をすすめたもの」（戦後、渡邊白泉が俳壇から離れ、孤独の天地に生きていたため、白泉の遺漏が生じたのは無念─川名）、「俳句を引きしめ、（略）俳句の今日あるは『第二芸術』説のおかげ」（以上「現代俳句小史」）。この王道的な表現史の骨格は神田の炯眼によって初めて構築されたものである。

また、神田は昭和二十年代から三十年代にかけて「俳句研究」「俳句」「天狼」などの俳誌に旺盛に俳句論考を執筆。それらの論考の特色は現代俳句の表現の新たな開拓・可能性のために実作者に対して実践的な提言であったことである。「連作敍説」(「俳句」昭30・7)では、単作の数珠繋ぎの連作に囚われず、主題の展開として高屋窓秋の『河』から高柳重信の『伯爵領』への発展に新たな連作の可能性を探った。「イロニイ敍説」(『現代俳句集I』現代俳句の会、昭30・7)では、井本農一の発想と表現の次元からのイロニー説に対して、社会や時代に対する態度や方法としてのイロニー説を提起。「定型と口語　I・II」(「俳句研究」昭31・11~12)では、口語の語法を俳句の文体に鍛え上げる臨床的方法を、山口誓子の文体の発展としての新興俳句に探った。神田秀夫は、写生や模写から脱却して映像を組織して重層性を得ることに俳句の可能性を見出していた。その意味では高柳重信の「影像《イマージュ》の連鎖」や金子兜太の「造型」論と重なっており、彼ら「戦後派」の実践にその成果を期待していたのである。

Ⅱ　入れ子型の俳壇の断層 ――昭和三十年代後半

1　俳句性をめぐる断層

昭和三十年代後半は、俳壇史的な視点を主軸にして眺めれば、入れ子型の俳壇の断層の顕在化と昭和世代の台頭の顕在化の時代である。即ち、前者は昭和三十六年の第九回現代俳句協会賞の選考をめぐって、主に旧世代の中堅派（中村草田男～石田波郷の世代）と新世代の「戦後派」（金子兜太・高柳重信の世代）との間で世代的・文学的な対立が激化、紛糾して協会が分裂。その結果、旧世代を中心とする俳人協会と、新世代の「戦後派」を中心とする現代俳句協会の対立という俳壇の対立構図が生まれた。これが一つ。

もう一つは、新世代の内部で俳句革新のための俳句観や表現方法論などをめぐって、「俳句評論」対「海程」、「俳句評論」対「縄」という同人誌間の対立、断層が生じたこと。この二つがいわば入れ子型の断層である。

まず、入れ子の大きな箱に当たる新旧世代の対立、断層に言及する。対立には文学的な要因と世代的な要因があった。この章では前者の文学的な要因に言及する。文学的な対立、争点は季語と定型を中心とする俳句性の認識と、内面世界を表現する意識的な表現方法の確立をめぐってであった。俳句性をめぐる対立の一つの契機は山口誓子の「堀葦男について─有能なる実験者の一人」（「大阪版朝日新聞」昭35・10・11）であった。誓子は「彼（注=堀葦男─川名）の考えている前衛俳句に俳句的形成がない」。「彼の選んだ作品には俳句的形式が見当たらなかった」、「意味に限定がない。（略）意味を限定するために言葉を選び選びする私などとちがうところである」と、堀を否定的に紹介した。堀は、誓子の俳句観の根底には俳句は十七音定型季題詩だと言い張る教条主義的信念がある（「架橋への実験─山口誓子氏に答える」─「俳句」昭36・3）と批判。金子兜太も誓子に対して「季題や季語というものを否定するかわりに、この世の一切の事柄を材料として駆使する。（略）俳句の伝統は最短定型詩型だけであり、これに現代的内容を盛ることこそ、正統への努力である」（「現代俳句の誘い」─「朝日新聞」昭36・5・30）と主張。誓子は直ちに「前衛俳句への疑い」（「朝日新聞」昭36・6・12）と語呂を合わせて反論。俳句性とは季物とものとのかかわりだが、金子の言説には「俳句性マイナス季語」という引き算のことを言っているだけで、「俳句性」（俳句にだけ備わっていて、俳句を他の詩と区別する性格）の説明がない。十七音で汲みとりさえすれば俳句になるというが、「前衛詩の切れ端」でよいのか。誓子はこのように反論した。

「俳句」（角川書店）昭和三十六年十二月号に「俳人協会清記」と題する「俳人協会」発足を知らせる記事が掲載され、現代俳句協会の分裂が公になった以後、中村草田男は「朝日新聞」（昭36・12・4）の「俳壇時評」に「真の「克服」はどちらか─意味不明の作品つづける前衛派」を寄稿。

「前衛派」は、俳句の伝統的条件のうち十七音とそのバリエーションという形式だけを方便的に認めて、内容的本質に結びついた「季題」の必然性を否定し、「俳句性」の意味を「短詩性」のそれに代置してしまった。季題が日本人同士の胸奥間にアピールするところの暗示力とそこから誘発される連想作用によって、一種日本的象徴方法によって個々の作品が達意の立体詩界となり得る。草田男はこのように金子兜太らを批判した。

金子兜太は「現代俳句　中村草田男氏へ」(「朝日新聞」昭36・12・19)で反論。「最短定型詩形」を必須として「季題」の必然性を拒絶するということは、「約束としての季題」を認めないことであって、自然の事象についての詩語を否定することではない。自然と社会の言葉を自由に、自分に即してこだわりなく使いたい。草田男の季題必然説は季題効用論にすぎない。兜太はこのように反論。

以上のように、俳句性をめぐる対立、論争は山口誓子対堀葦男・金子兜太、中村草田男対金子兜太として際立った。両陣営の主張を端的に言えば、誓子は季語と十七音という俳句性でしごく有季定型詩が俳句だという主張。草田男は象徴と連想機能を持つ季題と十七音との必然的な結合が俳句性だという主張。兜太は最短定型だけが俳句性で、約束としての季題を拒否して自然や社会の言葉を自由に使うという主張。

だが、この俳句性論争における俳句性の認識は、昭和十年代に草田男や誓子らと新興俳句の俳人たちとの間で激しく論争された季語論争における認識を上回ってはいない。いや、むしろ後退している。誓子は昭和十年代に、季語と十七音の結合の当為性は説明できないが、歴史的な所産としてそれを俳句性と認めるという「怯懦《きようだ》なる歴史派」として自らを位置づけたが、その認識や立場を超えるものではない。また、草田男の俳句観や俳句性に関する認識は、昭和十年代の「季題と写生」(「俳句研究」昭10・1)に始まり、第一句集『長子』(昭11)の「跋」文を経て、戦後の「萬緑」創刊号の「創刊に際して」(昭21・10)に至る、いわゆる「芸」と「文学」である。即ち自然への愛着に根ざす季題と十七音という伝統的な特質(芸)が俳句性であり、その「芸」と、作者の人生・社会・時代にかかわる内容＝「文学」の合一が俳句だ、というものである。誓子の俳句性論は論理的であり、草田男のそれは先験的・信念的であるという違いはあるが、昭和三十年代に「前衛派」に対して主張された両者の俳句性論は、共に昭和十年代にすでに確立された認識を深化させたものではなかった。

特に前衛俳句や金子兜太を激しく論難した草田男は、金子の造型俳句理論や、高柳重信の「草田男ら先輩作家と違って金子や僕など意識的に方法を立法した上で句作しているのだ」という主張に盲目だった。たとえば、草田男と兜太の対立の端緒とも言える座談会「潮流の分析と方向をさぐる〈上〉」(「俳句」昭35・8)で、「対象と自己との直接結合を切り離し、その中間に—統合者として—「創る自分」を定着させる」という兜太の「造型」論が全く理解できず、「自己」とのぬきさしならぬ連関を切り離したものだ、と批判し、その愚を兜太から厳しく咎《とが》められている。したがって、サンプルを挙げて言えば、草田男は、メタファーの機能が極めて効果的に発揮された兜太の造型俳句の傑作〈わが湖《うみ》あり日蔭真暗な虎があり〉と、メタファーが先験的にコード化した堀葦男の〈ぶつかる黒を押し分け押し来るあらゆる黒〉との詩的密度の差を識別する史的炯眼を持っていたのではなかった。単に先験的で多分に精神主義的な自己の有季定型観を楯に、「俳壇の前衛を以て自任する連中は、単なる「謎解きあそび」にすぎない、意味不明の作品を作出しつづけた。（略）「現代俳句協会」の運営委員も現在、前衛作者またはそれの擁護者たちによってほとんど占められ、その年度賞も、彼等のみの志向が強引に押しとおされるに到った」（「真の「克服」はどちらか」既出）と、前衛俳句や兜太らにアレルギー的拒否反応や嫌悪、憎悪感を激化させたにすぎなかった。戦後の草田男が寓意や見立てによる、いわゆる腸詰め俳句に陥り、メタファーを完遂した句などを作れなかったのは、兜太の言う「造型俳句」など昔からやっているとロ先で言いながら、意識的な詩法として立法できなかった故である。

「怯懦なる歴史派」の誓子は、後年、物と物との飛躍した関係（即ち、言葉と言葉との飛躍した関係）において感動を捉えることを主張した（「我が主張・我が俳論」―「俳句」昭45・10）。そして、そこで作られた句は、

押して保てりスクラムは人間碑　山口誓子（昭32）
雪雲が通る儀礼の雪降らし　〃（昭36）

など見立てを多用したものが多く、俳諧味を伝えるものではある。俳諧味は俳諧以来の伝統的な要素であり、すでに「関西の俳諧派と昭和世代の登場」（I章10節）でその意義には言及した。とはいえ、誓子の俳句表現史に照らせば、誓子のこれらの句は、

蟋蟀の無明に海のいなびかり　山口誓子（昭17）

海に出て木枯帰るところなし　〃（昭19）

など、戦中から戦後にかけて至りついた根源俳句における自らの表現史的高みを超えるものではなかった。

他方、批判された金子兜太や堀葦男らの俳句性についての認識も、楽天的で危ういものだった。兜太は「俳句の必須条件は「最短定型詩形」だけである。（略）「十七音」といわないのは、十七音は文語の最短定型音量であって、将来われわれの言葉が全面的に口語化したときは、口語の最短定型音量が別に確認されるかもしれない、と考えるからである」（「現代俳句　中村草田男氏へ」既出）と言う。また、「現在季題とは認められていない事象―たとえば、夜、海、家、群、ロケット等々―でも、同じ効果をはたせばよいわけであるし、現に果しつつある」（同前）とも言う。堀も「定型を五七五、十七音とは考えて居りません。（略）現代の文脈（書きことば、散文）に根ざす定型は、少くとも五七五ではなくなって来ています」（「架橋への実験」既出）と言う。さらに鳥海多佳男にも「そのときの心のさま（波動）を忠実に伝えようとするならば、音数は事前には予測することはできない。これを、あらかじめ、五・七・五、十七音と規制してはばからぬ行為を、わたしは不可解におもう」（「伝達の華」-「俳句」昭37・2）という発言があった。

兜太や堀に見られる定型観は、今日でも口語俳句推進者などに見られる定型認識の誤認に通じている。即ち、現代の俳句は現在使われている現代語（口語）で書くべきだ。そこから現代語の新しい定型が生まれてくる、という誤解。この兜太や堀の俳句性や定型への楽観的な認識と、兜太の「夜」「群」「ロケット」なども季題と同じ効果を果たせるという楽観的な認識は、昭和十年代の新興俳句が至りついた「超季論」や「新興季論」（渡邊白泉）の認識から明らかに後退していよう。即ち、富澤赤黄男は「俳句は「詩《ポエジー》」の基立に於て、五七五調の範疇に於て、詩を発現し、一般詩《ポエム》を超過する詩《ポエム》だ。（略）五七五調形態をとる所以のものは実に俳句の凝集的弾力性を愛するが故に外ならない」（「俳句は詩である」）と、「句日記」に昭和十年六月二十七日に記した。俳句は超季の詩であり、五七五定型には凝集的弾力性があるという認識でもある。そういう認識の下、たとえば、

南国のこの早熟の青貝よ　　富澤赤黄男（昭10）
影はただ白き鹹湖の候鳥《わたりどり》　〃（昭16）
蝶墜ちて大音響の結氷期　〃（〃）

などの秀句、傑作が作られた。この三句を貫くものは季題（季語）による季節感などではなく、詩情である。「青貝」「候鳥《わたりどり》」「蝶」は有季、無季という対立的次元ではなく、超季の詩情として捉えられている。そして、五七五定型による凝集的弾力性。「南国」の句の「早熟の青貝」は作者の自画像と重なるメタファーの機能を果たしている。「影」の句は「候鳥」による秋の季節感がモチーフではなく、飛翔する候鳥が光を遮ったため、白くかがやく鹹湖《かんこ》にその影が一瞬かすめるその影像を捉えたもので、それがモチーフだ。「蝶墜ちて」の句も「凍蝶」による冬の季節感

がモチーフではなく、「結氷期」がモチーフであろうが、それは季語としての季節感ではなく、逼塞《ひっそく》した時代状況を照射したメタファーとして読み解くことができよう。

以上のような赤黄男の俳句観や定型観は、兜太や堀のように、何の限定もなく俳句の必須条件は「最短定型」だけであり、それも口語の普及によって変わってゆくとする楽観的な定型観とは異なり、厳しく揺るぎないものであった。

渡邊白泉の「新興季論」(「新興季論出でよ」-「天香」第2号、昭15・5)は新興俳句の知性が最も深くまで至りついた季語論である。白泉は言う。

豊饒《ほうじょう》な説明を一語に代へてゐるがごとき「季語」の効用は、かやうな短い詩型にあつては、覆ふべくもない豊大さなのであるから、「季」を棄てるといふことは(略)おのれの俳句に致命的な支障をもたらす可能性がある(略)しかし、その危険をおかしながらも(略)「季」の制約といふもの、我等の内部生命に対する遊離性が(略)あつて、(略)この上は「季」にあらぬ「季」を発見せねばならぬ(略)「季」でない「季」とは(略)一千言の説明を僅々二、三、四の字によつて代表することの出来るやうな(略)普遍性のある、しかも極めて具体性に富んだ語の一群を率ゐるところの或物である。(略)向後の「季」は(略)「社会」にもとづく何かであることを信ずる。(略)それ故に、「労働」は新らしい《ママ》「季語」である。(略)「戦争」も新らしい《ママ》「季語」の一項目に相違ない。

こういう「新季語」論へと織り上げてゆく透徹した論理と、具体的な「新季語」の条件への厳正な認識の下、白泉も、たとえば、

銃後といふ不思議な町を丘で見た　渡邊白泉（昭13）

戦争が廊下の奥に立つてゐた　〃（昭14）

などの傑作を作った。これらの句の「銃後」や「戦争」は、白泉の言う「社会」に基づく新しい「季語」であろう。こうした厳しい限定による白泉の「新季語」の認識は、兜太の「群」も「ロケット」も季語になるなどという野放図で楽観的な季語の認識とは隔絶している。

兜太や堀らの俳句性や定型に関する楽天的な認識を厳正に正したのは、草田男や誓子ではなく、同世代の高柳重信や歌人の岡井隆であった。岡井は、

定型とは、日本語の場合、ある一定の音数律をさすから、これは、ある一定のリズム上の約束である。そういうリズム上の約束は、その時代の音声言語（話しことば）の動きによって変るものではありえない（「兜太の場合、紀音夫の場合」既出）。

と言う。高柳も「俳句という定型詩にあっては、形式があらゆるものに優先する」（対談「前衛の渦のなか」―「俳句研究」昭36・11）と言う。また、この両者が出席した座談会「現代俳句のうちとそと」（「俳句研究」昭37・4）では、次の発言があった。

高柳　十七音というものを絶対的の短かさとする立場にたてば、俳句表現に用いられる言葉、季題或いは切字の果した役割なんかを簡単に否定する方向に行かないと思います。

岡井　最短詩型だというより定型だということ、五・七・五だということ、（略）これが重要だと思うね。

こういう揺るぎない定型認識が、この前衛俳句論争の中から出てきたことは、認識上の重要な成果であった。
前衛俳句の展開あるいは前衛俳句論争の渦中においては金子兜太と高柳重信の二人がキーパーソンであった。兜太は前衛俳句を精力的に推進してきた中心人物であり、他方、重信は彼らの成果に期待しつつも、その負性については常に厳しく批評、批判の言葉を投げかけてきた人物であった。その二人が、「俳句評論」と「縄」との対立を中心に、前衛俳句にかかわる様々な問題を互いに知力を尽くして激しく語り合ったのが、対談「前衛の渦のなか」(「俳句研究」昭36・11)であった。
その中で「俳句性」に関して次の発言があった。
高柳　俳句作家は俳句とは何かという問いかけを、絶えず自分自身にくりかえしていなければいけないと思う。(略)もし百人の俳句作家があると、そこには百通りの俳句性があると僕は思うんだ。
金子　うん、そういうことだろう。
高柳　だから俳句性なんていってもしょうがない。俳句詩論。
金子　それでいい。
それぞれの俳人が俳句とは何かを規定するタブー(俳句性)を持っているので、俳句性は個々の俳人の「俳句詩論」だ、という高柳の認識に引きずられて、金子は同調している。が、それはともかく、これが草田男や誓子の「俳句性がない」という批判への、前衛俳句側のトータルな答えであった、と言えよう。

俳句性をめぐる論争は定型と季題（季語）に集中してしまい、他の発想や多角的な視点から論じられることがなかったのは残念なことであった。戦後俳論では評論家や俳文学者によっていくつかの優れた俳句性論が提示されていた。即ち、山本健吉は、切れに基づく「時間制の抹殺」という俳句特有の奇形の構造を説き（「挨拶と滑稽―芭蕉序説」―「批評」昭21・12）、井本農一はイロニッシュな発想と対象把握を説き（「俳句的対象把握」―「天狼」昭24・2〜3合併号）、神田秀夫は社会や時代に対する態度や方法としてのイロニーを説いた（「イロニイ敍説」『現代俳句集Ⅰ』昭30・7）。こうした俳句性論の成果を継起して、前衛俳句における俳句性論争が行われたならば、俳句性への認識はもっと深まったであろう。座談会「現代俳句とは何か」（村野四郎・秋元不死男・金子兜太・森澄雄「俳句」昭36・8）で、秋元不死男が「（金子さんは俳句性を最短詩であり、且つ定型詩と規定するが）俳句には発想や把握の特質があり、表現の独自性があると思います。それをいわないと不備になるんじゃない」と、井本の言説を踏まえて発言した。しかし、その後、その方向に議論が展開することはなかった。

最後に、季題（季語）論が新興俳句時代のそれよりも深まらなかったのは、適例となる作品を採り上げて具体的に論じ合うことがなかったことにも因ろう。たとえば、

切株は　じいんじいんと　ひびくなり　　富澤赤黄男（昭23）
地平より原爆に照らされたき日　　渡邊白泉（昭25）

などを例にして、一句の中で「切株」や「原爆」という語が果たしている働きを具体的に論じ合っていけば、季題(季語)に関する認識や両者の共通理解は深まったろう。

2 世代的対立をめぐる断層

前節で言及したように、新旧世代の対立、断層の文学的要因は、季語と定型を中心とする俳句性の認識および表現方法の隔絶にあった。誓子や草田男ら旧世代の伝統派が前衛俳句の跋扈を嫌悪し、激しく反発した心情は、よくわかる。有季定型の理念に基づいて詩的節度を厳しく守ってきた誓子らが、いわゆる前衛俳句の野放図な表現の跋扈を許容できるはずがない。そのため、昭和三十六年十一月に「俳人協会」が発足し、現代俳句協会の分裂に至った(「俳人協会」の発足を伝える「俳人協会清記」は角川書店の「俳句」(昭36・12)誌上に昭和三十六年十一月十六日の日付で掲載された)。

しかし、協会分裂の要因はそうした文学的要因以外に、新旧世代の世代的人間関係の対立を中心とする様々なファクターが複雑に絡んでいたのだった。世代間の対立は下の世代が上の世代を脅かす存在に成長してきたときに高まる。戦後俳句における新旧世代の対立を時系列で眺めてみると、戦後俳句の出立時には、旧派(戦中の「日本文学報国会俳句部会」の中枢俳人であった富安風生・水原秋桜子ら)に対して中堅派(西東三鬼・石田波郷ら)が連帯して「現代俳句協会」を結成し、新俳壇を形成。と同時に、そこには中堅派の加藤楸邨や西東三鬼らに「戦後派」の沢木欣一や安東次男らが反発するという入れ子型の対立構図もあった。二十年代後半の「社会性俳句」および三十年代前半の「前衛俳句」を推進したのは、言うまでもなく金子兜太ら「戦後派」俳人たち。兜太ら三十代俳人たちが俳句の実力や俳壇的な発言力を強めてきて、草田男ら旧世代（中堅派）の俳壇的地位や権威を脅かす存在として台頭したのである。そこに新旧世代の俳壇的ヒエラルヒーの座をめぐる世代間の対立、確執が必然的に醸成されたのである。新世代（「戦後派」俳人たち）の作品や文章が俳句総合誌に毎号のように掲載され、それが俳壇に大きな影響を与えるようになる。また、現代俳句協会の運営に関しても新世代の力が強まってくる。

具体的に言えば、現代俳句協会が分裂する一年前の昭和三十五年十月七日に協会の幹事が改選され、左の十九名に決定した（全会員の投票による）。

石原八束　原子公平　楠本憲吉　金子兜太　赤城さかえ　中村草田男　田川飛旅子　森澄雄
西垣脩　高柳重信　沢木欣一　能村登四郎　西東三鬼　志摩芳次郎　加倉井秋を　三谷昭　角川源義　松澤昭　鳥海多佳男

また、新幹事の互選により幹事長は中村草田男、副幹事長は石原八束と原子公平に決定。

新幹事十九名のうち明治生まれの旧世代（中堅派）は草田男・三鬼・芳次郎・昭の四名のみ。すでに協会の人事の中心は新世代（「戦後派」俳人）に移っていたのだ。そういう情勢の中で、新世代の俳人たちの中には、旧世代の先輩俳人たちに礼節を欠いた尊大な言動をとる者もあり、感情的なもつれも生じていた。協会分裂の根っこは俳句観や理屈よりも、「戦後派」俳人たちのそうした傲慢な言動に対する旧世代の強い不快感、嫌悪感であったろう。協会分裂の様々なファクターに言及した最も詳しい資料は、現代俳句協会の機関誌「現代俳句」現代俳句協会40周年記念特大号（昭62・6）の座談会「協会創設と分裂の諸事情」（出席者＝金子兜太・三橋敏雄・原子公平・川名大・小宅容義《おやけやすよし》）である。それによれば、協会の事務所がパイロットビルの石原舟月の広告会社内に置かれていたこともあり、石原八束の力は大きかった（原子公平発言）という。幹事会（昭和三十三年）の席で、秋元不死男が「おい、八束君」と言ったら、石原八束が、「何だい、秋元君」と言い返したエピソードが新旧の感情的な対立を象徴的に物語る。

この世代的な対立は高柳重信の比喩を用いれば、姑と嫁の対立である。対立の背後には、さらにもう一つ、旧世代の職業俳人としての生活の問題が潜んでいたのである。重信の炯眼はそこを鋭く抉り出す。

> 名声の衰弱は、やがて確実に減収につながってくる（略）新聞や雑誌の俳句欄の選者の椅子は、彼等にとっては貴重な特権をもつ一種の年寄株のようなものである。（略）俳人協会の発起人のなかで、本当にその設立の中心的な働きをした人々は、中村草田男、石田波郷、秋元不死男以下ほとんどがいわゆる職業俳人であった。それは、だから、ある意味で、自己防衛のための必死な捲きかえしであった（「二つの事件」―「現代俳句研究」第3号）。

その捲き返しとして旧世代が共同防衛意識に基づいて行った戦略は二つ。一つは角川源義を中心とする角川書店の営業と結びつく戦略である。角川書店が『図説俳句大歳時記』（昭和三十九年四月刊行開始）を作るという商業企画を達成するために、「無季俳句を容認するような連中がはびこってはいかんということで、有季定型派だけが別になるように動いて、それを軸にして俳壇を作ろうとしたと聞いてます」(金子兜太発言)。また、協会分裂以後、角川書店の「俳句」誌が前衛俳句を排除して、俳人協会の機関誌的傾向を強めたのは周知のとおり。

もう一つは、昭和三十六年の第九回現代俳句協会賞の選考に臨むに際して、後に俳人協会の主要メンバーになる旧世代の俳人たちが角川書店に集まって石川桂郎を受賞者に推す根回しの戦略をとったこと(原子公平発言)。いち早くこの情報をキャッチした新世代の俳人たちも、対抗策として赤尾兜子を用意して臨んだ(金子兜太発言、『証言・昭和の俳句』)という。昭和三十六年六月の幹事会では、従来の慣例や申し合わせを踏襲して九項目の内規を決定した。その第一項目で「現代俳句協会賞は新人の顕彰を目的とし」と改めて規定した。そして「すでに金子や鈴木六林男が受賞していて、若手に移ってきているのに、なんで(旧世代の)石川桂郎を出さなくてはならないか」(原子公平発言)――これが新世代が旧世代に抵抗した正当な言い分だった。九月二十六日、飯田橋の大松閣で開かれた第一次選考委員会では、被推薦者九名について、個別に次回の最終選考に残すか否かを検討審査することになり、石川桂郎より始められたが、桂郎を新人とするか否かで意見が割れ、十対八で旧世代が主に推した桂郎は新人賞たる協会賞の対象者として否定された(詳細な選考経過は「俳句」昭和三十七年一月号の「第九回現代俳句協会賞選考決定経過」に記載)。

協会賞に桂郎を推す捲き返しの戦略が敗れたことが直接的なきっかけで、旧世代は内密裏に事を進め(キーパーソンは角川源義だという――三橋敏雄発言)、同年十一月十六日付で角川書店内に「俳人協会」を設立した。三鬼が新旧の断層を埋めようとした元老院構想の腹案(三橋敏雄発言)

も病のため実現せず、ついに、形式的に有季定型だけをメルクマールとする俳人の組織として俳人協会を結成するという最悪の形で協会は分裂したのであった。その結果、俳句認識や俳句表現史にかかわる多くの弊害が生じた。それについては節を改めて言及する。なお、十月三十一日、芝の郵政会館で第九回現代俳句協会賞の第二次選考委員会が開かれ、赤尾兜子と飴山實の決選の結果、九対五の大差で赤尾の受賞となった。

新世代を中心とした前衛俳句が昭和三十七年度以後、急速に俳壇ジャーナリズムから退潮していった理由は、協会分裂以後、角川書店の「俳句」誌と結びついた俳人協会が意図的に前衛俳句を排除したことや、前衛俳句内部で「俳句評論」と「海程」の対立が激化するなど、一種の内部崩壊に陥ったことが挙げられる。しかし、もっと広く、政治的、文化的な視野では、いわゆる六〇年安保闘争の盛り上がりに危機を感じた体制側が、ジャーナリズムに対して広く〝前衛潰し〟の政治的、文化的な政策を断行したことが指摘されている（金子兜太・原子公平・三橋敏雄発言）。

3　桂郎対兜子、十対九という誤伝 ―第九回現代俳句協会賞選考の誤伝を正す

昭和三十六年の「現代俳句協会」分裂の直接的なきっかけとして重要な要因となったのは、同年九月二十六日の第九回現代俳句協会賞第一次選考委員会において、受賞候補者として旧世代が推した石川桂郎が十対八で新人にあらず（協会賞は内規で新人が対象）として否定されたことであ

った。その後、十月三十一日の第二次選考委員会で赤尾兜子と飴山實の決選で赤尾兜子の受賞が決定した。

ところが、この選考決定経過については、その後の俳壇史の記述や語りにおいて、しばしば誤った記述や語りが繰り返されてきている。誤りは二点ある。一つは「石川桂郎と赤尾兜子が争って赤尾兜子が受賞した」という誤り。もう一つは「選考委員会に遅参した原子公平が〈石川桂郎は新人に非ず〉に票を投じたので、十対九で石川桂郎は否決された」という誤り。この二つの誤りの原因は、主に選考経過にドラマチックな要素が絡んでいたことと、選考委員たちの回想的な語りに記憶違いがあったことによる。

そこで、選考委員の一人である石原八束が記述した「第九回現代俳句協会賞選考決定経過」（「俳句」昭37・1）に基づいて選考経過を時系列で記述し、誤りを正しておく。

選考委員は全会員の投票により八月に開票の結果、次の二十一名が選ばれた（得票順・カッコ内は得票数）。

中村草田男（77）・石田波郷（55）・石原八束（52）・西東三鬼（51）・金子兜太（50）・原子公平（46）・楠本憲吉（39）・沢木欣一（32）・大野林火（31）・秋元不死男（29）・加藤楸邨（26）・赤城さかえ（26）・山口誓子（26）・森澄雄（24）・能村登四郎（21）・田川飛旅子（19）・加倉井秋を（19）・西垣脩（18）・高柳重信（18）・角川源義（17）・志摩芳次郎（17）

被推薦候補者は全会員の投票により六十八名が選出された。そのうち七票以上の上位五名は次のとおり（得票順・カッコ内は得票数）。

石川桂郎（18）・飴山實（11）・赤尾兜子（10）・石原八束（7）・林田紀音夫（7）

第一次選考委員会は九月二十六日夕刻より東京飯田橋の大松閣にて開かれた。出席者は前記中村草田男から志摩芳次郎まで十九名（遅参した加倉井秋をと原子公平の二名を含む）。山口誓子は欠席。加藤楸邨は病気のため選考委員を辞退。

まず、委員長を中村草田男に、副委員長を石田波郷と石原八束に決め（「現代俳句協会40年のあゆみ」―「現代俳句」昭62・6臨時増刊号に、委員長大野林火、副委員長秋元不死男・原子公平と記載されているのは昭和三十五年度のものを誤写したもの）、中村委員長が議長となって選考に入った。

前記六十八名の被推薦候補者について討議し、推薦票七票以上の前記五名を残し、他の六十三名につき、十七名の選考委員（加倉井秋をと原子公平が遅参したため、石原八束が「選考決定経過」で十九名と記したのは遅参者二名を忘れた勘違い）による三名連記の選抜投票が行われた。その結果、三票以上の上位五名は次のとおり（得票順・カッコ内は得票数）。

中山純子（7）・成田千空（5）・古舘曹人（3）・北光星（3）・藤田湘子（3）

この五名を残し、さきの協会員推薦七票以上の五名と合わせ十名を受賞候補者として残すかどうかという段階になったが、石原八束は選考委員であるため候補者を辞退。したがって右九名につき個別に、次回の最終選考に残すか否かを検討審査することになり、石川桂郎より始められた。石川について、俳歴と作品の上から「新人」か否かで意見が分かれ、全出席委員が自説を述べた後、票決に入った。

その結果、

石川桂郎を授賞の対象として推す者＝石田・西東・楠本・大野・秋元・能村・角川・志摩の八名。

推さない者＝金子・沢木・赤城・森・田川・西垣・高柳・石原の八名。

八対八の同数となり、議長の中村草田男（中村は石川を推す人物だった）の決裁で石川桂郎は授賞対象者となるはずだった。そうなれば、さらに石川は協会賞の受賞者となる可能性も開け、協会は分裂しないで済むという別の俳壇史もあり得たのである。

ところが二人のキーパーソンが登場するというドラマが待っていた。遅参した加倉井秋をが大方の予想に反して、石川を推さない方に票を投じたのである。これで九対八。その後、さらに遅参した原子公平が予定通り、石川を推さない方に投票した。かくして十対八で、議長中村草田男の決裁を待つまでもなく、石川桂郎は授賞対象者から除かれたのである。ちなみに、加倉井が遅参した理由は不明だが、原子が遅参した理由は原子の回想によれば次のとおり。選考会当日（九月二十六日）の朝、郵送されてきた「風」に「口も八丁、手も八丁云々」という原子の人物像の記事があり、夕方選考委員たちと顔を合わすのが恥ずかしく、欠席の旨、石原八束に電話した。ただし「桂郎の件で票決となったらすぐ駆けつける」と付け加え、夕方、飯田橋の喫茶店で時を待ち、八束に電話すると「今から投票が始まる。すぐ来てくれ」と言われ、会場に向かった、という（『わたしの昭和俳句』富士見書房、平13・10）。

石川桂郎を除いた八名に対し選考の参考資料として五十句の提出を求め、それを各選考委員に印刷配付した。

第二次選考委員会は十月三十一日夕方、芝の郵政会館にて開催。出席者＝金子・原子・楠本・沢木・大野・秋元・森・能村・田川・加倉井・高柳・石原の十二名。書面参加＝中村・石田・西東・赤城・山口・西垣・角川・志摩の八名。

石原八束を議長として選考に入り、討議ののち票決を行い、書面参加者の票も加えた結果、赤尾兜子と飴山實が四票の同数であった。

赤尾＝原子・金子・高柳・石原

飴山＝沢木・加倉井・山口・西垣

そこで、赤尾・飴山の決選となり、その結果は次のとおり。

赤尾＝金子・原子・楠本・大野・森・能村・田川・高柳・石原

飴山＝沢木・秋元・加倉井・山口・西垣

書面参加で飴山を推していた山口・西垣両委員の票は生かされたが、結果九対五の大差で赤尾兜子の受賞が決定したのであった。

以上が今まで誰も正確に書くことがなかった「第九回現代俳句協会賞選考決定経過」の正しい記述である。現代俳句協会の会員は言うまでもなく、俳壇全体が正しく記憶にとどめておいてほしい。

本節の冒頭近くで書いたことだが、「石川桂郎と赤尾兜子が争って赤尾兜子が受賞した」「遅参した原子公平が〈石川桂郎は新人に非ず〉に投票したので、十対九で石川桂郎は否決された」という誤伝が生じた。その主な理由はより詳しく言えば、新旧世代の対立を背景にして、選考以前から石川対赤尾の決選が想定されていた上、実際の選考経過にドラマチックな要素が絡んでいたこと。もう一つは、選考経過についての当事者たちを中心とする回想的な語りが、何十年も後のもので、そこに語り手たちの記憶の朧化による誤りが生じたことである。石原八束の「選考決定経過」（「俳句」昭37・1）は、赤尾兜子の受賞が決定した十月三十一日以後、選考資料に基づき記憶の生々しい段階で直ちに記述されたものである。選考委員十九名で選考が始まったという勘違い（実際は遅参の二名を除く十七名）以外は全て正しい記述である。

最後に主な回想的語りの誤りを引用し、正しておこう。

①草間時彦―「石川桂郎さんを現代俳句協会賞にするということが八分通り決まったところで引っ繰り返された。石川桂郎と赤尾兜子《あかおとうし》さんとで争って、その争いがだんだんと激しくなって、現代俳句協会が分裂するようになった」（『証言・昭和の俳句　上』平14・3、「俳句」平11・4）

石川桂郎の協会賞受賞が八分通り決まったというのは、新人としての授賞対象者の錯誤。また、石川桂郎と赤尾兜子との争いというのは、第一次と第二次の選考会とを混交した錯誤。

②金子兜太・原子公平―金子「九対九だと決まらないで、議長がどちらかに入れることになるわけでしょう。ところが、その時に原子が飛び込んでいって、十対九になったから、議長採決（決裁）が必要でなくなって決まったわけだ」。原子「そういうこと」（座談会「協会創設と分裂の諸事情」―「現代俳句」現代俳句協会40周年記念特大号、昭62・6）。

これは選考委員が十九名（議長の中村草田男を含む）なのに、選考委員を二十名（十対九プラス議長＝二十名）とする人数上の錯誤。金子兜太による同様の回想的な語りは『証言・昭和の俳句上』（既出）や『語る兜太』（岩波書店、平26・6）でも見られ、そこでは遅参した加倉井秋をが反対票を投じたため九対九となり、さらに遅参した原子公平が反対票を投じたため十対九となり、議長の決裁を待つまでもなく、石川桂郎は否決されたことが語られている。

③原子公平―「私が会場に入った時、票決が終わり、賛成と反対が十対十であったか、九対九であったかはともかく、相半ばし、議長も大野林火の裁決《ママ》の一票が桂郎に投ぜられる寸前であったのである。私の反対票のあまりにもタイミングの良さ（略）」（『わたしの昭和俳句』富士見書房、平13・10）。

「十対十であったか、九対九であったか」と記憶があいまいであるだけでなく、選考委員が議長の中村草田男を含め十九名であることと矛盾している。また議長を大野林火と誤ったのは、「現代俳句協会40年のあゆみ」（既出）の誤記に基づいて語ったからである。

なお、『証言・昭和の俳句　上下』（角川書店、平14・3）は語り手の記憶の朧化による多くの錯誤だけでなく、語り手によっては意図的な虚飾も随所に含まれており（たとえば、中村苑子「昭和三十六年という年は現代俳句協会が分裂した年です。その当時、高柳も私も幹事をしていました」。傍点部は虚飾）、研究上の一次資料としては使えない。

4　俳人協会の功罪

現代俳句協会が分裂し、形式的に有季定型だけをメルクマールとする俳人の組織として新たに俳人協会が結成された（昭36・11・16）。俳壇を二分する二つの協会になったことにより、俳句認識や俳句表現史にかかわる多くの弊害が派生した。その弊害はその後も尾を引き、今日に至るも解消されていない（たとえば、俳句ユネスコ無形文化遺産登録に関して、俳壇の四協会が俳句の外延についての共通理解のないまま共同で参画しているが、推進の中心人物からは、俳句は有季定型を基準とするという発言もある）。

現代俳句協会の分裂、俳人協会の設立という俳壇史的急転の要因についてはすでに詳述したが、そういう収拾へと導いた責任の過半は、当時、現代俳句協会の幹事長であった中村草田男にある（俳人協会設立の主役は角川源義だと言われる――座談会「協会創設と分裂の諸事情」の金子兜太発言）。前衛俳句に対して敵対的に異常に昂《たかぶ》った草田男は、俳人協会の成立後まもない十二月四日、朝日新聞の「俳壇時評」で「真の「克服」はどちらか――意味不明の作品つづける前衛派」を執筆。そこで草田男は、俳句は季題の有機的な働きを得て自己の感情と思念とに具体性を付与せしめて作品中に定着させ得るのであり、また、内的要素と外的要素との統一による詩的リアリティーの実現こそ真の「伝統の克服」でなければならない、と主張。この、いわゆる「芸と文学」の持論に立脚して前衛派を批判。即ち、前衛派は内容的本質に結びついた季題の必然性を否定し、「俳句性」の意味を「短詩性」のそれに代置してしまい、「謎解きあそび」と目する以外にない意味不明の作品を作出しつづけた、と。

そして、草田男はこの前衛批判を以て、現代俳句協会への誹謗へとこじつけた。即ち、「俳壇全体の共力共営をはかる機関」の「現代俳句協会」が「その運営委員も現在ではほとんど前衛作者またはそれの擁護者たちによって占められてしまい、その年度賞授与にも、彼等のみの志向の一線が強引に押しとおされるに到った」と。現代俳句協会の幹事と協会賞の選考委員の選出とそれによる運営は規約に基づいて、民主主義的に運営されたことは、すでに第2節・3節で具体的に記述した。幹事会や協会賞の運営が前衛派やその同調者によって占拠されている、という草田男の批判が事実誤認というより、被害妄想的な曲解、誇張であることは明白である。したがって、草田男の個人的信念としての「芸と文学」に基づく有季定型の俳句観による前衛俳句批判から飛躍して、現代俳句協会の幹事会などの運営に関する曲解的批判を行った草田男の責任を追及した「現代俳句協会幹事会声明」(昭36・12・16)や、高柳重信の俳壇時評「二つの事件」(既出)は全く正当なものだった。

現代俳句協会は、「現代俳句の向上を期すべく」(協会創立の目的)、特定の流派や主義や方法に限らず、当時の有力な中堅俳人を網羅する組織としてスタートした。ところが、草田男たちは前衛俳句や金子兜太ら「戦後派」俳人たちへの反発や嫌悪から、形式的に有季定型というメルクマールによって、前衛俳句以外の多様で豊饒な俳句表現をも一緒に排除する「俳人協会」という排他的弁別組織を作ってしまった。こういう形式的な指標で俳句や俳人を弁別する収拾に至ったことが、最も悔やまれる。

そこから派生した最大の弊害は、俳句を具体的な表現のレベルで、しっかりと丁寧に分析、鑑賞、評価することが手抜きになったことだ。有季であれ、無季であれ、写生であれ、象徴であれ、前衛であれ、言葉として表現されたものが優れているか否かが全てだ。そういう文学のイロハが忘却され、単に形式的に季語の有無で作品や俳人を弁別、評価したり、伝統と前衛という無意味な形式的弁別に陥ったりした。肝心なことは有季であれ、無季であれ、作品レベルでその内実を問うことでしかないのに、「あなたは有季派ですか」「あなたは現代俳句協会ですか」などという晴朗な質問に苦笑せざるを得ないほど、弊害の後遺症は後々まで及んだのである。

　アンソロジーや俳句辞典などの企画、編集にも弊は及んだ。形式的に有季定型という指標によって作品や俳人を選別してゆく偏向や、そういう流れへのリアクションとしての対抗的な偏向が、豊饒な俳句表現史としての共通遺産を汚す貧しい狭量にすぎないことは言うまでもない。現代俳句協会と俳人協会との対立という俳壇構図を背景にして企画されたアンソロジー『現代俳句大系』（全12巻、角川書店、昭47、のち増補版全15巻）が、意図的に無季俳句を含む新興俳句系の優れた句集や、自由律俳人の句集を排除したことは、その端的な例であった。他方、そうした偏向、弊害を表現史的な視点から修正すべく企画された俳句辞典『現代俳句ハンドブック』（雄山閣、平7）は、表現史的な視点からの俳人・句集・評論書・研究書の正当な評価、復権など大きな成果を示したが、反面、それらの立項には偏向的側面も見られた。昭和四十年代以後、「俳句」（角川書店）＝俳人協会、「俳句研究」（俳句研究社）＝現代俳句協会という対立的構図で俳壇ジャーナリズムが展開したのも、協会の分裂に淵源するものであった。

　しかし、俳人協会の功は、何と言っても「俳句文学館」の建築（竣工は昭51・3）、運営であろう。俳句関係の資料の蒐集《しゅうしゅう》をはじめとする閲覧・展示などの諸活動が現代俳句の発展にいかに貢献してきたかは、今さら言うまでもない。

5 「俳句評論」対「縄」、「俳句評論」対「海程」の対立

昭和三十年代後半に顕在化した入れ子型の俳壇の断層における、入れ子の内側の小さな箱に当たるのは、「俳句評論」対「縄」、「俳句評論」対「海程」という有力同人誌間の対立である。

前者の論争は主として鳥海多佳男（「俳句評論」）と門田誠一（「縄」）との間で交わされた。そのきっかけは、鳥海が関西の前衛派（「縄」を含む）の作風、俳句観を批判した時評「奇妙な風潮について」（「俳句評論」第16号、昭35・12）、「大きな隔り—前衛批判」（「俳句評論」第17号、昭36・3）である。それは後で触れることにする。二人の論争以前に、「縄」を含む関西の前衛派の敵対的感情を強く刺激するとともに、「俳句評論」と彼らとの対立を広く俳壇に印象づける役割を果たしたものとして、高柳重信の関西の前衛俳句批判があった。

高柳は評論や座談会を通して幾度となく関西の前衛俳句を批判してきたが、その主旨は一貫していた。それは関西の前衛派には俳句性への洞察を欠いた蛮勇的な言説と実際の作品との間にはなはだしい乖離が見られ、いわば偽前衛派だという批判。高柳にはすでに、昭和二十年代前半期の左翼的風潮の中で藤田源五郎らが唱えた「俳句による文化闘争」と作品との乖離を批判した偽前衛派論（「続偽前衛派」—「火山系」第2号、「藤田源五郎への手紙」—「俳句世紀」昭24・1〜2）があり、

関西の前衛俳句にも同様の欠陥を見出したのであった。

関西の前衛俳句が言葉の論理性や意味性に偏りすぎることに対して、高柳は詩学の古典とも言うべきヴァレリーの言説を韜晦《とうかい》して語った。

もし、詩人が音楽的な条件を重要視せず、それを熟慮しなかつた場合には、もし、その詩人の耳がいたずらに受動的であつて、韻律、抑揚、音色が、詩の構成に於て意義の重要性に匹敵する本質的な重要性をもつていないことを観取した場合には、この詩人に対して、わたしは絶望しなければならないのであります（「酒場にて―前衛俳句に関する大宮伯爵の演説」―「俳句評論」第17号）。

このように詩における音楽的な要素の重要性を説き、暗に関西の前衛俳句を批判したのだが、ヴァレリーの言説の挿入だとは気づかず、大橋嶺夫のようにその言説を引用して、その言説を批判するものもあった（「卑少なデマゴーグ―高柳重信について」―「縄」第10号）。

その高柳は「俳句評論」全国大会（昭36・5・7）で、「縄」の俳人たちを含む関西の前衛派の俳人たちを前にして「関西の前衛俳句について」（「俳句研究」昭36・10）と題する講演を行った。この講演が「縄」を含む関西の前衛俳人たちの敵対的感情を最も強く刺激するものだったと思われる。高柳は大会講演でおおよそ次のように批判した。関西の前衛俳句は、その評論において説くところは人生論や社会論にとどまり、作品との大きな乖離がある。言葉以前の問題は俳句表現と密着しない限り、俳句の問題とはならない。彼らは、たとえば林田紀音夫のように言葉の意味性について楽天的な信頼感に浸ったり、また、八木三日女のようにある言葉が常に他の何かの言葉を暗示するものとなったりしている。これは八木に限ったことではなく、前衛派の人たちの大部分は言葉を他の言葉に換算する一種の遊戯に興味を持ってしまった。言葉の換算遊びに興じたがるのは、あまりにも性急に、何事かの意味を俳句で書き上げようとするからである。詩の中の言葉は、それぞれの言葉がそれぞれ別な言葉に換算されるのではなく、それぞれの言葉は、次の言葉と、その次の言葉との間に一回きりの新鮮な関係が、できる限り沢山の意味を持つように、慎重に言葉選びされねばならない、と。

ここで高柳が「言葉の換算遊び」と言っているのは、すでに前衛俳句の負性として詳細に言及した前衛俳句における「暗喩」のコード化などを指すが、直接的には八木が「前衛私論」(「俳句」昭36・2)で、金子兜太の〈粉屋が哭く山を駈けおりてきた俺に〉について、「山」を特権階級、「粉屋」を庶民と読んだこと、つまりコード化した読みのことを指している。

「言葉の意味性について楽観的な信頼感」という林田批判については林田の俳句観や表現方法と合わせて、慎重に検討されねばならない。林田は「静かなドン・キホーテ—孤立しない前衛」(「俳句」昭36・2)で自らの俳句観を語っている。即ち、「意識の内容にかかわり、何を書こうとするか、そのモティーフを鮮やかに浮彫りしようとする決意こそが言葉に優先する」とし、そのモチーフは林田においては「巨大な現代社会のメカニズムと混沌とした現代人の心情の相剋」や「その意識の流れ」である。そのモチーフを俳句という畸型の文体で表現に定着するには、自己の「分身を発掘し、分身へ呼びかけ、分身と哀歓を頒ちあう姿勢」が重要で、それにより「俳句の上でも孤絶しない主体性」が復活する。モチーフを表現に定着する方法として「単語のもつイメージの断片の綴《つづ》りあわせは、言葉の能力以上の酷使となつて共通性を失い、内容を損ない、独善の道を歩く」ことになる。俳句は「絵画のような装飾性も、音楽のような官能性もなく、言葉の意味性に頼るより術はない」と。この林田の俳句観や方法論の言説は林田の作品と合致しており、そこに乖離は見られない。たとえば、

銀行へまれに来て声出さず済む　林田紀音夫
黄の青の赤の雨傘誰から死ぬ　〃
引廻されて草食獣の眼と似通う　〃

における共通したモチーフは現代社会のメカニズムの中に生きる都市生活者の疎外感。その書こうとするモチーフが事前に明確に意識されており、それが俳句形式においてイメージや韻律を伴ってモチーフの自己表現として定着されている。具体的に言えば、「声出さず済む」「誰から死ぬ」「草食獣の眼と似通う」に明確にモチーフの自己表現が打ち出されている。「言葉の意味性に頼るより術はない」と言葉の意味性にバイアスのかかった言い方をしたことが高柳によって批判されたが、それは林田にとって、いわば確信犯的な発言であった。ここで林田が言う「言葉の意味性」は散文的な指示表出としての意味ではなく、モチーフの自己表現としての意味であり、そこには必然的にイメージを伴っていた。林田は言葉のイメージや韻律を無視したのではなく、彼の独自の方法として絞り込んだモチーフの自己表現に強く固執したのである。

その林田の方法は、イメージの二物衝撃法を唱えた赤尾兜子の方法と対比すると明確になる。

黄の青の赤の雨傘誰から死ぬ　林田紀音夫
広場に裂けた木塩のまわりに塩軋み　赤尾兜子
密漁地区抜け出た船長に鏡の広間　〃

「黄の／青の／赤の／雨傘」と、細かい切れによる屈折した韻律とイメージの累加が最初に提示される（これは林田が言葉の音楽性や絵画性を無視していない証拠）。それを踏まえ、そこから一転して「誰から死ぬ」という絞り込まれた明確なモチーフの自己表現、即ち連帯からの孤立、疎外感が打ち出される。これが林田が言う「言葉の意味性」だ。

　この林田独自の方法に対して、赤尾は、「広場に裂けた木／塩のまわりに塩軋み」という二つの隔絶したイメージを読者に提示するというイメージ中心主義の方法を採る。そして読み手に二つのイメージ間のアナロジー（類推）を読み取らせることで、現代社会を生きる人間の内面の疼きといったモチーフに導く。同様に「密漁地区抜け出た船長に／鏡の広間」という二つの隔絶した対比的なイメージを提示。そのことで読み手に内面に浮上する罪の自意識といったモチーフを読み取らせようとする。これが兜子の方法。

　林田の方法は、言葉の恩寵《おんちょう》による重層的な意味を重視する高柳重信から、後年、「作家の身の丈の俳句」（『現代俳句全集六』立風書房、昭53）という手厳しい批評を受けたが、言葉の恩寵を拒否した林田にとってはかけがえのない方法だった。

　林田の「静かなドン・キホーテ」（既出）で、もう一つ見逃がせないことは、「縄」の島津亮らに顕著だった言葉のモザイク的な方法の欠陥を冷静に見抜いた上での立論であったことである。即ち、「単語のもつイメージの断片の綴りあはせは、言葉の能力以上の酷使となつて共通性を失い、内容を損ない」「絵画的な可視的イメージを何段にも積み上げ、単語のイメージの積木細工で、幾何学的抽象の道へ逸脱してしまつた。断片のイメージを拾うことはできても、統合された一句全量のイメージは極めて曖昧」。この指摘は、たとえば島津亮の、

縞ねじれるキリンの背広等　檳榔樹の地下鉄《メトロ》　（「縄」2号）
「シャガール」の鰭ら沈む七妖の藻の街角　（「縄」4号）

のような舌足らずな強引な語法で単語（イメージ）を積み上げ、暗喩がコード化（言葉の置き換え）した表現方法を指していよう。一口に関西の前衛派と言われるが、林田は関西の前衛派の顕著な表現方法の負性を見抜き、そこに陥らなかった俳人である。

ところで、鳥海・門田論争には林田の「言葉の意味性に頼るより術はない。言葉の音楽性などといつても、それはひとつのアクセサリーに過ぎない」という文言と、高柳が引用したヴァレリーの「詩人が音楽的な条件を重要視（略）しなかつた場合には、（略）この詩人に対して、わたしは絶望しなければならない」という文言が大きく影響している。林田は言葉の韻律やイメージを無視したわけではなく、ヴァレリーも散文と詩の違いを「歩行」と「舞踏」の比喩で語った「詩と抽象的思考」の中で、生動する振子に喩えて詩における言葉の「意味」と「音」との相等性、相互交渉の効果を語っていた。高柳の引用の中でも「音」が「詩の構成に於て意義の重要性

に匹敵する」（注＝傍点―著者）と、その相等性が語られていた。にもかかわらず、林田の文言と高柳の引用の文言は「言葉の意味性」か「言葉の音楽性」かのどちらか一方にバイアスがかかり、そのように人々に受け取られた。

鳥海は「奇妙な風潮について」（既出）で、関西の前衛派の句を引用し、その特徴として「冗長な論理性」「説明体」を指摘。俳句で現代の苦悩や混濁を表現するには「言葉の響きを利用するしか方法はない。（略）彼らのように（言葉の）意味性だけを求めるのは危険」と評した。「大きな隔り―前衛批判」（既出）では、再度、関西の前衛俳句が一様に言葉の意味を第一義の条件としていることの非を、林田・八木・島津・堀らの発言を言質として、また、平畑静塔の「リズム考」（「俳句」昭36・2）を論拠として、「言葉の響きをもって表現するのが俳人」だと評した。さらに「前衛俳句について」（「俳句評論」第18号、昭36・5）では、俳句の表現方法は彼らの「言葉の説明性」ではなく、「言葉の響きを使う」のだ、と繰り返した。鳥海は「言葉の響き」と言っていて、韻と律との違いについて明晰な認識が見られない。

これに対して、門田は「夢みる男たち」（「縄」第10号、昭36・8）で反駁《はんばく》。即ち、「鳥海はこの所謂《いわゆる》「響き」が、一体どのような作品において、どのような効果を、どのような諸要素の複合と統合によって、どの程度生じているか、また生じないのか、それは何故であるのか、説明すべきである（略）僕は鳥海が自作の　いっぽんの／指のさきから／はじまる枯色／さ（原作多行）と八木の　黄蝶ノ危機ノキ・ダム創ル鉄帽ノ黄　について、直ちにそれを具体的詳細に比較論証して、自己の曖昧な夢幻論を明確にすることを要求する」「鳥海は（言葉の意味が受けもつという）筋書とは具体的にどの程度不可欠なのか、それは本質的にそうなのか、或は筋書というように相応しく「響き」なるものによる表現にどの様な力も及ばさぬのか、一方的に「響き」の作用をうけるものなのか、（略）具体的に示すべきではないか」「先にあげた八木の作品に即して果していかに八木が言葉の意味のみを追い、意味性からのみ描き出そうとしたか（略）またそれゆえどういう具体的理由で「リズム」無視なのか（略）鳥海が自作と対照しつつ明確にすることを求めたい」と。

その後、論争は鳥海「遠心の男―門田誠一に」（「俳句評論」第21号、昭37・1）→鳥海「伝達の華」（「俳句」昭37・2）→門田「夢醒めやらず」（「縄」第16号、昭37・9）と続いたが、論争は噛《か》み合わず、深まらなかった。敵対感情の激しさとは裏腹に、論争によって争点を解明、止揚してゆくものにならなかった原因は、双方から提起された問題点（争点）について双方が正面から問題点を受け止め、具体的に作品に即して見解を開陳していかなかったところにある。鳥海が関西の前衛俳句五句を引いて、その言葉の冗長な論理性や意味性を重視し、大切な言葉の響き、の利用がないと批判したことに対し、門田は、その引用句を具体的に分析して鳥海の批判が正当か否かを判断して、自説を主張し、反論すべきだった。門田はそれをしないで、八木の俳句が言葉の意味のみを追い、リズムを無視しているのかを、八木の句と鳥海の句を対比して明確に実証せよ、と争点をずらして反論した。それに対し、鳥海は自ら提起した引用句の問題点について具体的に引用句を分析して自説の正当性を主張するか、あるいは門田が「明確に実証せよ」と迫った問題点について、自句と八木の句を分析して自己の正当性を主張すべきだった。だが、鳥海はその責を果たさなかった。

論争は双方ともに具体的な作品の分析を伴わず、「意味」か「リズム」かといった二元論的に傾斜し、実りがなかったが、双方が問題点に向き合い、具体的な作品の分析を通して論じ合えば、俳句作品における言葉の「意味」「イメージ」「韻律」の相乗的な働きについて相互理解が深まり、関西の前衛俳句の個々の作品の成否や審級（価値判断の枠組み、評価の階級）も具体化しただろう。

この論争を受けて、金子兜太と高柳重信の対談「前衛の渦のなか」（「俳句研究」昭36・11）が特集された。ここでは「俳句評論」と「縄」の対立、作品とその解説のあり方、象徴主義の受容、評論と作品の落差、俳句性などの問題が互いの知力、俳句観を傾けて論じ合われ、重要な問題の認識が広く共有されていくような濃密で有意義な対談だった。それは俳句についての深く豊かな認識や洞察力と、現代俳句についての鋭い問題意識を持つ二人が安易に妥協することなく、正面からそれぞれの見解を闘わせたからであり、当時の俳壇で最高レベルの対談だった。「俳句性」の認識については「一人一人の俳句詩論だ」という共通認識に至ったが、両者の違いは、畢竟《ひっきょう》、新しい可能性があれば多少の瑕《きず》は許容する兜太と、「俳句はなりふりかまう詩」だとして表現の完璧性を重視する重信との対立に収斂する。「俳句評論」の「火曜会」有志（高柳重信・鳥海多佳男・野田誠ら九名）による座談会「まぼろしの前衛俳句」（「俳句研究」昭38・4）は、特集「前衛俳句の展望」（「俳句研究」昭37・7）を対象としたものだが、そこでは「縄」「十七音詩」「海程」への批判があり、特に金子兜太について多く論じられた。全体的な論調としては、高柳重信の俳句観を反映して、俳句という不毛な詩型と前衛とのかかわりがネガティブな方向で論じられた。

この「火曜会」の座談会に対し、「海程」有志（金子兜太・阿部完市・松林尚志ら八名）による座談会「現代俳句と主体—〝幻影の前衛俳句〟の問題点」（「俳句研究」昭38・6）で、「俳句評論」批判が行われた。ここでは全体的な論調として金子兜太の俳句観を反映して、主体性や、社会と自己とのかかわりを重視して決意の断定が必要だとするポジティブな方向で論じられた。さらに、両者の論争の一つの結論を引き出す意味で企画された「俳句評論」と「海程」の有志（鳥海多佳男・阿部完市ら六名）による座談会「前衛論争の焦点」（「俳句研究」昭38・7）があったが、これといった進展は見られなかった。

これら三つの座談会は、兜太と重信の対談「前衛の渦のなか」（既出）のいわば付けたりであった。もし、三つの座談会が「俳句評論」と「海程」のそれぞれの代表句を俎上《そじょう》にして具体的に論じ合ったならば、両者の特徴や違いはもっと浮き彫りになったろう。

「俳句評論」対「縄」「海程」という両陣営の論争は激しかったが、作風も大いに異なっていたのだろうか。両陣営の秀句や話題句を眺めてみれば、確かにその作風の違いは明白だ。たとえば、昭和三十五年の秀句や話題句を対比してみよう（「海程」創刊は昭和三十七年だが）。

「俳句評論」

寸烏賊は
寸の墨置く

西から来て　大岡頌司

空蟬の両眼濡れて在りしかな　河原枇杷男

秋たけて

血も冷えゆくや

水の上　高柳重信

立春や野に立つ棒を水つたひ　中村苑子

「縄」「海程」

犀が月突き刺している明るさよ　阿部完市

果樹園がシャツ一枚の俺の孤島　金子兜太

〈シャガール〉ら鰭振り沈む七妖の藻の街角　島津　亮

引廻されて草食獣の眼と似通う　林田紀音夫

沼いちめん木片かわき拡がる慰藉　堀　葦男

黄蝶ノ危機ノキ・ダム創ル鉄帽ノ黄　八木三日女

「俳句評論」はモチーフも表現方法もいわば伝統的だが、互いに紛れもない個の特色が見られる。他方、「縄」と「海程」はモチーフも表現方法も現代的・革新的。それぞれ紛れもない個の特色が見られるが、概して言葉のイメージに重点が置かれ、散文的な文体である。

だが、そういう秀句や話題句の比較を離れて、三誌の誌面の諸句を眺めると、別の相貌が浮かび上がる。「縄」「海程」には関西の「前衛派」の俳人が多く属し、いわゆる「前衛俳句」特有の類型的な亜流―観念的・散文的・コード的、舌足らずで表現未熟的、冗長な表現―が多く見られる。たとえば「縄」第13号（昭37・1）の同人作品では、〈零落の天　波打際にベッド毀し波をめくり〉（大橋嶺夫）、〈星の領海エコーの頭蓋母ははハハ〉（大原テルカズ）、〈青世界　のびきって特急葉となるよ〉（島津亮）、〈スピードの尾に茜富士さようなら〉（八木三日女）など。「海程」第6号（昭38・2）の同人作品の冒頭二人（五十音順）では、〈子ら石化して髪のごとクレーン暮る〉（芦田きよし）、〈白く激しく罠鳴る空にあづける自分〉（阿部完市）など。

こうした作風は「縄」や「海程」にとどまらず、「俳句評論」の俳人たちもその飛沫を十分に浴びていた。たとえば、「俳句評論」第18号（昭36・5）は前衛俳句特集号で、「言葉の意味性に頼るより術はない」（林田紀音夫）という詩的認識への批判や、〈飢えて禅な洪水の村　粥の晩鐘〉（島津亮）の言葉の言い換え（暗喩のコード化）による舌足らずな表現への批判が行われる一方、橋閒石や和田悟朗らにもその亜流の飛沫は及び、まだ四十年代の各独自の作風の確立には至っていない。同号にも〈少年髭を意識の果に海豚の骨〉（閒石）、〈雪の馬立ちつくし完き記憶の鰤〉（悟朗）などが見られた。隔絶した二つのイメージの衝撃法を多用して独自の詰屈な文体を確立していた赤尾兜子も、〈髪の毛ほどのスリ消えそこに河乾く〉（「俳句評論」第16号、昭35・12）などを作った。兜子は飛沫を浴びたと言うよりは、自らすすんで関西の前衛俳句に殉じたと言えよう。すでに〈空蟬の両眼濡れて在りしかな〉（昭35）など、後年の句集『烏宙論《うちゆうろん》』（昭43）の魁《さきがけ》的な秀句を持つ河原枇杷男は「俳句評論」創刊同人だが、一時同人を辞し、第29号（昭39・2）から同人に復帰する。創刊のころも〈走る胸に鏡躍る涎の如き海岸線〉（第2号）、〈闇から飛びつく雨粒はけもの断く木馬等〉（第3号）など飛沫を浴びた作風だったが、同人に復帰したころも、〈徹夜して泉編む夫婦顔なくなり〉（第29号）など、まだ飛沫を浴びた句も書いていた。永田耕衣さえ、否、耕衣こそ積極的にその飛沫を浴びた俳人だった。即ち、〈芥澄んで海諸悪の陸の膝を辷る〉（第16号）、〈鶴も皿も棍棒の先に椿の夜〉（第18号）、〈菊から牛から各々還つて来た俺で〉（第21号）などには進んで飛沫を浴びにいったことが顕著だ。

以上のことを換言すれば、次のように言えよう。「俳句評論」系の秀句を精選した『昭和俳句選集』（高柳重信編）を眺めれば、両陣営の作風の違いは明白だが、同人誌「俳句評論」と同人誌「縄」「海程」を繙けば、論争の激しさほどには両陣営の実作は隔ってはいなかった、と。それは、さらに換言すれば、いわゆる「前衛俳句」の亜流表現が広く滲透したということであり、また、両陣営の主張や論争は実作には生産的に機能しなかったということである。

6　昭和世代の台頭とその新風

いわゆる「戦後派」俳人たち（金子・高柳世代）の影響を受けながら昭和三十年代に個性的な作品を書きはじめた昭和一桁生まれを中心とする俳人たちは、当時「第四世代」（沢木欣一による命名）と呼ばれた。彼らの中には、すでに昭和二十年代末から三十年代前半にかけて俳壇に鮮やかにデビューした寺山修司や加藤郁乎らもいたが、三十年代後半に入ると集団的に新鮮な台頭が見えはじめる。「俳句」（昭37・4）の「第四世代」特集で、同世代の新鋭による座談会「〝第四世代〟とその発言」（加藤郁乎・鷹羽狩行・高橋庄次・足立音三・桜井博道、司会＝森澄雄）と同世代俳人（前川弘明から宮津昭彦まで三十三名）の「作品と発言」が掲載されたのは、彼らの台頭を物語る。この特集の巻頭のキャッチフレーズには「〝第四世代の人達〟それは四S時代に始まり新興俳句と人間探求派　そして戦後における社会性俳句と前衛俳句に描かれた昭和俳句史の　更に新しい明日を拓きつつある人達のことである」とあった。彼らは昭和四十年代を中心に各自の初期の主要な句集を上梓している。加藤郁乎『球體感覺』（昭34）、大岡頌司『臼處』（昭37）、安井浩司『青年経』（昭38）、鷹羽狩行『誕生』（昭40）、河原枇杷男『鳥宙論』（昭43）、上田五千石『田園』（昭43）、友岡子郷『遠方』（昭44）、阿部完市『絵本の空』（昭44）、飴山實『少長集』（昭46）、福田甲子雄『藁火』（昭46）、広瀬直人『帰路』（昭47）、福永耕二『鳥語』（昭47）、川崎展宏『葛の葉』（昭48）など。

彼らの多くがそれぞれ個性的な作風を明確に確立していくのは昭和四十年代に入ってからだが、すでにこの時代の各自の秀句にはその魁が見られる。

夕焼けやぼおんぼおんと地球鳴り　　阿部完市（昭35）

寸烏賊は
寸の墨置く
西から来て　　大岡頌司（〃）

此の姿見に一滴の海を走らす　　加藤郁乎（〃）

空蟬の両眼濡れて在りしかな　　河原枇杷男（〃）

柩形のプールに母を泳がしむ　　齋藤愼爾（〃）

蜂《ほう》窩《か》暗し父より悪の眼を享くや　　〃（〃）

遅刻児に日が重くなる葛の花　　福田甲子雄（〃）

ぱらりと一村大粒に陽《ひ》と金盞花　　宮津昭彦（〃）

フィヒテ全集鉄片のごと曝しけり　　大峯あきら（昭36）

少年来る無心に充分に刺すために　　阿部完市（昭37）

ともしびや
おびが驚く
おびのはば　大岡頌司（〃）

プールサイドの鋭利な彼に近づき行く　中嶋秀子（〃）
遠い空家に灰満つ必死に交む貝　安井浩司（〃）
母が降るこの紺碧を嫁ぎゆく　山中葛子（〃）
秋の雲立志伝みな家を捨つ　上田五千石（昭38）
ひっそりとベラ棲む明るさ父母の島　坪内稔典（〃）
みちのくの星入り氷柱われに呉れよ　鷹羽狩行（〃）
白息もてアラビアのロレンスが好きと言ふ　七田谷まりうす（〃）
蚊を打つて我鬼忌の厠ひゞきけり　飴山　實（昭39）
小鳥死に枯野よく透く籠のこる　〃（〃）
夜もなほ海月と軍靴ただよへり　有馬朗人（〃）
天の川水車は水をあげてこぼす　川崎展宏（〃）

ちなみに昭和三十四年と昭和四十年の秀句を挙げておこう。

夏ははや雲に思想のあるごとし　足立音三（昭34）

雨季来りなむ斧一振りの再会　加藤郁乎（〃）
くわらくわらと　藁人形は　煮られけり　寺田澄史（〃）
青麦や軋る厠《かはや》は舟さながら　友岡子郷（〃）
睡くなる子に麦秋の脱穀音　広瀬直人（〃）
藁《に》塚《ほ》裏の陽中夢みる次男たち　福田甲子雄（〃）
風搏つてわが血騒がす椎若葉　福永耕二（〃）
海上に朝の道あり桑解かれ　桜井博道（昭40）
ウサギ飼い身に清潔な水たまる　佃　悦夫（〃）
日の鷹がとぶ骨片となるまで飛ぶ　寺田京子（〃）
子を走らす運動会後の線の上　矢島渚男（〃）

これらは昭和世代の各俳人たちの初期の代表句と言えるもの。作風はそれぞれの資質・モチーフ・表現方法によって個別的であるが、昭和二十年代から三十年代にかけて境涯俳句・社会性俳句・前衛俳句を担った「戦後派」俳人たちと比べると、アイデンティティーにかかわる大きな違いが見られる。昭和世代には「戦後派」俳人たちの主要モチーフであった「二つの死」への思いがほとんど見られない。即ち、戦争による精神的な傷痕や戦死者（英霊）への鎮魂の思いがほとんど見られず（例外的に〈夜もなほ海月と軍靴ただよへり〉（有馬朗人）があるが）、死の病（肺結核）による末期《まつご》の境地や悶絶躃《びやく》地《じ》などもほとんど見られない。また、戦後の左翼的思潮やアンガージュマン（社会参加）のパラダイムや西欧近代主義のパラダイムからも切れている。さらに、社会性俳句や前衛俳句における個の社会的連帯と疎外、組織と個人というモチーフからも切れている。表現方法においても、「戦後派」俳人たちが主要な方法とした社会性リアリズムや「メタファー」と「イメージ」の多用はほとんど見られない。要するに世代が共有する核《コア》がなく、個々にパーソナルな関心とモチーフや方法に向かっているのが昭和世代の特徴である。

これらの句には社会性俳句や前衛俳句の負性は見られない。「現代俳句協会」「俳人協会」という所属団体による差異もほとんど見られない。「戦後派」俳人たちはスクラムを組んで社会性俳句や前衛俳句の運動を推進しようとしたが、昭和世代にはそういう情熱は稀薄である。

その背景には時代の急速な変化に伴い、人々の意識や関心、欲望や生活スタイルなどが変化したことがある。山崎正和の同時代史によれば、一九六〇年代は「黄金の六〇年」とも呼ばれる。「経済成長」という明確な目的を持ち、組織に一元的に帰属し、勤勉に働いて大量の商品を生産、消費する経済的な繁栄の時代。一九七〇年代は国家のイメージの縮小、職場や家庭に一元的に帰属する時間の短縮、社会の高齢化と青春の飢餓の解消へと変貌した時代。そこでは人々は他者との多様な関係を結びながら、より個人的で柔軟に日常を生きることが求められることになった、という（『柔らかい個人主義の誕生』中央公論社、昭59）。

山崎は一九六〇年代と一九七〇年代の違いを明確に区切っている。昭和三十年代後半は一九六〇年代前半に相当するが、岸内閣の「政治の時代」（反安保闘争など）から池田内閣の「所得倍増時代」へと転じ、人々の意識や関心も国家や組織から個人や「ワタシ」の欲望を求める方向へ向かいはじめた時代ではなかったか。金子兜太の〈果樹園がシャツ一枚の俺の孤島〉（「俳句」昭35・10）のように、都市近郊の田園地帯は都心に通勤するサラリーマンなどのベッドタウンとして住宅地へと変貌してゆく。公営の団地や民間のアパートが数多く建ち並ぶ光景が見られ、昭和三十九年にはマンションも登場する。核家族化が進み、個人的な趣味や個人の幸福への欲望を第一に考える生活スタイルへと向かう。「マイホーム主義」が流行語となり、レジャーブームが起こり、オリンピック景気がそれに拍車をかける。テレビ受信契約数は一千万を突破し、やがて3C（カラーテレビ・カー・クーラー）が「新三種の神器」となっていく。そういう過渡期の時代が、昭和世代俳人のパーソナルな作風には影を落としている。

前に引用した昭和世代の諸句は各俳人たちの個性が見られるが、その中から特色が顕著なものに触れておこう。

まず、句集『球體感覺』（昭34）で、

天文や大食《タージ》の天の鷹を馴らし　（「俳句評論」6号、昭34）

雨季来りなむ斧一振りの再会　（「俳句評論」8号、昭34）

など、超絶的な詩的交感《コレスポンダンス》による傑作を書いた加藤郁乎は「俳句評論」を辞し、昭和三十六年八月、「縄」第10号から同人に参加。第二句集『えくとぷらすま』（昭37）では新たな相貌をもって登場した。

胡桃に棲《と》まるカトウノヴィッチ・イクヤーノフの春　（「俳句評論」18号、昭36）
若きランボオは旅立ち居酒屋に黄禍は萌し　（「俳句評論」18号、昭36）
海泡石のパイプ以上の前置詞があらうか　（「縄」10号、昭36）
野巫《やぶ》の外では神が球根をおきかへてゐる　（「縄」13号、昭37）
辨天を抜けたあたりでみずてんのふらここ　（「縄」15号、昭37）
助情よすこしMatinéeマレブルがやってくる　（「縄」16号、昭37）

冗長な散文的な文体への移行が顕著で、その他では西洋語や西洋の人名の投入、掛詞、もじり、語呂合わせなど、いわば俳諧的なレトリックも目立つ。だが、それらは誰もが気づく外面的な変貌であって、当時、加藤郁乎の俳句的な方法を具体的に表現のレベルで解き明かした批評家、研究者はいなかった。それは戦後生まれの仁平勝の名著『加藤郁乎論』（沖積舎、平15）まで待たねばならなかった。仁平は次のように言う。『球體感覺』の文体は「五・七・五という音数律の定型こそが俳句としての詩の根拠」であることを主張していたが、『えくとぷらすま』の文体は、俳句の方法によって現代詩を書くという郁乎のモチーフが、その俳句の方法を五・七・五という音数律からどこまで遠く連れ出せるかという実験として成立している、と。

そして、

此の姿見に一滴の海を走らす

楡よ、お前は高い感情のうしろを見せる
ただよふとは海豚に乗つた青年愛か

などを引用し、これらの句は単に散文的な文体で終わっているのではなく、その文体とは別のところで俳句の方法の仕掛けが仕組まれていることを解き明かす。即ちその仕掛けは「此の姿見に」の句では「一滴の海を走らす」という俳句的な見立ての手法であり、「楡よ、」の句では「感情のうしろ」という擬人法であり、「ただよふとは」の句では「青年愛」とは「ただよふ」ことという比喩を、「ただよふ」とは「青年愛」という擬人法へと逆転した俳句的なひねりであることを鮮やかに解き明かす。仁平の『加藤郁乎論』は加藤郁乎の俳句の方法は仁平に聞け、という鮮やかな切り口に満ちている。

阿部完市の、

夕焼けやぼおんぼおんと地球鳴り　（昭35）
犀が月突き刺している明るさよ　（〃）
少年来る無心に充分に刺すために　（昭37）

は句集『絵本の空』（昭44）への魁的な作風が見られる。即ち、「ぼおんぼおんと地球鳴り」の聴覚的な感受や「犀が月突き刺している明るさ」のシュールなイメージにはメルヘン的な特色が窺える。また、残酷性を内に秘める少年の本質を鮮やかに捉えた「少年来る」の句は「現瞬間」への直覚的な感受によって対象を捉えようとした阿部の方法に繋がっている。
阿部の方法とは対蹠的なのが大岡頌司。

寸烏賊は
寸の墨置く
西から来て

ともしびや
おびが驚く
おびのはば

十代のころから民俗的・土俗的な世界に関心が深かった大岡は、現代人の社会意識に背を向けて、目を閉じることで浮かび上がってくるような郷愁的な世界を詠んだ。これは瀬戸内海における生い立ちや性向という個人的な特性に因ろう。

河原枇杷男の、

空蟬の両眼濡れて在りしかな　（昭35）
手にもてば手の蓮に来る夕かな　（昭36）

などは句集『烏宙論』（昭43）の、

身の中のまつ暗がりの螢狩り　（昭43）
野菊まで行くに四五人斃れけり　（〃）
或る闇は蟲の形をして哭けり　（昭44）

など観念的、形而上的な存在、世界を追尋する作風への魁的なものが窺える。
引用句は概して瑞々《みずみず》しい若書きの青春俳句で、新鮮な抒情や感覚が大きな魅力となっており、明るい方向の句が多い。その中で異色なのは齋藤愼爾の次のような句。

柩形のプールに母を泳がしむ　（昭35）
蜂窩《ほうか》暗し父より悪の眼を享くや　（〃）

死の方向のイメージで母を捉えたり、父より享け継ぐ暗い血の流れを意識したりすることも青春の逆説的な美学、主張である。
福田甲子雄と広瀬直人の句は風土に根ざした「雲母」の作風をよく伝える。

藁《に》塚《ほ》裏の陽中夢みる次男たち　福田甲子雄（昭34）
遅刻児に日が重くなる葛の花　〃（昭35）
睡くなる子に麦秋の脱穀音　広瀬直人（昭34）

新鮮な感覚や抒情が際立つ句を挙げておこう。

フィヒテ全集鉄片のごと曝しけり　大峯あきら（昭36）
プールサイドの鋭利な彼に近づき行く　中嶋秀子（昭37）
母が降るこの紺碧を嫁ぎゆく　山中葛子（〃）
青麦や軋る厠《かはや》は舟さながら　友岡子郷（昭34）
風摶つてわが血騒がす椎若葉　福永耕二（〃）
海上に朝の道あり桑解かれ　桜井博道（昭40）
ウサギ飼い身に清潔な水たまる　佃　悦夫（〃）

だが、私は俳句の昭和世代に対して根本的な大きな疑問を拭えない。戦後の支配的な思潮のパラダイムから脱却できたことと裏腹に、自己のアイデンティティーを生成してゆく社会との意志的なかかわりを曇らせたのではないか、ということだ。たとえば、詩人で俳句も書いた西垣脩は「鎮魂歌」（「青衣」昭39）で、

それらはまだ青みを深くのこした銀杏の葉
折重なり　死の静謐にひしめきあいつつ
つめたい長い甃のほとりに吹きたまっているのであった
親しい友たち　君らは沈黙の堆積となって

紺青の海のおもてを漂い流れほろびつつ
珊瑚礁のかげのない陰に今もなおたゆたっているのだろうか
　そんな筈はない　いつまでも
　残るということは　けれども……

夕ぐれ　僕は始めて空の海というものを見た
ひらたい灰色の雲の下に薄金色に透きとおって
荒れた野の果てにさえざえと泛んでいるのであった

　野分のあと　枝に残った葉の意味が
　今　君らの死を通して飲みこめてくる……

と書いた。これは三橋敏雄や鈴木六林男の鎮魂詠に通じている。また、昭和世代の山川方夫《まさお》には『夏の葬列』（昭39）があり、岡井隆には『土地よ、痛みを負え』（昭36）がある。いかなる時代においても、社会性は生の基底に通じており、生成するアイデンティティーに必須のもの。俳句の昭和世代には普遍的な社会性が稀薄で、戦後派のような骨太さが見られないのは、生の基底としての普遍的な社会性を一過性のものとしたからではないのか。林桂が言うように、この時代に早々と社会性を捨てた俳人たちはそれだけ社会性へのかかわりが軽かったということだ。今日も、前衛俳句は一過性の現象だったという声を耳にする。そういう受肉の欠如からは骨太の普遍的な社会性や根源的な生が立ち顕れるはずがないだろう。

7　飴山實の転身——戦後俳句批判

現代俳句協会の分裂の主因は、昭和三十六年九月二十六日の第九回現代俳句協会賞第一次選考委員会で、主に旧世代（中村草田男らの世代）が推した石川桂郎が俳歴と作品の上から「新人に非ず」として選考対象から除かれたことであった。その後、十月三十一日の第二次選考委員会で、赤尾兜子と飴山實との決選の結果、赤尾が受賞した。その時の赤尾の受賞作品は「塩」50句で、

音楽漂う岸侵しゆく蛇の飢　（昭32）
広場に裂けた木塩のまわりに塩軋み　（昭33）
蛾がむしりあう駅の空椅子かたまる夜　（〃）
密漁地区抜け出た船長に鏡の広間　（昭34）

など、いわゆる前衛俳句としてよく知られた句を多く含むものであった。
他方、次点となった飴山の候補作品は「島」50句で、

起重機にいた貌を岸壁で陽に曝す　（昭32）

荒涼と河に日が載る桑括り　（昭33）
海豚飼われ雑多な芥で皺む湾　（昭35）
岬から甘藷畑めくりだす老人　（〃）
島を鋤く姿《なり》で錆びつく一人づつ　（〃）
太陽へのぼる電工島枯れて　（〃）

など、労働をモチーフにした社会性俳句的な句が中心で、傍点部には前衛俳句の影響を窺わせる気負った未熟な言い回しが見られる。昭和三十年代の前半から中期にかけての飴山實は、金子兜太の社会性俳句についての認識や造型俳句論の影響を強く受けていた。たとえば、「現代の再生」（「俳句」昭36・1）では「外部現実は（略）意識活動によつて、一度分解されてから再構成される。（略）作品化することで表現に定着」「現代の再生とは連帯性に立つた自我によつてしかおこない得ない」「意識表現を中心におくという意識派の仕事はいよいよこれから核心的になつていくものと期待され」など、金子兜太の造型俳句論を踏襲していた。また、個の連帯性やそこからの疎外意識などに強い関心を示し、林田紀音夫の〈消えた映画の無名の死体椅子を立つ〉の連帯感が引き裂かれ疎外感を意識する句などに、特に強い共感を示していた。

　その飴山は「俳句」昭和三十九年七月号から十二月号まで六ヶ月間「評論月評」を担当。そこで、「形式と内容が統一された作者の心音の聞こえる俳句」という不易の評価軸により、戦後俳句は徒党を組んで文学づいただけであり、「主体」（内容）を重視し、前面に押し出しすぎて、形式との合一による表現の確かさや心音が聞こえない、と批判した。

飴山が批判した戦後俳句は、金子兜太・沢木欣一・原子公平らを中心とした社会性俳句から前衛俳句の流れである。「〈行為=生活〉と〈作品〉とが、次元を異にしている、ということの明確な自覚が金子兜太には存外に乏しいのである」という飴山の指摘は、兜太と重信との対談「前衛の渦のなか」（既出）でも見られたことであった。誤解を避けるために言っておかなければならないことは、飴山の戦後俳句批判は戦後俳句全般を対象としたものではないこと。また、同じ社会性俳句から前衛俳句の流れの中でも、佐藤鬼房・鈴木六林男・林田紀音夫の句については、「心音の聞こえる俳句」として、はっきりと区別していることである。「戦後俳句というからには、戦後を生きる人間の心音が聞こえてくる俳句でなくてはかなうまい」として、

夏草に糞まるここに家たてんか　佐藤鬼房
呼び名欲し吾が前にたつ夜の娼婦　〃
性病院に瑞々しきは鳩の糞　鈴木六林男
かなしきかな性病院の煙突《けむりだし》　〃

などを引用し「たしかに心音が聞こえてくる」と言う。また、

鉛筆の遺書ならば忘れ易からむ　林田紀音夫

を引用し「「時間の流れ」を断ち切ることで（略）心の所在をあきらかにし」ていると言う。そ

して、「佐藤や鈴木の句と、金子たちの句（金子・沢木・森・原子の句）をくらべてみると、後者の句には佐藤たちの作品のもつている悲しさが少ない。（略）戦後俳句はこの明るい戦中派（金子・沢木・原子たち）が主に中心になつて、その後の展開を見た」と言う。

この明るい戦中派が作った「作者の心音が聞こえない俳句」「主体が前面に出すぎた俳句」とは、具体的には、

原爆許すまじ蟹かつかつと瓦礫あゆむ　金子兜太（昭30）
主婦たたら踏むメーデーやヒロシマに　沢木欣一（昭29）
川へ虹プロレタリアの捨て水は　原子公平（昭27）

など主体（左翼イデオロギー）が前面に出すぎた句などが該当するだろう。つまり、すでに「社会性俳句の負性」として言及したものである。したがって、飴山が「形式と内容が統一された作者の心音が聞こえる俳句」という不易の評価軸によって、社会性俳句と呼ばれるものの中でも、鬼房・六林男・紀音夫の句を「作者の心音が聞こえる俳句」とし、兜太・欣一・公平の句を「作者の心音の聞こえない俳句」と峻別した、その飴山の批評眼・鑑賞力は極めて妥当なものだった。

だが、その評価軸は必要条件ではあっても、十分条件ではなかった。飴山の評価軸に欠けていたのは表現史的史眼である。不易流行の流行性と言い換えてもいい。飴山は作者の心音が聞こえれば十分として史家の眼を不要とした。その原因、前提には飴山の俳句史観がある。即ち、「昭和俳句史」というものが在り得るならば、それは、私たち一人一人の胸の中にしかなく、しかも、

一人一人でそれぞれ別の姿をしている筈のものである」(「俳句」昭39・9、傍点飴山)。「昭和俳句史」(＝俳句史)は各自の胸の中にしかないとするこの俳句史観は、小林秀雄の「歴史は思い出だ」(「無常といふ事」昭17)に倣ったもので、外在化されない個人的、恣意的なプチ・ヒストリーにすぎない。飴山の胸の中には飴山自身の個人的、恣意的な「作者の心音の聞こえる昭和俳句」が歴史的な構造性を欠いたまま、あちこちにたくさん転がっているにすぎない。それは、テクスト論が恣意的な(なんでもありの)新奇な読みを競うアナーキーに陥った光景を想い起こさせる。飴山の俳句史観に欠けていたのは、俳句史を不易と流行のダイナミズムによる革新と捉える表現史的史眼によって、その歴史的な構造性を外在化し、読者と共有すること——そこに学としての俳句史が成り立つという認識である。それぞれの俳句が歴史的な構造性をもって外在化され、それが読者に共有されることで、はじめて学としての俳句史(俳句表現史)となる。外在化されず、歴史的な構造性も欠如した「思い出」は歴史ではない。

飴山が提起した「作者の心音が聞こえる俳句」という評価軸や俳句史観は、各時代の支配的な価値観を単に追認するかたちで書かれる制度としての俳句史や単純な進歩主義の俳句史を、「現象史」として否定したのは妥当であった。だが、表現史的な史眼ないし流行性に盲《めし》いたため、「心音」だけでは「美酒にすぎない」(金子兜太)、「新味がなければダメ」(三橋敏雄)という流行性の評価軸には十分には抗し得なかった。

ところで、忘れてはならない重要なことは、飴山の戦後俳句批判は飴山自身が自己否定を通して俳人として新生するものであったということである。具体的に言えば、前に引用した第九回現

代俳句協会賞の次点作、

島を鋤く姿《なり》で錆びつく一人づつ　（昭35）
太陽へのぼる電工島枯れて　（〃）

の傍点部のように、労働や社会性のモチーフを前面に押し出そうとする気負った表現によって、かえって心音の聞こえない俳句に陥っていることを自省し、それを否定することで心音の聞こえる俳句へと生まれ変わろうとしたのである。換言すれば、社会性を前面に押し出すことを断ち切り、日常の現象を言葉で丁寧に細やかに掬いとることで俳意の確かさを言葉に定着させようとしたのである。

小鳥死に枯野よく透く籠のこる　（昭39）
枝打ちの枝が湧きては落ちてくる　（〃）
蚊を打つて我鬼忌の厠ひゞきけり　（〃）
目に見えて秋風はしる壁畳　（昭40）

どの句も心音の聞こえる俳意の確かさ。もちろん、これは不易という美しい墓地の眺めだ、という批評はあり得るだろう。だが、自己否定を通して論と作との一致という極めて困難なことを見事にやってのけた飴山の句業は、先ずもって偉とすべきだろう。

8　人間存在の憂愁感と俳諧味　―渡邊白泉・阿部青鞋・三橋敏雄

渡邊白泉は昭和十五年五月、第二次「京大俳句」弾圧事件に連座し、九月、起訴猶予となるも、執筆禁止を言い渡された。翌十六年、以前から進めていた古俳諧の研究と、それに基づく実作に阿部青鞋《せいあい》・小澤青柚子・三橋敏雄らと没頭するようになった。会場はもっぱら青鞋宅（東京の荏原中延）だった。そのころ彼らは次のような俳句を作っていた。

熊手売る冥途に似たる小路哉　渡邊白泉
赤土の大き穴ある枯野かな　〃
春昼や催して鳴る午後一時　〃
冬の川ひりひりひりと流れたり　阿部青鞋
土のなかより冬うつくしき土を掘る　〃
夕明り畳の地震《なゐ》を見下ろしゐる　〃
おとならや木のぼりを忘れ木のほとり　小澤青柚子
裏白き凧ぞあがれる夏の天　〃
白馬の白き睫毛や霧深し　〃

かの木より高揺れしたる雪の暮　三橋敏雄
春野面見れば虫さへ幼しや　〃
太陽のあがれる春を惜しみけり　〃

これらの句を、彼らの新興俳句時代の代表句と比べてみると、その変貌ぶりは明白である。

銃後といふ不思議な町を丘で見た　渡邊白泉
ものいはぬ馬らも召され死ぬるはや　小澤青柚子
そらを撃ち野砲砲身あとずさる　三橋敏雄

文体もモチーフも大きく変貌している。白泉の場合はすでに「京大俳句」弾圧事件で検挙される以前から、『猿蓑』など元禄俳諧の格調を学ぶことで新たな道を拓こうとしていた。白泉はそれを「古俳句の有してゐる気合の伝統」（「雑感」—「俳句研究」昭15・2）と言う。だから、白泉の場合は弾圧による転向ではなく、内発的な転換だ。

では、他の仲間はどうだったのだろうか。一般に「転向」とは共産主義者や社会主義者などが権力の強制などのために、その主義を放棄することを言う。三橋敏雄は後年、特高による検挙を恐れて古典の世界に向かう保身に倫理的な負い目はない旨を発言しているので、小林秀雄や加藤楸邨らと同様に、閉塞の時代における外発的な「転向」の要素も含まれていただろう。小澤青柚子と阿部青鞋については実証的な根拠は見出せない。それはともかくとして、彼らは、阿部青鞋を除いては、たとえば〈時雨るゝや黒木つむ屋の窓をあかり〉（凡兆）のような元禄俳諧の端正な文体を体得したと言えよう。ちなみに青柚子の「白馬の」の句は辞世句。青柚子は昭和二十年三月十一日、満州牡丹江省綏陽《すいよう》県の二道崗陸軍病院で戦病死した。

四人のうち、阿部青鞋だけが昭和十年代前半の新興俳句時代から異色の作風だった。前に引用した三句はどれも異色だが、特に「畳の地震《なゐ》を見下ろしゐる」という「地震」を捉える視点と発想は極めて異色だ。青鞋は昭和十二年に白泉らの「風」と、内田暮情らの「螺旋」に参加。十六年には自ら編んだアンソロジー『現代名俳句集　第一巻』（教材社）に作品集『武蔵野抄』三四六句を収録。しかし、多くの新興俳句俳人と違って、銃後俳句は皆無に近い。また、戦火想望俳句も「渡辺保夫上等兵に与ふ」と題する十五句のみ。妻を詠んだ句が極めて多いのが特色だが、それも、

見棄て置かば妻のからだは泣き熄むもの　　阿部青鞋

のように、妻を物として客観視することで俳味を打ち出すといった異色な詠みぶり。

昼餉と云ふ短きことが起こるなり　　阿部青鞋
づかづかと冬木は我をとり囲む　　〃

「昼餉」を出来事と捉え、また冬木を人格化した発想も異色だ。戦火想望俳句も、

撃たぬとき砲弾ねむごろに重し　阿部青鞋

のように、「砲弾」という凶器を「ねむごろに重し」と親密にコミュニケートできるものとしてひねりを加えたところに俳味が生まれる。

以上、長々と彼らの戦中の句業に拘《こだわ》ってきたのは、それが彼らの戦後の句業および昭和三十年代の句業のバックボーンになっていた、と言いたいからである。たとえば、戦後、白泉は内容と形式の合一と韻律の重要性を繰り返し説き、次のような句を作った。

瑞照りの蛇と居りたし誰も否
稲無限不意に涙の堰を切る
機関車の誓子も寝しや天の川
わが胸を通りてゆけり霧の舟
眼の凍てし教師と我もなりゆくや
底冷えの御殿場線や後戻り

これらの句の背後には起伏の多かった白泉の境涯がぴったりと貼りついている。誓子を新興俳句の旗手と仰いで新興俳句に没頭した青春時代。「京大俳句」弾圧事件に連座してから水兵としての兵役へとつづく辛酸の体験。戦後の俳壇と距離を置いた孤独の天地。平和と経済成長の中で地方教員として社会への批評精神を失うことへの惧《おそ》れ。そうした境涯に根ざすこもごもの思いが元禄俳諧から体得した端正な文体で詠まれている。これらの句に通底し、伝わってくるのは辛酸を嘗《な》めた境涯に根ざすであろう人間存在への憂愁感である。

新興俳句時代に白泉に師事した三橋敏雄は、戦火想望俳句において山口誓子の即物的な表現に倣って佳句を作った。しかし、戦火想望俳句が時間と空間を限定された一過性の表現であることへの反省から、元禄俳諧の格調ある文体に学ぶとともに、時空の限定を超克した普遍的な表現を目ざした。

いつせいに柱の燃ゆる都かな　（昭20）

などはその最初の成果だが、昭和三十年代後半には次のような句が見られる。

世界中一本杉の中は夜　（昭35）
縄と縄つなぎ持ち去る秋の暮　（昭37）
初日いま楕円核爆発あるな　（昭38）
秋の暮柱時計の内部まで　（〃）

これらの句に見られるのは、白泉の句と同様、新興俳句時代からの社会性と、元禄俳諧に学んだ文体と俳諧性である。白泉の句に底流する人間存在への憂愁感は白泉の句と比べると弱いが、それはやがて、句集『真神《まかみ》』（昭48）の代表句、

昭和衰へ馬の音する夕かな　（昭41）

のように、時代の終焉を感受する句の中に滲み出るようになる。
阿部青鞋は昭和二十年代中ごろに、

秋の川HEAVEN HEAVENと流れけり

という異色の句を作った。これは昭和十六年の『武蔵野抄』に収録された、

冬の川ひりひりひりと流れけり

がプレテクストになっていて、それを「秋の川」に応じて詠み替えたものだろう。昭和三十年代後半には、

半円をかきおそろしくなりぬ　（昭38）
はりがねの最も苦痛なるかたち　（昭39）
虹自身時間はありと思ひけり　（〃）

また、同じころの作に、

砂浜が次郎次郎と呼ばれけり
かたつむり踏まれしのちは天の如し

など独自の異色の句を作った。大部分は無季で、切れを用いず、平仮名を多く用いた柔らかい散文的文体を用い、また斬新で大胆な直喩を駆使して、独特の俳諧味を打ち出している。無季の散文的な文体という点では林田紀音夫と共通しているが、両者の目ざす俳句は全く異なる。林田は都市生活を送る無名の庶民の疎外感というモチーフを集中的に言葉に定着しようとする。阿部はそういう社会性の縛りは皆無で、多様な発想・視点・表現を駆使して思いがけない斬新な俳諧味と同時に、屈折した心理や観念、生の根源的な痛みを捉えようとする。半円を描くことで円の完結した姿、即ち死や将来が予見されてしまうおののき。ジャコメッティの針金のような細長い彫像（人物像）に人間存在の痛ましさを感受するように、細い針金のねじれゆがんだかたちに、同様の痛ましさ、苦痛を感受する。「砂浜が」の句は、砂浜で母親がわが子の名を呼ぶという状況で、主体と客体を匿《かく》して「砂浜」が「次郎」と呼ばれるという俳句的なひねりを加えたもの。そのことで謎めいた不安感のようなものが立ち上がる。阿部青鞋の異色の作風は新興俳句時代から戦後の昭和三十年代後半へと、基本的に一貫していたと言えよう。

昭和三十年代後半の時代を閉じるに際し、重要なことを確認しておきたい。三十年代はいわゆる「前衛俳句」の勃興した時代で、大岡信が的確に指摘したような「前衛俳句」特有の負性の表現が氾濫した。同時に、暗喩とイメージを効果的に駆使して新風の秀句を多く生み出した成果も否定できない事実。彼らが駆使した暗喩とイメージは俳句の構造を重層化して深い奥行きと拡がりをもたらす重要な方法である。問題は、その方法が広く共有、継承されなかったために、表現の奥行きや表現の多様性に効果的に機能し得なかった点にあろう。

Ⅲ　昭和世代の台頭　―昭和四十年代前半

1　対立的な俳壇構図　―俳句団体と俳壇ジャーナリズムの癒着

昭和四十年代前半の俳壇構図は、現代俳句協会の分裂が尾を引き、現代俳句協会と俳人協会がそれぞれ俳壇ジャーナリズムと癒着し、両協会が対立する特徴的な構図へと向かった。即ち、現代俳句協会＝「俳句研究」ＶＳ俳人協会＝「俳句」という対立的構図だ。

両誌の主な企画を列記すると、「俳句」は昭和四十一年一月号から一年間「明治百年俳壇史」を連載したのを皮切りに、「特集・現代の作家」シリーズ（昭43）、「自伝・評伝」シリーズ（昭44）、「中堅作家特集」（昭44）、「我が主張・我が俳論」シリーズ（昭45）など、多くは一年間連載の好企画を次々と打ち出した。しかし、これらの企画に登載された俳人たちは俳人協会所属の中堅俳人が多かった。また、毎号の俳句作品も主に俳人協会所属の俳人たちのものだった。

他方、「俳句研究」は長らく浅沼清司が編集を担当していたが、三十年代の終わりごろから経営状態が一段と厳しくなったようで、四十年代に入って楠本憲吉・金子兜太・高柳重信らが編集に参画、立て直しを図った（浅沼清司が退社した後、西川社長の下、杉本零らが編集を担当していたと記憶する）。その第一弾として企画されたのが「現代俳句作家の相貌」シリーズ。これは兜太・重信・佐藤鬼房・赤尾兜子・林田紀音夫ら、現代俳句協会の有力俳人を積極的に特集した。これに対し、「俳句」の「特集・現代の作家」（昭43）は、対抗的に飯田龍太・野見山朱鳥・能村登四郎ら、俳人協会や伝統系俳人を特集した。

昭和四十三年、重信が「俳句研究」の編集長に就任。高柳は昭和俳句の来し方行方を見据えた長期的スパンで抜群の企画力を発揮。昭和俳句史を厳正な正史として書き替えることを主要な柱として立てた。即ち、従来の現象的な俳壇史を排して俳句表現史としての昭和俳句史を構想した。その実現のために、昭和俳句の表現史を築いた主要俳人の特集、各時代の俳句運動の検証特集、定型・季語・俳句性など俳句の本質や属性にかかわる特集、表現方法論・文体・表記の特集などを毎号のように組み、持続的に展開した。具体的に言えば、「現代俳句作家の相貌」シリーズを継続させる（昭44）とともに、「季題・季語論」（昭43）、「俳句表現の文体と表記」（昭44）、「言葉と形式」（昭45）、「戦後俳壇」および「戦後俳句」（昭43・45）、「社会性俳句の行方」（昭43）、「伝統と前衛・交点を探る」（昭45）など、毎号特集を企画した。また、昭和一桁・二桁の革新系の新鋭俳人を積極的に登用して、論と作の両面で新風を競わせた。その結果、昭和二桁（昭和十年代生まれ）の新鋭俳人が論と作の両面で育った。

両誌の企画を展望して気づくことは、共に「戦後派」俳人が俳壇の中枢となり、共に昭和世代の新鋭の発掘、登用に意を注いだこと。二項対立の俳壇状況は季語の有無による形式的弁別や相互排他性という弊害を生んだが、反面、対抗的に競うことで文学的な緊張感を生み、「戦後派」俳人たちの充実と昭和世代の台頭、新風を生み出した、とも言えよう。

「俳句」と「俳句研究」の企画・編集の視野や方向性の違いを端的かつ象徴的に示したのは、共に昭和四十四年に死去した石田波郷と渡邊白泉の追悼特集号。この両者は生まれも共に大正二年で、昭和十年代の青春期から文学的な友情で厚く結ばれていた。しかし、波郷が俳壇的に日向を歩いたのに対し、白泉は戦後、俳壇から離れて句作したため、一般的知名度に大きな差が生じた。とはいえ、表現史的意義の点では、古典的文体で私性に執しつづけた波郷よりも、多様な独創的文体を創出しつづけたという点では白泉のほうが優っていた、と言えよう。ところで、両誌は共に石田波郷追悼特集（「俳句」昭45・1〜2、「俳句研究」昭45・2）を組んだが、渡邊白泉追悼特集を組んだのは、「俳句研究」（昭44・3）だけだった。大手新聞にその死が報じられなかった白泉を、表現史に炯眼を有する高柳は見逃さなかったが、「俳句」の編集者は白泉の表現史的意義はもちろん、名前にすら盲いていたのではなかろうか。埋もれかけた白泉を昭和俳句史に正当に復権させたのは、「俳句研究」で白泉追悼号を企画した高柳重信と、遺稿の稿本句集『白泉句集』（昭50）を出版した三橋敏雄の尽力による。

また、重信は、二十年間も沈黙を守っていた高屋窓秋に新作「ひかりの地」五十句の発表（「俳句研究」昭45・5）を促した。


霞みゐて鳥の顔してゐる人よ　　高屋窓秋（昭45）

秋風やまた雲とゐる人と鳥　〃（〃）

重信の炯眼と尽力がなければ、白泉の昭和俳句史への復権と、窓秋の晩年の独創的な創作活動はなかったであろう。

2　政治的な闘争と連動したカウンター・カルチャーの跋扈

昭和四十年代前半（一九六五〜一九七〇）は政治・経済・文化など多方面にわたって、日本国中が最も激動した時代だった。前に引用した山崎正和の同時代史『柔らかい個人主義の誕生』（中央公論社、昭59）では「黄金の六〇年」「叛乱の六〇年」というキャッチフレーズが使われていたが、この言葉は四十年代前半（一九六〇年代後半）の社会情勢の全般を的確に言い当てている。『年表　昭和史』（既出）を繙くと、３Ｃ（カラーテレビ・カー・クーラー）が新三種の神器（昭41）、ＧＮＰが米国に次いで世界二位（昭43）、大阪万博開催（昭45）など、産業経済の発展が目覚ましい。この光の面が「黄金の六〇年」。他方、羽田事件（昭42）、全共闘運動など大学紛争の激化、三里塚闘争（昭43〜45）、美術、演劇、写真、映画など多様な文化活動における反権力的な高揚、カウンター・カルチャーの跋扈（昭42〜45）、日本赤軍派による日航機よど号ハイジャック事件（昭45）、三島由紀夫ら楯の会の陸上自衛隊市ヶ谷駐屯地でのクーデター未遂事件（昭45）など、新左翼から右翼まで幅広い叛乱も激化した。また、産業発展、経済の高度成長は、反面、大気汚染公害（昭42）、イタイイタイ病（昭43）、光化学スモッグ公害、ヘドロ公害（昭45）など、生活環境・自然環境汚染という深刻な問題を招いた。この影の面が「叛乱の六〇年」。

昭和四十三年、即ち一九六八年を中心とする政治的・文化的な反権力闘争、変革の渦潮・席巻とは何だったのか。その検証を試みたものとして、小熊英二著『1968』上下（新曜社、平21）や、四方田犬彦《よもたいぬひこ》編著『1968』1〜3（筑摩選書、平30）などがある。四方田は「〈1968年〉には何が起きたか」の中で、

文化的な前衛は、どの時代にも政治的な前衛に魅惑されてきた。社会の異議申し立て運動から、強い活力を得てきた。（略）既成の権威に公然と異を唱え、ときに暴力的な手段に訴えても、未知なる領域へと突き進もうとする情熱において、両者は時代を分かちもっていた。（略）古今を通して、もっとも新しい文化運動、芸術思潮は、つねに時代の少数派によって担われてきた。その担い手たちは、望むと望まないとにかかわらず、少数派であるがゆえに社会的に孤立し、その孤立は政治的なものとして提示せざるをえない不可避性を抱え込んでいた。政治を表象する文化があったのではない。文化が政治的たらざるを得ない状況が存在していたのだ。

と言う。そして一九六八年に文化の各領域で起こった反権力的な闘争・変革に言及する。たとえば、美術界では大阪万博の国策に身売りした前衛美術家たち（岡本太郎ら）に対し、反対派は対抗的にアナーキーで過激な挑発を繰り返した。写真家たちは本能的な直感に促され、三里塚に、沖縄に、大学のバリケードの中にカメラを持ち込み、証言者としてシャッターを切り続けた。映

画では小川紳介は三里塚を、土本典昭は水俣を、執拗に撮り続けた。8ミリカメラの普及もあいまって、個人映画の世界からは次々と実験的な作品が出現した。演劇界では「アングラ」が跳《ちよう》梁《りよう》跋《ばつ》扈《こ》した、等々。

以上を要するに、昭和四十年代前半という時代は同時代の政治的な異議申し立てに連動して、同時代に異議申し立てをする多様な文化、即ち多様なカウンター・カルチャーがジャンルを超えて交わり、跋扈した変革の時代だった、と言えよう。

短歌では政治的な異議申し立てに連動したカウンター・カルチャーとしていくつかの成果が見られた。では、カウンター・カルチャーとしての俳句はあったのか。また、その成果はあったのか。そのように問うとき、まず浮上してくるのは鈴木六林男の句集『櫻島』(昭50)と『王国』(『鈴木六林男全句集』に収録、昭53)である。六林男は前者において堺《さかい》泉《せん》北《ぼく》の「ヘドロ地帯」と千里の丘の大阪万博に挑み、後者においては石油化学コンビナートに挑んだ。その他では全共闘運動を背景に、金子兜太の俳句における社会性の認識の改変を追及した中《なか》谷《たに》寛《ひろ》章《あき》を中心とする新鋭俳人たちの活動、戦後俳句を牽引してきた高柳重信と金子兜太らへの異議申し立てとして加藤郁乎を中心とする同人誌「ユニコーン」の立ち上げなどがあった。しかし、中谷らの金子批判と、加藤らの「ユニコーン」の立ち上げは、どちらも「時代に抵抗する文化」というカウンター・カルチャーの一般的な概念からはずれている。

3　鈴木六林男の抵抗 ―ヘドロ地帯と大阪万博

小野十三郎《とおざぶろう》に「葦の地方」（詩集『大阪』昭14）という有名な詩がある。

遠方に
波の音がする。
末枯れはじめた大葦原の上に
高圧線の弧が大きくたるんでゐる。
地平には
重油タンク。
寒い透きとほる晩秋の陽の中を
ユーフアウシヤのやうなとうすみ蜻蛉が風に流され
硫安や　曹達や
電気や　鋼鉄の原で
ノヂギクの一むらがちぢれあがり
絶滅する。

昭和四十年代の産業発展がもたらした光と影。その影の現実を、すでに昭和十年代に黙示したような戦慄的な知覚像ではないか。「戦後派」俳人たちは、その光と影を、主に連帯と疎外として社会にコミットした。そこにはカウンター・カルチャーという対抗文化の意識は強くはなかった。椹木野衣《さわらぎのい》によれば、「東京五輪、大阪万博への渦中では、戦後の高度経済成長が実益を優先することから引き起こされた深刻な公害の実態が次第に可視化されつつあったが、祭りという煙幕が消された後で、一気に目前に姿を現した空気から山、海、川に至る汚染やヘドロ被害、そして公害病による深刻な健康被害の現実は、万博によって演出された明るい未来像など、一瞬にして吹き飛ばすに十分なものがあった。(だが)それらの被害の露呈は、(大戦中、聖戦賛美の戦争画を描いた画家たちと同様)国策に身売りした前衛美術家たちのあいだに、万博へ靡《なび》いた履歴を進んで語らぬ風潮を生み出した」(「美術　祝祭、狂乱、共闘、流転」『1968』1)という。

だが、そういう前衛美術家たちと違って、鈴木六林男は沈黙しなかった。六林男は戦争体験を風化させず、時代情況に対して鋭い批評意識を持続させ、自らの思想行為として俳句を書きつづけてきた俳人である。彼は産業発展の光と影の典型である国策の大阪万博と大阪湾のヘドロ地帯に直接的にコミットして、カウンター・カルチャーとしての俳句によって、それらを告発した例外的な存在である。

王国　序章(句集『櫻島』)　鈴木六林男(昭41～44)

Ｉ

堺泉北臨海工業地帯第五　SECTIONにて

干潟に蹦み隣国の強い主婦たち
沖から来て墨・林の眉泥炎える
ヘドロ地帯指す明確な意志泥男

Ⅱ

第六埋立地にて

青年の声とぶ眩しいヘドロ帯
乾く泥沖より帰り泥男
浚渫夜も海の嘆きの星と泥

Ⅲ

泉北SECTION 1-2にて

胸を襲う夜波の白は怒るかたち
暗がりに泥の轟音誰が残る
手を離しテトラポッドの死へ近づく

Ⅳ

逆立つ髪ヘドロ地平に跳ねる童女
多喜二の忌ヘドロ地帯の水澄む午後
脱獄のごとよじのぼり海の忌日

大阪湾の臨海工業地帯（堺泉北）をさらに拡張するためにヘドロ地帯も埋立地にする労働作業が日夜行われている現場に臨場しての連作。経済、産業発展の実益を優先するために、臨海工業地帯がヘドロ（汚泥）を生み、そこを埋め立ててさらに工業地帯を拡張するという負のスパイラル。

ヘ ド ロ 地 帯 指 す 明 確 な 意 志 泥 男

この「泥男」は、負のスパイラルに異議申し立てをする六林男の分身。

暗 が り に 泥 の 轟 音 誰 が 残 る
脱 獄 の ご と よ じ の ぼ り 海 の 忌 日

六林男の目は産業発展が生み出した日本沈没を見据えている。
大阪万博が開催された昭和四十五年（一九七〇）は熊本水俣病第一次訴訟があった年でもあった。『苦海浄土—わが水俣病』（講談社、昭44）によって熊本水俣病を告発した石牟礼道子が、

祈 る べ き 天 と お も え ど 天 の 病 む　　（『石牟礼道子全句集　泣きながら原』）

と詠んだのは、六林男よりやや遅れ、昭和四十年代後半に入ってからだった。

千里の丘（句集『櫻島』）　　鈴木六林男（昭45）

日本万国博覧会にて　七句

疲れた者ら段丘の桃に朝日さす
遠国の大小の靴風の塔へ
〈進歩と調和〉の朝から汗流しおる
鼓笛なし大声老婆に応える老婆
喧噪や屋根を尖らす走る国家
炎える広場遠く来て退屈な父ら
祭の丘異国幼女の産毛澄む

大阪万博を詠んだ六林男の連作を読むと、渡邊白泉が、漢口陥落祝賀行事として昭和十三年十月二十六日夕刻から行われた「提灯行列」を詠んだ連作を思い出す（「提燈」五句「俳句研究」昭13・12）。実際、両者には共通点がある。共に日本国家（大阪・東京という自治体）によるプロパガンダであること。大阪万博は世界に最先端の文明を誇示する産業プロパガンダの祝祭。提灯行列は日中戦争の戦勝と戦意高揚を誇示する祝祭。それらの祝祭に対して、六林男も白泉も不同調の立場に立ち、イロニーと傍観者的な冷眼によって捉えた。即ち、カウンター・カルチャーとしての俳句だ。六林男と白泉の、

〈進歩と調和〉の朝から汗流しおる　六林男

炎える広場遠く来て退屈な父ら　〃

提燈を遠くもちゆきてもて帰る　白泉

には、祝祭に対するイロニー、冷眼、徒労感が共通して顕著である。遠方から千里の丘を目ざして朝から汗を流してやってくる老若男女たち。手に手に戦勝祝賀の提灯を持ち、振りながら靖国神社へと九段坂を上り、また下ってくる老若男女たち。三十余年を隔て戦中の銃後の祝祭と戦後の祝祭のイメージが重なる。

喧噪や屋根を尖らす走る国家　六林男

大阪万博会場を撮った航空写真を眺めると、各パビリオン（展示館）には屋根が尖った大小のパビリオンが目立つ。六林男の眼は、そこに、文明の最先端を世界に向け発信し、誇示しようとする国家の戦略を鋭く捉えている。

六林男は、昭和四十五年以後もカウンター・カルチャーとしての俳句の手を緩めず、句集『王国』（昭53）に収録した「芳香族」（昭49）で、海を埋め立てた上に建設された石油化学コンビナートを対象にして、人間の物質的な欲望の追求とそれに翻弄される者たちの姿を〈油送車の犯されている哀しい形〉などを含む連作によって捉えていった。

4　金子兜太の「社会性俳句」の概念の改変

昭和二十年代後半に、俳誌「風」などに拠る金子兜太ら「戦後派」俳人たち（当時の三十代俳人たち）を中心に展開された、いわゆる「社会性俳句」には、昭和二十年代後半の日本国内を中心とする政治的背景が強く絡んでいた。即ち、敗戦後、ＧＨＱ（連合国軍総司令部）の占領下に置かれた日本は、昭和二十七年四月の対日平和条約・日米安全保障条約発効後も、日本国内各地における米軍基地と米軍駐留下に置かれた。今日までつづく対米従属の政治的な枠組みが決まったのである。そのため、石川県内灘演習場の無期限使用の決定（昭28・6・2）に反対する基地反対闘争などが起こった。また、翌年三月にはマーシャル諸島ビキニ環礁での米国の水爆実験により第五福竜丸が被曝。原水爆実験反対の運動も高まった。そうした反米的な政治的、社会的な情勢にコミットして、いわゆる「社会性俳句」は展開された。だから、「社会性俳句」は時代の趨勢に抵抗するカウンター・カルチャーであった。

そもそも、社会性俳句の概念には時代への抵抗という基本的なコンセプトが内包されている。昭和十年代の新興俳句は軍国の時代への嫌悪や不同調を基底にしていた社会性俳句というカテゴリーで捉えられるが、太平洋戦争下の「聖戦俳句」は時代にかかわっても、時代に同調、推進する方向なので、社会性俳句のカテゴリーに含めないのが一般である。

以上のような政治的、社会的な背景とその影響があって、いわゆる「社会性俳句」の概念規定にはカウンター・カルチャーのポリシーを滲《にじ》ませた二つの概念規定が、「社会性俳句」の推進者やシンパの間に広く共有されるようになった。即ち、次のようなものである。

社会性のある俳句とは、社会主義的イデオロギーを根底に持った生き方、態度、意識、感覚から産まれる俳句を中心に広い範囲、過程の進歩的傾向にある俳句を指す（沢木欣一、「俳句と社会性」アンケート―「風」昭29・11）。

社会性は作者の態度の問題である。創作において作者は絶えず自分の生き方に対決しているが、この対決の仕方が作者の態度を決定する。社会性があるという場合、自分を社会的関連のなかで考え、解決しようとする「社会的な姿勢」が意識的にとられている態度を指している。従って、作品は当初社会的事象と自己の接点に重心をかけたかたちで創作され、やがて社会的事象を通して社会機構そのものの批判にまで到ることとなろう。こゝで批判の質及び内容が問題となる（金子兜太、「俳句と社会性」アンケート―同、傍点金子）。

両者の概念規定には縛りの幅と温度差が見られる。沢木の「社会主義的イデオロギーを根底に持った（略）俳句を中心に」という縛りを強く狭くした規定には、当時の反米的な政治、社会情勢の影が濃く落ちている。そういう縛りをゆるめた金子の「自分を社会的関連のなかで考え、解決しようとする「社会的な姿勢」が意識的にとられている態度」がすなわち「社会性」だという認識、概念規定は説得力があり、広く共有された。また、金子の「社会的事象を通して社会機構そのものの批判にまで到ることとなろう」という認識には社会性俳句が本質的に内包する時代への抵抗の認識が含まれている。

金子の同様の認識は金子の第一句集『少年』（昭30）の「後記」でも語られている。

沢木や金子の「社会性俳句」の概念規定に批判的だった山本健吉は、神田秀夫説に賛同して「ごく卑近な日常の生活における感性の問題」（「社会性論議の進め方について」―「東京新聞」昭30・3・9）だとし、「沢木欣一は、社会性俳句を「社会主義イデオロギーを根底にもつた生き方、意識、態度等から生れる俳句」にしぼつてしまつているが、これは私のもつとも危惧した限定」（「社会性論議についての再論」―「東京新聞」昭30・5・19）と批判した。

金子は沢木を擁護して、

> 沢木の云う「社会主義的イデオロギー」にしても、決して特定の思想体系を指しているものではない。（略）特定と強いていうなら、現在の非人間的な社会組織に「抵抗し」「よりよき明日を求める」（原子公平）思想というべきものであろう。現実が人間蔑視に強く傾いている以上、人間的な思考は、すべて抵抗的であり、より良き明日を求めるのは当然（「社会性と季の問題」―「俳句」昭30・9）。

と反論した。前に引用した山本健吉による沢木説の引用部分は、赤城さかえや金子が指摘したとおり、原文どおりではなく、論争を有利に展開するための山本による捏造があった。とはいえ、前に指摘したとおり、沢木と金子の「社会性俳句」の概念規定は一枚に重なるものではない。沢木は「社会主義イデオロギーを持った俳句」と絞り込まずに、慎重に言葉を選んで「社会主義的イデオロギーを根底に持った生き方、態度、意識、感覚から産まれる俳句を中心に」と幅を持たせた絞り方をしたが、「…を中心に」とした概念規定と金子の概念規定とを一枚に摺り合わせることには無理がある。そこで「…を中心に」という縛りを解いて「特定のイデオロギーに限定されず」として金子の規定「自分を社会的関連のなかで追求しようとする社会的な姿勢が意識的にとられている俳句」が「社会性俳句」だとする概念規定が「社会性俳句」を推進する「戦後派」俳人たちを中心に広く共有されただろう。

それから十数年後、「俳句研究」（昭43・7）は「社会性俳句の行方」を特集。その中で、金子は「社会性の行方」と題し、次のように書いた。

私は、あのアンケートのとき『社会性は態度の問題である』と答えておいたが、それは、沢木流の考え方と一線を画しておきたかったからである（その後はすっかり混同されてしまったが——）。それはどういうことかといえば、イデオロギー以前の、いわば存在意識としてある社会性である。（略）まことに素朴な、それこそ現代人なら誰にでもある状態の社会性を私は重視し、沢木説は、第二の段階のものを正面においているのである。

十数年前の「自分を社会的関連のなかで考え、解決しようとする「社会的な姿勢」が意識的にとられている態度」から、十数年後の「まことに素朴な、それこそ現代人なら誰にでもある状態の社会性」へ。ここには社会性の概念規定について、金子自身による明らかな修正がある。金子自身が傍点を打って強調したように、社会性は「現代人なら誰にでもある状態」で先験的に存在するものではなく、「社会的な姿勢」が「意識的にとられている態度」によって初めて姿を見せ、捉えられるものとして概念規定されていたものだった。その概念規定が「社会性俳句」の推進者を中心に多くの共感を呼び、それが共有されていたのである。丸山真男に倣えば、「である」ものとして先験的に存在するのではなく、「する」意識的、能動的な行為によって初めて姿を見せるものだったのである。そもそも、十数年前に「沢木流の考え方と一線を画しておきたかった」と言うなら、すでに見てきたように、沢木説を批判した山本健吉に対して、沢木説と金子説を摺り合わせて、沢木説を擁護する必要もなかった。現に、「社会性の行方」では、沢木説を「社会主義的イデオロギーという進歩的な思想をもたないものは、社会性ありとはいわない」という説だと改変している。また、「素朴な、それこそ現代人なら誰にでもある状態の社会性」と言うなら、神田秀夫や山本が言う「卑近な日常生活における空気のようなもの」という認識に対して「社会性は作者の態度の問題である」と異を唱える必要もなかったはずである。後に、金子はこの「社会性俳句」の概念規定の修正を赤尾兜子や中谷寛章に批判されて、その弁明に努めた(「社会性と存在―中谷寛章へ」―「俳句研究」昭44・9)が、「する」認識や価値観と「である」認識や価値観とは相容《い》れないものなので、その矛盾を糊塗することなく、年月の経過の中で必然的に生じる作家的な変貌として、それを率直に語ればよかったのである。

　金子兜太の中に「社会性俳句」の概念規定や認識について明らかに改変が生じたことを示す具体的な証拠をもう一つ挙げておこう。「風」アンケートの有名な概念規定「社会性は作者の態度の問題である」から十数年後に書かれた「社会性の行方」(既出)の中で、

除夜の妻白鳥のごと湯浴みおり　　森澄雄

雲雀野に油切れたる女の毛　飯田竜太（ママ）
寒く潔き少年の日の牛乳配り　成田千空

の三句を挙げ、「おのずと、そこには、彼等の社会への意識が、まさに存在感覚と言った方がよいように淡彩に、しかし鋭く流れている。あるがままの社会性がここにある」と言う。ここで判断を誤ってはならないことは、右の三句について「あるがままの社会性がここにある」と金子が判断しているのはこの文章を書いた昭和四十三年の時点であり、「風」アンケートの昭和二十九年の時点ではないことだ。「風」アンケートの「「社会的な姿勢」が意識的にとられている態度」という概念規定と「あるがままの社会性がここにある」という判断とは論理的、認識的に相容れないし、「風」アンケートの時点で、右の三句を「「社会的な姿勢」が意識的にとられている」社会性俳句だ、と金子が考えていたなどということはあり得ない。もしそう考えていたと言うなら、そもそも「社会性俳句」を揚言しての運動自体が成り立たない。

赤尾兜子は昭和四十三年十二月の「俳句研究」年鑑の「評論展望」で、「社会性俳句」の概念規定についての金子の改変に言及。

　私はこれほど時代の移りかわりによって、補綴を逞しうする金子には尊敬を払わない。（略）今日にいたって、金子がそれを糊塗する必要はすこしもない。（略）それは作家の成長を示すものであり、それだけ人間がゆたかなのである。

という理解を示した。この赤尾の「作家の成長を示すもの」という見解は、昭和四十二年熊谷市に家を建て定住するようになった以後の金子兜太の言葉や句業を照らし合わせると、おのずと納得がいく。

熊谷に移って、一冬越した。（略）空気や植物や動物から、直接に言葉を摑みだすこと、どんな先入感も、既成概念も捨てて自分の柔軟さで、その言葉を体験し承認すること―そういう姿勢が私にはますます切実なものに思えてくるのである（「熊谷雑記」―「寒雷」昭43・6）。

この句集の六年は、私が四十代に足を踏み入れてからの六年である。そして、自分の肉体を強く注目するようになった六年でもある。（略）だから、たとえば〈自然〉と言っても、自分の肉体で承知した自然しか信用しなくなる（句集『蜿蜿』の「後記」昭43・4）。

首都圏の外周、あるいはそれよりももう少し隔った熊谷の地。まだ周辺には豊かな自然が存在する土地に定住することになった生活空間の変化。そして年齢的に四十代に入ったこと。こうした背景が金子兜太の関心を肉体や存在や自然へと向かわせたことは極めて自然である。そして、句集『蜿蜿』（昭43）と『暗緑地誌』（昭47）における、

霧の村石を投《ほう》らば父母散らん　（『蜿蜿』昭37）
三日月がめそめそといる米の飯　（『蜿蜿』昭40）
人体冷えて東北白い花盛り　（『蜿蜿』昭42）
涙なし蝶かんかんと触れ合いて　（『暗緑地誌』昭42）
谷に鯉もみ合う夜の歓喜かな　（『暗緑地誌』昭43）

など、原郷、風土、自身の肉体、物象感などを捉える作風へと変貌していった句業も極めて自然である。赤尾の言うとおり、金子は俳句観や興味や作風などの内発的な変化を率直に語ればよかったのである。

中谷寛章は「元の木阿弥　社会性論議にふれて」(「渦」47号、昭44・4)および「社会性から自然への成熟　金子兜太氏へ」(「俳句研究」昭44・11)で、金子が「社会性俳句」の概念規定を修正したことによって失われたものを鋭く指摘した。即ち、「「社会的な姿勢」が意識的にとられている態度」と概念規定することは、「社会に対する批判、抵抗の意識が、表現者として作者の内部で、いかに論理化されてゆくかの可能性だった」。しかし、その意識の中の「抵抗性、批判性」を後退させ、「現代人なら誰にでもある状態の社会性」「あるがままの社会性」を強調することは、「時代性を欠落させた普遍性、俳句独特の自然観へと移行させているのではあるまいか」と。

第3節の「鈴木六林男の抵抗」で触れたように、鈴木六林男は時代や情況が変わっても、自らの内部の社会に対する批判、抵抗の意識を後退させることなく、時代への抵抗の俳句を書きつづけた俳人であった。それに対して金子兜太は時代や情況の移り変わりの中で、社会性について意識や作風を変化させ、作家的変貌を遂げていった俳人であった。それは赤尾兜子が評したように「作家の成長を示すもの」でもあろうが、同時に、「金子兜太は、いつも何かに対する迎合がある。そのときどきで、早々と何かに迎合してゆくことが、彼のいわゆる先取りであった」(岩片仁次編『重信雑記帖』ノートB、夢幻航海社、平28)という、金子の全句業の核心を射貫いた厳しい批評も甘受せねばならなかった。

なお、中谷寛章は京大全共闘運動にも積極的にかかわっていた。全共闘運動は丸山真男の「する」論理、「する」価値観を身につけた若者たちが、「である」論理、「である」価値観に立つ既成の権威、権力、組織などを撃ったものである。一九六九年（昭44）。奇《く》しくも同じ年、中谷寛章は「する」論理によって既成の権威、金子兜太の「である」論理を撃ったのであった。

5　文学運動としての「ユニコーン」の虚実

同人誌「ユニコーン」（昭43・5創刊）の俳句史的、俳壇史的な意義づけは今日までなされていないばかりでなく、そもそも「ユニコーン」に言及した文献は皆無に近い。その例外的な一つである「安井浩司、俳句と書を語る。」（「安井浩司「俳句と書」展」金魚屋プレス日本版、平24）で、「ユニコーン」同人だった安井浩司はインタビューに答えて、

> 「ユニコーン」とは、はっきり申せば、それは俳句の文学運動でした。その後、俳句の世界において、純粋な文学運動は一つもありません。あの時が最後でした。（略）当時、私たち―大岡もそうだし、加藤さんもいましたが―は、文学運動の中核に、ど真ん中に存在していたんです。そう実感しています。
>
> 当時の金子兜太、高柳重信、それから彼らの世代ですね、佐藤鬼房や鈴木六林男とかさ。名

前を挙げればきりがないけど、飯田龍太も含めて単に社会性俳句とは言いませんが、戦後俳句を支えてきた俳人たち、ずっと俳壇を背負って来た世代と、私たちはどうもなにかが違う、彼らとははっきりと異なる感性と知性が、身体の中にあるのを実感していたんです。

　俺たちは違うものを持っているぞ、というのが、「ユニコーン」による文学運動の動機だったんです。（略）あの時は金子兜太と高柳重信を文学的に倒さなければならないという意識がありました。


と、当時を回想している。安井の意識としての「ユニコーン」の創刊は、戦後俳句を支えてきた「戦後派」世代、就中、兜太や重信を強く意識した自分たち昭和世代による純粋な文学運動だった。安井はインタビューで「〈原爆許すまじ蟹かつかつと瓦礫あゆむ〉といった表現が、当時は新しいともてはやされたけど、私はこれが詩であるはずがないと思っていました」とも答えており、前の引用の中にも「戦後派」世代について「単に社会性俳句とは言いませんが」という文言があった。このことから、安井は「戦後派」世代が推進した「社会性俳句」には強い違和感を抱き、そうした俳句とは別のところに自分たちの文学運動を求めていたことがわかる。

　ここで、「ユニコーン」の創刊に至るまでの経緯を辿っておこう。「俳句評論」を辞した加藤郁乎は昭和三十六年「縄」第10号から同人参加。その「縄」は三十八年、第20号で終刊。三十九年、関西の八木三日女、門田誠一らは「花」を創刊。東川紀志男、渋谷道らは「夜盗派」を復刊。他方、関東では昭和三十七年ごろから神田神保町の喫茶店「窓」で加藤郁乎を中心に「第三土曜の会」が開かれ、折笠美秋・大岡頌司・安井浩司・前田希代志・酒井弘司・川名大・松林尚志ら、

「俳句評論」や「海程」などに所属する二十代の若手が出席していた。加藤郁乎はそうした気鋭の俳人たちを「俳句研究」誌上に紹介し、「ユニコーン」参加を勧誘するとともに、関西の旧「縄」の八木三日女・島津亮・門田誠一らと創刊を準備。創刊号は同人二十名で、編集兼発行人は門田誠一でスタートした。同人の一人だった松林尚志が「「縄」の人たちの再結集の色合いが強い」（「「縄」「海程」「ユニコーン」前衛の虚と実と」―「俳句朝日」増刊第3号、平11・8）と言うように、旧「縄」同人の他に「俳句評論」の大岡頌司・安井浩司、「海程」の酒井弘司・松林尚志らが新たに参加した。

安井浩司が「金子兜太と高柳重信を文学的に倒さなければならない」と意識していたという当の金子や高柳は、「ユニコーン」創刊の昭和四十三年ごろ、どのような存在であったか。両者は「海程」と「俳句評論」という革新的な同人誌を代表する俳人として俳壇的な権威と信頼を勝ち得た存在であった。当時、「海程」は戦後の主要俳人を精選したシリーズ句集『戦後俳句作家シリーズ』を企画、刊行するなど最も充実した時期を迎えていた。高柳重信は「俳句研究」の編集長となり、昭和俳句の検証などの企画を意欲的に練っていた。もちろん、安井が金子と高柳を「文学的に倒す」と言ったのは、両者の当時の俳壇的な権威や立ち位置に関することではなく、純粋に両者の文学としての句業自体に対してである。金子兜太は前節で触れたように、原郷、風土、自身の肉体、物象感などを重視する作風への転換期であった。高柳重信は、旧国名や土地の固有名詞を一句の中に詠み込んで地霊との交感をモチーフとした句集『山海集』（昭51）への過渡的な作品である「父の沖」や「母系」などを書いていた。金子と高柳の俳句は初期から文体が

大きく異なるが、たとえば、

霧の村石を投《ほう》らば父母散らん　　金子兜太（『蜿蜿』昭37）

沖に
父あり
日に一度
沖に日は落ち　　高柳重信（『遠耳父母』昭47）

など、父と母を通して原郷的な世界への関心、郷愁が見られる点では方向を同じくする。
しかし、安井が金子と高柳を「文学的に倒す」と言ったのは、「ユニコーン」創刊ごろの両者のこうした句業に絞ってのことではなく、もっと一般的な金子と高柳の句業―即ち、社会性俳句から前衛俳句への金子の句業と、メタファーを用いて仮構の物語を紡ぐロマネスクな高柳の句業に対してであった、と思われる。
金子や高柳たちに対して「俺たちは違うもの持っているぞ」というのが、「ユニコーン」の文学運動の動機だった、と安井は言うが、その「違うもの」は同人個々に委ねられていて、運動を束ねる具体的な共通の理念やモットーは示されなかった。新興俳句運動の「反ホトトギス」、社会性俳句運動の「社会性は態度の問題」といったものがなかった。創刊号の編集「後記」で、
僕達は各々、創造的精神が如何にして可能かという鋭い問題を等しくいだきつゝ、各々の追

求の独自な歩みをあゆむという、真実な意味での文学集団であろうと欲している。と、門田誠一が書いているような「文学集団」だったため、同人個々の目ざす創造的な試みはなされたろうが、「ユニコーン」という「文学集団」としての具体的な方向を持つ文学運動とはなり得なかった。同人の一人だった酒井弘司は金子らの世代と自分たちの世代（昭和世代）との違いを、

言葉の原質に比重をかけ、言葉を走らせることにより、リアルな現実をひらいてゆくそうした世代（注＝六〇年世代＝昭和世代）は、戦中世代（注＝「戦後派」世代）と根本的に方法においてわかれることになる（「鳥は発とうとして―六〇年世代への試論」―「ユニコーン」創刊号）。

という。これは安井浩司の「俺たちは（「戦後派」世代とは）違うものを持っているぞ」という意識と重なる。その「違うもの」は、「言葉から現実をひらく方法」だという。これは当時異色の作風で注目されていた阿部完市など昭和世代の俳人たちの一つの特徴を示すものではあったが、「ユニコーン」の同人たちに共有されていたかどうかは不明だ。それが「ユニコーン」のモットーになることはなかった。

同じく同人だった松林尚志は「ユニコーン」の成果を総括して、「ユニコーン」四冊の代表句十句と評論二編を挙げている（「「縄」「海程」「ユニコーン」前衛の虚と実と」既出）が、取り立てて俳句史上の成果というほどのものではない。「ユニコーン」の中心だった加藤郁乎は評論と詩を載せているが、俳句は発表していない。当時、加藤は、評者をして「これは日本語か」と言わしめたような句、

見な見ぬこんてむつすむん地の宙水

をはじめ、

返らない恬で云わんの馬鹿を膿むべきや

など、掛詞、引用、もじりなど多彩な修辞を尽くして日本語のシンタックスの解体にまで至るような過激な試みの最中だった（「まるじなりあ　牧歌メロン69相対死50態」-「俳句研究」昭43・9）。句形式による言語遊戯の底を浚ってしまったという意味で、これは一つの極北を示すもの。加藤以後、この道を越えた者はいない。ちなみに「見な見ぬ」の句は句集『牧歌メロン』（昭45）では「見な見ぬこんてむつすむん地の極南」と改変。「こんてむつすむん地」とはトマス・ア・ケンピスの『キリストに倣いて』のキリシタン時代の抄訳国字本で、同書の第一巻第一章の章題のなかのラテン語の〈Contemptu Mundi〉（世を厭う）が書名の由来だという。改変句では「見な見ぬ」（みなみぬ）と「極南」が首尾交感する。

「ユニコーン」が短命に終わったことについて、松林尚志は、

「ユニコーン」は舞台が立派であっただけに気負いが目立ち、互いに分かり合えないところへ突き進んで行ったように見える。いろいろ理由はあったとしても、昭和四十五年四号で姿を消したのも止むを得なかったように思う（「「縄」「海程」「ユニコーン」前衛の虚と実と」既出）。

と総括している。関東と関西で意思の疎通が十分でなかったことや、第4号用の池田満寿夫の表

紙絵が製版所の過失で実現しなかったことなども、終刊を早めた一因だったと思われる。

6　季語論の行方

昭和三十年代後半に俳句性をめぐって中村草田男と金子兜太との間で交わされた論争は、その論調の激しさとは裏腹に、両者が持論を主張するだけで、季語や定型についての新たな認識は見られなかった。ところが、四十年代に入って季語に関する大岡信の新たな認識が提示されるとともに、それに対する金子兜太の反論も提示されることで、季語論に進展が見られた。即ち、大岡・金子論争である。

大岡は、今日「言葉の無重力化」（言葉によって保証されていた普遍性の消滅）が論議されているが、その問題が著しく現れているのは前衛俳句だとして、前衛俳句から四つの特徴を帰納する。即ち、「季語の拘束の無視」「文語の放棄」「定型の崩壊」「切字の変質、無関心」。これらを踏まえて、金子の季語否定の二つの論拠——現代社会における無季的な題材の圧倒的な増加と季語の季感喪失現象——には、生活環境へのより密接な適応が求められるためという考え方、換言すれば、新しい現実には新しい言葉を、という単純な進歩主義が見られることを指摘。そして、俳句の近代化を焦るあまり安易に「季語」を捨て、俳句を「十七音詩」と規定してゆくことは五七五という律が崩壊し、必然的に「切字」の効果も失われるとし、それを島津亮の〈シャガール〉

ら鰭振り沈む七妖の藻の街角〉の句を分析することで裏づける。つまり前衛俳句には言葉の無重力化（無力化）という事態が胚胎していると言い、その根本原因について次のように結論づけた。（前衛俳句）には、かつての俳句には見られなかった種類の語彙が氾濫している。（略）（それらは）追放された旧季語に代って相も変らず取り澄し顔に席に着いた、新季語のようにみえる。（略）しかも、古い季語は、一語よくひとつの自然の相を喚起するに足りたが、新季語の群は、多く作者個人の心理の相をさえ喚起するに足らない、窮屈な一片の語にすぎない。つまり、ここでは、言葉の無力化という事態の、きわめて特徴的なケースが、真剣に、かつ大量に、展開されているのである。（略）俳句の近代化という意欲に動かされつつやりとげてきたことは、言葉の取材範囲を飛躍的に増大させはしたものの、彼らの言葉の象徴機能が、それに比例して増大したとはいえない（むしろ逆）。語彙が豊かになるということは、そのままポエジーの表現可能性の拡大を意味しない。また、季語や定型の「束縛」を忌避し、拒絶することは、いささかも作者の「自由」を増大させることにはならない。（略）われわれが季感を喪失しつつあるということが、はたして季語の妥当性を疑わせる理由になりうるだろうか。（略）季語は季感と運命をともにするものではない。そのようなことになったら、われわれの言葉は、死語の一大貯蔵庫となってしまうだろう。季語は、季感の子であるには違いないが、句に定着された瞬間から、それは季感を逆に生みはじめるのだ。ある季語を見て、人が自分の記憶の世界にひとつの季節を呼び起すとき季語は単なる語彙であることをやめ、真の意味で季語となるのである。金子氏流の考え方は、単純な進歩主義にすぎない（「現代俳句について」－「ことばの宇宙」昭

42・1、『現代芸術の言葉』晶文社、昭42・9に収録)。

ここで注意しなければならないのは、大岡の論はいわゆる「伝統派」によく見られる季語擁護論ではなく、また前衛俳句の否定を目的としたものでもないことである。『現代芸術の言葉』(既出)の跋文で言うように、現代の言葉の無重力化という現象の一環として前衛俳句を考察し、従来の俳句の約束を放棄するに際して言葉の機能(季語・定型・切字など)を安易に考える考え方に警鐘を鳴らしたのである。

これに対して金子は季語擁護論として受け取ったと思われ、次のように反論した。

次第に、天然に疎く季感の機微に鈍になっていることは、もはや争いがたい事実である。その状態の中から、季語の受け取り方に二つの方向が現われてくる。一つは、季語の約束性は事実上解消したものとみ、季語以外の新題材にも積極的に接近して、そこに新な詩語を成熟させようとする方向。この場合(略)季節感がボケるのに正比例して、季語の象徴機能を退化するという一見直線的な理解が前提になる。だから、そこには死語となってゆく季語もあり、それに代わって新たに生まれてくる季語もあり得るということだ。(略)言葉—とくにその象徴機能の芳熟した詩語について、この新陳代謝を認めないことはおかしい。(略)いま一つの方向(略)は、大岡自身によって語られている(略)「詩の「言葉」の弁証法的構造」なるものによって季語の価値を支持する(もの)。(略)季語が季感を生む—という「詩の言葉」の美しい働きは、一般論としては、誰でも当然認めているわけだが、その生みだされるべき季感の追体験がボケてゆくことが問題なのではないか。(略)季感が季語を形成し、季語が季感を喚起することを認めるなら、季感体験の衰弱が季語の喚起能力を退化させ、やがて死語にしてしまうことも、同じ弁証法的構造のなかで認めないわけにはゆかない。そして、一方では、同じ論理で、新しい体験の拡がりのなかから新しい語彙が言葉となり、詩語となって、俳句に定着することも否定できないであろう。その詩語は、季感ではない他の体験を喚びおこすものだ（「現代俳句―大岡信へ」―「詩と批評」昭42・4）。

この季語と季感の消長、生成消滅についての両者の見解は嚙み合っており、最も聴くべきところだ。両者の見解のポイントを整理しつつ具体的に考えてみる。「季語は季感の喪失と運命を共にするものではない。一句の中のある季語から自分の記憶の世界に、一つの季節を呼び起すとき季語は真の季語となる」―これが大岡の見解。たとえば〈麦秋や葉書一枚野を流る〉（山口誓子）の「麦秋」から幼時に眺めた初夏の候の黄金色の麦畑の光景や、禾《のぎ》に触れた痛痒い感覚などが記憶の世界に甦《よみがえ》ったときに、「麦秋」は真の季語となるということである。記憶の世界に甦るには「麦秋」への直接体験とは限らず、映画や、文学などを通してでもかまわない。この大岡の見解については金子も賛同しているように、極めて妥当であろう。

では、金子の見解はどうか。「季感体験の衰弱が季語の喚起能力を退化させる。他方、新しい体験の中からある言葉が詩語となり、その詩語は季感ではない他の体験を喚びおこす」―これが金子の見解。たとえば〈倒れたる板間の葱に似て困る〉（清水径子）の「葱」は消費生活の普及によって一年中スーパーで売っているので、「冬」の季感の追体験が衰弱して、冬の季節感を伴った生き生きとした「葱」のイメージが甦らない。他方、たとえば〈擦過の一人記憶も雨の品川駅〉（鈴木六林男）では「品川駅」が季語に代わる詩語となり、人々の様々な出会いや別れの体験を甦らせる。―この金子の見解もまた妥当であろう。

つまり、季語や季感の消長をめぐる大岡・金子論争は、どちらが正しくどちらが誤りというのではなく、相補的、生産的に理解すべきものであろう。つまり、具体的に言えば、金子のように性急に季語を否定していくのではなく、大岡が言う一句の中の季語から自分の記憶の中に季節を甦らせることができるように季感の追体験に努める一方、金子が言う季語に代わる豊かな象徴機能を有する詩語の成熟にも努めるべきだ、ということである。

ただし、金子については危惧すべき点が二つある。一つは他のところで「ダム」や「ロケット」も季語に代わり得るなど、安易な発言が見られること。もう一つは「新たな最短定型が生誕してくるかもしれない」という流動的な定型観。これはすでに前衛俳句に言及したところで指摘したことだ。大岡は「三十一音あるいは十七音の形式は、定型の制約あるがゆえの努力への褒賞として与えられる、あの限りない羽搏《はばた》きや眩暈《めまい》の醸成力をたたえた、感動の増幅装置としての定型」（「現代短歌について」―「国語通信」第92号）と言っており、岡井隆や高柳重信と同様、「初めに定型ありき」という厳格な定型観に立脚していることは確かだ。

最後に、その後の季語論の行方について言及しておこう。高柳重信は自らの句集『日本海軍』（昭54）について、「そこには私たちが久しく馴染んできた国々の名や山と川の名など、まさに地霊の声を喚起してやまぬような固有名詞ばかりが集められている。（略）それは、いわば新しい歌枕を仕立てあげてゆくことであった」（「新しい歌枕」―「読売新聞」昭54・6・7）と言い、つづいて次のように述べた。

> 思うに、人間の魂の奥ふかいところを揺り動かすような強い喚起力を持つものは、季節にかかわる言葉（季題）だけではない。地名その他の固有名詞にも、時には季題以上に人生の題を暗示するものが少なくないのである。

これは渡邊白泉が「「労働」は新ら《（ママ）》しい「季語」である。（略）又、「戦争」も新ら《（ママ）》しい「季語」の一項目に相違ない」（「新興季論出でよ」-「天香」第2号）と言い、「季語」の外延を空間的（社会的）に拡げた認識を示したのに対し、その外延を時間的（歴史的）に拡げた認識を示すものであった。この白泉と重信の季語認識（詩語認識）は、芭蕉の「発句も四季のみならず、恋・旅・名所・離別等、無季の句ありたきものなり」（『去来抄』）という認識に通じている。どんな言葉も熟成した詩語になるという認識ではなく、記憶の世界に通時的・共時的に豊饒な喚起力をもたらす言葉が熟成した詩語になる、という認識だ。

尾形仂は「季語観の変遷」（『俳句の本Ⅲ』筑摩書房、昭55）の結びで、季題（季語）に関する二つの方途を示した。

> 俳句を宴の座から引き離して考えた場合、季題が俳句にとって必須の条件でなければならぬ必然的理由は見あたらない。もしあるとすれば、それは季題が今日まで創作と享受の両面にわたって俳句の上に果たしてきた効用の実績である。その効用の実績を尊重し、現代の生の表現を託すべく、従来の季題にさらに新しい年輪を重ね、もしくは新たな季題を発掘してゆくか、それとも季題の効用にとってかわるべき別途の方法を創出するか、その選択はこれからの俳句

の上に課された大きな宿題だといわなければならぬであろう。

「労働」や「戦争」を新季語とする白泉の認識と、古い地名や固有名詞を「新しい歌枕」とする重信の認識は、尾形が示した季題の二つの方途のうち、「新たな季題の発掘」に該当するだろう。もう一つの方途「季題の効用にとってかわるべき別途の方法」の一つに該当するものは夏石番矢が提唱した「キーワード」から展開する俳句である。夏石はいう。


短詩型に託されるのが、日記風の季節感だけだとしたら、たいへんおそまつな話だ。季節感を突きぬけた世界観や宇宙観、あるいは人間観が問われない詩などは、滅亡すればよい。日本語によって最も端的にコスモロジーや人間観が表現できるのが俳句であれば、有季・無季の次元を超越した分類基準が当然必要になってくる。そこで、この本ではキーワードという詩的中核語を項目の柱として立ててみた（『現代俳句キーワード辞典』立風書房、平2）。

夏石は、たとえば「母」「海」「鬼」「女」など、時空を超えて普遍的に詩的連想が拡がる一句の中核語を「キーワード」として、歳時記的な世界の超克を企図した。

7　俳句の構造的な認識と方法

「俳句はフィクションを許さざるものなり」（石田波郷・秋元不死男）、「俳句は私小説である」（石田波郷）、「一句の主人公は常に「われ」」（同）――こうした言説が俳句の世界では長い間、神話化されてきた（現在もこのドクサは生きている）。もちろん、「俳句はすべてフィクションである」（富澤赤黄男）という明晰な認識を持った俳人もいたが、それは例外的な存在である。作者と主人公と作品の世界を一枚に重ねた理解が一般的であった。そうした神話を打破する画期的な端緒をもたらしてくれたのが入澤康夫の『詩の構造についての覚え書』（思潮社、昭43）である。

入澤は「詩人」（作者）、「発話者」（語り手）、「発話内容の中心人物」（主人公）の三者を明確に区別することで、一編の詩作品の構造を捉えようとした。そのサンプルとして、与謝野寛（鉄幹）の詩「春日雑詠」の中の「誠之助の死」（「三田文学」明44・4）の一部を引用して、次のように解説した（ここでは詩の引用をさらに補っておく）。

大石誠之助は死にました。
いい気味な。
機械《きかい》に挾《はさ》まれて死にました。
（略）
日本人で無かッた誠之助。
立派《りつぱ》な気ちがひの誠之助。
有ることか、無いことか、
神様を最初に無視した誠之助。
大逆無道の誠之助。

ほんにまあ、皆さん、いい気味な。
その誠之助は死にました。

誠之助と誠之助の一味が死んだので、
忠良な日本人は之から気楽に寝られます。
（略）
おめでたう。

周知のごとく、これは「大逆事件」に連坐して死刑になった友人、大石誠之助を主題にした詩であるが、これについて前記の三者を区別すると、《詩人》は、この作品を作った与謝野寛であり、《話者》は、大石の死を「いい気味な」と語っている「わたし」であり、《主人公》は大石誠之助である、ということになる。言うまでもなく《詩人》は、大石の死を「いい気味」などと思ってはいないのであり、その意味で《話者》とは反対の立場である。（略）読者は《話者》の発言をそのまま《詩人》与謝野の発言ととるわけにはいかない。（略）（こういう）構造が用いられていることについては、当時の社会状勢を当然考慮に入れなければならない。つまり、感慨をそのまま書きつけることは危険であり、どうしても反語的表現をとらざるを得なかったという点である。（略）しかしながら（略）この反語は、時代相や社会状勢によって強いられた反語である以上に、作品自体の要請による反語ではないのか。つまり、読者がこれらの詩（注＝大石誠之助の死をうたった佐藤春夫の同じ構造の詩「愚者の死」を含む）に惹かれるとすれば、それは、これらの作品において、《作者》と《話者》と《主人公》との三者の関係の奇妙なゆがんだ在りようにまつわりたたなわっている感情に、まさに惹かれるのではないだろうか。

このように解説した上で、「どんな作品（私的感懐を吐露した詩でも）においても《詩人》と《発話者》は別であること」、「読者が作者の個人的要素について多少なりとも知っていることの必要性」を指摘する。その上で、「作者」と「発話者」の関係についての作者の三つの態度（書き方・語り）を示した。

即ち、

(1)発話者が作者とイコールでないことをかくす（気づかぬふりをする）ような書き方をする。

(2)発話者が作者とイコールでないことをあばく（徹底させる）ような書き方をする。

(3)上記両者の中間的態度（ことさらかくしもあばきもしない）。

補足すれば、(1)は「作者」と「発話者」の区別がないかのごとき作品で、境涯や私的感懐を吐露したもの（山頭火の〈どうしようもないわたしが歩いてゐる〉など）が該当する。(1)のパーセントは高いだろう。前に引用した与謝野寛の詩は(2)の書き方（語り）に該当する。この詩の享受に関しては、「大逆事件」と、与謝野寛と大石誠之助との関係についてある程度の知識がなければ「作者」が「発話者」に語らせた反語的な意図を読み解き得ないことも生じる。ちなみに、大石誠之助は紀州新宮の医師で、新宮の平民クラブの中心人物。与謝野寛や幸徳秋水らと親交があった。この詩は誠之助の死を悼み、国家権力への侮蔑と忿怒《ふんぬ》を反語と揶揄《やゆ》によって詠んだもの。

「神様」とは現人神《あらひとがみ》（天皇）。

入澤が提起した詩の構造としての三者の区別と、「作者」と「発話者」の関係についての作者の三つの書き方は、俳句の創作と享受の双方に極めて有意義な示唆を投げかけるものであった。

三つの書き方について、それに該当する俳句の適例を挙げて考察してみよう。その際、「発話者」（語り手）とは、作者が作り出した黒子としての「私」であり、その「私」がある時は一人称の視点から語ったり、ある時は三人称として神の視点（全知）になりすまして語ったりと、様々な人物になりすまして語るのだ、という基本概念を前提としたい。

(1)の書き方

いくたびも雪の深さを尋ねけり　　正岡子規

「作者」は正岡子規。「発話者」は〈いくたびも雪の深さを尋ねけり〉と一人称の視点から語っている〈わたし〉。「主人公」は「いくたびも雪の深さを」家人に「尋ね」た〈わたし〉ということになろう。〈わたし〉とは作者によって仮構され、演出されている人物であり、正岡子規ではない。この句の「発話者」の語りでは、なぜ「いくたびも雪の深さを尋ね」たのか、その理由はわからない。入澤も言っているように、こういう作品の鑑賞では作者（正岡子規）の伝記的・生活的事実を知っているほうが有利な場合が多い。

鶏頭の十四五本もありぬべし　　正岡子規

病身の子規が室内から前庭の鶏頭群を眺めての吟。では、この句は誰が語っているのだろうか。それは作者の子規ではなく、子規が作り出した黒子としての〈わたし〉である。「…ありぬべし」（きっとあるにちがいない）という確信的な推測から、一人称の視点からの語り。「いくたびも」と「鶏頭の」の句では、文字どおり黒子としての語り手〈わたし〉は句の表面から隠れている。

つひに吾れも枯野のとほき樹となるか　野見山朱鳥

「作者」は野見山朱鳥。「発話者」は「吾れ」という一人称の視点から語っている〈わたし〉。「主人公」は「吾れも枯野のとほき樹となるか」と語られている〈吾れ〉。もちろん、「吾れ」とは野見山朱鳥ではなく、語り手〈わたし〉によって虚構化され、演出された存在である。

一人称の〈わたし〉による語りの構造の句は極めて多く、いわゆる境涯俳句や私的な感懐を吐露した句の大部分はこの範疇に属する。〈わたし〉が隠れた語りと顕れた語りとでは、後者のほうが語り手や主人公の自己表出性やパフォーマンスが高揚するのは言うまでもない。

桐一葉日当りながら落ちにけり　高浜虚子

この句の語り手は虚子が作り出した黒子としての〈わたし〉。その〈わたし〉が三人称の視点（全知の視点）から語っているのである。一人称の〈わたし〉が三人称の視点（全知の神）になりすまして語っていると言ってもいい。ただし、ジェラール・ジュネットが言うように、三人称の語りには潜在的に一人称の語り手が存在する。そのため、三人称の語りの句の中に一人称的な語りがちらりと顔を覗かせることが極めて多い。この句でも下五の「落ちにけり」という、いわゆる切字による詠嘆表現に一人称の語りが顔を覗《のぞ》かせている。なお、この句はジュネットのいう「情景法」に相当し、語られる対象（桐一葉）の時間の流れと三人称の語りの時間とが同時進行する語りになっている。そのため、三人称の語り（客観写生的）という静的な距離感を感じさせるものではなく、リアルタイムで進行する現象に接しているような臨場感を感じさせる。この句の主人公は〈桐一葉〉。

以上のように、(1)の構造の俳句にはいわゆる境涯俳句や客観写生句が主に該当する。「作者」と「発話者」は同じではないが、影のように重なっている単純な構造である。もちろん、構造が単純だから質も低いというわけではない。

(2)の書き方

大戦起るこの日のために獄をたまわる　　橋本夢道

「作者」は橋本夢道。「発話者」は「この日のために獄をたまわる」と、一人称の視点から語っている〈わたし〉。「主人公」は天皇（国家）から「獄をたまわ」った〈わたし〉。「語り手」は「たまわる」という謙譲語による語りによって、「私」は畏れ多くも「天皇」（国家）から獄を頂戴いたしました、と「天皇」（国家）への敬意を表して語っている。もちろん「作者」の真意はその逆で、「語り手」にそのように語らせることで、「天皇」（国家）への侮蔑と忿怒を表しているのである。したがって、この句は「語り手」と「作者」の立場が真逆の語り。

忘れちゃえ赤紙神風草むす屍　池田澄子

「作者」は池田澄子。「語り手」は一人称の視点から戦後を生きる人々へ向けて「忘れちゃえ」と語りかける〈わたし〉。「主人公」は「赤紙神風草むす屍」と語られる〈英霊たち〉。「赤紙」とは皇軍への召集令状の暗喩。「神風」とは特攻隊の暗喩。「草むす屍」とは、大伴家持の「海行かば水漬《みづ》く屍　山行かば草生す屍　大君の辺にこそ死なめ」のフレーズの引用で、戦場に斃《たお》れた兵隊の暗喩。即ち「英霊たち」。

「語り手」は戦後から現在を生きる人々に向かって、もうあの戦争や戦死者たちのことは「忘れちゃえ」と語りかけるが、もちろん、「作者」は忘れてはいけない、と思っている。

南国に死して御恩のみなみかぜ　攝津幸彦

「作者」は攝津幸彦。「語り手」は南方戦線に従軍して英霊となった皇軍の兵隊たちになりすました〈わたし〉。その〈わたし〉の一人称からの語り（三人称的な視点も含む）。「主人公」は〈英霊たち〉。天皇（国家）の命に殉じて戦い、南方の島嶼《とうしょ》で斃れ、あるいは南溟に沈んだ「我等」無名の皇軍の兵隊たち。その「我等」の死がそのまま埋もれるべきところ、かつて現人神（天皇）が神風を吹かせて下さったように、今、畏れ多くも「御恩のみなみかぜ」を吹かせて下さった。その風に乗って埋もれるべき「我等」の死も「名誉の凱旋《がいせん》」として祖国に送り届けられるだろう。この「みなみかぜ」こそ、天皇の赤子として南国に玉砕した「我等」無名兵士たちに対して、天皇が下賜された「御恩」だったのだ。このように「語り手」は語る。だが、「作者」はそうは思っていない。野ざらしとなり、「水漬く屍」となった犬死にだったのだ、と。

以上の三句は修辞法的にはどれも反語法。入澤康夫は「誠之助の死」の解説で「「反語」はもっとも初歩的な方法なのであって、一作品の全体をこれでもって支えようとするにはいささか弱い」と言うが、詩と違って複雑な構造を仕掛けることが難しい短詩型の俳句では、極めて効果的な方法ではないだろうか。

だが、実際には反語法の語りの句は多くない。その理由は反語法の語りは存外難しいためと、反語法を用いると一義的な意味が露出し、俳句独特の奥行きのある味わいが失われるのを惧れるためだろう。とは言え、神田秀夫や井本農一が説くように（Ⅱ章1節を参照）、反語やイロニーは俳句において対象に対する態度や発想、把握を規定する本質的なものなので、意欲的に採り入れていくべきだろう。

手をあげて此世の友は来りけり　三橋敏雄

「作者」は三橋敏雄。「語り手」は「此世の友は来りけり」と一人称の視点から語っている「此世の友」の友である〈わたし〉。「主人公」は〈此世の友〉。「語り手」は、やあ、と片手を上げ、陽気に親しく笑みを浮かべながら「此世の友」はやってきたと、「此世の友」に視点を当てて語っている。だが、「作者」は「此世の友」の背後に隠された「あの世の友」に焦点を当て、「あの世の友」はもう来ることはない、会えることはないと、「あの世の友」を惜しみ、思いを寄せているのである。この句も「語り手」と「作者」の立場が真逆だが、反語を用いずに「語り手」の語りの背後に「作者」の真意を隠したもの。三橋敏雄の伝記的な事実に予備知識のある読者なら、「あの世の友」から英霊となった戦友を想起するだろう。

切株は　じいんじいんと　ひびくなり　　富澤赤黄男

「作者」は富澤赤黄男。「語り手」は三人称的な視点と一人称的な視点（「じいんじいんと」は一人称的な視点）を交えながら「切株」について語っている〈わたし〉。「主人公」は〈切株〉。「語り手」は〈切株は　じいんじいんと　ひびくなり〉と語っているが、「作者」の真意は「切株」の重苦しく、哀切な響きにあるのではない。「作者」の真意は、「作者を含む敗戦後の焦土に生きる人々の精神の疼き」である。つまり、この句はメタファーのアナロジーによって「語り手」の語りと「作者」の真意とは交感しながらも、両者は差異化されているのである。

以上のように、(2)の書き方は、反語や暗喩や「作者」が句の表面（「語り手」の語り）から真意を隠す方法が採られる。

(3)の書き方について入澤は「語り手はあきらかに作者と別人であることが示されているのだが、その語ることの中には作者の個人的要素がいくつも混ってくるといった場合」と言う。しかし俳句においては「語り手」と「作者」が別人であることが明示された句は極めて少ない。たとえば、

君はきのふ中原中也梢さみし　　金子明彦

なども、「語り手」と「作者」は別人であるが、それが明示されているわけではなく、(1)の作り方との差は程度問題にすぎない。つまり、俳句においては(1)の構造の句が大部分であって、その構造を異化する意味でも、(2)の方法は極めて効果的なのである。

このように、入澤康夫の詩の構造についての提言は、俳句における創作と享受において極めて効果的な示唆に富むものであったが、不幸なことに俳壇では理論と実作の両面で定着しなかった。入澤の提言に刺激を受けた藤田湘子は、写生や境涯性が俳句の支えになっているいわゆる伝統俳句はモノローグの詩に陥っているとして、そこからの脱却の方法として「私詩からの脱出」(「俳句」昭45・4)で、想像力の恢復と発話者の設定を提起した。

想像力の恢復については、取り合わせにおける新しい関係を発見するための想像力の恢復に絞り込んでいる。発話者の設定については、入澤が提起した詩の構造(作者・発話者・主人公の区別)と同様の方法で構想、模索しようとした。しかし、入澤が提起した詩の構造の概念の理解という肝心な点において錯誤があっただけでなく、実践的な構築に至らず、不熟のままで終わってしまった。藤田の錯誤の根本は、現実の世界と言語空間の世界は別次元だという認識の欠如による。作者・発話者・主人公は言語空間の世界を構成する要素だが、藤田は作者や主人公を現実の世界における生活者としての人物と捉えてしまっている。「「もうひとりの自分」を設定し、彼にうたわせることによつて、これまで作者と読者という単純な関係であつた享受のあり方が複雑になつていく」と正しい理解を示す一方、石田波郷の句〈一点の蠅亡骸の裾に侍す〉を「（闘病の境涯の）作者である波郷が顔を出していない」と評し、また、同じく波郷の〈虹消えて土管山なす辺に居たり〉を「主人公波郷の境涯の援けがなくては、充分な理界《ママ》のできぬ弱さを持っているように思われる」と評する。傍点部が共に錯誤。前句では創作者としての作者が顔を出していないのは言うまでもなく、ここで顔を出していないのは神の視点（三人称の全知の視点）に立つ「発話者」であり、主人公は〈蠅〉。後句では「発話者」は一人称の視点に立つ〈わたし〉で、主人公も〈わたし〉（作者によって作り出された「わたし」であり、波郷ではない）。ここでも「発話者」は顔を出していない。

藤田は「境涯俳句の最大の欠点は、作者がダイレクトに作品の中へ顔を出してしまうため、作者周辺のべたべたした日常的夾雑物が払拭されず、作品にまつわりついているところにある。「もうひとりの自分」を設定することによって、彼にこうしたべたべたしたもの、意味の部分を切り落《ママ》させるのだ」とも言うが、ここでは二重の錯誤を犯している（傍線部）。たとえば波郷の境涯俳句〈蛍籠われに安心あらしめよ〉において「われ」がダイレクトに作品の中へ顔を出しているが、この「われ」は「作者」ではなく、「発話者」である。黒子としての「発話者」は句によって顔を出したり、隠れたりする。もう一つの傍線部の「もうひとりの自分」は金子兜太の造型俳句論における「創る自分」に相当し、創作過程で意識活動をする主体であり、作品の構造における「発話者」とは次元を異にする。

藤田の「私詩からの脱出」に激しく反駁を加えた石川桂郎の「作者の羞恥―藤田湘子氏の「私

詩からの脱出」に答えて」（「俳句」昭45・8）は、現実世界における俳人の境涯性に居直った精神論で、入澤が提起した詩の構造や、言語空間の自立の認識について、いっそう無理解、盲目であった。

当時、言語空間の自立を重視する折笠美秋などの明晰な認識や発言（座談会「俳句表現の可能性（その一）」-「俳句研究」昭44・2）はあったものの、現実世界と言語空間との癒着した認識や、言語空間への無理解は俳壇の一般的な傾向だったと言えよう。現実世界と言語空間とが異次元であることが広く俳壇に提起されるのは昭和四十年代末、言葉の外の世界と言葉の世界との直接の関係を断ち切ったソシュールの言語観（『一般言語学講義』）に関する「物と言葉」論争／金子兜太・川名大論争（「毎日新聞」昭49・3・31、「俳句研究」昭49・6、昭49・11）まで待たねばならなかった。

とはいえ、「物と言葉」論争を閲《けみ》することで、言語空間の自立に関する理解は拡がったものの、入澤が提起した作品の構造分析は依然として俳句界では共有されることはなかった。

「誰がどういう視点から語るのか」という「語り手」（発話者）と視点を採り入れた作品の構造分析が広く共有されたのは、昭和五十年代から六十年代にかけての近代小説研究の分野においてだった。それは入澤の詩の構造論ではなく、ジェラール・ジュネットの『物語のディスクール―方法論の試み』（書肆風の薔薇、昭60）における物語の語り手・視点・時間（語りの順序）の考察がベースになった。たとえば、芥川龍之介の『羅生門』は「「ある日の暮れ方のことである。」と、まず作者は語りはじめる」（平岡敏夫、「作品論」『なつかしの高校国語』筑摩書房、平23）というように作者が語るとする旧来の認識は否定され、「作者」と名乗る語り手が神の視点から物語内容の時間と同じ順に語る（「物語内容の時間」と「物語言説の時間」の一致）とされるようになった。夏目漱石の『こゝろ』の前半は「私」（青年）が一人称の視点から語り、後半は遺書として「先生」が「私」と出会う前の出来事を一人称の視点から語る。「物語内容の時間」を逆転した語り（物語言説）の「後説法」（フラッシュ・バック法）である。三好行雄対小森陽一・秦恒平の有名な「こゝろ」論争も、この語りの構造の共有を前提としたものだった。その後、近代小説の構造分析は「ナラトロジー」（物語論）という術語とともに共有され、今日に至っている。

8　昭和四十年代の飴山實 ―『少長集』の世界

すでに、Ⅱ章7節の「飴山實の転身―戦後俳句批判」で、飴山實の「戦後俳句」批判（「俳句」昭39・7〜12）の功罪に言及したが、四十年代の飴山に触れておかねばならない。まず、飴山の批評に対しては、翌四十年に大峯あきらが飴山の論理的欠陥を突いた正当な反論を発表（「伝統と時―原子・飴山論争をめぐって」―「俳句」昭40・2）。

飴山氏は戦後俳句の在るがままの姿を「戦後系俳句」というものへねじつたのである。（略）このスタートの「ねじれ」のために、俳句の伝統は「戦前の俳句の延長上」にある、という具合にねじ曲げられたのである。

飴山は戦後俳句を「戦後系俳句」として限定的に発想、立論したため、戦後俳句も戦前俳句もねじれた姿になっているという大峯の批判は正当だが、飴山にしてみれば、この限定的な立論は確信犯的なものだった。なぜなら、金子や原子らの「戦後系俳句」への批判は、金子らの社会性俳句に雁行した飴山自身の『おりいぶ』（昭34）の世界から脱却するための自己批判・自己否定でもあったからだ。それよりも私が注目する点は二つ。一つは大峯が、

伝統とは、時代を超えたものとして何処かに空想される何かではなく、その時その時の尖端にのみ生きられるべきものだ。

と、飴山の不易性の言説を流行性、表現史的な視点から突き崩したこと。もう一つは、飴山が「戦後系俳句」への批判の拠りどころや作品の評価軸とした「形式と内容が統一された作者の心音の聞こえる俳句」の主張を、『少長集』（昭46）の実作でみごとに具現したこと。

『少長集』は収録句数が百十九句という厳選句集。飴山の理念を具現した世界は昭和三十八年の、

秋風に売られて茶碗括らるる
手にのせて火だねのごとし一位の実

あたりから始まっていて、翌年の、

蚊を打つて我鬼忌の厠ひゞきけり
枝打ちの枝が湧きては落ちてくる
小鳥死に枯野よく透く籠のこる

という秀句を経て、四十年代には、以下のような句を作った。

目に見えて秋風はしる壁畳　（昭40）
うつくしきあぎととあへり能登時雨　（昭41）
花の芯すでに苺のかたちなす　（昭44）
柚子風呂に妻をりて音小止みなし　（昭45）

どの句も飴山が理念とした「形式と内容が統一された句」。そして、そこに「作者の心音の聞こえる句」である。日常の現象や対象を無駄を省いた簡明な表現で的確に掬いとり、俳意の確かさがある。たとえば、「枝打ち」の句で、「枝が湧きては落ちてくる」と枝打ちの本情を仰角で生き生きと捉えた的確さ。「小鳥死に」の句で、小鳥の不在の空間（鳥籠）を通して蕭条《しょうじょう》たる枯野を捉え、そこに透明な沁みとおるような淋しさや空虚感を漂わせたところ。「うつくしきあぎと」の句では、「あぎと」（あご）に焦点を絞ることで美しい女性の面影を浮かび上がらせ、そこに「能登時雨」という声調も美しい造語を配することで女性の面影をいっそう増幅させる。「あぎと」「能登時雨」という声調の美しさだけでなく、韻律の交感も合わさって、一句全体の声調も優しく美しい。「花の芯」の句は素材は些事だが、その観察と把握は確かである。

社会性俳句および前衛俳句の負性で触れたように、俳人の句業には理念と実作の乖離を伴うのが一般的である。そんな中、飴山が自身の社会性俳句を自己否定することを通して、「形式と内容が統一された作者の心音の聞こえる俳句」という理念を実作で具現し、不易の秀句を生み出したことは、特筆すべきことだろう。

9 いわゆる「龍太・澄雄」時代という虚像と実像

すでに言及したように、俳壇的な対立構図の中で、昭和三十年代につづいて、俳壇の中枢を担ったのは「戦後派」俳人たちであった。金子兜太をはじめ、赤尾兜子・飯田龍太・佐藤鬼房・三橋敏雄・森澄雄ら「戦後派」俳人たちがそれぞれ独自の秀句を詠んだ。

人体冷えて東北白い花盛り　金子兜太（昭41）
機関車の底まで月明か　馬盥　赤尾兜子（昭44）
父母の亡き裏口開いて枯木山　飯田龍太（昭41）
陰に生《な》る麦尊けれ青山河　佐藤鬼房（昭43）
昭和衰へ馬の音する夕かな　三橋敏雄（昭41）
雪嶺のひとたび暮れて顕はるる　森　澄雄（〃）

また、彼らより一世代上の永田耕衣や加藤楸邨も、それぞれ独自の秀句を集中的に詠んだ。耕衣は昭和三十年代の前衛俳句の飛沫を浴びた作風から抜け出して、

少年や六十年後の春の如し　永田耕衣（昭42）
眼に入れた野菊が荒れる男われ　〃（〃）

など、特異な発想による俳意豊かな秀句を詠んだ。楸邨は、

満月の鳥獣戯画や入りつ出でつ　加藤楸邨（昭41）
霧にひらいてものはじめの穴ひとつ　〃（昭42）

など、茫洋たる諧謔味が加わり、拡がりと奥行きのある作風を示した。
他方、昭和世代の台頭も目覚ましく、とりわけ阿部完市・河原枇杷男・安井浩司らが「戦後派」俳人たちとは大きく異なる際立った新風を示した。

ローソクもつてみんなはなれてゆきむほん　阿部完市（昭43）
草木より病気きれいにみえいたり　〃（昭45）
野菊まで行くに四五人斃れけり　河原枇杷男（昭43）
或る闇は蟲の形をして哭けり　〃（昭44）
青山河蚊帳売人が倒れつつ　安井浩司（昭45）
ひるすぎの小屋を壊せばみなすすき　〃（昭46）

三世代にわたるこうした俳人たちの充実した句業が見られたが、昭和四十年代の前半から後半にかけて、飯田龍太と森澄雄に特化して、この時代を「龍太・澄雄」時代とするネーミングが浮上した。伝統と革新のバランスをとって「龍太・兜太」時代とすること、あるいは豊かな俳諧性の回復に焦点を当て「耕衣・敏雄」時代とすること、さらには表現史の先端に焦点を当て「完市・枇杷男」時代と呼ぶことも的外れではない。

だが、そうはならなかった。そこには角川書店の「俳句」や「俳人協会」のバックボーンであった山本健吉が自己の俳句観に立脚して、龍太と澄雄を伝統派の切札として意識的に俳壇の中枢に押し出した、という要素もあったのである。つまり、俳壇を前衛から伝統へとシフトさせる戦略的な意図である。山本は昭和二十年代には根源俳句や社会性俳句の負性を鋭く突く俳句時評を旺盛に執筆し、俳壇の水先案内人として批評の先端に立ちつづけた。昭和三十年代には前衛俳句の負性について発言することはあったが、前衛俳句への対抗思想や批判はもっぱら中村草田男が代替することになった（草田男は現代俳句協会の分裂、俳人協会の設立という俳壇的断層、混乱の中、現代俳句協会による責任追及や金子兜太との論争などで精神的ストレスがつのり、昭和三十年代末期にはその批判の代替は果たせなくなっていた）。他方、昭和三十年代後半から四十年代にかけて、いわゆる「戦後派」俳人たちの個の社会的連帯を重視する近代的文学観や、自然や境涯などを重視する伝統的文学観には囚われない昭和世代の多様な新風が現れていた。その一端は前に触れたとおり。しかし、山本はもうそうした新風に目を向け、批評の先端に立つことはなかった（飯田龍太は阿部完市の新風などに目を向け、期待していた）。彼は龍太・澄雄ら旧世代の伝統的な俳句と価値観を共有したのである。

具体的に言おう。山本は龍太・澄雄との鼎談《ていだん》（「現代の俳句」―「俳句とエッセイ」昭49・6）で、「人間の探究の俳句以後、あなたがたご両所のやっていることが一番私の心に訴えてきたしあなた方の俳句に一番共鳴しているわけですよ」と発言、龍太・澄雄の句業に強い共感を示している。そして、『森澄雄読本』（「俳句」臨時増刊、昭54・4）では、

いきいきと三月生る雲の奥　龍太（『百戸の谿』昭28）

雪国に子を生んでこの深まなざし　澄雄（『花眼』昭42）

を挙げ、「どちらにも、龍太氏以前、澄雄氏以前には見られなかった新しい摑み方がある。（略）それを一口に言ったら（略）虚空《こくう》間のひろがりとでも言っておこうか」（「面と籠手と」）と賞賛する。龍太の句は第一句集『百戸の谿』（昭29）に収録されている初期の句だが、「虚空《こくう》間のひろがり」という評にふさわしいのは、昭和四十年代の句を収めた『忘音』（昭43）、『春の道』（昭46）、『山の木』（昭50）の世界である。つまり、山本が昭和四十年代に「龍太・澄雄」時代を演出したとき、彼の念頭にあったのは、同時代の龍太の『忘音』『春の道』『山の木』の句業と、澄雄の『花眼』（昭44）、『浮鷗《うきかもめ》』（昭48）の句業であった。

父母の亡き裏口開いて枯木山　龍太（『忘音』昭41）

餅焼くやちちははの闇そこにあり　澄雄（『花眼』昭42）

この代表句の背後には両者が共に体験した父や母の死去がある。いわばそれぞれの人生を背負った俳句であり、そこにいわゆる人生的境地の深まりが窺える。私が前に「伝統的文学観」と言ったのは、そういう固有の人生や境涯や境地と作品が一枚に重なること、つまり人生と作品が相補的に背負い合うことに俳句の規範を置く文学観のことである。そういう文学観に根ざした句業は、龍太や澄雄の世代より一世代上の「人間探求派」と呼ばれる石田波郷や加藤楸邨らに顕著だ。そして、山本は、昭和十年代の改造社の「俳句研究」編集者時代以来、波郷・楸邨らの「人間探求派」の句業や、戦後の彼らの闘病俳句などを含め、波郷と楸邨らの句業を愛好してきたのである。後年、澄雄は、戦後生まれの新鋭である岸本尚毅や田中裕明らの俳句を批判して、

自分の生きる困難さから俳句が生まれればいいじゃないですか。俳句のテーマというよりも、まず生きるテーマがあって、そこから俳句のテーマが生まれるんでね。人生に独立して俳句だけのテーマはあるはずがない（後藤比奈夫・上田五千石との作品月評の鼎談、「俳句」平2・5）。

と発言したが、ここには森澄雄の「人生を背負った俳句観」が端的、かつ一貫して顕れている。龍太も澄雄も昭和二十年代の『百戸の谿』（昭29）や『雪櫟』（昭29）の初々しい作風に比すれば、この両句は一段と人生的な深まりを窺わせる大人の句だ。

鰯雲日かげは水の音迅く　　龍太（『百戸の谿』昭27）
天つつぬけに木犀と豚にほふ　　〃（『百戸の谿』昭27）
妻に米ありて春日の煙出し　　澄雄（『雪櫟』昭24）

家に時計なければ雪はとめどなし　〃（『雪櫟』昭26）

龍太の鋭敏な感覚句と、澄雄の私性に執した境涯詠。両者それぞれの持ち味を出した俳句的出立から昭和四十年代における人生的深まりへの歩み。山本はそれをよしとしたのである。これが「龍太・澄雄」時代の両者の成果であり、実像である。

さらに、両者の成果のサンプルを挙げておく。

どの子にも涼しく風の吹く日かな　龍太（『忘音』昭41）
一月の川一月の谷の中　〃（『春の道』昭44）
種蒔くひと居ても消えても秋の昼　〃（『春の道』昭44）
冬深し手に乗る禽の夢を見て　〃（『山の木』昭46）
年過ぎてしばらく水尾のごときもの　澄雄（『花眼』昭42）
初夢に見し踊子をつつしめり　〃（『浮鷗』昭43）
終戦忌杉山に夜のざんざ降り　〃（『浮鷗』昭46）
秋の淡海《あふみ》かすみ誰にもたよりせず　〃（『浮鷗』昭47）

飯田龍太と同世代で、当時「俳句研究」の編集長だった高柳重信は炯眼の俳人としてカリスマ性を伴う信望を得ていた。その高柳は、龍太の「一月の川」の句が発表されると、いち早くこの句に言及し、不要な言葉を削《そ》ぎ落とし対句と反復の単一表現によって「一月の谷の中」を「一月の川」が流れるという言語空間を創出した見事さを賞賛した。また、「冬深し」の句に触れ、最近の龍太は句柄が大きく、句境も深まり、ますます際立った存在感のある俳人になった、と手離しで賞賛した。高柳によるこうした賞賛は、龍太の存在感を当時の俳壇に強く印象づける働きをした。『飯田龍太読本』（昭53・10）で高柳が、

　飯田龍太の俳句の言葉は、その初期の段階から、いつも一貫して凜《りん》とした響きを持っていた。（略）飯田龍太の俳句の言葉の切れ味は端正な品位を持ち、早くから「言葉を知っている」と思わせた少数の俳人の一人であった（「手に乗る禽」）。

と評したことは、いわばその御墨付であった。

森澄雄に顕著なのは、父の死を契機にしての人間の歴史を貫く性の哀しみ、いとおしみの認識と、近江に通い、古人（芭蕉）と心を交わすことで踏跡の文学を継起しようとする認識と志である。一生不犯《ふぼん》の尼が臨終に「まらのくるぞや〳〵」と言って他界した説話（『古今著聞集』）などを引いて、言う。

　性は、そうした幾千億となく繰り返されてきた人間の生死の、そして生きることのよろしさ、かなしさの根源ではないか。（略）僕には人間の歴史の生死を貫く性のほのあたたかい真暗な空洞のようなものが見える。そしてこの空洞こそ俺の文学の故郷ではないかという思いがある（「山中独語」‐「俳句」昭45・11）。

こうした人間の歴史を貫く性の哀しみ、いとおしみを核として「雪国」や「初夢」の句が生ま

れた。また、そこを核として歴史的な風土と人間を包んだ時空が拡がる踏跡の文学の傑作として「秋の淡海《あふみ》」の句が生まれた。

龍太の作風の特徴は鋭敏な感性を全開させた空間的な対象把握、対する澄雄のそれは私性や人生的な感慨を素地とする時間的な対象把握にあり、その点で対蹠的であるが、この時代には龍太も澄雄も人間の生死や自然・風土と、それを包み、貫く歴史的空間的な拡がりへと思いを深め、そこに基づいて人生的深まりを伝える句を成就したと言えよう。したがって、「龍太・澄雄」時代というネーミングは、その意味では虚像ではなかった。

なお、バランス感覚に優れた大串章は「飯田龍太と森澄雄」(「共同研究　現代俳句50年　第5章時代の証言」—「俳句研究」平8・7)で、龍太の句風の展開を〈山〉から〈山〉へ(山国への忌避から親和へ)と捉え、澄雄のそれを〈水〉から〈水〉へ(川から湖へ)と捉えた。「龍太・澄雄」時代をバランスよく浮かび上がらせた穏当な論考であった。

10　昭和世代(第四世代)の新風と「戦後俳句」概念の終焉

「龍太・澄雄」時代というネーミングは、両者の句業の深まりという視点では虚像ではなかった。だが、既成の規範から解放された新しい文体や表現方法や表現領域を通して新風や独自の個性が表出される、という表現史的な視点に立てば、この時代はすでにⅡ章6節「昭和世代の台頭とその新風」で言及したように、昭和世代（第四世代）が大きく台頭し、その新風がクローズアップされた時代である。彼らの中で、とりわけ際立った独自の文体・表現方法・表現領域を確立したのは阿部完市・河原枇杷男・安井浩司らであった。龍太・澄雄をはじめ、「戦後派」世代が円熟に向かったこの時代は、同時に昭和世代の完市や枇杷男らによって新たに表現史の先端が切り開かれた時代だった。その意味では、この時代は「完市・枇杷男」らの時代であり、「龍太・澄雄」時代と呼称することは虚像だった。

昭和世代の俳句の特徴やその時代的背景については、すでに触れたように、「戦後派」を中心とする戦後俳句のパラダイムから外れて、概して表現内容も表現方法も連帯がなく、個々の関心、志向に従ってパーソナルであること。その背景として、山崎正和が言うように、組織への一元的帰属から個人的で柔軟に日常を生きることが求められる時代へシフトしたこと（『柔らかい個人主義の誕生』）などに言及した。

では、阿部完市ら昭和世代の俳人たちは何に関心を抱き、何を求めていたのだろうか。当時の彼らの言葉に耳を傾けてみよう。まず、座談会「俳句表現の可能性（その一）」（出席者＝阿部完市・折笠美秋・倉橋羊村・桜井博道、司会＝高柳重信、「俳句研究」昭44・2）から。

阿部＝私たちの年代の人間から言わせると、いわゆる社会性と言うような、ああいう素材的なものを詠うということよりも、もっと自分自身というものを、非常に内側から揺り動してくるもの、――そのものを俳句形式を通して、なんとか定着させて行きたい／俳句というものを一つの運動の中で作っていこうなんてことは、ぜんぜん思ってません／内側から自分をつき動かしているもの（略）それは、僕の世界では気分ということ／季語を使わない第一の理由は（略）季語を使うと、どうしても自分のものでなくなっていくんですね。

折笠＝なにか非常に現実的、日常的な自分の見たもの、感じたものが、すぐさま言葉に置きかえられている（略）これは、僕は詩だとは思わない／第一級の作品の場合は、書き終わったときに、新ら《ママ》たな現実が生まれている。

桜井＝共通的なテーマは、作品の上からは次第に姿を消していって、個人個人の人間の内面に深く分け入って、そこで多面的な作品活動が行われている。ですから、世代的な連帯感といったものは、あまり感じなくなって来ている。

倉橋＝（一つ上の世代と違って）我々の場合は、個々の作家が、それぞれの自己を深めていくというような形で作品活動をしている。

次に、河原枇杷男には次のような言葉があった。

詩の源泉にむかうとは、存在の故郷にむかうことである（『烏宙論』の跋）。

詩の源が、可視と不可視の二つの世界の対立の自覚に発するとすれば、形而上的思惟を欠く詩業などありえないであろう。視えざるものとは闇であり、聴こえざるものとは沈黙であるならば、詩の表現行為とは、闇と沈黙の言葉を視聴せんとする内なる劇に他ならないであろう（「自作ノート」『現代俳句全集五』立風書房）。

安井浩司には前に触れたように、「ユニコーン」時代を回想した次の発言があった。

（「海程に」）入った連中は全部社会性俳句の尾を引きずってるんですよ。（略）「原爆許すまじ蟹かつかつと瓦礫をあゆむ」といった表現が、当時は新しいともてはやされたけど、私はこれが詩であるはずがないと思っていました（「安井浩司、俳句と書を語る。」『安井浩司「俳句と書」展』）。

「ユニコーン」とは、はっきり申せば、それは俳句の文学運動でした。（略）俺たちは（いわゆる「戦後派」俳人たちとは）違うものを持っているぞ、というのが、「ユニコーン」による文学運動の動機だったんです（同前）。

これらの発言からは次のようなことが窺える。「戦後派」俳人たちが推進した「社会性俳句」や「前衛俳句」への不同調。「社会性俳句」の負性としての素材的な傾向、左翼イデオロギー的な傾向に対して、阿部も安井もそこには詩がないことを見抜いている。また、「戦後派」俳人たちは連帯して反米的な社会性や、組織と個人との軋みによる人間疎外などの共通テーマを詠んだが、自分たち昭和世代はそういう連帯的な俳句運動ではなく、個々のモチーフにしたがって自己の内面を詠もうとする（阿部・桜井・倉橋・河原の発言）。安井は、「戦後派」俳人たちとは異なる自己の感性や知性に最も自覚的だが、それを安井の言う「ユニコーン」という文学運動へと連繋した点で、他と異なり異色である。折笠は、主として目などの感覚器官によって捉えた日常的な対象をそのまま言葉に置き換えるという伝統的・写生的な表現には詩はなく、表現された言葉から創造的な言語空間が立ち上がってきたとき、そこに詩があるという明晰な認識を語っている。阿部も「季語」を使わない理由として、季語の内包する伝統的・共同的な情趣に囚われて、自己の創造的な世界が失われることに自覚的である。

こうした彼らの発言は、既成の俳句への安易なもたれかかりや継承をいったん断つことを自己の俳句の前提としていることを意味する。即ち、彼らが否定する既成の俳句とは、左翼的なイデオロギーや社会性の素材に傾斜した「社会性俳句」、視覚を中心とした写生や季語の情趣に傾斜したいわゆる「伝統俳句」、私性や境涯性などに傾斜したいわゆる「境涯俳句」や「人間探求派」などの俳句など。それらの既成の俳句を断ち切って、彼らは自己の感性と知性を拠りどころとして独自な方法で独自の世界を新たに表現していこうとした、と言えよう。その試みが既成の俳句からのディスタンスがあればあるほど、その個のオリジナリティーは輝くことになる。阿部完市が内側から自分を衝き動かしているものとして「気分」を、折笠美秋が言葉による「創造的な言語空間」を、河原枇杷男が「形而上的な思惟の世界」を、それぞれ固有のモチーフにした試みは、そのディスタンス（既成俳句からの距離）によってそれぞれのオリジナルな個の世界を創出しようとするものであった。

では彼ら個々が創出したオリジナルな世界、そのディスタンスはどんなものであったか。

ローソクもつてみんなはなれてゆきむほん　阿部完市（昭43）
或 る 闇 は 蟲 の 形 を し て 哭 け り　河原枇杷男（昭44）
いちにちの橋がゆつくり墜ちてゆく　折笠美秋（昭45）
ひるすぎの小屋を壊せばみなすすき　安井浩司（昭46）

一読して、阿部完市の俳句の異色の文体を感取できる。片言的な口語文体で、平仮名を多用した屈折したリズムによって童話的《メルヘン》、非現実的な世界が浮かび上がる。この異色の文体の背後には、阿部独自のモチーフを独自の表現方法によって定着したいという阿部の俳人としての存在理由《レーゾン・デートル》がある。

阿部は、ある日、ある時、ふと五感に触れて生起した気分や感じ、直覚といった知覚や認識以前の現瞬間に臨場して、それを内側から捉えようとする。あるいは、ある言葉やイメージが生動して、次々と言葉やイメージが喚起、展開してゆく現瞬間に臨場して、それを内側から捉えようとする。これが阿部のモチーフだ。「言葉が言葉を生み、文字が文字を呼ぶ」(高屋窓秋)とは、新興俳句が生み出した革新的な表現方法の遺産である。阿部もこの新興俳句の遺産を継承している。しかし、言葉やイメージの生動する現瞬間を捉えようとする志向と、そのために言葉の伝統的な規範を払拭しようとする言葉の使用法の二点において、言葉やイメージから発想することに自覚的だった新興俳句系の俳人たちとは一線を画している。たとえば、

頭の中で白い夏野となつてゐる　高屋窓秋
まんじゆしやげ昔おいらん泣きました　渡邊白泉

の前句について、阿部は言葉が説明的で、意味が見えすぎるとして排する。後句の「まんじゆしやげ」や「おいらん」という言葉には豊饒な時間が内包されている。現瞬間の感覚や気分の表出をモチーフとする阿部にとっては、たっぷりとした時間は消去すべきもの。逆に、言葉は既成の規範的な意味の縛りから解き放たれた新鮮なものとして機能していなければならない。阿部の

「季語を使わない」という発言は、「ホトトギス」の俳人たちなどが重視する「季題趣味」、即ち季語に付随する伝統的な美的情趣は阿部にとって最大の禁忌《タブー》だからである。

では、そうした既成の規範的な意味や情趣から解き放たれるために、阿部はどうしたか。それは既成の規範的な意味や情趣をできるだけ稀薄化する表現の工夫だった。ここで、時枝誠記《ときえだもとき》とソシュールの言説ないし術語の補助線を引いておこう。時枝は日本語の体系を「詞」（名詞や動詞など概念を明示する指示表出語）と「辞」（助詞や助動詞など主に主情や主観を表す自己表出語）に分けたが、概念の明示性の濃淡という視点から分析すると、それがいちばん濃い「詞」の固有名詞から、いちばん淡い「辞」の感動詞までその段階性が見られる。これをソシュールの言語記号の恣意性、即ち「シニフィアン」（音）と「シニフィエ」（概念・意味）の結びつきの恣意性の概念とリンクさせると、「詞」=「シニフィアン」「シニフィエ」、「辞」=「シニフィエ」「シニフィアン」という等式が考えられる。即ち、言葉の概念やイメージの明示性をできるだけ淡くするには、「辞」の副詞・助動詞・助詞や「シニフィアン」（音）にバイアスをかけた表現法が効果的だということになる。そこに着眼した阿部は、ひらがなや擬声語・擬態語などの副詞を多用して、音象徴をできるだけ発揮させようとしたのである。

波がとおし町がとおしと南の知人　（昭41）
絵本もやしてどんどんこちら明るくする　（昭43）
山々で指をかついでかくれんぼ　（〃）

すきとおるそこは太鼓をたたいてとおる　（昭44）

草木より病気きれいにみえいたり　（昭45）

これらの句の特色は現在と過去とを往還する時間が捨象されていること。したがって郷愁がないこと。たとえば、「山々で」の句は「かくれんぼするもの、このゆびとーまれ」の叫び声に応じて「かくれんぼ」が始まる現瞬間。それを「指をかついで」と直感した。そこにはメルヘンへの入口はあるが、郷愁への扉は閉じている。私はそういう阿部俳句の特徴を「言葉の年輪の剝離」即ち「年をとらない俳句」と呼んだ（「言葉の年輪の剝離―阿部完市論」―「俳句研究」平6・11）。

阿部完市に拘りすぎてしまったが、それは極めて異色な新風だったことに因る。

河原枇杷男は「俳句評論」第34号（昭39・8）で次のような俳句を作っていた。

滝は其の内部で火の粉消しながら

灰の中に紫の耳孵る上司等の酒盛り

前句は滝の内部に思念を凝らすという形而上的世界を志向する河原の特徴が窺える句。ただし、律が詰屈で、散文的文体が顕在化しており、のちに確立される文語定型の重厚な古典的文体には至っていない。後句は二物衝撃が明確な像を結ばず、前衛俳句の飛沫を浴びたような句だ。

それから三年後、河原は「虚空研究」（「俳句評論」第72号、昭42・9）で、第三回「俳句評論」賞を受賞。その翌年には第一句集『烏宙論』（昭43・9）を上梓。

天と地を霞のつなぐ乳母車　（昭42）
母の忌の螢や籠の中を飛ぶ　（〃）
身の中のまつ暗がりの螢狩り　（昭43）
野菊まで行くに四五人斃れけり　（〃）
抱けば君のなかに菜の花灯りけり　（昭44）
蛇いちご魂二三個色づきぬ　（〃）
或る闇は蟲の形をして哭けり　（〃）

闇、異界、死、魂といった形而上の観念の世界を思惟する（河原は「闇と沈黙の言葉を視聴せんとする内なる劇」という）独特の世界を、重厚な古典的な文体によって創出した。ここに至るには、

油滴らす磨滅の車輪Ｇｏｔｔｌｏｓ《神死ねり》！
耕して溜めし瓦礫の山カミユ死す

のような予定調和の取り合わせで、破調の句もある。「耕して溜めし瓦礫の山」には『シジフォスの神話』のテクストが透けて見える。

　未成熟な表現をわずか数年間で独自の成熟した表現へと至らしめたという河原の創作のドラマ

があったわけだが、それについて仁平勝は鮮やかな切口で言及する。即ち、河原は俳句形式と折り合わない散文的資質の持ち主で、それは成熟した表現でも「てにをは」を多用した散文的な構造として枇杷男俳句の本質的な特徴となっている。だが、「てにをは」の多用は河原が散文的資質を定型との相克において折り合わせるべく生み出した俳句的技法なのだ、と（「河原枇杷男の世界」『詩的ナショナリズム』）。

枇杷男俳句の散文的な構造という指摘は、私にとって目から鱗《うろこ》だった。重厚な古典的な格調にばかり囚われて、気づかなかったのである。言われてみれば、「天と地を」「抱けば」「或る闇は」の句などをはじめ散文的構造が顕著であることがわかる。口語の話し言葉による独特の散文的文体を確立した林田紀音夫に対し、文語による独特の重厚な散文的な構造の文体を確立した河原枇杷男は好一対と言えよう。ちなみに河原の〈蛇いちご魂二三個色づきぬ〉の「魂」と、阿部の〈栃木にいろいろ雨のたましいもいたり〉の「たましい」を比べれば、河原の「魂」が観念的な思惟の年輪を重ねてきた言葉であることが明瞭になる。

折笠美秋の「第一級の作品の場合は、書き終わったときに、新らたな《（ママ）》現実が生まれている」という認識は、折笠独自のものではない。ロラン・バルトの「作者の死」というテクスト論の言説がまだ普及しないこのころ、「俳句評論」の内部では高柳重信を中心にして、「いつ・どこで・誰が」作ったという作品生成の前提としての場を捨象して、言葉で作られた言語空間の自立、その詩的創造性《オリジナリティー》に絶対的な価値を置く認識が共有されていた。折笠は特にその認識を俳人としての自己同一性《アイデンティティー》にしていたのである。

耳おそろし眠りのそとで立つている　（昭44）
鬼無里といふ半鐘の鳴る村があつた　（昭45）
いちにちの橋がゆつくり墜ちてゆく　（〃）
柩らがまつすぐ立つてみるという　（〃）

眠りの外で立っている耳、ゆっくり墜ちてゆく橋、まっすぐに立ち上がる柩。これらは言語空間の中でのみ立ち上がる詩的リアリティーのあるイメージだ。

杉林歩きはじめた杉から死ぬ　（昭47）

という代表句と同様、物も植物も肉体の一部も動的な生命と捉えるのは折笠独特の発想である。
安井浩司の俳句世界は阿部・河原・折笠と比べると多面的で、カオスに富んでいる。

犬二匹まひるの夢殿見せあえり
昼がらん少年より抜く巨きうど
人とねてふるさとの鍋に風あり　（昭43）
キセル火の中止《エポケ》を図れる旅人よ　（昭44）
ふるさとの沖にみえたる畠かな　（昭45）
青山河蚊帳売人が倒れつつ　（〃）

ひるすぎの小屋を壊せばみなすすき　（昭46）
漆山まれに降りくるわれならん　（昭47）
御燈明ここに小川の始まれり　（昭48）

安井は十代の同人誌「牧羊神」で行を共にした寺山修司の、

沖もわが故郷ぞ小鳥湧き立つは
花売車どこへ押せども母貧し

のような、多分に私性を押し出した郷愁的な世界への反発心を抱いていたので、手放しの郷愁性や感傷性は抑止されている。また、前近代的な集落共同体への郷愁を詩心とする大岡頌司とも距離を置いている。安井の異色性が発揮されるのはエロス的なカオスの世界においてである。「犬二匹」の句はエロスの白昼夢を、「昼がらん」の句は少年愛のエロスを髣髴《ほうふつ》させる。「人とねて」はふるさとに安らかに身を横たえた句だが、同工の〈母とねてふるさとの鍋に風あり〉（「ユニコーン」1号）となると、「近親相姦《インセスト》」のエロスが漂う。同様に、「ひるすぎの」の句は、小屋がたちまちすすきに変容するあやかしの異空間のカオスだが、同工の〈麦秋の厠ひらけばみなおみな〉となると、土俗的なエロスが立ち上がる。「キセル火」の句の「中止《エポケ》」（判断中止）はフッサールの難解なキーワードの引用だが、その読み解きは読み手の知力に負荷がかけられている。

補陀落《ふだらく》に擬せられるような沖に見出された畠や、季節の旅人である蚊帳売人は安井のふるさとの風土や文化が背景にあっても、寺山のような感傷性や郷愁性に溺れることはない。

「漆山」の句は、事実としては、安井が一時身を寄せていた飛驒高山の無人駅「漆山」を背景とした句だが、そこから自立した言語空間としては、色づいた漆山にわれを見出す存在論的な問いの世界が浮上する。その意味では河原に接近する。「御燈明」の句は、御燈明という異界に通じるものに小川の始原を思惟する生々流転の思惟が見られ、後年の傑作、

万物は去りゆけどまた青物屋　（『句篇』平15）

に通じる。エロスとともに、こうした存在論的な思惟も安井俳句の特徴で、それが安井俳句に強靭《きょうじん》性とカオス性をもたらしている。

他に、清新・繊細な感覚や抒情を発揮した昭和世代の俳人として、鷹羽狩行・福永耕二・佃悦夫・桜井博道を挙げておこう。

摩天楼より新緑がパセリほど　鷹羽狩行（昭44）
子の幮に妻ゐて妻もうすみどり　福永耕二（昭43）
ウサギ飼い身に清潔な水たまる　佃　悦夫（昭40）
電球は巨きなしずく海辺の家　〃（昭45）
海上に朝の道あり桑解かれ　桜井博道（昭40）
馬がゐてコップの中も夕焼けぬ　〃（昭44）

鷹羽の「摩天楼」の句は海外俳句の魁として多くの読者に共有された。
以下、この時代に昭和世代の俳人たちが遺した秀句を挙げておく。

日の鷹がとぶ骨片となるまで飛ぶ　寺田京子（昭40）
病み呆けのいつか眠るに螢籠　豊山千蔭（昭41）
漉き紙のほの暗き水かさねたり　矢島渚男（〃）
鰯雲子は消しゴムで母を消す　平井照敏（昭42）
馬もまた歯より衰ふ雪へ雪　宇佐美魚目（昭43）
これ着ると梟が啼くめくら縞　飯島晴子（昭44）
植ゑ田水自決の髻《もとどり》さへ映す　竹中　宏（〃）
跳箱のつき手一瞬冬が来る　友岡子郷（〃）
心音はつねに左に秋の海　山本紫黄（〃）
魚の眼に水つき刺さる九月哉　金子　晋（昭45）
かくれんぼうのたまごしぐるゝ暗殺や　攝津幸彦（〃）
内臓あらはなり放蕩のオートバイ　高野ムツオ（〃）
初めての喪服少女を寒からしむ　蓬田紀枝子（〃）

ここには「戦後派」俳人たちが遺した「社会性俳句」や「前衛俳句」の負性は見られない。「現代俳句協会」と「俳人協会」という団体所属の差も見られない。「戦後派」俳人たちや人間探求派の俳人たちに共有されていた「人生を背負った俳句」という俳句観は共有されていない。「人生を背負った俳句」という俳句観を代表する森澄雄が「山中独語」（「俳句」昭45・11）でその俳句観を自己の存在理由を賭して説き、その翌年、その具現として〈終戦忌杉山に夜のざんざ降り〉のような句を書いたころをもって、「戦後派」俳人たちが主導した「戦後俳句」の概念は終焉した、と言えよう。他方、俳句構造に奥行きと拡がりをもたらす暗喩の方法（これは「前衛俳句」の正の遺産）も継承されていない。また、後に安井浩司が矮小化した平成俳句を批判した評語に倣えば、命中率の高い日常身辺の世界ばかり詠む射程距離の短い俳句へのシフトがすでに窺える。さらに、攝津幸彦や高野ムツオら戦後生まれの新鋭の秀句も混じっており、昭和四十年代後半における彼らの台頭を予感させるものだった。

11 「戦後派」世代および明治世代の秀句

すでに言及した兜太・龍太・澄雄以外の「戦後派」俳人たちや、その上の明治世代の俳人たちにも充実した秀句が見られた。その中で充実した句業が顕著だったのは三橋敏雄と永田耕衣であろう。

三橋敏雄はすでに昭和十年代の新興俳句時代に、十代の早熟な新鋭俳人として、

かもめ来よ天金の書をひらくたび　（昭12）
射ち来たる弾道見えずとも低し　（昭13）

などで俳壇にデビューしていた。その三橋は昭和四十年代に入って、

飯白し八月十五日正午　（昭40）
昭和衰へ馬の音する夕かな　（昭41）
鬼赤く戦争はまだつづくなり　（〃）
顔古き夏ゆふぐれの人さらひ　（昭42）
鬼やんま長途のはじめ日当れり　（〃）
春山を越えて土減る故郷かな　（昭43）

などの秀句を次々と発表、いわば俳壇に再デビューを果たした。これらの句の方法的な特徴は現在と在りし日の物や事とを取り合わせ、現在と過去の時間を往還させるもの。坪内稔典《としのり》はそれを「俳諧的な技法」と呼んだ。換言すれば、三橋は社会性と俳諧性を融合させた古典的な作風を確立したのである。この奥行きのある作風は後続世代に大きな影響を与えた。

昭和三十年代後半、前衛俳句の負性表現の飛沫を自ら積極的に浴び、そのノイズにより混濁し

た作風に陥っていた永田耕衣は、四十年代に入り、そこから脱却。すでに『驢鳴集』（昭27）や『吹毛集』（昭30）において確立した諧謔味を伴う「宇宙的自己解消」（『吹毛集』の「後記」）の世界の延長線上に次々と秀句を生み出した。

圧《お》さえた鯰と共に笑う身の節《フシ》々　（昭40）
淫乱や僧形となる魚のむれ　（昭41）
少年や六十年後の春の如し　（昭42）
眼に入れた野菊が荒れる男われ　（〃）
てのひらというばけものや天の川　（昭44）

「圧《お》さえた鯰」や「眼に入れた野菊」のような動物や植物との合一、共振に耕衣のアニミズムを見る向きもあるようだが、そうではなく知的、観念上の把握であって、耕衣俳句は自然的霊性からは遠い。「淫乱や」「少年や」「てのひらと」の句は耕衣が得意とする遠い関係にある二つのものの「奇襲」という西脇順三郎の詩学に倣った方法により、彼我渾然《こんぜん》とした世界（耕衣の言う「宇宙的自己解消」）が創出されている。

耕衣と同様、昭和三十年代後半に関西の前衛俳句の負性の飛沫を浴びて混濁した表現に陥っていた赤尾兜子・和田悟朗・橋閒石ら関西の俳人たちも、四十代に入り、表現が簡素、明確化し、それぞれ独自の作風を示した。

硝子器の白魚　水は過ぎゆけり　　赤尾兜子（昭40）
機関車の底まで月明か　馬盥　　〃（昭44）
男女画然と男女たり細きカヌー　　和田悟朗（昭41）
秋の入水眼球に若き魚ささり　　〃（昭42）
芹の水生きて途方に暮れゐたり　　橋　閒石（昭43）
紅梅の裏は険しき父の声　　〃（昭44）

「戦後派」世代には次のような秀句があった。

明日死す妻が明日の炎天嘆くなり　　斎藤　玄（昭41）
せつせつと眼まで濡らして髪洗ふ　　野澤節子（〃）
帯締めて春著の自在裾に得し　　〃（昭43）
陰に生《な》る麦尊けれ青山河　　佐藤鬼房（〃）
炎天やをすめすの綱大まぐはひ　　沢木欣一（〃）
枯山に鳥突きあたる夢の後　　藤田湘子（昭44）
露の戸を突き出て寂し釘の先　　眞鍋呉夫（〃）

明治世代には次のような秀句があった。

青胡桃みちのくは樹でつながるよ　平畑静塔（昭40）
紙漉きのこの婆死ねば一人減る　大野林火（昭41）
老鶯や泪たまれば啼きにけり　三橋鷹女（〃）
暗がりに檸檬泛かぶは死後の景　三谷　昭（昭43）
会終ること暑きこと帰ること　星野立子（昭44）
家康公逃げ廻りたる冬田打つ　富安風生（昭45）
えむぼたん一つ怠けて茂吉の忌　平畑静塔（〃）

立子と風生はそれぞれの作風による諧謔味が健在。関西から関東の栃木に居を移した静塔は作風に自在さと諧謔味が増した。「えむぼたん」の句は、「えむぼたん」（ズボンの前の開閉部を留めるボタン）を一つだけかけないままでいる老懶《ろうらん》の大らかさに巧まざるユーモアが伝わる。「茂吉の忌」とのアナロジーは絶妙である。

昭和四十四年一月、渡邊白泉が急逝。同年十一月、長い闘病生活の中、石田波郷も逝去。四十五年二月には同じく闘病生活の中の野見山朱鳥も逝去。

谷底の空なき水の秋の暮　渡邊白泉（昭43）
今生は病む生なりき鳥頭　石田波郷（昭44）
つひに吾れも枯野のとほき樹となるか　野見山朱鳥（昭45）

憂愁感を湛えた白泉の句。宿痾の生を象徴する波郷・朱鳥の句。この傑出した三俳人の死は、「戦後派」世代への世代交替を強く印象づけた。それを裏づけるように、四十五年から四十六年にかけて主要な「戦後派」俳人たちによる主宰誌の創刊が相次いだ。即ち、桂信子「草苑」（昭45・3）、能村登四郎「沖」（昭45・10）、森澄雄「杉」（昭45・10）、鈴木六林男「花曜」（昭46・1）、津田清子「沙羅」（昭46・7）、野澤節子「蘭」（昭46・12）などである。

Ⅳ　二項対立の時代、俳壇・総合誌・読み・物と言葉　―昭和四十年代後半

1　二項対立の俳壇と偏狭な俳句観

昭和三十六年の現代俳句協会分裂以後、二つの協会と二つの俳壇ジャーナリズムが癒着して、二項対立的な俳壇構図が形成された。即ち、現代俳句協会＝「俳句研究」ＶＳ俳人協会＝「俳句」という構図だ。このことはすでに言及済みだが、この構図や俳人の棲み分け現象は昭和四十年代後半に入っても解消されず、むしろ固定化し、両陣営の対立や亀裂は深刻化した。

たとえば次の挿話はその深刻化を端的に物語っている。それは「俳句研究年鑑'73」（昭47・12）の座談会「俳壇総展望」（金子兜太・高柳重信・藤田湘子）の「俳壇の悪気流について」である。

高柳　今日の座談会は出席者が三人という、いささか淋しい顔合わせになってしまいました。（略）特に本年度は、俳人協会側にいろいろと活発で多彩な事業があったわけですから、是非とも俳人協会に属する人たちに出席していただき、詳しい報告や説明などを積極的にやって貰いたかったんですが、どうも、みんな妙に尻込みをしてしまうんですね。

藤田　この座談会には、主宰誌を持っている人も誘ってみたけれども、その人も、また、自分の属している親雑誌のほうに対する気兼ねというものがあって、ここに出て来なかったと思うんです。

金子　そうすると、やっぱり、角川の「俳句」対「俳句研究」、それから、俳人協会対現代俳句協会と、この二重がらみですかな。

藤田　そうですね。俳人協会のほうでは、現代俳句協会あるいは「俳句研究」を忌避する空気が非常に強いですね。（略）昨年、草間時彦氏がこの座談会に出て、あとで非常に嫌な思いをしたということを、人伝てに聞いています。

高柳　草間さんが座談会に出席した結果、俳人協会賞の最有力候補であったにもかかわらず、急に情勢が変化し、遂に賞を逸してしまったという噂が、当時、俳壇の一部に流布していたことは事実ですね。

このように、時に俳人協会側の現代俳句協会や「俳句研究」に対する党派的、排他的な傾向が強くなったり、俳人協会内部での俳人への統制、締めつけも陰湿で強くなったりしたことも窺える。その根底には、俳人協会や「俳句」の党派的、形式的な俳句観があった。即ち、有季定型・歴史的仮名遣い以外は俳句とは認めないという偏狭な俳句観である。

こうした両陣営の対立や、俳人協会と「俳句」の偏狭な俳句観から生じた重大な弊害は、どちらの協会に所属しているかで、俳人を形式的に評価、差別化したり、季語の有無で俳句を形式的に評価、差別化したりする浅薄な形式主義に陥ったことだ。その後遺症は、「季語がないから俳句でない」や、句会の選句に際し季語探しから始めるなどの形式主義として、今日に至っている。当時、「俳句研究」の編集長であった高柳重信は「両協会の性格の変貌」について、「両協会のどちらかに席をおいていないと一人前の俳人ではないように思われていることに、いちばん素朴な疑問が生まれてくる」（座談会「俳壇総展望」―「俳句研究年鑑'74」昭48・12）とも言う。

弊害はそればかりではない。角川書店が企画、出版した『現代俳句大系』（全12巻、富安風生・水原秋桜子・山本健吉監修、昭47〜48）は、昭和五年から昭和四十三年までに刊行された昭和の代表句集を時系列で収録したもので、貴重な資料を広く読者に提供した点で意義のある出版だった。しかも、『現代俳句大系』に収録された各句集の復刻の表記は、類書の中では際立って正確であり、極めて信頼性の高いものであった。しかし、角川書店と俳人協会の「有季定型」という俳句観の縛りを設けた編集により、新興俳句が確立した無季俳句や、自由律俳句・プロレタリア俳句を意図的に排除したものだった。したがって、高屋窓秋『白い夏野』、西東三鬼『旗』、富澤赤黄男『天の狼』、鈴木六林男『荒天』、高柳重信『蕗子』、加藤郁乎『球體感覺』、林田紀音夫『風蝕』など昭和俳句の表現史を切り開いてきた画期的な句集や、種田山頭火・栗林一石路・橋本夢道など自由律やプロレタリア俳句の俳人たちの句集も収録されておらず、昭和俳句の表現史を客観的に、正当に反映するものにはならなかった。

高柳重信は「俳句研究」の編集方針について、当時、次のように言っている。

いま僕が意図しているのは、現在の俳句と俳壇の実際の状況を忠実に反映させようということで、当然、この現在を基点にして、俳句形式の過去と未来へと自由に往来しようと心掛けているわけです。最近の「俳句」は、その作品依頼に際して「有季・定型」のものという条件をつけることがあるそうですが、そうなると、いわゆる有季定型俳句のみを「俳句」は綜合しようとしていることになるでしょう。しかし僕は（略）俳句とは何かということを、俳句形式にかかわる問題の最重要のテーマと考えますので、早々と俳句の埒を限定せずに、今後も編集企画を練ってゆきたいと思っています（座談会「俳壇総展望」—「俳句研究年鑑'75」昭49・12）。

高柳は俳句総合誌「俳句研究」の編集者として、俳句表現史に立脚した正当な俳句史を俳壇に共有させるとともに、それに基づいて、今後の様々な俳句様式の可能性へ向けた俳人たちの挑戦に寄与する編集を心がけた。毎号の特集企画によって、その成果はかなり実現したのであるが、他方では、前記の「俳壇の悪気流」の弊害を被り、その悪気流と闘わなければならぬ面も多々あったのである。

2　俳句総合誌の対照的な企画

次に、昭和四十年代後半の「俳句」と「俳句研究」を時系列で眺め、合わせて立風書房版『現代俳句全集』（全6巻、昭52〜53）を補助テクストとして、この時代の俳句的成果、新風、特徴、俳句論争や問題点などをつかみ出してみたい。

両誌の企画をタイトルとしてピックアップしてみると、「俳句」では「現代の風狂」（昭46・2

〜12）と「期待する作家」（昭48・1〜12）という二つの作家特集が目玉。
前者はいわゆる「戦後派」俳人たちが対象で、近作五十句と作家論。特集作家は順に、飯田龍太（草間時彦）、石原八束（岡田日郎）、石川桂郎（松崎鉄之助・高須茂）、角川源義（清崎敏郎）、野澤節子（福田甲子雄・車谷弘）、森澄雄（中戸川朝人・阿部完市）、香西照雄（林徹・磯貝碧蹄館）、金子兜太（鷹羽狩行）、波多野爽波（広瀬直人）、沢木欣一（川崎展宏）、能村登四郎（原裕・牛尾三千夫）。（注＝カッコ内は作家論執筆者）
後者はいわゆる「第四世代」（主に昭和一桁生まれ）が中心で、近作二十五句と作家論。特集作家は草間時彦（阿波野青畝・不破博）、福田甲子雄（金子兜太・矢島渚男）、古賀まり子（沢木欣一・岡本眸）、清崎敏郎（安住敦・後藤比奈夫）、林徹（香西輝雄・杉本雷造）、阿部完市（飯田龍太・飯島晴子）、木附沢麦青（森澄雄・村上しゅら）、鷹羽狩行（水原秋桜子・富田直治）、宇佐美魚目（森澄雄・大峯あきら）、成田千空（石原八束・新谷ひろし）、桜井博道（相馬遷子・佃悦夫）、森田峠（角川源義・星野麦丘人）、草村素子（安住敦・草間時彦）、宮津昭彦（秋元不死男・細川加賀）、鷲谷七菜子（桂信子・福永耕二）、広瀬直人（赤尾兜子・斎藤美規）、赤松蕙子（大野林火・富岡掬池路）、川崎展宏（井本農一・鈴木昌平）、山田みづえ（細見綾子・上田五千石）、三好潤子（桂信子・八木三日女）、中山純子（金子兜太・柏禎）。（注＝カッコ内は作家論執筆者）
この二つの作家特集の俳人のラインアップを眺めると、極端に俳人協会と「俳句」誌との癒着が目立つ。たとえば「現代の風狂」では、「戦後派」俳人として赤尾兜子・佐藤鬼房・桂信子・鈴木六林男・高柳重信・田川飛旅子・三橋敏雄・古沢太穂・林田紀音夫・藤田湘子らが漏れている。また、「期待する作家」では、いわゆる「第四世代」の加藤郁乎・河原枇杷男・安井浩司・折笠美秋・大岡頌司らが漏れている。ここには俳人協会所属と有季定型俳句に偏した収録基準であることが透けて見える。そればかりではない。作家論執筆に動員された俳人たちも俳人協会に偏していたことも一目瞭然である。

その他の企画として「秀句鑑賞シリーズ」(昭46~47)では、順に石田波郷(岸田稚魚)、水原秋桜子(宮津昭彦)、秋元不死男(林翔)、中村草田男(柏禎)、山口青邨(加倉井秋を)、加藤楸邨(松本旭)、橋本多佳子(草村素子)、安住敦(村沢夏風)、飯田蛇笏(角川源義)、大野林火(千代田葛彦)、富安風生(大串章)、山口誓子(飴山實)、阿波野青畝(星野麦丘人)、西東三鬼(岡田日郎)、平畑静塔(小室善弘)。この企画はいわゆる「戦後派」俳人たちの上の世代(主に明治生まれ)の俳人たちの秀句を、主に「戦後派」俳人たちが鑑賞するものだが、対象俳人も鑑賞者も俳人協会所属俳人で占められている。たとえば高屋窓秋・富澤赤黄男・渡邊白泉らが漏れていることに思いをいたせば、その意図的な企画意図は窺える。

また、「対談」シリーズ(昭47・1~12)では、順に飯田龍太・角川源義、森澄雄・金子兜太、香西照雄・岸田稚魚、上田五千石・原裕、野澤節子・鷲谷七菜子、阿波野青畝・松井利彦、平畑静塔・草間時彦、石川桂郎・石原八束、鷹羽狩行・福田甲子雄、皆吉爽雨・上村占魚、山口誓子・沢木欣一。この対談は大部分、いわゆる「戦後派」俳人どうし、およびいわゆる「第四世代」俳人どうしによるものだが、共にほとんどの俳人が俳人協会所属。他に四十九年末には「花鳥諷詠是非」「境涯俳句是非」「韻文精神吟味」という俳人協会の俳句観を基調とした特集があった。以上、これらを要するに、「俳句」の企画は、いわゆる伝統俳句にバイアスがかかった視野の下になされたものであった。

他方、「俳句研究」は高柳重信が編集長に就任(昭43)以後、俳句表現史の視座を軸にした長いスパンで表現史の検証、現代俳句の新風、新鋭の登用、現代俳句の問題点の検討などを多角的、総合的に企画、展開した。四十六年以後の企画を分野別にピックアップすると、作家特集では、三橋鷹女・富澤赤黄男・西東三鬼・山口誓子・阿部みどり女・篠原鳳作・山口青邨・富安風生・中村草田男・阿波野青畝・飯田蛇笏・加藤楸邨・種田山頭火・永田耕衣・秋元不死男・大野林火。これは昭和四十年代前半に「現代俳句作家の相貌」シリーズで、いわゆる「戦後派」俳人たちの作家特集を企画したのを受けて、彼らより一世代前の俳人たち(主に明治生まれ)に焦点を当てたもの。ホトトギス系と新興俳句系の代表俳人を網羅している。俳句史的特集では「大正篇Ⅰ・Ⅱ・Ⅲ・Ⅳ」「昭和初頭の俳壇」「新興俳句」「伝統俳句の系譜」「前衛俳句の盛衰」など。俳壇史と癒着した俳句史を表現史の視点から洗い直して正当な表現史を構築し、広く俳壇に共有させようとする企画意図が窺える。現俳壇の作家展望では「現代俳句の鳥瞰」「現代の女流俳人」「新俳壇の中堅」「新俳壇の諸流」「新俳壇の諸子百家Ⅰ・Ⅱ・Ⅲ・Ⅳ」など。この企画ではいわゆる「戦後派」俳人といわゆる「第四世代」の俳人の現在の句業に焦点が当てられた。特に「第四世代」の俳人については高柳の炯眼によって俳壇にデビューした俳人は多かった。新鋭の登用では「二十代の俳句」「各地各誌の新人」「五十句競作」など。特に「五十句競作」は既成の俳壇や結社の色に染まらない新鮮な新人を発掘すべく設けられた企画で、高柳重信一人が選考に当たった。

その結果、高柳の炯眼を信頼して多くの戦後生まれの新人が応募し、攝津幸彦・林桂・夏石番矢など、新しい感性と修辞を駆使した戦後生まれの俳人がここから育った。現代俳句の問題点の検証では「戦後俳句批判」「現代俳句の診断」「現代俳句の病巣」「物と言葉の周辺」など。この企画では、俳句形式や言葉についての認識や、俳句の読みの問題などが掘り下げられ、それらについての洞察力の深浅が浮き彫りになった。総じて言えば、サンボリスムを通過しているか否かで伝統派の俳人と新興俳句系の俳人との間に認識の断絶があり、前者には本質的な認識に至らず、党派的な思考が目立った。特に注目すべき企画は、毎年、十二月の年鑑号において、高柳の司会でいわゆる「戦後派」俳人と第四世代の気鋭俳人たちによる座談会が催され、年度ごとの論と作両面の功罪が浮き彫りにされたことである。

これらを要するに、高柳の抜群の編集、企画能力に尽きる。俳壇流派的にも世代的にも幅広く人材を登用。特に昭和二桁世代から戦後生まれまでを中心に、次代を担う論と作の新鋭を積極的に登用した意義は大きい。具体的に名を挙げれば、阿部完市・河原枇杷男・飯島晴子・折笠美秋・安井浩司・大岡頌司・川名大・大石雄介・酒井弘司・中谷寛章・竹中宏・坪内稔典・澤好摩・攝津幸彦らが「俳句研究」という場から育った。ただし、前に触れた「俳壇の悪気流」や党派的な俳壇構図によって、これらの俳人の大部分は「俳句」誌に登用されるということはなかった。仮に、昭和四十年代に高柳重信が「俳句研究」の編集長に就任し、前記のような編集・企画を実現しなかったとしたならば、この時代の俳壇はサンボリスムを通過しない伝統的な有季定型の俳句によって大きく侵蝕されていただろう。

以上、両誌の企画を現象的に記したが、そこから浮上してくる実作上の成果は四つに絞り込めよう。一、いわゆる「戦後派」俳人はおのがじし成熟に向かったこと。二、第四世代の俳人はおのがじしの独自の様式を確立したこと。三、阿波野青畝・右城暮石・後藤比奈夫など関西俳人の俳意の充実。四、戦後生まれの俳人たちの新風。俳句認識や表現方法などの面では次の三つに絞り込めよう。一、実作における時間処理の問題。二、作品の読みと想像力の問題。三、言葉と現実あるいは物との問題。これらについて、以下、節を立てて言及しよう。

3　いわゆる「戦後派」俳人たちの円熟

多くの俳人たちは、若いときには新鮮な感性や詩情といった資質を全開させて新風を確立する。青春期の第一句集が瑞々しいのはそのためである。しかし、いつまでもその生得の資質ばかりに頼るわけにはゆくまい。加齢とともに鋭敏な感性は鈍化してくる。それに代わる手立てが加齢による心の深まりや表現の円熟であろう。

この時代のいわゆる「戦後派」俳人の句業を眺めてみると、伝統派も革新派も総じて、そういう円熟とも呼ぶべき転換期に入っていたことが窺える。これは社会性俳句から前衛俳句へと「戦後派」俳人たちが連帯して俳句運動を推進した後、昭和四十年代中ごろから彼らが次々と主宰誌を創刊していった現象と関連しているだろう。こうした主宰誌の創刊には、中年となり中堅世代の俳人として実生活上の身過ぎという側面もあったであろうが、同世代のスクラムを解いて個々の句境を深めようという志向があっただろう。それぞれが独自の円熟に向かったのだ。いわゆる「龍太・澄雄」時代というのも、実はその一環だったのだ。

特集「現代の風狂」の飯田龍太の近代五十句（昭46・2）から。

一月の川一月の谷の中
雪の日暮れはいくたびも読む文のごとし
真冬の故郷正座してものおもはする
顔洗ひゐる元日の末娘
一月はよその畑の破れ靴
風の彼方直視十里の寒暮あり
種蒔くひと居ても消えても秋の昼

これらの句は鋭敏な感性を武器とした『百戸の谿』（昭29）などとは大いに異なる。「雪の日暮れは」「真冬の故郷」「風の彼方」「種蒔くひと」の各句は、敢えて字余り（上五が主に七音）を冒しても心意の深さを表そうとするもの。「一月の川」の句はそれが即物的に単一化された表現。「顔洗ひゐる」や「一月は」の句は円熟した心意に基づく俳意を意図したもの。特に「一月は」の句は淑気漂う「一月」に「よその畑の破れ靴」を配した雅俗の俳意がこころにくい。全体として円熟へと変貌しようとする龍太の意欲が窺える。
句集で言えば、『春の道』（昭46）をさらに円熟へと変貌させたのが『山の木』（昭50）だ。

冬深し手に乗る禽の夢を見て
茶の花の映りて水の澄む日かな
陽炎や破れ小靴が藪の中
白梅のあと紅梅の深空あり
種子蒔いて身の衰への遠くまで
短日やこころ澄まねば山澄まず

「冬深し」や「短日」の句は心意の深まりを直接的に句の表に出したもの。「冬深し」の句が発表されたとき、高柳重信はこの句をしきりに褒め、「龍太の句は句柄が大きく、心が深くなった。句柄が大きくなるためには様々なものへの認識を深め、人生観も深まらなければだめだ」と、私に言った。「茶の花」や「白梅」の句は物に託した心意の深まり。「種子蒔いて」の句は肉体を通した心意の深まり。これらが円熟へ向けての龍太の表現的戦略だった。
特集「現代の風狂」の森澄雄の近作五十句（昭46・7）から。

初夢に見し踊子をつつしめり

年立つて自転車一つ過ぎしのみ
緑山中かなしきことによくねむる
特集「現代俳句の鳥瞰」（「俳句研究」昭47・1）では、
終戦忌杉山に夜のざんざ降り
白木槿暮れて越後の真くらがり
搗栗《かちぐり》のくちやくちやの皺毛の国の
「大桝」三十句（「俳句」昭47・11）では、
紅梅を近江に見たり義仲忌
水のんで湖国の寒さひろがりぬ
田を植ゑて空も近江も水ぐもり
同じ月に主宰誌「杉」にこの時代の代表句を発表。
秋の淡海《あふみ》かすみ誰にもたよりせず
これらの句を収めた句集『浮鷗』（昭48）の最後には、
白をもて一つ年とる浮鷗

が置かれている。森澄雄の円熟は『浮鷗』に集約されているが、それはすでに触れたとおり、父の死を契機に人間の歴史を貫く性の哀しみの認識と、古人（特に芭蕉）と心を交わす踏跡の文学への志向に根ざしたものとして括れよう。俳句は人生の影を負ったものでなければならない、というのが森の俳句観の基底であり、「終戦忌」の句などにはそれが反映している。森の俳句観は総じて、いわゆる「戦後派」俳人には共有されており、それがいわゆる「第四世代」の俳人との違いの一つの目安になっている。

その他の「戦後派」俳人たちも、特集「現代俳句の鳥瞰」「現代俳句の展望」「新俳壇の諸子百家」「新俳壇の眺望」などで、それぞれの円熟ぶりを示した。

飛騨《ひだ》の
山門《やまと》の
考《かんが》へ杉《すぎ》の
みことかな

池多《いけおほ》き
むかし
武蔵《むさし》の
鮒《ふな》や鯉《こひ》　　高柳重信（上下の二句）

富士《ふじ》は
白富士《しろふじ》
至《いた》るところの
富士見坂《ふじみざか》

魏《ぎ》は
はるかにて
持衰《ぢさゐ》を殺《ころ》す
旅《たび》いくつ　　〃（上下の二句）

暗黒や関東平野に火事一つ　金子兜太
樹といれば少女ざわざわ繁茂せり　〃
赤き犀国道ゆくには速度足らぬ　〃
海とどまりわれら流れてゆきしかな　〃
霧に白鳥白鳥に霧といふべきか　〃
緋縮緬噛み出す簞笥とはの秋　三橋敏雄
戦没の友のみ若し霜柱　〃
撫でて在る目のたま久し大旦　〃
尿尽きてまた湧く日日や梅の花　〃
鈴に入る玉こそよけれ春のくれ　〃
むささびや大きくなりし夜の山　〃
機関車の底まで月明か　馬盥　赤尾兜子
花から雪へ砧うち合う境なし　〃
空鬱々さくらは白く走るかな　〃
大雷雨鬱王と会うあさの夢　〃
急ぐなかれ月谷《たに》蟆《ぐく》に冴えはじむ　〃
天上も淋しからんに燕子花　鈴木六林男
油送車の犯されている哀しい形　〃

寝ているや家を出てゆく春の道　林田紀音夫
幽明のいづれの影か蹤いてくる　〃
幾人か過ぎ傘の骨手に残る　〃
口の中汚れきつたり鰯喰ふ　草間時彦
枯紫蘇に夕日ちぎれて届きけり　〃
大粒の雨が来さうよ鱧の皮　〃
屋根替へてゐる家へ行く道さがす　波多野爽波
掛稲のすぐそこにある湯呑かな　〃
茶の花のするするすると雨流しをり　〃
水番の片手しばらく樹をたたく　桂　信子
母の魂梅に遊んで夜は還る　〃
遠山へ喪服を垂らす花の昼　〃
帯締めて春著の自在裾に得し　野澤節子
さきみちてさくらあをざめゐたるかな　〃
桃の世へ洞窟《ほこら》を出でて水奔る　中村苑子
木の梢に父来て怺へ怺へし春　〃
死後の春まづ長箸が行き交ひて　〃
男にすこしかなしみうごく晩霞かな　清水径子

木目よき柩を思ふ雲雀かな　〃

高柳は『遠耳父母』（昭46）において父や母を題にして老いや死や生誕などを集中的に詠んでいたが、昭和四十六年の秋に飛驒を訪れたのを契機にモチーフが歴史的、郷愁的世界へとシフト。頭韻・脚韻を多用した畳みかけるような文体を駆使して、日本各地の地霊に思いを寄せたり、日本古代や神話的世界を物語ったりした。「魏は」の句の「持衰《ぢさゐ》」とは耳慣れない言葉だが、天象や吉凶を卜《ぼく》する超能力を持った霊媒者のような人物とのこと。天象を卜するのを誤ったりした場合は直ちに刑に処せられたという。金子は自然や風土への関心を深め、物としての質感（物象感）を捉えようとする。「少女ざわざわ繁茂せり」はその一例。「赤き犀」の諧謔味や「海とどまり」の流離感も円熟のあらわれの一つと言えよう。三橋は後年の『しだらでん』（平8）に通じる英霊への鎮魂詠（「戦没の」の句）も見られるが、中心は社会性よりも、渡邊白泉の戦後俳句に通じる人間存在の基底に触れたものだ。赤尾は昭和三十年代の前衛俳句時代のモチーフでもある社会の軋みや社会と個人の軋轢を詠うことから自己の精神的疾患を見つめる方向にシフトした。「大雷雨」の句などがそれだ。鈴木は「王国」五十句（「季刊俳句」第3号）で、堺泉北の石油化学コンビナートを対象化し「そこには住民の干渉を拒否する聖域がある」と詞書きし、〈いつまで在る／器械の中の／かがやく椅子〉という自句を序句に据え、

大口径鋼管の黒冬深まる

油送車の犯されている哀しい形

など、告発的なカウンター・カルチャーの俳句に健在ぶりを示した。その一方で、「天上も」や「寝ているや」のような季語の効果を意図した巧緻な句風も見せている。これも鈴木の円熟の一つのかたちだろう。「天上も淋しからん」とは英霊となった戦友たちへの思いも含まれていよう。林田・草間・波多野の句にはそれぞれの特徴がよく表れている。女性の「戦後派」俳人として桂・野澤・中村・清水の句を挙げたが、たとえば「水番の」「帯締めて」「死後の春」「男にすこし」の句にはそれぞれの円熟した境地が窺える。赤尾が自己の内部の鬱に向き合ったのに対し、野澤の「帯締めて」の句からは長年の宿痾から解放された生き生きとした心が伝わってくる。

4　昭和世代（第四世代）それぞれの作風の確立

昭和世代の新風については、「龍太・澄雄」時代と言われた昭和四十年代前半において、すでに阿部完市や河原枇杷男ら昭和世代の俳人たちによって実質的な表現史の先端が切り開かれていたことを指摘した。四十年代後半では、すでにそれぞれ独自の作風や俳句観を示していた昭和世代の俳人たちが、各自、明確に個性的な作風を確立し、代表作も生み出した。彼らに焦点を当てた特集「期待する作家」（「俳句」昭48・1〜12）と特集「新俳壇の中堅」（「俳句研究」昭48・3）、特集「新俳壇の諸子百家Ⅰ・Ⅱ・Ⅲ・Ⅳ」（「俳句研究」昭49・1、昭49・3、昭49・5、昭49・7）などにその成果が見られる。その中ではすでに昭和四十年代前半で触れた阿部完市の独特の口語文体の軽やかな作風が際立つ。

栃木にいろいろ雨のたましいもいたり　阿部完市
みせさきで京都弁とおいすすきも喋り　〃
うさぎがはこぶわが名草の名きれいなり　〃
十一月あつまつて濃くなつて村人　〃
へいたいいちれつすべつてゆくよ名月　〃
天の川我を水より呼びださん　河原枇杷男
水鏡暗し天に繋るは何ならん　〃
水寂し夕焼に棲む鬼は淋し　〃
斑《はん》猫《めう》のおもはぬ方へとびにけり　飴山　實
元日の田に出て鶏の吹かれをり　〃
水に手を漬けゐて見上ぐ花辛夷　〃
白萩に尻さはられつ畑を打つ　〃
杉林あるきはじめた杉から死ぬ　折笠美秋
川幅は川に溺れてかがやけり　〃
天体やゆうべ毛深きもももすもも　〃

すぐ氷る木賊の前のうすき水　宇佐美魚目
藁苞を出て鯉およぐ年の暮　〃
あかあかと天地の間の雛納　〃
一対か一対一か枯野人　鷹羽狩行
厠より行きしばかりの年を見て　〃
空蟬のなほ苦しみを負ふかたち　〃
神社裏にて斯く精密な川とんぼ　寺田澄史
銅鏡あり蒙昧なれば天体みゆ　〃
鬼蓮を裂けばむかうも昼なりき　〃
放蕩のなまみだなまみだ虫世界　大石雄介
陽は青桐虫の輪姦かがやくよ　〃
刺(ママ)りあと青し肺満水のボクサー　〃
光まみれ愛戯鳥瞰する俺も　〃
御燈明ここに小川の始まれり　安井浩司
漆山まれに降りくるわれならん　〃
二階より地のひるがほをふく友や　〃
旅人よみえたる二階の灰かぐら　〃

黄泉の厠に　　　　桃源や
人ひとり居る　　　牛の尻打つ
暑さかな　　　　　響かな　　　大岡頌司（上下の二句）

寺に来て　　　　　雨畑の
什器となるや　　　硯拾ひに
秋の風　　　　　　消えゆかむ　　〃（上下の二句）

年暮れぬ振り向きざまに駒ヶ嶽　　福田甲子雄
稲みのりゆつくり曇る山の国　　広瀬直人
秋天や木から草から鳥迅し　　〃
春しぐれ一行の詩はどこで絶つか　　加藤郁乎
紅梅であつたかもしれぬ荒地の橋　　飯島晴子
天網は冬の菫の匂かな　　〃
冬の帯あまたの鳥を棲まはせて　　〃
かの后鏡《かがみ》攻《ぜ》めにてみまかれり　　〃
山々の静止する日や赤ん坊　　津澤マサ子
さびしい両親盤のなかに馬はいず　　〃
桃咲くや平野になんの歌もなく　　〃

針・刃物・鏡・ひかがみ熱沙越ゆ　小檜山繁子
日焼少女魚を食はねばかはきをり　〃
炎天を駱駝の頸が遊泳す　〃
滝よぎり了へて螢火ふくらみぬ　岡本眸
柚子湯沁む無数の傷のあるごとく　〃
桃ひらく口中軽く目覚めけり　〃
雪靴や男の隙を捕えんと　寺田京子
栃の木にからみ蛇の木昼寝せり　〃
炎天行く鬼になりたき一農婦　〃

このように列記してみると、昭和二十年代後半から三十年代後半までの俳句を牽引してきたいわゆる「戦後派」俳人たちの作風との違いが顕著だ。社会と自己とのかかわりにモチーフを求めた「戦後派」俳人たちの社会性を含んだ句は、昭和世代の俳人にはほとんど見られない。昭和世代は個々の個人的な関心に従って作句し、世代的な連帯意識は稀薄である。総じて二つの傾向が見られる。一つは、阿部・河原・折笠・寺田・安井・大岡・飯島らのように想像力によって異界など目に見えない世界を仮構しようとする傾向。もう一つは飴山・宇佐美・鷹羽・福田・広瀬・岡本らのように自然や風土を含めた自己の日常生活、目に見える現象の世界を詠んでいく傾向。とはいえ、この二つの傾向に属する俳人たちは、それぞれ作風を異にしているのが特色である。

たとえば阿部完市の軽やかさに対し、河原の重厚さは大いに異なる。また、俳意を意識した飴山と風土の中の自然を捉えようとする福田や広瀬との差も明らかだ。女性俳人では目に見えない世界に挑んだ飯島晴子が際立って異色である。

5　関西の俳諧味　―阿波野青畝・右城暮石・後藤比奈夫

昭和俳句の流れを時系列で、現象的に大きく辿ってみると、水原秋桜子や山口誓子の新風から始まって、新興俳句、人間探求派の俳句、太平洋戦争下の聖戦俳句、戦後の「鶴」を中心とした境涯俳句、「天狼」の根源俳句、いわゆる「戦後派」俳人たちの社会性俳句、前衛俳句という流れになろう。この流れの中では斬新な詩情、社会性、境涯性などが中心を占めた。俳諧の発生以来の特質である俳諧味、諧謔性は傍流に押しやられてきた。もちろん、俳諧味は途絶えたのではなく、「ホトトギス」を中心に脈々と続いていたのである。

昭和四十年代後半の一つの特色としては、関西の阿波野青畝・右城暮石・後藤比奈夫が持ち前の柔軟な発想と表現で庶民的な俳諧味を発揮したことである。

一軒家より色が出て春着の児　　阿波野青畝
寒波急日本は細くなりしまま　　〃

初夢の大きな顔が虚子に似る　〃
ちやぼちやぼと近づいてくる夜振かな　〃
炎天を来て大阪に紛れ込む　右城暮石
和歌山県天から海から春来るよ　〃
雪国の汽車を歩きて座席探がす　〃
鶴の来るために大空あけて待つ　後藤比奈夫
踊笠俯向くときは進むとき　〃
石階へ来て冬の日の固くなる　〃

暮石の諧謔は本人にとっての真面目な行動が、かえって諧謔味を生み出すという、いわば天然キャラの諧謔である。他方、比奈夫の諧謔は意表を突いた発想や視点から生まれるものが多い。諧謔を生み出すことに極めて意識的、意図的である。

6　戦後生まれの俳人の新風

昭和四十年代後半に「皇国前衛歌」（「俳句研究」昭49・2）や「鳥子幻景」（「俳句研究」昭49・11）などで戦後生まれの代表的な俳人として俳壇に登場した攝津幸彦は、インタビュー「わが俳句の青春期」（攝津幸彦全文集『俳句幻景』南風の会、平11）で言う。

僕は一九七〇年に学校を卒業したわけですよ。あらゆるものにエネルギーがあったみたいなあの時代っていうのは、今までもこれからもないね。（略）暗黒舞踏とか、寺山修司の天井桟敷とか、唐十郎とか、あるいは映画もいろいろ、ヌーベルバーグですか、吉田喜重とか大島渚とか、そういう人が活躍していた時代で。（略）そういうところから俳句をはじめたわけです。（略）坪内稔典は非常に企画力に富んだ、リーダーシップのある人間で、全国学生俳句連盟なんていうのを組織して、（略）第一回の、全国学生俳句連盟の大会が愛媛県の松山でありましてね、早速僕ら（注＝関西学院の「あばんせ」）は行ったんですけど、立命館の「あらるげ」（注＝坪内らの俳誌）の連中なんかには実際に街頭デモとか、ある種のセクトに属したりした人間がいて、（略）僕らの方はその当時「シュプレヒコール」とか「デモ」とかがあたりまえのように出てくるような句を作ってたし、向こう（注＝愛媛大）の方は「秋の暮」とかね、「花豌豆」とかそういうのを作って。まあ、論議なんて全く成り立たなかったですね。なにか言うと「ナンセンス！」とか（笑）。

一九六八年を中心とするいわゆる全共闘世代の学生俳人たちの醸し出す雰囲気や連帯感、そして当時の文化的な情況が髣髴とする。「ナンセンス！」という言葉がそれらを象徴する。

したがって、昭和四十年代後半に登場した戦後生まれの俳人を語るには、四十年代前半で言及した一九六八年を中心とする文化情況、カウンター・カルチャー（反体制文化）から再度語らなければならない。四方田犬彦はその編著『1968［1］文化』（筑摩選書）の巻頭文「〈１９６８

年〉には何が起きたか」において、様々な文化ジャンルで同時的に既成の社会・文化・権威への異議申し立てが起こったことに言及し、「文化が政治的たらざるをえない状況が存在していたのだ」と総括した。四方田が挙げる例を記せば、大阪万博賛成派の美術家たちの大規模な美術的実験と、反対派のアナーキーで過激な挑発。三里塚・沖縄・大学のバリケード内に証言者としてシャッターを切る写真家たちや、森山大道らの「ブレ・ボケ写真」の提唱。東映の任俠映画や大島渚・吉田喜重らのヌーベルバーグ。エレキブームや対抗文化としてのフォークソング。唐十郎らのアングラ演劇や土方巽《ひじかたたつみ》らの暗黒舞踏。横尾忠則らのエロスとグロテスクのイラストや、赤瀬川原平の権力への挑発としてのブラックユーモアのイラスト。月刊漫画誌「ガロ」連載の白土三平の「カムイ伝」など。

全共闘世代は、たとえば「日本俠客伝」の「健さん」（高倉健）や白土三平の「カムイ伝」に自己を重ねるものが多かっただろう。また、たとえば攝津幸彦と仁平勝のように、鈴木清順や荒木経惟《のぶよし》の名を口にすれば、互いにたちどころに同時代を共有できた。

このように、一九六八年を中心とする文化の多様なジャンルに共通するカウンター・カルチャーを共有していた全共闘世代の俳人たちは、それゆえ、既成の社会や権威、あるいは既成の俳句や権威に異議申し立てをすることで、それらを変革するとともに自己変革を遂げようとする行動と思考回路を共有していた。たとえば、「京大俳句」（昭39創刊）の中谷寛章は昭和四十四年、京大の大学闘争に参加するとともに、社会性俳句を牽引した金子兜太の変節を鋭く追及した。

社会性俳句は（略）社会に対する批判、抵抗の意識が、表現者として作者の内部で、いかに論理化されてゆくかの可能性だった。（略）けれども（金子兜太が）「社会性の行方」で、そうした可能性をあいまいにさせたまま、意識のなかの「抵抗性、批判性」を後退させ、「存在感覚といった誰にでもある、あるがままの社会性」を強調するとき、ぼくはやはり首を傾けずにはおれない（「元の木阿弥　社会性論議にふれて」－「渦」昭44・4）。

坪内稔典は立命館大学の大学闘争にかかわりながら、全国学生俳句連盟を組織し、その後、昭和四十年代後半に戦後生まれの俳人たちの俳句活動のオルガナイザーとして先導者の役割を果たした。その坪内の『過渡の詩』（昭53）の次の言説は、全共闘世代の俳句認識として全共闘世代の俳人たちに大きな影響を与えた。

定型詩である俳句は、国家意志による侵蝕という危機を、定型との葛藤として表現にまで高めなければならない。定型に凝集した言語規範は、疑うことなく国家意志を映し出している。定型への不快感を手がかりに、定型によって自ら傷つきながら、逆にその定型で国家意志を刺し貫く――このまさにおぞましい苦闘こそ、今日、ぼくたちが俳句を書くことの意味である。定型には「である」価値としての国家意志が潜在しているので、定型との抗いをすることで、それを克服する表現を確立しなければならない、という思考回路は、既成の権威的な「である」価値を打破して、「する」価値を獲得しなければならないという全共闘運動の思考の核と重なっている。そして、それは彼らが誤解した丸山真男の「「である」ことと「する」こと」（『日本の思想』）に根ざしたものだった。ちなみに東大闘争で丸山の研究室で狼藉を働いた全共闘の学生たちは、丸山が学問や文化の領域での「である」価値を肯定していたことに無知であった点を、竹内成明は指摘していた（「思想の批判から思想の創造へ」-「展望」昭45・2）。

関西学院大学に在学し、大学の半ば閉鎖という情況で俳句にかかわった攝津幸彦も、立ち上げた俳句会「あばんせ」（第2号）の巻頭言で、

「僕ら」が古めかしい俳句に反抗しその変革を求めるということは「僕ら」が生きつづけなければならぬ激烈で過酷な時代と社会とに反抗することに他ならない（『俳句幻景』）。

と書いている。

全共闘世代の俳人たちの共有の思考回路、志向論理を代表的な俳人三人の言説を引くことで示したが、彼らの志向論理は社会性俳句や前衛俳句を牽引したいわゆる「戦後派」俳人たちのそれと基本的に重なるものだった。ただし、アンガージュマン（主体的・意志的な社会参加）と同世代の連帯意識の両面において、前者の方が密度とボルテージが高い。全共闘世代の俳人たちの連帯意識の強さは、オルガナイザーとしての坪内稔典の組織能力によるところが大きいだろう。すでに指摘済みのことだが、いわゆる「第四世代」はアンガージュマンと同世代の連帯意識が極めて稀薄だった。

次に視点を変えて、昭和四十年代中ごろから四十年代末にかけての戦後生まれの俳人たちを中心とした俳句グループ、同人誌の相互のかかわりと展開を時系列で辿っておこう。特徴的なのは関西の大学やその卒業生が中心であることだ。

「京大俳句」（第三次）―中谷寛章・竹中宏ら。彼らはすでに昭和四十年代前半に新鋭として俳壇にデビュー、生まれも昭和十年代で、「第四世代」に近い。「渦」「青」「萬緑」にも属し、中谷

は人間探求派や社会性俳句を中心に鋭利な俳句史を構築、竹中は写生に対する精緻な評論を執筆。中谷は坪内稔典編集の「日時計」(創刊は昭44・2)のシンポジウムなどにも参加した。

「あらるげ」―立命館大学では松井利彦が俳句会の顧問になっていたが、坪内稔典はそれとは距離を置き、京都学生俳句会を設立、「あらるげ」を創刊。また、全国学生俳句連盟を結成し、愛媛県の松山など各地で大会を開催。坪内は高校時代から「青玄」に所属していたが、すでに昭和四十年代前半に金子兜太を対象とした評論などで俳壇に登場していた。

「あばんせ」―関西学院大学の伊丹啓子(伊丹三樹彦の長女)の呼びかけで同級生の攝津幸彦などが創刊(昭43・6)。攝津は、

大学　五月　薔薇という字を　また忘れる　(創刊号)

など、既成の俳句様式に囚われない発想や表記で俳句を作った。分かち書きは「青玄」の影響。

「立命俳句」―松井利彦が顧問になっていた大学俳句会の俳誌。大井恒行・久保純夫らが所属。大井らは坪内の全国学生俳句連盟とは別に、関西学生俳句連盟を結成。「立命俳句」は第7号(昭45)で終刊。新たに「獣園」が創刊された。

「日時計」―「青玄」を脱退した坪内稔典・澤好摩・攝津幸彦・立岡正幸・伊丹啓子・坂口芙民子らが創刊(昭44・2)した同人誌。坪内が編集を担当し、毎号、赤尾兜子・穴井太・阿部完市・島津亮・林田紀音夫ら外部からの作品を掲載。坪内を中心にして金子兜太の造型俳句論や赤尾兜子の第三イメージ論などを対象に活発な評論、討議活動を展開したが、第13号(昭49・2)

で終刊。その後、攝津と大本義幸を中心とする「黄金海岸」（昭49・4）と、澤を中心とする「天敵」（昭47・8）に分かれた。

「天敵」―東洋大学出身の澤好摩・横山孤子（康夫）・加藤路春・小比類巻真理子らは「辛夷《こぶし》」を発行していたが、第5号（昭47・8）から「天敵」と改題。澤と横山を中心にして、外部から坪内稔典や大本義幸、「俳句研究」の「五十句競作」で登場した攝津幸彦・藤原月彦・長岡裕一郎らの作品や評論の寄稿を得て誌面を活性化した。なお、「天敵」終刊後、澤と夏石番矢を中心に「五十句競作」で登場した攝津・横山・林桂らの俳人を糾合して「未定」を創刊（昭53・12）。後に仁平勝・宇多喜代子・池田澄子らも参加。攝津幸彦は第4号で退会し、大本義幸・藤原月彦・長岡裕一郎・大井恒行らと「豈」を創刊（昭55・6）。

「黄金海岸」―「日時計」が第13号で終刊（昭49・2）となった後、攝津幸彦と大本義幸を中心に旧「日時計」の坪内稔典・立岡正幸・馬場善樹・宮石火呂次の六人により創刊（昭49・4）。攝津は大作「与野情話」を、坪内は「俳句史論ノート」をそれぞれ連載し、論と作の記念的作品を示したが、第4号で終刊（昭50・3）。

以上、全共闘世代の俳人たちの俳句活動を彼らが所属した学園誌や同人誌に分けて、それらの合流や分裂などの流れを時系列で概観してきた。昭和四十年代の後半に二十代の全共闘世代の俳人をこのように糾合できた主たる理由は、坪内稔典・澤好摩・攝津幸彦という三人のオルガナイザーとして才能を持つ人物が存在したことに因ろう。特に坪内の組織力・企画力・実践力が際立っていた。昭和二十年代後半から三十年代にかけても、寺山修司を中心とする「牧羊神」や、折笠美秋・上田五千石・桜井博道・足立音三・森田緑郎らの関東学生俳句連盟など、いわゆる「第四世代」の結集はあったが、その規模・エネルギー・ダイナミズムにおいて全共闘世代の俳人たちにはるかに及ばない。
　次に前記各俳誌の俳句作品を抽出してみよう。資料が十分に整っていないということもあろうが、佳句は極めて少ない。

大学　五月　薔薇という字を　また忘れる　　攝津幸彦（「あばんせ」1号）
学園封鎖へ　肩では水になる霙　　伊丹啓子（「日時計」1号）
樹の芽は嘴　夕日いびつな土葬の村　　澤　好摩（「日時計」2号）
樹の夢を殖やす古代の水となり　　攝津幸彦（「日時計」5号）
かくれんぼうのたまごしぐるゝ暗殺や　　〃（「日時計」7号）
海髪絡ませあかつきへ延びる電話線　　澤　好摩（「日時計」7号）
千年やそよぐ美貌の夏帽子　　攝津幸彦（「日時計」10号）
晩秋の道具あつまる西しづか　　〃（「日時計」10号）
家中がくらきあぶらの葉月かな　　澤　好摩（「日時計」11号）
草木よりあはく草木でゐる妹ら　　〃（「天敵」8号）
倫理学《エティカ》などもたねどレンズ磨く兄　　藤原月彦（「天敵」8号）
冬眠すわれら千の眼球《め》売り払い　　中谷寛章（「渦」82号）

裏山のすもゝも上手になりにけり　　摂津幸彦（「黄金海岸」4号）

引用してみると圧倒的に攝津の句が多くなった。攝津の句は彼が後年、インタビュー「わが俳句の青春期」（既出）で創作工房を明かしているように、いろいろな言葉をミックスして、そこにひねりを加える極めて異色のものだった。たとえば「かくれんぼう」の句はそれがうまく成功した句だが、「かくれんぼう」「たまご」「暗殺」の詩的論理が辿れる読み手は限られているので、同世代の仲間内でも攝津の句は難解だったろう。ここで指摘しておきたいことは、全共闘世代の俳人は前に言及したように外界と自己の内部とを対峙させて自己革新や俳句革新を目ざす世代共有の論理を振りかざしていたが、この時代に共有のモチーフである様々な公害・三里塚・沖縄などをモチーフにしたカウンター・カルチャーとしての俳句を必ずしも意図したものではなかった。「学園封鎖へ」（伊丹啓子）のような大学闘争をモチーフにした句もあるが、全共闘世代の歌人たちのそれとは比べものにならない。昭和四十年代前半から後半にかけて、鈴木六林男が『櫻島』や『王国』で堺泉北臨海工業地帯のヘドロ地帯や石油化学コンビナート、千里の丘での万国博覧会などの社会的現実に向き合ったようには、彼らは社会的現実には向き合わなかったのである。

全共闘世代を中心とする戦後生まれの俳人たちが、この時代に新風をもって俳壇にデビューしたのには二つの企画があった。一つは「俳句研究」編集長の高柳重信が結社を中心とする既成俳壇の類型的な俳句様式になずんでいない新鮮な新人を発掘するために、昭和四十八年から毎年一回企画した「五十句競作」。もう一つは、「五十句競作」で登場した戦後生まれの新鋭たちを中心に第四世代の革新的な句業を展開していた俳人たちとを糾合して、坪内稔典が昭和五十一年から毎年一冊のペースで「現代俳句」という俳誌を刊行したこと。

第一回「五十句競作」（昭48・11）はカリスマ性があり、俳句の読みに炯眼を有する高柳重信が一人で選考に当たったため、高柳の選を切望する人々が数多く応募し、総数百二十四編に上った。そのうち戦後生まれは二十八名。入選から佳作第二席までに入った二十一名のうち、戦後生まれは十三名で過半数を占めた。入選は郡山淳一（千葉工大二年生）の「半獣神」。

林檎割くいきづく言葉嚙み殺し
咎なくて毛布に噎せる自瀆かな
薄明に臥して水銀もてあそぶ
左手で書くべしけものめく愛は
鉄棒の少年かげろふの中にゐて

高柳は「これらの作品に感じられる青春の息吹きは、どれほど繰り返されても決して古びることのない、いつも新しい情感で（略）詩歌のいちばん基本ともなるもの」と評価した。

他に佳作入選した二十代の俳人の句として、

酒ちかく鶴ゐる津軽明りかな　　大屋達治

瞳といふを雨中の鳥は憶ふかな　澤　好摩
憶良らの近江は山かせりなづな　しょうり大
鬼あざみ鬼のみ風に吹かれをり　攝津幸彦
吊されて土用の葬の羽織透く　宮入　聖
致死量の月光兄の蒼《あお》全裸《はだか》　藤原月彦

など多彩な傾向が見られた。実は、第一回「五十句競作」には知る人ぞ知るエピソードがあった。それは、高柳がかねて注目していた新鋭に「齣車」（鈴木石夫主宰）所属の宮崎大地がおり、宮崎に応募句の草稿を求めた。だが、彼は高柳の選を経た応募を拒否したのだった。宮崎は次のような句を作っていた。

手の平のどこもかしこも枯野かな　（昭48）
炎昼へ我が肉をまづ闇となし　（〃）
蝶結び蝶蝶だましおほせたり　（〃）
戴冠の我が名をきざむ大地かな　（昭49）

高屋窓秋は彼らに向けて「新人とは、新しい創造をめざす人。勇気をもってそれに当たってほしい」（「俳句研究」昭49・1）と励ましの言葉を贈った。

第一回「五十句競作」における戦後生まれの新鋭たちの新風に接し、高柳は直ちに翌年、「俳句研究」二月号で、佳作第二席までに入った戦後生まれ十名に宮崎大地を加えて各二十句を掲載した。

美術展はじめに唇を処刑せり　大屋達治
醜《しこ》草《ぐさ》や千代に八千代に咽するまで　攝津幸彦
内乱の予感に眩む花地獄　藤原月彦
誰か来て渚に描く聖性器　宮崎大地

などには戦後世代の確かな新風が見られた。攝津の「皇国前衛歌」二十句は第二回「五十句競作」佳作第一席の「鳥子幻景」（「俳句研究」昭49・11）とモチーフを同じくする異色作。

第一回「五十句競作」の反響は大きく、第二回「五十句競作」（「俳句研究」昭49・11）では応募数は百九十篇となり、戦後生まれは四十六篇の多きを数えた。入選は四十代の今坂柳二。戦後生まれでは攝津幸彦「鳥子幻景」と林桂「僕の位置」（佳作第二席）の対照的な作風が際立った。

送る万歳死ぬる万歳夜も円舞曲《ワルツ》　攝津幸彦
皇《み》軍《いくさ》や砕けし玉をねぶる馬　〃
幾千代も散るは美し明日は三越　〃
南国に死して御恩のみなみかぜ　〃
霧去りて万歳の手の不明かな　〃

還りなむ一撃の箱一宇の空　〃
クレヨンの黄を麦秋のために折る　林桂
受話器からしゃぼんの如き母の声　〃
初恋もカンブリア紀も遠くなる　〃
てのひらの夏野に少女湧くごとし　〃

攝津の句は昭和十年代にリアルタイムで創られた「戦火想望俳句」とは異なり、八紘一宇を唱えた聖戦を、多彩な聖戦用語や風俗にかかわる流行語などをミックスして、シニックな視点でバーチャルな聖戦に仮構した。こうしたシニックでバーチャルな聖戦は戦後の渡邊白泉でも詠めなかった。昭和四十年代の三島由紀夫の『英霊の声』や三島自身の自決行為とも無縁である。いわば劇画の中のバーチャルな戦争。こういう世界の仮構は聖戦の記憶を持たない戦無世代だからこそ可能になったとも言えよう。林桂の作風は瑞々しい青春の果実と言うべきもの。

このように、「五十句競作」の企画によって攝津幸彦をはじめとして戦後世代の新風の一端が俳壇に登場したのであるが、その背景・要因としてはすでに見てきたように「日時計」「天敵」「黄金海岸」などに拠る戦後世代の糾合があったのである。そして「五十句競作」で登場した戦後世代を中心に意欲的な新鋭たちに活動の場を与えたのが坪内稔典編集の「現代俳句」(昭51・3)であった。坪内は俳壇や結社の論理に対立する場としての「現代俳句」を基盤にして、俳句を様々な角度から考え、その展開をはかるため、戦後世代だけでなく、「第四世代」の革新的な俳人たちも糾合して作品・評論を軸に高屋窓秋と渡邊白泉の評論集（川名大作成）の資料を提供したり、各地で現代俳句シンポジウムを開催した。坪内の旺盛な企画力・行動力が戦後世代俳人を牽引し、この時代の俳句に新風を吹き込んだ。その功績は大きく、明記すべきである。

7　阿部完市の森澄雄論　―固定的な時間処理批判

この時代には言葉をめぐる重要な三つの問題が提起された。一つは森澄雄の創作上の時間処理に焦点を当て、その創作方法を否定した阿部完市の論考。二つめは、「わかる」「わからない」という作品の読みをめぐる問題。三つめは、発想から生成に至るまでの創作過程における「物」と「言葉」の問題。後の二つの問題については「俳句研究」を中心に特集や座談会が複数回企画され、熱を帯びた論争や討議を通して、争点が掘り下げられた。

「俳句」昭和四十六年七月号は「特集・現代の風狂〈森澄雄〉」で、阿部完市はその特集に「蜀葵一句―澄雄俳句と時間」の表題で森澄雄論を寄せた。阿部は森の〈蜀葵人の世を過ぎしごとく過ぐ〉をサンプルにして、阿部独特の文体と語彙によって森俳句を次のように批判した。

人が、人の時間を抱き、そして、覗き見て、その思いを語るその構え、態度、思い入れには、日本人の長い歴史の上にあつてつねに「死」へ向かつて経過する時間、また、そのような時間にとらわれて、個々それぞれの「時間」への把握、個性そのものである「時間」からの把握を所有し得ないという固定、定式化があり、私は澄雄の一句の中にそのような時間への風姿をみとめ、人間の悲しいと言ってやまないひとつの感慨の表出のみを認めてしまう。（略）私は、この森澄雄の風姿あるいは感慨にやはり一定の構えと態度、歴史に支えられ、とらえられ、同形で同色の、あるひとつの系列の中に立つての時間表現を感じとつて不満である。

また、〈磧にて白桃むけば水過ぎゆく〉〈田のみどり蘇枋は明日のごとく咲く〉〈秋夕映の海より来たり鮃の死〉をサンプルにして、

磧・蘇枋・鮃というものの、自然の、また、それぞれの言葉の自然の自由な遊びが、ついに「生命を思う」「一人生」「噫」という言い方、思い方の同一環境の中に落ちこむこと（略）

と批判した。

この森俳句批判は、先験的な予定調和の人生的な詠嘆によって固定的な時間処理がなされている森俳句の創作方法を根底から否定した出色の論。これは森だけの問題ではなく、重層する豊饒な時間をたぐりよせることで散文に対抗してきた俳句のカノンを解体しようとするドラスティックなものだった。世代論的に言えば、俳句と人生を重ねたり、境涯性を俳句のリアリティーの担保としたりするいわゆる「戦後派」俳人たちや、人生派・境涯派と言われる俳人たちの方法を根底から撃つものだった。阿部は森の固定的な時間処理に対して、言葉自体に寄り添った言葉の自然を主張した。時間処理に関しては、知覚や観念として明確に意識化され、規定されるものより前の段階にある直覚や感覚が捉えた現瞬間という生動する時間を表現しようとした。

8 「わかる」「わからない」論争 ―「読み」をめぐる言語体験と詩的想像力の落差

澤好摩の論考に次の一文がある。

ここ一年位の間、鷹羽狩行や岡田日郎、その他、いわゆる伝統派の幾人かの人達が、飯島晴子・飯田龍太・金子兜太らの作品を挙げて、珍妙かつ強引な解釈を試みたり、「わからない」などということばを連発したりしている（「脳髄の哀愁―「難解」ということについて」―「俳句研究」昭48・5）。

この「珍妙かつ強引な解釈」をめぐって、当事者を含めた座談会での討議や論考による主張や反論が交わされた。それが、いわゆる「わかる」「わからない」論争。論争や討議は主に「俳句研究」誌上において昭和四十七年から四十八年まで二年間続いた。

まず、その資料を時系列で挙げておく。

①一月の川一月の谷の中　飯田龍太（「俳句」昭46・2）
②山上の白馬暁闇の虚妄など（「山上白馬・五句」）　金子兜太（「俳句」昭46・9）
③鷲谷七菜子「現代俳句月評」（金子兜太の〈山上奔馬空の残影冴えるかな〉に言及）（「俳句」昭46・11）
④岡田日郎「季題・定型・前衛考」（金子兜太の「山上白馬・五句」に言及）（「俳句研究」昭47・

1）
⑤　酒井弘司「言葉について」（岡田日郎の前記論考に言及）（「俳句研究」昭47・3）
⑥　対談　野澤節子・鷲谷七菜子（飯田龍太の「一月の川」の句に言及）（「俳句」昭47・5）
⑦　対談　鷹羽狩行・福田甲子雄（飯島晴子の句に言及）（「俳句」昭47・9）
⑧　座談会「俳壇総展望」（金子兜太・高柳重信・藤田湘子、「一月の川」や「山上白馬・五句」などに言及）（「俳句研究年鑑'73」昭47・12）
⑨　座談会「難解とは何か」（阿部完市・飯島晴子・折笠美秋・原裕・平井照敏、司会＝高柳重信、「一月の川」や「山上白馬」の句に言及）（「俳句研究」昭48・3）
⑩　鷹羽狩行「難解と伝達性」（「山上白馬」の句などに言及）（「俳句研究」昭48・3）
⑪　岡田日郎「俳句解決の場面―山上白馬・五句をめぐって」、澤好摩「脳髄の哀愁―「難解」ということについて」、川名大「鑑賞の懸隔・など」（俳論月評）、以上三編は「俳句研究」昭48・5
⑫　座談会「現代俳句をどう読むか」（出席者は⑨の座談会と同じメンバー）（「俳句研究」昭48・8）
⑬　座談会「俳壇総展望」（阿部完市・飯島晴子・岡田日郎・折笠美秋・原裕・平井照敏、進行＝高柳重信、「山上白馬」などに言及）（「俳句研究年鑑'74」昭48・12）
「わかる」「わからない」論争の発端は、金子兜太の〈山上の白馬暁闇の虚妄〉（初出では「虐妄」と誤植）を冒頭句とする「山上白馬・五句」（「俳句」昭46・9）について、岡田日郎が「白馬」を

「白馬岳《しろうまだけ》」と読んだことから（「季題・定型・前衛考」−「俳句研究」昭47・1）。つづいて、飯田龍太の〈一月の川一月の谷の中〉（「近作五十句」の冒頭句、「俳句」昭46・2）について、野澤節子と鷲谷七菜子が対談で「私にはよくわからない／物が目の前にないと……やはり一月を具体的な存在感としてとらえたい／言葉の中に実体がない。抽象があっても実体がない」（野澤）、「物と言葉が一つになったときに、初めて言葉に命が与えられた」（鷲谷）などと発言（「俳句」昭47・5）。さらに、鷹羽狩行と福田甲子雄の対談で「最近の飯島晴子の句を理解できますか」（福田）、「わかりませんね」（鷹羽）といった発言が続いた（「俳句」昭47・9）。鷲谷七菜子は金子の〈山上奔馬空の残影冴えるかな〉について「山上放牧の馬」と読み、「俳句という詩は、意識や言葉以前に物象がどつしり坐つていなければならない」と発言していた（「俳句」昭46・11）。岡田の「白馬岳」の読みに対して、酒井弘司は、

「山上白馬」も「山上の白馬」も、言葉どおりに、山上にいる白馬―あるいは山上に放牧されている馬の謂いとして、受けとっておくべきだろう。（岡田は）作品化された言葉から見えてくる世界を読んでいく姿勢とは逆に、感性限定をして読んでいく（「言葉について」−「俳句研究」昭47・3）。

と批判したが、岡田の誤読の原因には必ずしも的確に触れてはいない。また、「山上白馬」「山上の白馬」を鷲谷と同じく「山上に放牧されている馬」としているが、「山上白馬・五句」からイメージされるものは、山巓の白馬ないし山巓の上空の白馬のイメージであろう。

「山上白馬」すなわち「白馬岳」という読みや、「わかる」「わからない」の発言を受けて、「俳

句研究年鑑'73」（昭47・12）の座談会「俳壇総展望」では高柳重信の的確な発言が見られた。

龍太の「一月の川」が、どこそこの川という具体性を持っていないことを、この作品の重大な欠点としている点などは、言葉に対する認識が、依然としてサンボリスム以前の状況の中に低迷しているわけで（略）言葉自体が喚起しようとしているイメージ、そのイメージが交錯しながら生み出そうとしているリアリティなどを受信する能力が、完全に欠落している。（略）「蝶」というのは、まさに「蝶」そのものであって（略）「あの蝶」や「その蝶」でないと何も喚起されない人たちが多い。「山上白馬」が「白馬岳」にならなければならないのも、言葉に対する彼等の貧しい感受性が、そういう作品の読み方を習慣づけてしまったことに由来している。（略）詩という言語表現は、彼のいうような意味の伝達を意図するものではなく、むしろ、日常的な意味を遮断しながら表現の完成へと向かうものなんで、作品の読み方の第一歩からして、すでに間違っているんですね。

昭和四十八年も「わかる」「わからない」の問題が論議された。座談会「難解とは何か」（「俳句研究」昭48・3）から主な発言を拾っておく。

飯島　（「一月の川」がわからないという背景には）言葉と物とは違うものであるというようなことを、われわれ伝統派は教えてもらったことも、言われたこともないわけです。

平井　言葉には、言葉が作り出す一つの秩序があって、この言葉の配列では、どうしてもこのように、あるいはこの方向に読まざるを得ないという世界が、その言葉の秩序の中にはあるわけですね。だから、それを、作者が実際に見たものによって、あくまでもこういうレアリテをうたったんだと主張することは、僕はナンセンスだと思うんですね。
飯島　書く段階においては言葉しかないということですね。読む段階においても言葉しかない。だけど、それ以外の場では、当然、物にもかかわらなきゃならないし、現実にも執着しなくちゃならないという、そこの区別がついていないんじゃないか。
折笠　作者が俳句を作るときに、どんな現実から出発してもかまわないし、現実に執着してもかまわない。（略）どこから発想してもかまわない。ただ、作りあげた作品が、その発想どおりのところだけにしかいないようなら、これは作品じゃないわけだ。
高柳　詩作というものは書きながら考えるという行為ですし、書きながら考えるためには、絶えず書きながら読んでいなければならない。そこに何かが見えてくるまで書きつづけ、そして読みつづけるわけです。

最後の高柳の発言は「『書き』つつ『見る』行為」（「俳句」昭45・6）という高柳の持論。この座談会の号（「俳句研究」昭48・3）には鷹羽狩行の「難解と伝達性」の論考も載った。そこで鷹羽は、「一義的意味はわかっても、象徴するものが伝わってこなければ『わからない』というべきであろう」と書き、また、昭和十年代の草田男・楸邨・波郷のいわゆる「難解俳句」について、「作者の意図がわかるにつれて伝達性を増してきて現代俳句らしい作品となった」と書いた。澤好摩はその言説を直ちに的確に論破した。

鷹羽はここで非常に危険な言い方をしている。つまり、「わかる」を〈象徴〉ということと絡ませて述べている点である。（略）そういうわかり方は、詩（俳句）におけるわかり方の一つ

（つまり、そういう詩もあるということ）であって、全てこの視点からわかろうとすると、必ず無理が生じる。（略）

作者自身が自作について「わかる」など、書かれた作品にとって屁の役にも立ちはしない。

（略）従って、「作者の意図がわかるにつれて伝達性を増してきて現代俳句らしい作品に《ママ》なった」などという鷹羽の発言は、根底から崩れていよう（「脳髄の哀愁―「難解」ということについて」―「俳句研究」昭48・5）。

岡田日郎は前に引用したように座談会「難解とは何か」（「俳句研究」昭48・3）の出席者たちによって「白馬岳」の誤読に関して様々な点から的確に批判されたにもかかわらず、俳句の読みの根本を全く理解し得なかった。たとえば「言葉が作り出す一つの秩序があって、この言葉の配列では、どうしてもこのように、あるいはこの方向に読まざるを得ないという世界が、その言葉の秩序の中にはある」（平井）、「読む段階においても言葉しかない」（飯島）といった指摘が呑み込めていない。「山上の白馬」という言葉の秩序であって、「白馬の山上」という言葉の秩序ではないのである。澤からも「「わかる」といっても岡田日郎のように意味云々でわかるのではない。俳句など、くどくど解釈して何になろう」と言われたにもかかわらず、「白馬岳」の読みに固執して、批判者である「酒井弘司・金子兜太・阿部完市の各氏より、それぞれの立場において明解なる解釈をほどこして欲しいと思う」（「俳句研究」昭48・5）と書いた。

その岡田の詩的無知が徹底的に追及され、暴露されたのが、岡田自身も出席した「俳壇総展望」（阿部完市・飯島晴子・岡田日郎・折笠美秋・原裕・平井照敏、進行＝高柳重信、「俳句研究年鑑'74」昭48・

12）であった。主な発言を抜粋する。

平井　岡田さんと牧さん（注＝牧ひでを）の決定的な違いは、山上の白馬は、白馬岳《しろうまだけ》という山の名前ではなくて、全くこれはイメージであると牧さんが読んでいるところにあります。（略）「白馬は現実に生きている動物、白馬であるが、それだけではない。（略）言葉としての真理、幻想的な機能も合わせ持つ生命感が充実したイメージの白馬でもあるのだ」と——。

岡田　それで、私は何と挨拶したらいいのかな。（笑）さようでございますかと——。

阿部　「山上白馬」といえば、天馬、ペガサスですか、あのかたち、あの羽根、それから、あの飛翔のかたちなんていうものは、少なくとも俳句くらい読む奴はサーッと頭に出てこなかったら、読まなくてもいいんじゃないかっていう考え方ですね。（略）

阿部　山上に牧場があって、馬が——。ちょっと詩じゃないね。

岡田　私には、いよいよ何が何だか解らなくなってきた。困ったものだ。

阿部　いまの「馬／／軍港を内蔵してゐる」っていう詩なんか、悪いけれど、もし山上に牧場があって式の読み方をしたら読めますか。僕は、そういうところから飛びあがらなければ、だいいち詩を読む楽しみというのはないんじゃないかと思います。あほらしいです。

ここでは岡田の詩的感受性、詩的想像力の欠如が徹底的に暴かれている。

龍太の「一月の川」の句を「わからない」としたり、兜太の「山上白馬」の句を「白馬岳」と誤読したりする読みの背景には、いわゆる伝統派の俳人たちの視覚を中心として眼に見える現象や動植物など外界の「物」を再現的に詠むという写生的な詠み方の規範に囚われた硬直的な読みの習慣が横たわっている。目に見える外界の様々な具体的な「物」を言葉によって写生的に表現するのが俳句であり、その写生的に表現された俳句を具体的な「物」と結びつけて読むという写生的、模写的な表現方法と読みである。したがって、「一月の川」の句を龍太の家の近くを流れる具体的な狐川と結びつけて読んだり、「白馬山上」ではなく「山上白馬」という言葉の秩序によって表現されているにもかかわらず、それを無視して、具体的な「白馬岳」と読んだりすることになる。目に見えない世界や、抽象化された表現、イメージの連鎖による表現には読みの対応ができず、「わからない」ということになる。写生的な言語体験のみの貧しさ、詩的な感受性、詩的な想像力の貧しさであり、イメージの連鎖によるサンボリスムの言語体験を通過していないのである。

最後に、この「わかる」「わからない」論争や、「白馬岳」という誤読をめぐっての討議を通して明確になった有意義で、正当な認識を整理しておこう。

(1) 「物」と「言葉」は別次元のものであり、両者を癒着して考えてはいけないこと。

(2) 作者が俳句を作るときはどんな現実から出発してもいいし、どんなものから出発してもかまわないこと（自然現象や言葉自体が発想の契機になってもかまわない）。

(3) しかし、書く段階や、読む段階では言葉しかない。俳句は言葉で書き、言葉を読むものである以上、言葉が一切である。即ち、作品を生み出す前の段階（言葉以前の段階）で関与してきた様々な「物」は捨象されねばならないこと。

(4) 作品の言葉には、言葉が作り出す一つの秩序がある。したがって、作品を読む場合は作品の言葉に素直に向き合って、その秩序に従って読み、その秩序が喚起するものを読み取らなければならないこと。

(5) 過去から現在まで様々な言葉の秩序による作品（俳句様式）が生み出されてきた。それらを追体験する言語体験が豊かでなければならない。そのためには詩的感受性や詩的想像力を磨かなければならないこと。

(6) 俳句を読み、理解するということは、日常の散文的論理に言い換えたり、再現したりすることではなく、言葉によって喚起され、言葉によって打たれること。俳句形式で書かれることによってのみ姿を見せる「物」が、その作品の意味であること。

(7) 作句は書きながら考える行為であり、そのためには絶えず書きながらその言葉を読んでいなければならないこと。

こうした正当な認識を広く俳人たちに啓蒙し、俳壇全体で共有できるようにするため、「俳句研究」編集長の高柳重信は一つの戦略をとった。それは「俳壇総展望」や特集などの座談会の出席者、特集の論考執筆者の中にそれとなくミスキャストとして岡田日郎を入れたことである。ミスキャストの無知な発言や論考が暴かれることによって、正当な認識が共有されるという戦略である。その戦略は効果的に機能したが、反面、ミスキャストの露出度の高さによってミスキャストの知名度やいわゆる俳壇的な評価を高めた、という高柳の想定外の誤算も生じた。

9 「物」と「言葉」論争 ―言語空間の自立をめぐる金子兜太・川名大論争

この論争は、直接的には金子兜太の「物と言葉―俳句の現状と提言」（「毎日新聞」昭49・3・31）の言説に対して、川名大が「前衛俳句運動における、その精神的嫡子の行方㈠」（「俳句研究」昭49・6）において、金子の言説には言語空間の世界（言葉の世界）とそれ以前の現実の世界（物の世界）という別次元の世界を癒着させた認識の誤りがあることを指摘したことに端を発する。

しかし、金子にはそれ以前にも、同様の誤った認識が見られ、それらが正当で明晰な認識を持った俳人たちによってすでに指摘されていたのである。たとえば、

金子　高柳が季題と季語を分けて考えたほうがいいと言うことですが、これは僕も賛成で、やはり季題と季語をはっきり分けなければいけない。言葉と物の関係です。季語の問題は言葉の問題として、主体的に捉えなおすということです（座談会「俳壇総展望」―「俳句研究年鑑'72」昭46・12）。

高柳は季題も季語も言葉だが、季題は季にかかわる主題としての語で、季語は季節感と結びついた語であるという認識を示したのに対し、金子は季題は物で、季語は言葉だという珍妙な認識を示していたのだった。

また、座談会「難解とは何か」（阿部完市・飯島晴子・折笠美秋・原裕・平井照敏、司会＝高柳重信、「俳

句研究」昭48・3）では、物と言葉に関する金子兜太の認識に触れた次のような発言も見られた。
飯島　書く段階においては言葉しかないということですね。読む段階においても言葉しかない。だけど、それ以外の場では、当然、物にもかかわらなきゃならないし、現実にも執着しなくちゃならないという、そこの区別がついていないんじゃないかと思うんですけどもね――。
高柳　俳句は言葉で書いている以上、言葉が一切です。（略）東京新聞の訪問記事があって、それに金子の発言として「私は、自分の新しい成長と新しい現象を確かめる態度を第一義とし、そのための手法は第二義と考えます」ということが出ていました。（略）金子のいう「手法は第二義」が、そのまま言葉は第二義になりかねない危険を、ときに心配せざるを得なくなってくるんですね。
折笠　作者が俳句を作るときに、どんな現実から出発してもかまわないし、現実に執着してもかまわないわけですね。金子兜太が現実尊重派と言っているのも、そこの段階で言っているなら、僕はわかる。どこから発想してもかまわないわけですよ。ただ、作りあげた作品が、その発想どおりのところだけにしかいないようなら、これは作品じゃないわけだ。
これらの発言からは、金子兜太が言語空間の世界（言葉の世界）と現実の世界（物の世界）とを弁別する明晰な認識が不十分だったり、言語空間以前の現実やそれへの態度にバイアスがかかったりすることへの危惧が窺える。
そして、こうした危惧が的中して、金子兜太が誤れる言語認識（言葉と物の直接結合）や俳句表現の認識（言語空間の世界と現実世界との直接結合）を露呈したのが、「俳句の風景」（「毎日新聞」昭48・4・29)、「日常で書く」(「現代語手帖」昭48・10)、「物と言葉」(「毎日新聞昭49・3・31)などであった。これらの文章には、次に引用するように、誤れる同一趣旨の認識が語られている。

(飯田龍太の「一月の川」の句について)こんなぐあいに受けとりかたが両端にわかれるのは、心象風景が実景描写を土台として練りあげられていて、最後まで、心象と実景が完全には分離していないからである。(略)言葉・谷は、物・谷とわかちがたく結び合っていて、言葉だけでもなく、物だけでもないのである。(略)現代俳句は、心象風景を求めて、実景描写から離れつつあるが、言葉と物の二重構造を捨てることは、とうていできない(「俳句の風景」既出)。

句作りに当っては、日常言語(即物的な言語)は抽象度を加え、物と言語性(抽象性ともいおうか)の二重構造を深化することになる。(略)物と言葉もまた、常に両立しつつ、常に深く鋭く関わり合っていなければいけない。(略)俳句ではとくに、言葉が物から離れるときは、都会人のように浮游化し、現象的モダニズムに犯されやすい(「日常で書く」既出)。

現在の俳句に、物と言葉を分断する傾向が見られるということである。(略)季題(物)だけで十分とする有季定型に、季語の陳腐化がはっきり見えているし、言葉だけでと考える多くの句が、水母のようにただよう記号化した言葉たちによって、しらじらしく埋められていくのを見れば、それはすぐわかる。

私は、物と言葉の二重構造つまり、具象と抽象を同時に備えた言葉が、俳句の血だとおもう。(略)思想する者の日常で書かれるものだから、物(具象)を失うことは、俳句の基盤を失うことでもある。しかし、日常で書くのであって(略)言葉(抽象)を軽視することはできない。

それどころか、双方のあいだの生きた交流が必要なのだ（「物と言葉」既出）。

引用した三つの文章は同趣旨であり、傍線部（傍線=引用者）からは前に指摘した誤れる言語認識（言葉と物の直接結合）と誤れる俳句表現の認識（言語空間の世界と現実世界との直接結合）が見られた。そこで、その点を捉えて川名大は「前衛俳句運動における、その精神的嫡子の行方㈠」（既出）で、金子の認識の誤りを四点指摘した。

一、言葉は物とは全く別次元の〈もの〉であるという認識の欠如。〈「金子」は言葉である〉という言葉の次元についての明晰な認識を欠き、〈「金子」は金子という男（物）である〉という誤認を犯している。

二、「言葉だけでと考える多くの句が、水母のようにただよう記号化した言葉たちによって…」「（俳句は）…思想する者の日常で書かれるものだから…」には、発想・動因の次元と、言語表現の次元との短絡思考が明らか。

三、「物と言葉の二重構造つまり、具象と抽象を同時に備えた言葉が…」「物（具象）を失うことは…」「言葉（抽象）を軽視することは…」には、物と言葉を、具象と抽象へと横すべりさせる恐ろしく粗雑な思考が明らか。具象と抽象の関係は言葉の次元において認識され、言語空間の自立へと転位（異化）されなければ意味がない。

四、「季題（物）…」——季題が物とはどういうことか。季題は言葉であるし、それは日本人の美意識が培ってきた観念体である。

この川名大の指摘に対して大石雄介が「「物と言葉」の周辺」（「俳句研究」昭49・8）で反論。

その両者の論争を受けて、「俳句研究」(昭49・11)では「物と言葉の周辺」を特集。阿部完市・飯島晴子ら十二名がそれぞれの見解を披瀝した。大石・阿部・大串章・岡田日郎・中拓夫など、作句において言語空間以前の生き方や態度にバイアスをかけてきた「海程」や「寒雷」の俳人たちや、動植物など外面的世界の物や現象を対象や発想の基盤とすることの多い伝統派の俳人たちには金子の言説に同調する見解が多かった。すなわち、彼らの共通する認識を端的に言えば、物と言葉は密接に結合しており、物は土台として言葉を支えるものだ。物と切り離された言葉は浮遊化し、リアリティーを失う、というものである。「物と言葉と意識とは本質的に一つの関係体である。(略)自然が、その言葉に宿されたとき、言葉は生き生きとし、(略)具象とは、自然を宿した言葉(略)季の題、(すなわち)具体的なものや現象」(大石)。大石は「自然が、その言葉に宿された」「自然を宿した言葉」などと物と言葉の直接結合という誤った言語認識を示している。それに関連して、実在する水を〈水〉と呼び、〈木〉とは呼ばなかった、と比喩的に語っているが、これは言葉の能記(シニフィアン)と所記(シニフィエ)との結びつきの恣意性に全く無理解であったことを物語る。

「ことば」は、また、つねに決して「もの」を手放さない。「もの」という下敷きの上につねに在り、「ことば」ひとりあるくごとききときも、つねに「ことば」は「もの」と一体として移動する(阿部)。

物の実態に触れ、大地に肌すり合わせるところから、いま一度やり直さなければならぬ。そして、そうした行為をとおして言葉の実を恢復していかねばならぬ(大串)。

この作品（注=川崎展宏の〈桑畑に春雪降りる揺れながら〉）の中に春雪（物）は、軽やかなリズムの舞いと静謐な時間の無限の中で、作家の重い呼吸を含みながら、まず言葉そのものの初めに帰り、趣味的な限定を加えられずに自由である（中）。

他方、川名大と同趣旨の見解を示したのは、「俳句評論」の金子晋と折笠美秋。金子晋は言語空間とそれ以前の世界は次元が異なること、物は言葉と直接結合するものではないことについて明晰な認識を示した。すなわち、俳句に向かう発想や姿勢は物や言葉から発想したり、それに拠ったりと様々だが、それは言語空間としての俳句の次元ではない。言語空間の次元には、物と言葉の二者や物と言葉を兼ね備えた言葉などあり得ない。言葉が水母や記号のように見えるなら、それは「言葉だけで考える」ためではなく、言語空間の次元で有機的な言葉の働きが得られなかったためだ、と。

川名大はソシュールのCours（『一般言語学講義』）における有名な言語記号の図示を援用し、言葉の外なる事物としての「樹」と、言葉〝樹〟とは次元を異にしているし、かつ言葉が指し示す言葉の外なる物と言葉とは間接的にもついに重なり得ないものである、と言葉と物の本質的な関係を前提に、言語芸術の表現は、そういう言葉の世界に身を据えて、言葉というものを含めて一切の物やものを言葉に収斂《しゆうれん》させて捉えていく表現行為だ、と敷衍して説いた。

「俳句研究年鑑'75」昭和四十九年十二月号の座談会「俳壇総展望」（阿部完市・飯島晴子・岡田日郎・折笠美秋・原裕・平井照敏、進行=高柳重信）では「物と言葉」論争に焦点が当てられ、各自の認識を披瀝して討議された。「作品以前の発想や作品の現実的裏付けなどは、書かれた作品に介入できない。一句は言葉として立つ、言葉だけで立つ世界だということです」（折笠）。「詩というものは始めから終りまで言葉で書くんだと教えられたという有名な挿話（注=ドガを啓蒙したマラルメの言葉）のとおりの次元で、いちばん初歩的で、かつは基本的な問題を、なぜか金子が踏みはずしてしまいながら、そのくせ如何にも意味あり気な物言いを始めたので、奇妙にもつれて来たのだと思う」（高柳）。「二つの面は、ああいう言語認識の基本的な誤り（注=金子の「物と言葉の二重構造」という認識）が、実は全俳句人口の平均的な居どころだという点で、有季定型論にしても花鳥諷詠論にしても、読むに耐えない質だというのも、それだからでしょう。それと、もう一面、なぜ、ああいった発想が金子兜太から出て、ああ書かれるに至ったかという面ですね。広く言えば現実とか、日常・肉体・主体という如何にも重く血が通ったふうな語彙を重用してきていますが、要するに現実的・直接的な俳句の有効性というものを信じ切っているわけで、あれは人間探求派とか社会性俳句などと同根の延長ですよ」（折笠）、などの主要な発言を経て、「川名さんに対して金子さんが出てらしたら、よかったんでしょう。出てくるべきだったんで――」（飯島）の発言で結語している。

後年、仁平勝は「物と言葉」論争を次のように総括した。

理論としては川名が正しく、金子の文章は、川名に「物と言葉を、具象と抽象へと横すべりさせる恐ろしく粗雑な思考」と言われても仕方ないものだった。これにたいし大石雄介から、「俳句研究」（昭和四十九年）八月号で、川名は金子の意図を正しく読んでいないとする反批判が出た。（略）

金子の言葉遣いは理論的ではないが、これを金子の俳句観として読めば、大石の弁護は当たっている。だから川名は、ことさら理論的な言葉を要求するのでなく、金子の意図を汲んだうえでその俳句観を批判すべきであった。川名は、さらに「俳句研究」（昭和四十九年）一一月号で再批判を試みるが、あくまでも原理的な言語認識を論じようとする姿勢は大石の論点と嚙み合わず、また金子自身からは反論がなく、論争はすれ違いに終わった（「物と言葉論争」『現代俳句ハンドブック』雄山閣、平7）。

金子兜太のような言語認識や発想の根っこには折笠美秋が指摘したように、写生や花鳥諷詠などにおける、自然界の風物を言葉で客観的に写し取ったり、再現するという素朴な言語再現説のドクサや、境涯俳句・人間探求派・社会性俳句などにおける、境涯や生き方や態度など言語空間以前の次元に力点を置く偏向があるだろう。「物と言葉」論争を通して「僕たちが何ものかを見、何ごとかを思うということも、実はその都度、言葉を見、言葉の中で見ているのであり、また言葉の中で考え思っているのだ」（高柳重信、座談会「俳壇総展望」-「俳句研究年鑑'74」昭48・12）との認識を俳壇は広く共有すべきだった。だが、必ずしもそうならなかったため、時をおいて「物と言葉の二重構造」が甦ったりする。

10　「季刊俳句」という場 ―埋もれた実力俳人を登用

「俳句研究」は気鋭の新人を発掘するために昭和四十八年、「五十句競作」を企画したが、同年十月、堀井春一郎責任編集の「季刊俳句」（中央書院、第3号から深夜叢書社）が創刊された。創刊号の「後記」で堀井は創刊の趣旨に触れて、次のように記す。

作家はあくまで個の作品をもって自立するこの（ママ）自明の理を改めて確認すれば派よりも個を優先することは当然である。しかもこのルールは総合誌において確立されていなければならない。従ってここに創刊する「季刊俳句」は作品が主体であり、俳壇の内部はもとより進んでペリフェラルな（注=周辺的な）作家にも出来る限り眼を配ることによって、いささかなりとも現代俳句の派に毒されぬ作家個の質的矜持を尊重してゆきたい。

この文言と、創刊号から第4号（終刊号）までの誌面とを勘案すると、堀井の意図は個としての実力俳人と、実力俳人でありながら正当に評価されない俳人を登用するとともに、昭和俳句史の中で埋もれた実力俳人を正当に復権させることにあっただろう。「俳句を中心とする文学芸術季刊誌」と謳《うた》っているように、須永朝彦の小説、吉岡実の詩、葛原妙子・山中智恵子らの短歌、五木寛之と塚本邦雄の対談なども加えて誌面を華やかにしている。各号の巻頭の〔わが五十句〕の俳人は加藤かけい・桂信子・鈴木六林男・平畑静塔。〔作品三十句〕の周辺的な（埋もれた）実力俳人は坂戸淳夫・清水径子・馬場駿吉・河原枇杷男・三好潤子など。〔作品二十句・十六句〕の周辺的な（埋もれた）実力俳人は渋谷道・大原テルカズ・津沢マサ子・寺田澄史・杉本雷造・中尾寿美子など。〔新しい作家〕（30句・20句）として和泉香津子・道上大作・三橋孝子・攝津幸彦・山崎十死生。他に火渡周平の十五句と寺山修司の十句の寄稿もあった。登用された俳人たちを眺めると「天狼」系が目につく。堀井自身が「天狼」の出自なので、おのずと「天狼系」が視野に入ってくるなりゆきだろう。
登用された俳人たちは実力俳人とはいえ、佳句が多いわけではない。その中で、圧巻は鈴木六林男の「王国」五十句（第3号）。「王国」については、すでに第3節の「いわゆる「戦後派」俳人たちの円熟」で言及したが、それは「円熟」などと呼ぶべきものではない。堺泉北石油化学コンビナートを対象化したアグレッシブなカウンター・カルチャーの俳句だ。「海であったところ―粗い国土の上に建設された石油化学コンビナート／そこには住民の干渉を拒否する聖域がある」を詞書きとし、

大口径鋼管の黒冬深まる
雪の昼ゲート暗部に青年いて
巨大となり極小となりパイプの冬
油槽《（ママ）》車の犯されている哀しい形

など、現代の機械文明に対峙する眼を曇らせない。他の俳人たちの佳句を挙げておこう。

数々のものに離れて額の花　赤尾兜子（1号）
水番の片手しばらく樹を叩く　桂　信子（2号）
凧《いかのぼり》なにもて死なんあがるべし　中村苑子（2号）

翁かの桃の遊びをせむと言ふ　〃（〃）
黄泉に来てまだ髪梳くは寂しけれ　〃（〃）
天と地の間《ま》にうすうすと口を開く　〃（〃）
葡萄摘むアダムの裔の腋露《あら》は　馬場駿吉（2号）

天《あめ》が下《した》に
秋《あき》きて
神《かみ》は
みな徒跣《はだし》　高柳重信（3号）

青水無月あれば肉揉み洗ふ　春日井建（3号）

目醒《めざ》め
がちなる
わが尽忠《じんちゆう》は
俳句《はいく》かな　高柳重信（4号）

秋風やひとさし指は誰の墓　寺山修司（4号）
入れ代るまくなぎの辺の快楽よ　松岡貞子（4号）

近現代俳句史から不当に埋もれてしまった俳人の復権としては、野村朱鱗洞句集『礼讃』の再録（第3号）、阿部青鞋・下村槐太・神生彩史・火渡周平・森川暁水・富澤赤黄男・三橋鷹女の代表句各十句を再録した「鬼のいる風景㈠　もう一つの俳句史」（堀井春一郎編、第3号）、内田暮情・渡邊白泉・片山桃史・渡辺保夫・藤後左右・斎藤玄の代表句各十句を再録した「鬼のいる風景㈡　もう一つの俳句史」（堀井春一郎編、第4号）、『鈴木しづ子全句集』の収録（第4号）など。対象俳人の人選も適切で、貴重な資料である。

　評論では橋本真理が「渡辺《ママ》白泉論」（創刊号）、「西東三鬼―海の喪失」（第2号）、「富澤赤黄男論」（第3号）と精力的に作家論を執筆。特に「渡辺《ママ》白泉論」は、まだ『白泉句集』（林檎屋、昭50）の刊行以前のもので、白泉没後にはじめて執筆された本格的な白泉論の力作であった。

V　眼高手低の時代、戦後世代の台頭　――昭和五十年代前半

1　眼高手低の時代　――「戦後派」俳人・中堅俳人と戦後世代俳人との断層

昭和五十年代前半の俳壇状況は、端的に言えば「眼高手低の時代」ということだ。すなわち、長い間、戦後俳句を牽引してきたいわゆる「戦後派」俳人たちも、それを継承、更新させるべき役割を果たさねばならない「中堅」俳人たちも、共に新たな俳句様式を展開するエネルギーを喪失し、既成の俳句様式になずみ、いわゆる「発句もどき」に安住するという「手低」。他方、昭和四十八年から始まった「俳句研究」の「五十句競作」から登場した戦後生まれを中心とした気鋭俳人たちが、俳句形式にかかわる本質的な問題に対して鋭い問題意識を向け、それを明晰な論理によって掘り下げる旺盛な批評活動を展開したという「眼高」。

「手低」に言及した顕著な例。

この対談のために「俳句」と「俳句研究」の年鑑の自選句を、ぼくたち同世代の作品を中心に書き抜いてきたけれど、（略）率直にいって迫力のある作品は一句もないね（高柳重信、「（金

子兜太との）対談・俳句にさぐるもの」－「俳句」昭52・11）。

具体的に自分の方法論を、いまの昭和生まれ俳人は持っていないんじゃないかと思うんです（阿部完市、座談会「俳壇総展望」－「俳句研究年鑑'79」昭53・12）。

もはや俳壇の衰弱は決定的な様相を示している。（略）戦後派の俳人たちも、それぞれの率いる結社の経営に力点をおきすぎて（いる）（高柳重信、座談会「俳壇総展望」－「俳句研究年鑑'80」昭54・12）。

戦後派俳人を含めて後続の俳人のうち、少なくとも何らかの問題意識を持ちつづけたいと希っている者でさえ、何をどうしたらいいいか、そのきっかけを摑みきれないでいる。いまは、そういう時代じゃないですか（三橋敏雄、座談会「俳壇総展望」－「俳句研究年鑑'80」昭54・12）。

次の世代は、この力不足の戦後派の俳人たちから影響や刺激を受けることになるので、（略）本来なら、そういうときは次の世代から鋭い批判が次々と生まれてくるはずなのですが、それも見られない（高柳重信、座談会「俳壇総展望」－「俳句研究年鑑'81」昭55・12）。

確かに、「俳句」と「俳句研究」の「年鑑」の「諸家自選句」を通覧しても、既成の表現様式になずんだものが多く、斬新な句は少ない。その背後には、指摘されるように、自分の方法論や問題意識の欠如、「戦後派」俳人への次の世代からの鋭い批判の欠如、「戦後派」俳人たちが主宰誌の経営に力を置くこと、そのため俳人たちが結社内にのみ関心を抱き、広く俳句表現史への眼が欠如すること、などがあるだろう。その意味では、この時代は加藤郁乎の辛辣な句に象徴される時代だった。

小火《ぼや》と云ふいはば現代俳句かな　（「俳句研究年鑑'79」、自選句）

春しぐれ十人とゐぬ詩人かな　（〃）

だが、一方、高柳は触れていないが、先に触れたように、「五十句競作」から登場した戦後生まれを中心とした俳人たち、彼らを結集した澤好摩らの同人誌「未定」や坪内稔典らの「現代俳句」の新鋭俳人たちからは、「戦後派」俳人や中堅俳人への鋭い批判が活発に行われていた。すなわち、

「眼高」に関する顕著な例。

（「俳句研究」の）一年分、一二冊の主なる評論を再読・三読しながら思ったことを端的に書けば、二・三〇代の人々の孕んでいる問題意識と大方の中堅・戦後派世代のそれとの落差ということであった。（略）それは年々隔たりを広げており、両者におけるまともなかたちでの議論の応酬は、もはや望みがたい気がしないでもない。（略）いまや、批評らしい批評を展開しているのは、この二・三〇代の俳人たちである（澤好摩、「評論展望1」－「俳句研究年鑑'80」昭54・12）。

澤は鋭い批評を展開した二・三十代の俳人として、坪内稔典・宇多喜代子・林桂・夏石番矢・米元元作らを挙げ、「とりわけ林桂に清新で明快な論理力と独自の視点がうかがえた」と記した。その他、澤好摩自身や金子晋らも鋭い批評を展開したのである。

鈴木さん（注＝鈴木六林男）をはじめとする還暦の年齢の俳人たちは（略）（新しい言語規範を成立させる）新しい共同性を切り開こうとするよりも、かつての共同性の遺産で食いつなごう

としている人が多い。（略）一つの時代が確かに終ったのだと思います（坪内稔典、「秋風の吹く日に」－「俳句研究」昭54・10）。

また、坪内は「三橋敏雄は、昭和十年代の俳壇と、まさに二度にわたって、きわめて出色の新人として登場した」（「編集後記」－「俳句研究」昭52・11）に異を唱え、次のように批判した。

　俳諧的技法、つまり俳諧の獲得している表現のレベルが、新興俳句などの近代といかに交差するか、そういう劇的な場に三橋の試みはあったのである。

　ところが三橋は、そういう試みの展開をすすめず、俳諧的技法をそれとして充足させようとした。『真神』とは、そういう結果である。三橋が近代を根底から問う試みを避けたとき、昭和四十年代の俳句状況は、三橋を再び、「出色の新人」として迎えたのであった（「俳諧的技法の行方」－「俳句研究」昭55・10）。

坪内は三橋敏雄だけに批評の矢を向けたのではなく、その批評の射程は「俳諧的技法」になずむ「戦後派」・中堅世代俳人たちの昭和五十年代前半の俳句状況に届いている。ただし、坪内の三橋への批判は性急でもあった。三橋は昭和五十五年前半に「俳諧的技法」を巧緻に駆使して郷愁的な世界になずんだ、

　ふるさとや多汗の乳母の名はお福　（昭55）

を作る一方、

手をあげて此世の友は来りけり　（昭53）

など、戦争という近代の闇への眼を失わなかったからである。その意味で三橋は渡邊白泉の詩的な志を継承している。

中堅世代の俳人たちの中にも、「戦後派」俳人や既成の俳句様式になずむ衰弱した俳壇状況への鋭い批評がないわけではなかった。

いつからか、俳人は、こまめに近距離のものをのみ撃つようになることであった。（略）近距離において、はやばやと安い魂を射てしまう空しさだけが目立つのである。小公園の狭い場の中で、さかんに撃ちあうから、命中率は高いだろう。命中弾を撃つことは、遠いものへの至近弾を撃つことよりも簡単なのである。（略）近代俳句史のなれの果ては、ひたすら〝命中〟を楽しむ射的の場だけがひらけているようであり、そういう〝名手〟だけが要請されているようである。（略）しかし（略）私にとって撃つべき魂とは、限りなく遠くにあり、限りなく大きくあるべきであった（安井浩司、「渇仰のはて」―「俳句評論」昭53・12）。

この「近距離で命中弾を撃つ」という比喩で、安井はどういう俳句を批判したのだろうか。それは、伝統回帰の風潮と共振して新たな俳句様式の創出への志もないまま、既成の俳句様式によってもっぱら日常的なモチーフを詠む俳句であろう。あるいは、女性俳人や俳句のカルチャー講座が賑わうようになった俳壇状況の中で、既成の俳句様式によって卑近な写生句、日常的な感懐句、卑俗な俳諧句や見立て句、予定調和の取り合わせ句などを競い合う安易な趨勢も射程内に入っているだろう。

坪内稔典の「俳諧的技法」と安井浩司の「近距離で命中弾を撃つ」というフレーズは批評用語として広く流通した。それは、昭和五十年代前半の衰退した俳壇状況を極めて的確に捉えていたからだろう。

2 俳句総合誌の好企画、奮闘

いわゆる「戦後派」俳人たちや、彼らの句業を継承、発展させるべき次の世代の中堅俳人たち（昭和世代）も、共に新たな表現に挑戦する志が稀薄で、共有化された既成の表現様式になずみがちであるというこの時代の一般的な傾向。その衰退した俳壇状況に直面して、俳壇を総合的にリードすべき俳句総合誌はそれをいたずらに嘆き、手を拱《こまぬ》いていたわけではない。否、むしろ、「俳句研究」編集長の高柳重信も「俳句」編集長鈴木豊一も、俳句表現の衰退状況を打開し、新風を競い合うような状況を生み出すべく、俳句史の検証や現俳壇の問題点の掘り下げなど様々な好企画を打ち出し、大いに奮闘したのである（昭和四十年代末期に商業誌として「俳句とエッセイ」「俳句公論」も創刊されていたが、エッセイ風やローカル的な傾向があった）。

昭和五十年から五十五年までの両誌の主な企画をいくつかに分類して、時系列で挙げておく。「俳句研究」は従来からの路線を引き継いで、毎号「特集」主義の企画を展開した。

一　年度別・座談会「俳壇総展望」―毎年十二月の「年鑑」号にて、高柳重信（進行）・阿部完市・飯島晴子・三橋敏雄らが各年度の話題・問題点に忌憚なく鋭く斬り込む。

二　世代別・作家論、作家研究

ア「戦後派」俳人が対象―金子兜太（昭50・5）、野澤節子（50・9）、能村登四郎（50・10）、桂信子（51・6）、鈴木六林男（51・9）、森澄雄（51・10）、草間時彦（52・7）、藤田湘子（52・9）、三橋敏雄（52・11）、赤尾兜子（53・3）、戦後派の近業（赤尾兜子から森澄雄まで二十五名、53・10）、榎本冬一郎研究（54・5）、岸田稚魚研究（54・9）、六人の還暦作家（大正八年生まれの金子兜太ら六名、54・10）、清崎敏郎研究（54・11）、加倉井秋を研究（55・6）、八人の還暦作家（大正九年生まれの飯田龍太ら八名、55・10）。

イ　中堅俳人が対象―中堅俳人診断（53・4）、阿部完市論・鷹羽狩行論（53・5）、飯島晴子論・鷲谷七菜子論（53・6）、福田甲子雄論（53・7）、河原枇杷男論（53・9）、友岡子郷論（54・2）、原裕論（54・3）、森田峠論（54・4）、中村苑子論（54・5）、宇佐美魚目論・広瀬直人論（54・6）、加藤郁乎論（54・7）、宮津昭彦論（54・8）、大岡頌司論（55・6）、福永耕二論（55・7）、加藤郁乎論・寺山修司論（55・8）。

ウ　旧世代俳人が対象―後藤夜半研究（52・3）、皆吉爽雨研究（52・5）、日野草城研究（52・6）、下村槐太研究（53・5）、平畑静塔研究（53・6）、神生彩史研究（53・9）、老大家の近業（54・1）、横山白虹研究（54・2）、岸風三楼研究（55・9）。

三　時代別・主要俳人論―昭和初期の俳壇（50・6）、昭和前期の俳壇Ⅰ（51・7）、昭和前期の俳壇Ⅱ（51・8）、大戦中の俳壇（52・10）、敗戦直後の俳壇Ⅰ（53・7）、敗戦直後の俳壇Ⅱ（53・8）、戦後十年目の俳壇Ⅰ（54・7）、戦後十年目の俳壇Ⅱ（54・8）、昭和三十年代の俳壇Ⅰ（55・7）、昭和三十年代の俳壇Ⅱ（55・8）。

四　句集論・作品批評―現代俳句の今日と明日（49年年鑑諸家自選句評、50・3）、現代俳句の再点検Ⅲ（50年年鑑諸家自選句評、51・2）、'77年鑑・自選作品批判（51年鑑諸家自選句評、52・2）、戦後俳句十句撰（52・8）、第五回五十句競作批評（53・1）、'78年鑑・諸家自選句批評（53・2）、第六回五十句競作を読む（54・1）、現代俳句の現状（53年年鑑諸家自選句評、54・3）、戦後の処女句集Ⅰ（55・1）、戦後の処女句集Ⅱ（55・2）、戦後の処女句集Ⅲ（55・3）、'80年鑑・諸家自選句批評（55・3）、戦後の処女句集Ⅳ（55・4）。

五　世代別・新作俳句特集

ア「戦後派」俳人の新作特集―新俳壇の眺望Ⅰ（50・1）、新俳壇の展望Ⅰ（中堅世代も含む、52・1）、新俳壇の展望Ⅲ（中堅世代も含む、52・3）。

イ　中堅世代俳人の新作特集―新俳壇の眺望Ⅱ（戦後生まれの俳人も含む、50・2）、新俳壇の眺望Ⅲ（50・3）、新俳壇の眺望Ⅳ（中堅女性俳人、50・4）、各誌の女流俳人（51・5）、新俳壇の展望Ⅳ（52・5）、新俳壇の展望Ⅴ（52・6）、新俳壇の中堅（旧作を含む自選十五句、53・1）。

ウ　戦後生まれの俳人の新作特集―第三回五十句競作（50・11）、第四回五十句競作（51・11）、新俳壇の展望Ⅱ（52・2）、戦後生まれの俳人（52・4）、第五回五十句競作（52・11）、五十句競作の新人（53・2）、第六回五十句競作（53・11）、五十句競作の新人（54・2）、第七回五十句競

作（54・11）、五十句競作の新人（55・2）、第八回五十句競作（55・11）。
六　有季定型・無季俳句・俳句の読みなどの諸問題をテーマにした評論―現代俳句の問題点（50・4）、有季定型とは何か（50・7）、無季俳句は不毛か（50・8）、現代俳句の再点検Ⅰ（50・11）、現代俳句の再点検Ⅱ（51・1）、現代俳句の再点検Ⅳ（51・4）、わが俳句詩論Ⅰ（52・1）、わが俳句詩論Ⅱ（52・3）、わが俳句詩論Ⅲ（52・4）、わが俳句詩論Ⅳ（52・5）、わが俳句詩論Ⅴ（52・6）、明日も俳句はあるか（53・11）、「軽み」論の総括（54・6）、俳句を読む行為Ⅰ（55・5）、俳句を読む行為Ⅱ（55・11）。

以上のように、高柳は通時的、共時的、そして世代別と様々な視点から作家論、作品論、新作、作品の読みなどの諸問題などに幅広く焦点を当てる企画を立てた。高柳の基本的な姿勢は、これらの企画によって顕在化した諸問題を資料として提示することで、俳人たち一人一人に諸問題を自分で考え、判断させてゆくことだった。具体的に分類、列挙した企画内容で気づくことは、作家論や作家研究の対象となった俳人は「戦後派」俳人と中堅俳人が中心であること。そして、その人選はいわゆる伝統派・革新派を問わず、個性的な俳句様式が見られる俳人が基準であった。これは党派的な人選が行われがちな俳壇の歪みを是正する意図があった。当時、飯田龍太・大岡信・高柳重信・吉岡実を編集委員とする立風書房の『現代俳句全集』（全6巻、昭52）、『鑑賞現代俳句全集』（全12巻、昭55）が企画、刊行されており、そこでの人選と多く重なっていた。高柳の飯田龍太の具眼への信頼が窺える。また、「五十句競作」の企画から登場した主として戦後生まれの気鋭の俳人たちの新作や批評を多く掲載したのも特色。これは論と作の両面での新風を若い世代に期待したあらわれである。前節「眼高手低の時代」でも触れたように、彼ら戦後生まれを中心とする気鋭俳人はいわゆる俳壇的な権威や既成の俳壇的な評価などを忖度することなく、鋭い問題意識を持ち、明晰な論理的思考力によって対象の核心に言及したのである。具体的に名を挙げれば、澤好摩・坪内稔典・林桂・夏石番矢・藤原月彦ら。中堅世代では竹中宏・金子晋・飯島晴子・宇多喜代子・高橋龍・酒井弘司・川名大らが、しばしば評論の筆を執った。

他方、「俳句」の主な企画。

一　対談・鼎談・座談会

「俳句」では多くの対談が企画され、その中には詩人・小説家・日本文学研究者などの対談も多い。たとえば、「東西の詩心」(小川環樹・川崎寿彦、50・3)、「批評の変遷」(谷沢永一・吉田凞生)など。これらは広く東西の文学や近代日本文学批評に触れたものだが、ここでは近現代の俳句を論じた主なものを挙げる。

座談会「現代俳句の問題」(草間時彦・香西照雄・沢木欣一・森澄雄、51・1)、座談会「俳句の哲学と方法」(安住敦・草間時彦・香西照雄・沢木欣一・森澄雄、51・10)、鼎談「俳句の古さ新しさ」(飯田龍太・金子兜太・森澄雄、52・1)、鼎談「定型の未来」(飯島耕一・佐佐木幸綱・藤田湘子、52・3)、鼎談「俳句の軽みと遊びと虚構と」(川崎展宏・森澄雄・山本健吉、52・5)、座談会「写生と非写実」(阿部完市・飯島晴子・原裕・矢島渚男、52・6)、対談「子規の文学」(三好行雄・山下一海、52・9)、対談「俳句にさぐるもの」(金子兜太・高柳重信、52・11)、鼎談「来し方行くえ」(富安風生・水原秋桜子・山口青邨、53・1)、鼎談「新しき流れをさぐる」(上田五千石・三橋敏雄・山田みづえ、53・4)、鼎談「詩と俳のあいだ」(大岡信・佐藤朔・山本健吉、53・5)、対談「俳句の詩的構造と表現法」(栗山理一・鷲谷七菜子、54・7)、鼎談「今日の俳句・明日の俳句」(飴山實・宇佐美魚目・川崎展宏、55・1)、座談会「作ること・選ぶこと」(大岡信・桂信子・岸田稚魚・清崎敏郎、55・2)、対談「蛇笏の文学と風土」(飯田龍太・上田三四二、55・4)、鼎談「新興俳句の展開」(平畑静塔・三橋敏雄・川名大、55・5)、シンポジウム「永田耕衣の世界」(司会=高柳重信、吉岡実・永田耕衣・三橋敏雄他、55・9)。

二　作家論・作品鑑賞

石田波郷(50・11)、角川源義追悼(51・2)、石川桂郎追悼(51・3)、相馬遷子追悼(51・4)、荻原井泉水追悼(51・8)、高野素十追悼(51・12)、秋元不死男追悼(52・10)、今年の秀句(52・12)、明治秀句鑑賞(53・4)、大正秀句鑑賞(53・5)、今年の秀句(53・12)、現代の俳人〈原裕・福永耕二〉(54・1)、現代の俳人〈上田五千石・岡井省二〉(54・2)、現代の俳人〈有馬朗人・加藤三七子〉(54・3)、現代の俳人〈岡田日郎・辻田克巳〉(54・4)、特集・高浜虚子(54・4)、現代の俳人〈大串章・河原枇杷男〉(54・5)、富安風生追悼(54・5)、現代の俳人〈磯貝碧蹄館・友岡子郷〉(54・6)、現代の俳人〈鍵和田秞子・杉本雷造〉(54・7)、現代の俳人〈青柳志解樹・山上樹実雄〉(54・8)、現代の俳人〈竹本健司・山崎ひさを〉(54・9)、現代の俳人〈中戸川朝人・矢島渚男〉(54・10)、現代の俳人〈宮岡計次・村田脩〉(54・11)、現代の俳人〈大峯あきら・河野多希女〉(54・12)、精鋭シリーズ〈伊藤通明・前田野生子〉(55・1)、〈朝倉和江・布川武男〉(55・2)、高浜年尾追悼(55・2)、精鋭シリーズ〈今瀬剛一・武田知子〉(55・3)、精鋭シリーズ〈新田祐久・山本洋子〉(55・5)、精鋭シリーズ〈柴田東子・関戸靖子〉(55・6)、精鋭シリーズ〈手塚美佐・山口速〉（55・7）、斎藤玄追悼（55・8）、阿部みどり女追悼（55・12）。
三　俳句史・俳壇史
昭和俳句五十年―忘れ得ぬ秀句（50・12）、大正俳句（51・11）、昭和二十年代（52・5）、四S前後（55・2）、新興俳句吟味（55・5）、ホトトギスの歩み（55・7）。
四　作品特集
自選五十人集（主に中堅俳人で旧作を含む、51・6）、新鋭五十人集（主に中堅俳人、51・12）、現代の女流（「戦後派」俳人と中堅俳人、52・8）、現代の女流百人集（旧世代・「戦後派」・中堅俳人、54・8）、結社賞受賞作家（55・3）、女流新鋭作品（中堅俳人と戦後生まれ俳人、55・8）。
五　定型・俳句性・虚構などの諸問題をテーマにした評論
現代俳句と余情（50・3）、俳句性について（50・7）、秀句の条件（50・8）、現代俳句と座（50・9）、俳句の曖昧について（50・10）、連句と現代俳句（51・9）、定型の魅力（51・10）、俳句の未来（52・3）、青春俳句（52・7）、俳句と俳諧（52・11）、批評と鑑賞（53・3）、近代の俳論（53・11）、俳句と虚構（54・9）。

「俳句」の企画を「俳句研究」の企画と比べると、いくつかの顕著な違いが浮上する。まず、「俳句研究」は世代別（「戦後派」・中堅・戦後生まれ）の新作作品の特集を繰り返し企画したが、「俳句」は新作作品の特集が極めて少ないこと。中堅俳人を中心とする新作特集は数回あるものの、「戦後派」俳人を対象としたそれは皆無。これは「戦後派」俳人たちを疎外したわけではない。「戦後派」俳人および中堅俳人の新作は、特集という企画ではなく、毎号巻頭に三十句ないし二十句掲載したのである。

次に、「俳句研究」は毎年、十二月の「年鑑」号の座談会で俳壇の総展望を企画したのに対し、「俳句」では毎年、継続的に座談会（対談・鼎談を含む）を企画し、現代俳句の諸問題に焦点を当てたこと。この座談会に出席した俳人はほとんど「戦後派」俳人であり、全体として「俳句」の誌面は「戦後派」俳人疎外どころか、彼らを中心に回ったのである。

さらに、「俳句研究」では主に「戦後派」俳人と中堅俳人を対象とした作家論・作家研究が世代別に、継続的に数多く特集されたのに対し、「俳句」では「戦後派」俳人を対象とした特集は皆無であり（特集ではない作家論はあったが）、中堅俳人を対象とした俳人特集として「現代の俳人」（昭54・1～12）、「精鋭シリーズ」（昭55・1～7）が二年間、毎号特集された。

戦後生まれの俳人を中心とした若い世代について言えば、「俳句研究」では「五十句競作」で登場した気鋭の若手俳人たちを論と作両面で積極的に起用することで、彼らの新風と鋭い舌鋒とにより誌面を活気づかせた。他方、「俳句」では戦後生まれの俳人の起用は極めて少なく、「女流新鋭作品」（昭55・8）での金田咲子・仁藤さくらら十名の作品の掲載と、「新鋭五十人集」（昭51・12）で例外的に藤原月彦が登載されたことにとどまった。この背景には、「俳句研究」が「五十句競作」の企画で発掘した戦後生まれの新鋭を「俳句」でも起用することへの遠慮や躊躇があったであろう。ともあれ、「俳句」の誌面に彼らの新風と、新風を求める鋭い批評が見られなかったのは惜しまれる。

ちなみに、「俳句」誌上における戦後生まれの俳人たちとその新風は意外なところから現れた。

それは昭和五十五年度の第26回角川俳句賞決定発表（「俳句」昭55・10）においてだった。前年度までの選考委員（沢木欣一・森澄雄ら五名）を一新して、新たに飯田龍太・大岡信・桂信子ら五名が選考委員となった。すでに触れたように、飯田龍太と大岡信は立風書房の『現代俳句全集』（全6巻、昭52）などの編集委員であり、その具眼に対して若い世代の新人たちは大いに信頼を寄せていた。そのため、「俳句研究」の「五十句競作」と同様、戦後生まれの新人など若い世代が多く応募した。応募総数は前年よりも百六十篇も多く、五百九十一篇に上った。その結果、年輩の女性俳人攝津よしこ（攝津幸彦の母）・後藤綾子が受賞。

葉桜の寺に大きな靴すべり　　攝津よしこ
うんもすんも言はぬ鵜匠の子を生せり　　後藤綾子

などの佳句があった。受賞は逃がしたが、戦後生まれの藤原月彦（昭27）・長谷川櫂（昭29）・和田耕三郎（昭29）・田中裕明（昭34）の四名が最終候補に上った。そこには、

踏み荒らす頭韻ランボー生誕祭　　藤原月彦
押し殺す指紋無限の聖五月　　〃
仏蘭西も秋か人声する階下　　〃

など、戦後生まれの新鋭にふさわしいバタくささと唯美主義的傾向を押し出した新鮮な句も見られた。

そして、この時代の俳壇の歪みを象徴する顕著な特徴は、「俳句」においては中堅俳人を中心とする作家特集や作品特集をはじめとして、俳句の諸問題などをテーマにした評論など多くの企画を通して、作家論や作品特集の対象となる俳人と作家論や評論を執筆する俳人が、共に俳人協会所属のいわゆる伝統派に偏っていることである。たとえば、中堅俳人特集「現代の俳人」では二十四名中、革新派は河原枇杷男・杉本雷造・竹本健司の三名だけ。中堅俳人を中心とする作品特集でも、女性俳人特集を含めて多くは伝統派の俳人である。

こういう俳人起用における党派的なバイアスの背景には、昭和三十六年の現代俳句協会分裂に端を発する「現代俳句協会」と「俳人協会」の対立という俳壇の断層、それに連動して「俳句研究」と「俳句」とに両協会の俳人たちの棲み分けが進行するという俳壇ジャーナリズムの歪みが四十年代に入ってますます深まった、という事情があった。それを物語る昭和四十年代後半の草間時彦をめぐる一挿話はすでに触れた。五十年代に入っても、両協会の対立や俳壇ジャーナリズムの偏向、歪みが解消されない状況下で、「俳句」の編集長鈴木豊一は「俳人協会」とのかかわりで様々な制約はあったであろうが、現代俳句が獲得した俳句表現のレベルを発展させるための良心的で総合的な企画を打ち出して、大いに奮闘したのである。

その主な成果を上げれば、対談や座談会などでは、表現方法に言及した「写生と非写実」(阿部完市・飯島晴子・原裕・矢島渚男)、俳句の近代と反近代という二面性に言及した対談「子規の文学」(三好行雄・山下一海)、俳句の読みの問題を厳しく論じ合った対談「俳句にさぐるもの」(金子兜太・高柳重信)、新興俳句の方法的な展開や評価など諸問題に言及した鼎談「新興俳句の展開」

（平畑静塔・三橋敏雄・川名大）、虚実を融合した独特の世界を確立した永田耕衣を論じ合ったシンポジウム「永田耕衣の世界」（高柳重信・吉岡実・三橋敏雄ら）など。出席者に関してはいわゆる伝統派だけに偏ることなく、非写実的な表現方法で新風を展開する阿部完市や飯島晴子をはじめとして、金子兜太・高柳重信・三橋敏雄・川名大らや、大岡信・三好行雄・山下一海ら詩人、日本文学研究者なども含めて、座談会のテーマにふさわしい適切な人選が行われた。

俳句史や俳壇史に関しては、大正俳句・四S前後・新興俳句・昭和二十年代など俳句史の大きな節目に焦点を当てた検証。テーマ別の評論では、俳句性・定型・俳句と俳諧・虚構など、俳句の本質・固有性・批評と鑑賞・表現方法といった主要な問題を掘り下げた企画。これらの論考に関しても、執筆者はいわゆる伝統派だけに偏ることなく、森田蘭・飯島晴子・金子晋・三好行雄・阿部完市・坪内稔典など、それぞれのテーマにふさわしい研究者や気鋭の俳人たちを起用したのである。

鈴木編集長が行った数々の良心的な企画の中で、俳句史上、とりわけ資料的な価値が高い企画は、臨時増刊としての『飯田龍太読本』（昭53・10）、『森澄雄読本』（昭54・4）、『加藤楸邨読本』（昭54・10）、『西東三鬼読本』（昭55・4）、『中村草田男読本』（昭55・10）の企画・刊行であった。俳句総合誌は俳句界の公器という理念を実現すべく良心的な編集に邁進した鈴木豊一について、ライバル誌「俳句研究」の編集長高柳重信は、俳壇の歪みや「俳句」編集の歪みを少しでも修正しようとして誠実で多大な努力を重ねた人物として賞賛し、「精神の剛直さがあってのことだと思う」（座談会「俳壇総展望」―「俳句研究年鑑'81」昭55・12）と述べた。俳句総合誌の編集の歴史を振り返ってみれば、昭和十年代の「俳句研究」（改造社）の山本健吉、二十年代の「現代俳句」の石田波郷などが高く評価されるが、四十年代から五十年代にかけては「俳句研究」の高柳重信と「俳句」の鈴木豊一がその歴史に名を刻んだと言えよう。

ちなみに、鈴木は昭和五十五年八月号をもって「俳句」編集長を辞し、短歌総合誌「短歌」（角川書店）の編集長に転出したが、その後も臨時増刊の「読本」シリーズは継続して企画、刊行した。

3　旧世代（明治世代）俳人の晩年作品

昭和五十年代前半の俳壇は、新風を打ち出すエネルギーが稀薄で衰弱した時代だと言われたが、作品の具体的な実体はどうだったのか。毎年、「俳句」および「俳句研究」の「年鑑」号（十二月）に掲載される「諸家自選句」（各五句）と、両誌に毎月掲載される作品を主な資料として、世代別に展望してみよう。

まず、旧世代（主に明治生まれで、昭和十年代までに俳壇に登場した世代）から。この世代は四十年代に渡邊白泉・石田波郷・三橋鷹女ら独自の際立った作風を確立した俳人を失った後、五十年代前半には石川桂郎・荻原井泉水・後藤夜半・高野素十・秋元不死男・三谷昭・富安風生・高浜年尾・斎藤玄・阿部みどり女らを次々と失った。

初空や自在に動く首があり　三谷　昭（昭50）
日本語をはなれて蝶のハヒフヘホ　加藤楸邨（〃）
蝶ひとつ人馬は消えてしまひけり　高屋窓秋（〃）
還らざる歩や男根や素炎天　秋元不死男（〃）
霜日和腹を出てくる糞《まり》法師　〃（昭52）
春惜しむ白鳥《スワン》の如き溲瓶持ち　〃（〃）
ねたきりのわがつかみたし銀河の尾　〃（〃）
たましひの繭となるまで吹雪けり　斎藤　玄（〃）
癒ゆる日のために見ておく夏大空　〃（昭55）
白魚をすすりそこねて死ぬことなし　〃（〃）
死が見ゆるとはなにごとぞ花山椒　〃（〃）
コーヒー店永遠に在り秋の雨　永田耕衣（昭50）
長生や口の中まで青薄　〃（昭54）
薄氷と遊んで居れば肉体なる　〃（昭55）
風の日も股をひらきて女郎蜘蛛　阿波野青畝（昭52）
馬虻はわりなき馬子を螫しにけり　〃（〃）
南都いまなむかんなむかん余寒なり　〃（昭55）

歳首より懺悔懺悔と呼ぶ声す　相生垣瓜人（昭51）
木も責めず鬼をも打たず卑怯なり　〃（〃）
億万の蟻の一つが今蟄せり　〃（〃）
坐る余地まだ涅槃図の中にあり　平畑静塔（〃）
げんげ野を行くバス車体丸出しに　右城暮石（昭52）
ストーブを消せと遺影に咎めらる　〃（昭53）
夏風邪を引き色町を通りけり　橋　閒石（昭54）
赤貝のちぢむを鮨に握りくれ　京極杞陽（昭55）
露の世の間に合はざりしことばかり　星野立子（〃）

五年間の成果としては句数も作者も少ないとも言えよう。また、既成の表現様式を更新する斬新な新風もほとんど見られないとも言える。だが、俳句史が物語るように、新風が続出するのは俳壇全体に新風に挑戦するエネルギーが溢れている変革期だ。この時代はそれとは真逆。その上、高齢の旧世代の俳人たちに新風を多く求めるのは酷であろう。とは言え、これらの句にはこの時代に流行した措辞の不備による、いわゆる「朦朧体」は全く見られない。俳人としての長年の経験から身につけた適切な措辞と様々な効果的な修辞、言葉と言葉との効果的な距離や交感を十分に考慮して書き切った佳句・秀句である。

全体的に見られる共通した特徴は俳意が生き生きと表れていることである。それは、この時代に俳諧への関心が高まり、軽みや虚に遊ぶ風狂などが盛んに論議され、そうした傾向の句がもてはやされたりしたこととは、直接的に関係がないだろう。そういう外発的なものではなく、俳句の根幹は俳意の確かさを打ち出すことにあり、とつかみ取った内発的なものに由来するだろう。俳意を打ち出す発想や修辞は一様ではない。「歳首」と「懺悔」、「白鳥《スワン》」と「溲瓶」、「げんげ野」と「丸出しのバス車体」など、いわば聖と俗の配合。「男根」や「糞《まり》」など、露悪的な語の投入。立て込む「涅槃図」に「坐る余地」を発見。亡妻の「遺影」に咎められる怠惰なやもめ暮らし。「夏風邪」の身にて「色町」を通る。「南都いま」では東大寺二月堂の修二会を祈りの言葉の繰返しや交感など韻律によって表出。

秋元不死男と斎藤玄に佳句が多いのは、やはり限られた自らの生を意識して心が内向したことが根底にあるだろう。物によって心を表そうとした不死男の俳意にはペーソスが滲み出ているのが特色である。他方、斎藤玄の句には死と直接向き合った精神的な凝縮度が高い。永田耕衣は「長生」の喩えとして「口の中まで青薄」という超絶的な交感をもたらすイメージを創出するなど、その詩的想像力の射程は類を見ない。旧世代俳人の成果としては列挙した佳句の中で、自己更新の視点から成果を代表する秀句として、

長生や口の中まで青薄　　永田耕衣
南都いまなむかんなむかん余寒なり　　阿波野青畝

を挙げておきたい。

4　「戦後派」俳人の作品の成果

すでに言及してきたように、昭和四十年代中ごろから次々と主宰誌を創刊していった「戦後派」俳人たちが、自己の新たな創作に挑戦するよりも、主宰誌の経営に力を注ぎがちであることが指摘された。また、昭和四十年代に新たな新人として俳壇に登場し、その抜群の修辞力によって大いに注目された三橋敏雄に対して、近代に向き合うことを回避した「俳諧的技法」（坪内稔典）として気鋭の若手俳人から批判されたことにも触れた。

他にも中堅世代俳人や戦後生まれを中心とする気鋭の俳人から「戦後派」俳人への厳しい批判がなされた。その主なものを挙げれば、

過日、ある人と話をしていたところ、その人が、三橋敏雄の旧作、

太陽のあがれる春を惜しみけり　　三橋敏雄

に痛く感心しているような発言をした。（略）右の一句は、夾雑物を出来うる限り排斥した文字通り純粋な世界が書かれており、詩言語としても透徹した微動だにしない空間を形づくっている。私は、この句における日本語としての美事さを十分認めながらも、しかし、このような透明さにまで昇華されてしまうことに、何がしかのこだわりを持たないではいられなかった。

（略）私は、むしろ、三橋敏雄が右の一句であざやかに切り棄ててしまった、あるいは、最初から作品への契機を持たなかった夾雑物と思われるもののひとつに、私は私の詩＝俳句の契機を見ていると言ってもよい。（略）私には、人間の生の根源にあるおぞましきアンティウムな感情と表現へと駆りたててやまないオブセッションが、かなり稀薄に感じられたということである（澤好摩、「二重の疎外の中で―現代俳句の現状」―「俳句研究」昭54・3）。

澤の批評の基準、根拠は坪内稔典の「俳諧的技法」のそれと重なっている。それは一般化すれば、美酒という不易にとどまるのではなく、それを更新する新しさという流行がなければ納得しがたい、という批評の基準である。歴史を遡れば、昭和三十年代末期に、飴山實が金子兜太らの展開した「戦後俳句」を不易の批評基準だけで切って捨てたが、澤や坪内の批評基準は、不易にだけ準拠する飴山流のそれを拒絶するものである。ちなみに、昭和五十年代の飴山には次のような発言があった。

普通には秋桜子以降の昭和俳句は固陋な「ホトトギス」の俳句から離れて、飛翔して、そして進歩してきたのだというようなつかまえ方があるけれども、そうじゃなくて、あすこから俳句は本筋から離れてヘボ筋に入ってきたと見るわけです（座談会「今日の俳句・明日の俳句」―「俳句」昭55・1）。

これは昭和三十年代末期の「戦後俳句」否定論（金子兜太らの戦後俳句を否定）と同じ視点・評価軸に拠るもの。不易に準拠し、昭和俳句が展開してきた俳句様式の更新という新しさを排除した偏向。これに対して、澤好摩は、飴山説は秋桜子から人間探求派への流れと、新興俳句の流れという両者の本質的な違いを一緒くたにした雑駁な論だと批判した（「評論展望２」―「俳句研究年鑑'81」昭55・12）。

飴山は次のようにも言う。

自分の作る五七五というものには脇があってもいいのだということ。古典がそうだったからというだけでなく、五七五という形はそういうものだ。それを、五七五で世界を完成してしまうという現代俳句の考えは、秋桜子から始まった昭和俳句のヘボ筋で一層明確になった考えだと思うんだ（座談会「今日の俳句・明日の俳句」既出）。

山本健吉は俳句は切り捨てた七七を内在させなければならない不安定な形式だと言ったが、飴山の俳句観も山本の俳句観に影響を受けたと思われ、俳句＝発句という認識による発句返りだ。それは発句返りを否定して、一句独立の言語空間として表現史を更新していこうとする俳句観と鋭く対立する。酒井弘司は飴山の俳句観を、

ここにも、七〇年代からつづいてきた古典俳句への指向を鮮明にみることができるが、いま、わたしたちにとって重要なことは、発句ではなく俳句を書く、という視点を明確にすることである（「いま問われていること」―「俳句研究」昭55・4）。

と批判。

俳句と発句の違いを俳句作品の享受の場という視点から極めて明晰に論じたのは、戦後生まれの新鋭林桂である。

俳句と発句の違いは、一句それ自身で完結体として見定めるか、俳諧（連句）という構造体

> の一部として見定めるかによる（略）（発句では）一つの発句を読むことは、次を書く展開の前提であった（略）そこでは〈書く〉ということが、〈読む〉ということをも含めて、個人では終り得なかったし、またそれを前提に成立している場である。言うまでもなく現代俳句に於いて、既にそういう場はない（略）一方、〈俳句〉の享受とは、そうした〈書く〉こと、書き加え得るということを前提にした享受ではありえない。読む個人の享受として終るものであることを前提にして成立している（略）〈発句〉へ先祖帰《（ママ）》りする契機は、今日あるいは今日以後あり得ない（「俳句作品享受の場について」―「未定」第2号、昭54・3）。

これは俳句を選択した限り、発句への先祖返りはあり得ないという明晰で論理的な認識であり、飴山實をはじめとする発句返りの認識やそれに拠る実作を志向する俳人たちへの明晰で論理的な否定の論拠となっている。

昭和五十四年から五十五年にかけて、「戦後派」の中核を担った俳人たちが次々と還暦を迎えた。「俳句研究」（昭54・10）の「六人の還暦作家」特集では、石原八束・金子兜太・佐藤鬼房・沢木欣一・鈴木六林男・森澄雄が採り上げられ、翌年十月号の「八人の還暦作家」特集では、伊丹三樹彦・飯田龍太・上村占魚・草間時彦・津田清子・野澤節子・古舘曹人・三橋敏雄が採り上げられた。前者の特集について酒井弘司は、

> （発句性への依存度を強めてきたことについて）その先導的な役割を、成熟ということとともに〝老い〟が目立ちはじめた還暦をむかえた戦争体験世代がおこなっていることを、ここでは指摘しておきたい。そのもっとも顕著な例を森澄雄の最近の句から見ることができよう。（略）

いま還暦俳人の句の〝老い〟を眼前にしながら、「新しい共同性」（注＝既成の共同性に対して坪内稔典が説いた批評語）への胎動とそれを担う次の世代が明瞭に見えてこないところに、今日の俳句の危機的様相がある（「一つの時代の終焉」―「俳句研究」昭55・1）。

と評した。同様の指摘は、視点を変えて林桂にもあった。

先進の還暦の季節を、自らの時代へ繰りつなぐ契機とする（次世代の）自恃の存在がないのであってみれば、彼等の「長期にわたった権威の座からの引退」などありえないのである（「佐藤鬼房論」―「俳句研究」昭54・10）。

すでに言及したことだが、坪内稔典が三橋敏雄の『真神』の作風を「俳諧的技法」と批判したのは「八人の還暦作家」特集（既出）においてであった。そこで、坪内は三橋だけでなく永田耕衣・加藤郁乎らの俳人も「ひとしく俳諧的技法になじんでいる」と批判したのであった。

このように「戦後派」俳人たちが新風への挑戦の意欲を喪失していることに対して批判が浴びせられる状況下、彼らの実作の成果はどうだったのか。

急ぐなかれ月谷蟆《たにぐく》に冴えはじむ　赤尾兜子（昭50）
俳句思えば泪《なみだ》わき出づ朝の李花　〃（〃）
大雷雨鬱王と会うあさの夢　〃（〃）
赤土のなゐの国また揺らぐなり　三橋敏雄（昭50）
またの夜を東京赤く赤くなる　〃（〃）

はつなつのひとさしゆびをもちゐんか　〃（昭51）

手をあげて此世の友は来りけり　〃（昭53）

暗闇を殴りつつ行く五月かな　〃（昭54）

ふるさとや多汗の乳母の名はお福　〃（昭55）

山吹の黄を挾みゐる障子かな　波多野爽波（昭52）

掛稲のすぐそこにある湯呑かな　〃（昭56）

ひとりいる時はよく見え山眠る　鈴木六林男（昭51）

大暗黒猟犬として外に寝る　〃（昭52）

国老いたり個々のものとして梅雨の傘　〃（昭55）

にはとりの黄のこゑたまる神無月　飯田龍太（昭51）

河豚食うて仏陀の巨体見にゆかん　〃（昭54）

良夜かな赤子の寝息麩のごとく　〃（昭55）

まつすぐに火種の少女雨をくる　林田紀音夫（昭51）

戦死者の沖からの波足濡らす　〃（昭52）

声なくて棒高跳の昏れのこる　〃（昭55）

鴟に陰ありやと覗く西日の人　金子兜太（昭50）

梅咲いて庭中に青鮫が来ている　〃（昭53）

大紅梅人間二人肉重さね　〃（昭54）

目醒《めざ》め
がちなる
わが尽忠《じんちゆう》は
俳句《はいく》かな　高柳重信（昭50）

松島《まつしま》を
逃《に》げる
重《おも》たい
鸚鵡《あうむ》かな　〃（昭51）

夜《よ》をこめて
哭《な》く
言霊《ことだま》の
金剛《こんがう》よ　〃（昭53）

みづうみに鰲《がう》を釣るゆめ秋昼寝　森　澄雄（昭50）
若狭には仏多くて蒸鰈　〃（〃）
飛騨の夜を大きくしたる牛蛙　〃（〃）
玄室の無明に蜱跳ねてとぶ　津田清子（昭50）

生家なる生れ生れの赤き蛇　細見綾子（昭52）
痒ゆさうに野川流るる麦の秋　清崎敏郎（〃）
野の果をずいと見渡す更衣　桂　信子（昭53）
揚羽より速し吉野の女学生　藤田湘子（昭52）
うすらひは深山へかへる花のごと　〃（昭53）
鼠蹊腺とはいづこならむと裸押す　田川飛旅子（昭55）

これらの佳句を眺めての全体的な印象は、自己更新による新風は見られないが、それぞれが確立した文体によって、他と紛れることのない世界を創り出しているということである。その意味では、「戦後派」俳人たちは衰えたというよりは、個々がすでに獲得した修辞や様式を維持して、何とか踏みとどまっているというのが適切であろう。

個々の特徴・独自性といったものをいくつか挙げれば、三橋敏雄は「はつなつの」「ふるさとや」の句などで「俳諧的技法」による豊かな俳意を打ち出す一方、「手をあげて」の句では戦友への鎮魂の思いを忘れない。波多野爽波は写生による狙いすましたアングルにより闊達な俳意を打ち出す。鈴木六林男は「国老いたり」と国家にこだわり、林田紀音夫は「戦死者の沖からの波」と戦死者や死に執する。「鳰に陰ありやと覗く」という一種露悪的な着眼は、いかにも金子兜太らしい。「わが尽忠《じんちゆう》は俳句《はいく》」「夜《よ》をこめて哭《な》く言霊《ことだま》」への深い思い入れは、いかにも高柳重信だ。「にはとりの黄のこゑたまる」という鋭敏な感覚的把握や、〈河豚食うて仏陀の巨体見にゆかん〉という強直、剛胆さは飯田龍太のものだ。「野の果をずいと見渡す」は胆力のある桂信子にふさわしい。だが、そういう個々の独自性の維持の中に、全体的な傾向として、坪内稔典が指摘した「俳諧的技法」や俳意への傾斜が見られることも見逃すべきではない。たとえば、鈴木六林男には〈ひとりいる時はよく見え山眠る〉があり、林田紀音夫には〈声なくて棒高跳の昏れのこる〉がある。酒井弘司が指摘したように、森澄雄には発句性への依存度が顕著だ。伝統回帰が言われた赤尾兜子は季語を十分に生かした佳句が見られるが、昭和五十一年以後はそれが見られない。

この時代に「戦後派」俳人として佳句を多く詠んだという観点で言えば、まず三橋敏雄に指を屈するだろう。

5　中堅俳人の作品の成果 ―脱イデオロギーの内向的傾向の拡がり

前節で引用し、指摘したように、中堅世代の俳人たちに対しては酒井弘司や林桂などから、「戦後派」俳人たちを継ぐ「次の世代が明瞭に見えてこないところに、今日の俳句の危機的様相がある」（酒井弘司）、今日の還暦作家（「戦後派」の中核俳人）を自らの時代へ繰りつなぐ契機とする「（次世代の）自恃の存在がない」（林桂）という評がなされていた。その一方で、総合俳誌「俳句」や「俳句研究」などにおいて、論と作の両面で最も多く登用され、優遇されたのは中堅世代であった。俳壇ジャーナリズムからは、「戦後派」を継いで論と作両面で俳壇や俳句を牽引し、進展させることを期待されたのである。

すでに第2節「俳句総合誌の好企画、奮闘」で具体的に触れたように、中堅世代を対象とした作品や作家論の特集では、たとえば「俳句」では、「作品特集・自選五十人集」（昭51・6）、「新鋭五十人集」（昭51・12）、「特集・現代の俳人」（昭54・1〜12）、「精鋭シリーズ」（昭55・1〜7）などがあった。しかし、ここに登用された中堅世代の俳人たちの多くは、新風へ挑戦する意欲も稀薄な上に、修辞的熟達度も十分でなかったので、新風はおろか佳句もほとんど遺せなかった。

他方、「俳句研究」では、たとえば「新俳壇の眺望Ⅱ・Ⅲ・Ⅳ」（昭50・2〜4）、「新俳壇の展望Ⅰ・Ⅲ・Ⅳ・Ⅴ」（昭52・1、3、5、6）、「新俳壇の中堅」（昭53・1）、など、中堅俳人の作品特集をはじめ、中堅俳人たちの作品はしばしば掲載された。それらの中には新風や佳句がなかったわけではないが、掲載された多くの作品の割にはそうした句は少なかった。中堅世代は作品面において俳壇ジャーナリズムの期待に十分に応えることはできなかったのである。

その上、中堅世代は批評面においても、明晰な論理展開と問題意識の鋭さの点において、戦後生まれを中心とする気鋭の若手俳人たちの後塵を拝さねばならなかったというのが実状であった。

互いに個性をぶつけ合うようにして俳壇に進出してきた「戦後派」俳人たちと比べると、線が細く、なんとなく影が薄いのが中堅世代だが、彼らの作品の成果を見てみよう。

野遊びのふたりは雨の裔ならん　河原枇杷男（昭50）
月天心家のなかまで真葛原　〃（昭51）
我をおもへる葛の一葉も闇ならん　〃（〃）
蟬とめて木は鬱鬱と走るかな　〃（昭52）
まぐはひや鬼百合蜜を噴く真昼　柴田東子（昭50）
磔刑以後錆噴きたがる鉄の釘　〃（昭51）
金環に耳たぶ噛ますミモザの夜　〃（昭54）
蝶墜ちて韃靼の海荒揉めり　〃（昭55）
百合鷗少年をさし出しにゆく　飯島晴子（昭51）
蜆汁深空のなかはさだまらず　〃（〃）
箱庭の草心外にそよぎをり　〃（昭52）
逝く年のやさしきものに肉襦袢　〃（昭55）
級長のまんと紅梅にひつかかる　阿部完市（昭53）
沙河にゆきたし六月私は小馬　〃（昭55）
長江大吉大船は夏野菜のせて　〃（〃）
小火《ぼや》と云ふいはば現代俳句かな　加藤郁乎（昭53）
春しぐれ十人とゐぬ詩人かな　〃（〃）
天命は詩に老いてけり秋の暮　〃（昭55）

八月の荒野を愛し子を抱かず　津沢マサ子（昭50）

泣きながら責めたる母の荒野かな　〃（〃）

灰色の象のかたちを見にゆかむ　〃（〃）

死後の景すこし見えくる花八ツ手　中尾寿美子（〃）

木に垂れて縄あやまちて芽咲くなよ　〃（昭51）

八月や水に映らん映らんと　〃（昭55）

ジュネ訳す春蚊の尻にわが血満ち　馬場駿吉（昭52）

少女微熱幽閉の蝶天上に　〃（〃）

紅梅や枝枝は空奪ひあひ　鷹羽狩行（昭50）

蛇よりも殺《あや》めし棒の迅《と》く流れ　〃（昭51）

死後の春先づ長箸がゆき交ひて　中村苑子（昭50）

木の梢に父きて怺へ怺へし春　〃（〃）

鶏頭を毛ものの如く引ずり来《く》　川崎展宏（昭51）

黒鯛をだまつてつくる秋の暮　〃（昭55）

姫はじめ闇美しといひにけり　矢島渚男（昭53）

あゝと言ひて吾を生みしか大寒に　〃（昭55）

法隆寺白雨やみたる雫かな　飴山實（昭51）

比良ばかり雪をのせたり初諸子　〃（昭53）

秋風やひとさし指は誰の墓　寺山修司（昭50）
雁ゆきてしばらく山河ただよふも　上田五千石（〃）
春はまぶしやふぐりある馬を見し　中山純子（昭51）
冬麗の死ぬとき見せる喉ちんこ　杉本雷造（〃）
夢《ぼう》夢《ぼう》と湯舟も北へ行く舟か　折笠美秋（〃）
かげろうや肝胆ふかき猫と居る　和田悟朗（〃）
中洲にて昼は汝も螺ならむ　寺田澄史（〃）
葱伏せてその夜大きな月の暈　広瀬直人（昭52）
鬼蓮のおもふところに櫂とどく　松岡貞子（〃）
おん肘のしとねはづれし寝釈迦かな　阿部慧月（〃）
麦秋の厠ひらけばみなおみな　安井浩司（〃）
新宿ははるかなる墓碑鳥渡る　福永耕二（昭53）
町中に馬も絶えたる旗日かな　太田紫苑（昭54）
悪霊と渡りて橋は恙なし　みうらきの（〃）
春昼の砂利踏みてもう妊らぬ　辻田克巳（〃）
蝶よりも短き舌をみせあいぬ　尾利出静一（昭55）
滑莧これしきの身のおきどころ　清水径子（昭54）
かつて革命に参ぜず雨を俯仰の鷲　竹中　宏（〃）

鶯鶯の喉につまるも東風《はるのかぜ》　金子　晋（昭55）
うんもすんも言はぬ鵜匠の子を生せり　後藤綾子（〃）
朝の僧南瓜の蔓を叱りをり　大串　章（〃）

中堅世代のこれらの佳句と前節で列挙した「戦後派」世代のそれとを読み比べると、いくつかの顕著な違いに気づく。最も大きな違いは、中堅世代には脱イデオロギーの内向的な傾向が拡ったことである。この傾向は、すでに昭和四十年代に阿部完市や河原枇杷男らがそれぞれの新風をもって登場してきたときにはっきりと見られたが、それが五十年代前半では広く浸透したということである。具体的に言えば、たとえば鈴木六林男に顕著なように、戦争・国家・社会・公害などに確固としたアイデンティティーをもって対峙するところに俳句を書く根拠を置いていたが、中堅世代にはそうした大きな物語としての根拠は失われている。彼らには確固たるアイデンティティーが持ちにくくなっている。山崎正和が『柔らかい個人主義の誕生』（昭59）で言及したように、一九七〇年代（昭45〜54）は「不確実性の時代」で、国家や組織への一元的な帰属（あるいはそれへの対峙）から解き放たれ、個々人は多元的な帰属関係の中で、その都度自己の役割を変えて生きざるを得なくなった。そのため、個々人はアイデンティティーの不確かな曖昧な存在となり、個別化が進んだ。鈴木六林男のような対峙すべき大きな主題も持ちにくく、そもそも明確な主題を持ちにくいというのが、中堅世代の置かれた状況であった。阿部完市は内面の意識の流れを持続的に追求するのではなく、多様な状況、多元的な帰属関係の中で、その都度偶発的に浮上してくる表層的な感覚や曖昧な気分を詠もうとし、河原枇杷男は形而上的な思惟へと向かった。

中堅俳人たちのこうした内向的な傾向は同時代の小説や批評のそれと同時進行していた。それは「内向の世代」という批評用語で括られ、一般化した。昭和四十六年に、小田切秀雄が、黒井千次・古井由吉・後藤明生・柄谷行人・川村二郎らの新進小説家・批評家を一括して、否定的なニュアンスで「脱イデオロギーの内向的な文学世代」と呼んだことに由来する。小田切は、この世代には生の不安定な状況をアイデンティティーの不確かな人間の心象を通して描こうとする特徴があると指摘したのだった。

もちろん、中堅世代の句に国家や社会にかかわった句がなかったわけではない。たとえば、竹中宏の〈かつて革命に参ぜず雨を俯仰の鷲〉の句は、全共闘運動から連合赤軍への道を辿った闘争の中で、そこに身を投じた中谷寛章ら「京大俳句」の仲間たちへの思いも前提にあるだろう。また、鷹羽狩行のように外面ばかりを発想やレトリックを組み替えて詠む外向的な俳人がいなかったわけでもない。

「戦後派」世代との違いに関して、次の点も指摘しておかなければならない。「戦後派」俳人の佳句を列記したが、その作者たちは皆、俳壇的な知名度が高く、俳壇的にしかるべく遇された俳人である。他方、列記した中堅俳人の佳句の作者たちは必ずしもそうではないということである。四句引用した柴田東子をはじめとして、一句引用した作者たちの中には、みうらきの・尾利出静一・寺田澄史・後藤綾子・太田紫苑など知名度の低い俳人も多く含まれている。これはどういうことを意味するか。それは、ここに佳句を選出した中堅俳人の作者たちの背後には、外面の風景や動植物などをなぞるように詠んだり、それらと配合して日常のありきたりの心情を詠んだりする中堅世代の俳人たちが、知名度の高い俳人も含めて数多く存在するということである。言い換えれば、ここに選出した中堅俳人の佳句は、私が構築した表現史に照らしての選出であり、知名度は低くても実力のある俳人の正当な復権を意図したものである。前に「内向的な傾向が拡がった」と言ったのも、佳句を選出した実力俳人たちの全体的な傾向についてであり、凡庸な俳人のレベルで言えば、相変わらず外面的な傾向が一般的である。

さて、河原枇杷男はこの時代に多くの佳句を詠んだ俳人で、ひたすら内向して形而上的な思惟の世界に沈潜する。新風の自己更新というよりは、『烏宙論』（昭43）で確立した表現様式の持続という方が適当だろう。飯島晴子も昭和四十年代に『朱田』（昭51）で新風を示したが、そこには難解な句も見られた。その点から言えば、引用四句はそこから抜け出した自己更新とも言えよう。阿部完市も昭和四十年代に『絵本の空』（昭44）、『にもつは絵馬』（昭49）で、従来の定番的な俳句文体とは隔絶した異色の文体を確立した。「てにをは」の助詞の省略、平仮名の多用による文体でメルヘン的な世界に新風を示した。そういう文体から抜け出した点で、引用三句は自己更新であろう。加藤郁乎は『球體感覺』（昭34）で超絶的な言葉の交感により画期的な新風を樹立。以後、作風は幾変転を経て、辛辣なイロニーと諧謔を楽しむに至った。馬場駿吉の句の世界は塚本邦雄や春日井建が短歌で詠んだ耽美的な世界。今、四人の中堅俳人に言及したが、これらの俳人と同様の作風を確立した俳人は「戦後派」俳人の中には存在しない。その意味では、彼らは明らかに「戦後派」世代とは異なった個々の独自の中堅世代の俳句を作ったのである。「戦後派」世代とは異なる中堅世代の特色の第三点は、女性俳人において見られる。まず、年齢的な特色。明治四十三年生まれ（大正二年生まれは誤り）の中村苑子を筆頭に、明治四十四年生まれの清水径子、大正前期生まれの中尾寿美子・松岡貞子・太田紫苑・みうらきのら年配の俳人が大部分で、昭和生まれは津沢マサ子（昭3生）と柴田東子（昭4生）だけ。中堅世代の男性俳人は昭和一桁生まれから二桁生まれで占められているのと比べ、これはかなり異例の特色だ。
次に作品面の特色。「戦後派」世代の女性俳人には、細見綾子・野澤節子・桂信子・津田清子らがいるが、彼女らの句と中堅女性俳人の句はかなり異なった印象を受ける。

木の梢に父きて怺へ怺へし春　　中村苑子
滑莧これしきの身のおきどころ　　清水径子
死後の景すこし見えくる花八ッ手　　中尾寿美子
悪霊と渡りて橋は恙なし　　みうらきの
泣きながら責めたる母の荒野かな　　津沢マサ子
まぐはひや鬼百合蜜を噴く真昼　　柴田東子
蝶墜ちて韃靼の海荒揉めり　　〃

これらの句は、たとえば細見綾子は絶対に作らない句だ。桂信子の『女身』（昭30）には寡婦の性的情念を詠んだ句はあったが、柴田のように肉交を直接的に詠んだ句はない。その先蹤は鈴木しづ子に求められよう。「蝶墜ちて」の句は赤黄男の代表句のテクストと安西冬衛の著名な短詩のテクストとを織り合わせた句。柴田東子の句はイメージとイメージ、言葉と言葉の距離が近すぎて、直ちに連想で繋がってしまう点が難点だが、新しい句に挑戦しようとする意欲が感じられ、好感が持てる。異色の女性俳人だ。細見綾子や桂信子とは異なるこれらの中堅女性俳人に共通する特徴は内向的な傾向が強まっていることであろう。

最後に、中堅俳人を対象にした作家論特集があったが、その中から個々の核心を衝いたようなものを、いくつか引用しておこう。

『球體感覺』という句集（は）戦前・戦後の俳句史の動向と諸問題の趨（マヽ）移に深く切り結んだかたちで登場したのではなかった（略）俳諧の方向から現代俳句の流れを強引に断ち切るかたちで登場した加藤郁乎と『球體感覺』（の）開花・拡散・収束という道筋が印象的だ（澤好摩、「句集『球體感覺』と加藤郁乎」―「俳句研究」昭55・4）。

彼の世界は『絵本の空』で、もう完結していた。そして、今後も、この文体と形式で書く限り、おそらく変化のしようはあるまい。（略）思ってみれば、阿部の詩は、作者自身を何一つ語ってはいない（金子晋、「完市メルヘンの行方」―「俳句研究」昭53・5）。

河原枇杷男氏の想像力の枯渇とは、できれば思いたくない。が、（略）近年の氏の作品の中に、自己模倣・縮小再生産的なものが混ざりはじめたのは事実である（藤原月彦、「七人も一人に同じ……」―「俳句研究」昭53・2）。

月彦氏の眼に「自己模倣・縮小再生産的なもの」として映ったものこそ、作家・枇杷男が書こうとしているテーマに拘わるものであり、エピゴーネンではない枇杷男自身が書くことなしには果たされない領域の何かだったのではなかろうか。（略）僕等が視覚や嗅覚やに拘わり過ぎて〈視る〉ことができなかった〈存在〉の深処を、言葉の展翅によってピン止めしているのである（林桂、「河原枇杷男掌論」―「俳句研究」昭53・9）。

（河原枇杷男の作品は）まず〝頭〟を使って〝考える〟ことから次第に何かが始まり、ひらけてゆくような、そんな書き方なのである。（略）阿部完市の俳句は、頭脳を必死に使っていることは勿論だが、河原のような〝考える〟俳句ではない。（略）見えないものをいささか暗がりに見、仄かにして限りなき詩心を起こした、そのような俳句が、彼のうちで特によろしかろうと思っている。たとえば、

野菊まで行くに四五人斃れけり

（略）こういう「野菊」の形而上学は、戦後俳句のどこにも無いものであった（安井浩司、「葛の一葉」―「俳句研究」昭53・9）。

6 戦後世代を中心とする若手俳人たちの作品の成果

戦後生まれの俳人を中心とする若手俳人たちの活動は、すでに昭和四十年代後半の記述の中で言及したように、坪内稔典らの同人誌「日時計」をはじめ、「辛夷」（のち「天敵」）「あばんせ」「獣園」など各大学の俳句会の俳誌などを活動の場として論と作の両面で活発化していた。そうした彼らが新鋭として俳壇にデビューするきっかけとなったのが、昭和四十八年から始まった「俳句研究」の「五十句競作」であった。これは炯眼でカリスマ性に富む高柳重信一人が選考に当たったので、自分の才能を恃《たの》む若者たちが競って応募した。「五十句競作」は五十年代に入っても、毎年一回企画された。昭和五十年代に入って俳壇に登場した戦後生まれを中心とする気鋭俳人たちの多くは、この「五十句競作」の場から登場したのである。「俳句研究」は彼らを論・作両面で積極的に起用し、彼らもそれに応えて新風への意欲や鋭い問題意識をもって旺盛に執筆活動を行った。

他方、彼らの活動の場は「俳句研究」だけではなかった。「五十句競作」の新鋭たちを束ね、活動する場を彼ら自身が用意した。それは坪内稔典がコーディネートした「現代俳句」と澤好摩らの「未定」である。「現代俳句」と「未定」の活動については節を改めて言及することとし、ここでは主に「俳句研究」の「五十句競作」の作品と「俳句研究」誌上の彼らの作品の成果を見ていこう。すでに触れたように、「俳句」は戦後生まれの俳人をほとんど登用しなかった。

まず、「五十句競作」における戦後世代の入選者（受賞者）と佳作入選者の中で、主要な人物を挙げておこう。

第三回（昭50）佳作―攝津幸彦・藤原月彦・林桂。

第四回（昭51）佳作―葛城綾呂・攝津幸彦・長岡裕一郎・林桂・山下正雄。

第五回（昭52）佳作―林桂・葛城綾呂・鯉口賢・中田剛・夏石番矢・水島直之・山下正雄（ちなみに水島直之は中学生）。

第六回（昭53）佳作―夏石番矢・杉本龍史・竹本仁王山・中里夏彦・西平信義・西村智治・藤原月彦。

第七回（昭54）佳作―黒沢多喜夫・竹本富夫・中里夏彦・西平信義・長谷川櫂・三浦敏郎（深代響）。

第八回（昭55）佳作―安土多架志・川端智子・小林恭二・田口武・中里夏彦・流ひさし・三浦敏郎（深代響）。

雪国や膕に透く一静脈　林桂（昭50）
少年に陰毛育つ半夏生　〃（〃）
花ざくろ夕べ言霊したたれり　〃（〃）
いもうとの平凡赦す謝肉祭　〃（昭51）

泣きながら拾へば雨の柿の花　〃（昭52）
少年期昏れゆく壜の中の航船《ふね》　藤原月彦（昭50）
過失美し神父の独逸語の訛さへ　〃（〃）
契りしこと亡母《はは》には告げず秋のミサ　〃（〃）
敗走や父のラバウル亡兄《あに》のパリ　〃（〃）
仏蘭西も秋か人声する階下　〃（昭55）
踏み荒らす頭韻ランボー生誕祭　〃（〃）
押し殺す指紋無限の聖五月　〃（〃）
戴冠の我が名をきざむ大地かな　宮崎大地（昭50）
万巻の書は庫《くら》にあり鳥渡る　攝津幸彦（〃）
まひるまの涅槃図へ朱を入れたりき　夏石番矢（昭53）
大寒の海より紺の少女来る　長谷川　櫂（昭54）
保険屋が残暑を売りにフロイト忌　安土多架志（昭55）
二階より足をたらせば岬の雲　小林恭二（〃）

戦後生まれの新鋭が多く登場した割には人数が少ない。佳句も林桂と藤原月彦の二人に集中している。これらの句を、「五十句競作」の第一回（昭48）・第二回（昭49）の入選句や佳作と比べると、違いや特徴が見えるだろうか。

林檎割くいきづく言葉噛み殺し　郡山淳一
咎なくて毛布に噎せる自瀆かな　〃
致死量の月光兄の蒼《あお》全裸《はだか》　藤原月彦

第一回入選は大学生の郡山淳一の「半獣神」。
高柳重信はこれらの作品の青年特有の瑞々しい感性・情感を古びることのない青春の息吹として高く評価したのだった。藤原月彦は塚本邦雄や春日井建の影響を受けた独特の耽美的作風が際立つ。

送る万歳死ぬる万歳夜も円舞曲《ワルツ》　攝津幸彦
南国に死して御恩のみなみかぜ　〃
霧去りて万歳の手の不明かな　〃
クレヨンの黄を麦秋のために折る　林桂
受話器からしやぼんの如き母の声　〃
てのひらの夏野に少女湧くごとし　〃

第二回佳作入選の攝津幸彦「鳥子幻景」と林桂「僕の位置」。攝津は聖戦用語や世相・風俗の流行語を採り入れ、シニックな視点で聖戦を擬《もど》いた。そのバーチャルな仮想世界は新風と呼ぶにふさわしいものだった。林桂の句は郡山とは異なる清新で瑞々しい感性に溢れている。第三回以後の林と藤原の作品はすでに開花したそれぞれの作風を継承、維持していると言えよう。藤原の耽美的な作風は際立つが、文字どおりの新風と言うよりは、たとえば馬場駿吉の世界を継承したものと言えよう。安土多架志の「保険屋」の句の発想にも塚本邦雄の影が透けて見える。とは言え、これらの戦後世代の句は中堅世代と比べると、清新な感性・耽美性・仮構の物語性などの点で、彼らの独自性を示したものであった。

7 「未定」と「現代俳句」の新鋭俳人たちの論作の成果

「未定」は昭和五十三年十二月、発行人澤好摩、編集人夏石番矢により同人二十二名を結集して創刊。第11号（昭56・7）までを通覧すると、同人の異動はあるものの常に二十名以上の同人を維持（第11号は二十六名）。多くは「俳句研究」の「五十句競作」から俳壇に登場した戦後生まれの気鋭の若者である。澤や夏石の他に、攝津幸彦・林桂・藤原月彦・跡部祐三郎・大井恒行・葛城綾呂・しょうり大・流ひさし・横山康夫・小林恭二・中烏健二・中里夏彦・三浦敏郎（深代響）・水島直之ら。

創刊の趣旨を「編集後記」で言う。

「われ未だ定まらぬ」羞恥と誇りを抱く若き俳人によって、この「未定」は出発する。付和雷同も、欺瞞なる結束も目指さないが、籠り居ともしたくない。／各自は、その俳壇的出自を異にしているが、真正なる相互触発と微温的俳壇への挑戦の足場として、常にこの「未定」を選び続けていってほしい。／（略）ごくらくとんぼの集団ではなく、不屈の創造精神と批評精神の持ち主の相互形成する場であり続けるために、奮起しよう（夏石番矢）。

最後の文（「ごくらくとんぼ…」）に彼らのポリシーは尽くされている。それを実現すべく、毎号特集を組み、鋭い問題意識をもって彼らは旺盛に発言し、行動した。その特集名を列記すれば、「戦無派世代の今日」（創刊号）、「座談会・戦無派世代の今日」（第2～3号）、「シンポジウム作品享受の場について」（第4号）、「70年代俳句の総括」（第5号）、「高柳重信」（第6号）、「相互批評シリーズ(1)」（第7号）、「わが俳句の現在」（第8号）、「私にとっての同時代の俳句」（第9～10号）。また創刊から第11号までの約二年半の間に三回の夏期合宿（各回四日間）と三回の同人総会（各回二日間）を行い、シンポジウム・率直な話し合い、句会などによって互いに研鑽し合ったのである。二十代の若者たちが同人誌によってこうした俳句の場を作り上げ、活発に活動したのは、前例がないことだった。昭和二十年代末期から三十年代初めにかけて、寺山修司を中心にした十代の同人誌「牧羊神」があったが、活動の多様な企画や、俳句や俳壇への問題意識の鋭さ、密度などの点で同列には論じられない。「未定」の二十代は俳壇に忌憚のない活発な発言を行うとともに、同人内部においても、たとえば林桂と藤原月彦との作品批評をめぐる論争など、容赦のない相互批評も行ったのである。

俳句批評においては、すでに戦後生まれを中心とする気鋭の俳人たちが、明晰な論理と鋭い問題意識とによって時代の尖端に立っていた。そのことはすでに言及したが、「未定」はそれを象徴する同人誌だった。批評や論考成果の主なものを挙げておこう。まず、論考の白眉は林桂の「鶏頭論(1)～(7)」(第5～12号)。林は子規の〈鶏頭の十四五本もありぬべし〉(明治三十三年九月九日の子規庵句会における「鶏頭」の席題の嘱目吟)の句の享受史(論争史)を丁寧に辿り、それぞれに考察を加えて、いわゆる「鶏頭」論争に決着をつけた。すなわち、斎藤茂吉→加藤楸邨→山口誓子→志摩芳次郎→斎藤玄→西東三鬼→山本健吉→大岡信→坪内稔典と続いた享受史を辿り、大岡・山本・坪内の各論に詳細な検討を加えた。とりわけ、従来の嘱目吟に立脚した諸説を覆した斬新な新鋭として評価された大岡説――嘱目吟ではなく、前年子規庵で虚子らと前庭の鶏頭群を眺めた体験の回想句で、虚子だけには通じるのではないか、という人恋しさを含めた句とする説――をねばり強い論証と実証を重ねて論破したところは論考の論理の美しさが際立つ。いわく「いまや「ぬべし」の用語法から言っても、「根岸草廬記事」をもってする根拠から言っても、その空想の美しさの根に与える根拠の解体から言っても、あるいは子規の意向から言っても、大岡説を去ることが許されるであろう」と(林の「鶏頭論」は、のち評論集『船長の行方』書肆麒麟、昭63に収録)。

他に澤好摩「鈴木六林男ノート」(創刊号～第4号)、林桂「俳句作品享受の場について」(第2号)、夏石番矢「表象としての金子兜太」(第3～4号)、夏石番矢「『伯爵領』における〈女性〉について」(第6号)などは俳句批評史に遺る成果だ。

他方、「未定」の作品の成果については、澤好摩自身が「「未定」は作品が悪いというのが定説化してきているし、事実、これから先に期待をつなぐことのできる作品が乏しいのは否定できない」（座談会「「未定」の現在と未来」―「未定」第7号）と内部評価を下しているように、批評活動と比べて成果は十分とは言えない。

名のりあふ人さびしけれ冬の空　藤原月彦（創刊号）
人を呼ぶ秋の言葉が来てゐたり　横山康夫（〃）
くちびるとくちびる在りぬ旗の中　攝津幸彦（2号）
生き急ぐ馬のどのゆめも馬　〃（〃）
樹より降《ふ》る蛭も昔の友なりき　夏石番矢（〃）
肉《ししむら》も緊まれる塩や夏短か　澤　好摩（〃）
星畑に姉と抱きあう血とは何　橋口　等（〃）
南北に帝ある世を秋と呼ぶ　藤原月彦（〃）
浴室に鳥をこころみいる深夜　水島直之（〃）
最高の死へゆくわれに蝶一つ　跡部祐三郎（3号）
遅れ来し軍艦ありぬわが春に　伊藤　基（〃）
自転車を押すや死ぬなら麦の秋　澤　好摩（〃）
物差を翳《かざ》せば堕ちくる鳥や又の空　水島直之（〃）
飯饐えて火の見櫓も真昼かな　小林恭二（4号）

緑蔭や十年前を流れ弾　　流ひさし（〃）
血族のいにしへ変も乱もなし　　藤原月彦（5号）
人体と思ひが別に立つてゐる　　横山康夫（7号）
紅《も》絹《み》裏《うら》に鳥の形を隠しゐる　　林桂（〃）
寂しさに童を攫ふ夏の海　　澤好摩（9号）
縄跳びを　跳んで日に入る汝の首　　黒田正実（10号）
樹が空に刺さつて痛い誕生日　　〃（〃）
蜷《にな》を
陽《ひ》に
かざせば
両《りやう》手《て》稚《わか》きかな　　林桂（〃）
la Révolution《につぽん》 japonaise《かくめい》　無し　濤の秀《ほ》を打つ霰　　夏石番矢（11号）
家ぬちを濡羽の燕暴れけり　　〃（〃）

山崎正和が言うように、この時代は「個別化」が進んだことが大きな特徴だとすれば、戦後世代のこれらの作品は、中堅世代よりも、いっそう個別化が進んだように思われる。これらの句の中では、

生き急ぐ馬のどのゆめも馬　　攝津幸彦
家ぬちを濡羽の燕暴れけり　　夏石番矢

の二句が、秀句として表現史に名を刻んだと言えよう。この時代の俳句作品の傾向として、措辞の未熟などに起因する「読めない句」、いわゆる「朦朧体」が言われた。「未定」創刊号から11号までの作品を通覧しての印象も、それと重なるところが多い。ただし、それは、「海程」のような思い込みの激しさからくる措辞の未熟さや、阿部完市の「てにをは」を省略した文体からくる曖昧さとも違ったものである。言葉と言葉との間に距離を置き、屈折させることで「切れ」の効果を出そうとするのであろうが、言葉と言葉との詩的な交感が果たされていないところに起因する曖昧さと言えよう。

他方、「現代俳句」はオルガナイザーとしての抜群の才を有する坪内稔典が編集人となって昭和五十一年三月に第一集を、ぬ書房から創刊。創刊号の「後記」で坪内は、「「現代俳句」は、「とりあえず一つの場に作品を持ち寄って見よう、そうすると、俳句の場がいくらかでも面白くなる契機がつかめるかもしれない」という漠とした発想から、その刊行へ向かって動きはじめた」と記す。その言葉どおり、第一集は二十八名、第二集（昭51・11）は三十一名の作品を収録、作品中心の編集である。坪内の意図は第五集（昭54・3）の「編集前記」でより明確に語られる。

第一集以来、ぼくにはひそかな願いがあった。それは、この「現代俳句」という場から、先生にも主宰者にもならず、自己満足もせず、定型を激しい磁場として捉える書き手が出現することであった。
坪内の意図を敷衍すれば、俳句総合誌が形成する俳壇やピラミッド型のタテの秩序に縛られた結社などを離れ、戦後世代を中心とする気鋭の俳人たちをヨコに繋ぐ新たな共同体の場を作ることだった。坪内の意中の若手の気鋭俳人たちは、「俳句研究」の「五十句競作」から登場した俳人が中心だったので、多くは「未定」の同人たちと重複していた。経営や販売の事情も絡んで、第三集（昭52・9）からは南方社が発行元となり、誌面も作家論や座談会・対談を加えるとともに、中堅世代や「戦後派」世代の意中の俳人の寄稿もあった。

たまのをの絶えて久しき赤ゑのぐ　林　桂（第一集）
めくら縞着て半身に微熱あり　藤原月彦（〃）
水煙管あらそふ遊びさびしけれ　〃（〃）
主戦論亡兄《あに》の書斎に罌粟匂ふ　〃（〃）
亡母《はは》に恋文牛の舌煮る午餐かな　〃（〃）
手鏡や犯されやすき舌をもち　横山康夫（〃）
野遊びに遅れしひとり棒となり　藤原月彦（第二集）
地は花に埋もれて死ねと揚雲雀　〃（〃）
凍死せる蝶のごとしよ母と寝て　〃（〃）
薔薇色の乳暈鋲として鎧う　長岡裕一郎（〃）

刺青の獅子薫るかな菖蒲の湯　〃（〃）
美少年その靨《えくぼ》ほど罪ふかく　〃（〃）
十月の運河へ単衣の影を吊り　増田まさみ（〃）
マネキンの無毛の腋を冷房す　永川健次（〃）
大雪の朝を出でゆく魚の骨　佐藤鬼房（第三集）
物干しに美しき知事垂れてをり　攝津幸彦（〃）
日輪を犬が導く秋の道　杉本雷造（〃）
まだ僕を映さぬ鏡買ひにけり　林　桂（〃）
大ひまわり倒れて天を暗くせり　関口晃代（〃）
弓引けば枯山おのずから締る　三宅三穂（〃）
鶏頭や供物もあらぬ梟《きよう》首台　〃（〃）
胎内の炎天いつも馬が佇つ　藤原月彦（〃）
他郷にて蟹ははげしく煮られたり　津沢マサ子（第四集）
夏の野に手足はげしく流されぬ　〃（〃）
西国は大なめくぢに晴れてをり　飯島晴子（〃）

これらが私の抽《ぬ》き出した佳句だ。第五集からは一句も抽き出せなかった。これらの中では藤原月彦と長岡裕一郎の耽美的傾向が際立つ。第一集から第五集までの夥《おびただ》しい作品は、決して退嬰《たいえい》的ではない。逆に、新しさを打ち出そうとして様々な実験的な気概に溢れている。だが、その実験的な表現は俳句定型と折り合いが悪い。多くの作品は実験的な表現を投げつけたままで、定型との折り合いをつけるというリゴリズムに欠けている。具体的に言えば、「未定」の作品の全体的な未熟さとして指摘したことと同様、言葉と言葉、あるいはイメージとイメージとの詩的な交感へのリゴリズムを欠いた曖昧さである。これは、「未定」と「現代俳句」では多くの俳人たちが重複しているので、当然のなりゆきと言えよう。

そうした欠点は「現代俳句」の誌面でも指摘されていた。坪内は第三集の鼎談「俳句、その架橋の試み」（伊丹公子・宇多喜代子・坪内稔典）で、「この話し合いを始める前に、伊丹さんと宇多さんから、「現代俳句一・二集」の作品が朦朧体ともいうべき言葉の軽さにおしなべて陥っているというお話がありましたね」と語っている。

評論・批評・論考などでは、まず、資料として「富沢《（ママ）》赤黄男・西東三鬼評論集」（坪内稔典編、第一集）、「高屋窓秋評論集／高屋窓秋俳論・俳文年表」（川名大編、第二集）、「渡辺《（ママ）》白泉評論集／渡辺《（ママ）》白泉評論年表」（川名大編、第四集）を収録した点が初めての試みで資料的価値が高い。作家論として飯田龍太・鈴木六林男・林田紀音夫・赤尾兜子・阿部完市・飯島晴子が対象とされた。坪内の関心がどんな俳人に向かっていたかがわかるが、諸論の中では澤好摩が赤尾兜子の「第三イメージ論」の曖昧さ、方法的な不備に鋭く言及した論が特に意義深い（第三集）。論考では川名大が「戦後の俳句論」（第三集）において、山本健吉の「時間制の抹殺」という俳句の構造性についての言説が終わったところを新たな起点として「言葉の並びが展開していく律動をともなった展開力を断ち切られた俳句形式（時間制の抹殺）」が、「切れ（切字を含む）によって新たに内的時間を獲得していく」という新たな時間論へと展開した点も、俳句の時間論を一歩進めたものだった。

ともあれ、戦後世代を中心とする気鋭の俳人たちがヨコの関係で活躍できる「現代俳句」という場を様々な困難を乗り越えて作り出していった坪内稔典のオルガナイザーとしての功績は俳句史上に明記すべきものである。同様に、彼ら気鋭の若手俳人たちを束ねて論と作に活気に溢れた同人誌「未定」を刊行していった澤好摩と夏石番矢の功績も明記すべきものである。

8 俳句の読みをめぐって ――高柳重信と金子兜太を中心に

昭和五十年代前半（一九七〇年代後半）に浮上した重要な問題の一つは、個々人の俳句の読みの落差をめぐるものだった。この問題は昭和三十年代の前衛俳句をめぐる読みの落差（たとえば八木三日女の〈満開の森の陰部の鰓呼吸〉をめぐる読みの落差）から昭和四十年代後半の金子兜太の「山上白馬・五句」などをめぐる読みの落差へと継続していたのであるが、五十年代前半では主にいわゆる「朦朧体」の俳句（措辞が未熟、不安定で未完の曖昧な俳句）をめぐる読みの落差の問題が問われた。そこでは、俳句を読む行為とはどういう行為であり、どうあるべきかということが論理的に言及されるとともに、具体的な作品を通して個々の読みが実践された。

この読みの落差の問題に焦点を当て、俳壇の重要な問題として演出していったのは、「俳句研究」の編集長高柳重信であった。高柳にとって俳句を作ることと読むこととは表裏の関係にあり、斬新な句の創出には先験的な思い入れなどを排除して、書かれた言葉にきちんと寄り添った読みが必須であるという基本認識があった。その点をいいかげんにして、措辞が未熟で未完の「朦朧体」の俳句を安易に肯定許容していくことは俳句を堕落させるのみならず、俳句形式や先進が築いてきた俳句様式を冒瀆するものだ、という思いがあった。

また、高柳には若年の批評として「藤田源五郎への手紙」(「俳句世紀」昭24・1～2)があり、新俳句人連盟(機関誌「俳句人」)の藤田が「俳句による文化闘争」を主張しながら、他方、私性の濃い境涯俳句を詠むという論と作との懸隔を衝いたものだった。高柳はこの昭和二十年代前半の若年のころから戦後俳句にかかわる中で、俳句はなりふりかまうもので、創作においても読みにおいても定型・切字・季語・措辞・「てにをは」について手抜きがあってはならないという持論を育ててきた。その俳句観は、発想や感覚が新しければ、措辞の多少の瑕瑾《かきん》は許容するとする金子兜太のそれとは対照的で、両者は対談や座談会において一句の読みをめぐってしばしば対立していた。

たとえば、高柳と金子が共に知力を傾けて論争した対談「前衛の渦のなか」(「俳句研究」昭36・11)では、「俳句の定型詩としての詩型は、われわれの言語が変っていくにつれて、やはり変ってゆく」(金子)、「俳句のような定型詩にあっては、その形式の枯渇を救うのは様式の独創だけだ」(高柳)という定型詩への対蹠的な認識を根本として、八木三日女の〈満開の森の陰部の鰓呼吸〉における措辞（言葉・フレーズ）の相互限定の規範に寄り添わない八木自身の自句の読みについて否定（高柳）と許容（金子）の対立が顕在化していた。

同じく両者が知力を傾けて対談した「俳句にさぐるもの」（「俳句」昭52・11）では〈うねりをかくしわが裏山は東《あづま》に一つ〉（竹本健司）や〈野仏が刺さり断末梅の山〉（谷佳紀）などを例に両者の読みの隔絶がむき出しになった。それに触れる前に、これには前提として鼎談「俳句の古さ新しさ」（飯田龍太・金子兜太・森澄雄、「俳句」昭52・1）があったので、先にそれに触れておく。

〈石一つ水紋堕落夏の果〉（今井静）をめぐっての龍太と兜太の読み。

飯田　あのね、君、いいところをちょっと解説してもらえないかね。〈石一つ水紋堕落夏の果〉。

金子　ふつうは堕落という言葉は使わないでしょう。それを七五調のリズムの中でうまく使って、あえてその生臭さを生かしたという点がおもしろいと思う。

飯田　「石一つ」ということはどういうこと？

金子　こーんと投げた石でしょ。

飯田　「石一つ水紋堕落…」つまらんねえ。ひどい月並ですよ。堕落という言葉の好みだとか、生臭さがどうとかいうものじゃないね。

金子　この句が持っている妙な新しいものを感じるという点で提供したわけですよ。

飯田　それは堕落という言葉を使っただけよ。（略）

飯田　作品というものは部分で評価してはいけないという考えがある。（略）

飯田　これは前衛的作風の大きな欠陥につながる問題だと思うから…。（略）
金子　好みの問題ね。
飯田　好みじゃなくて評価の問題で、非常に納得がいかない面が出てくるわけだ。それが具体的な「石一つ水紋堕落夏の果」とか（略）これは陳腐以下のものだな。（略）
飯田　なぜぼくがこんなに金子に食つてかかるかというと、これは非常に俳壇的に大事な問題なんだ。

金子は「堕落」という言葉やその語感に恣意的に反応して、そこに生臭さ・新しさ・ナイーブなものを感じるという読みをしている。他方、飯田は措辞の未熟さと通俗的な連想で構成されていることを読み取って、陳腐以下のものとする。そして、一句全体としての言葉の働きを大切にして「作品というものは部分で評価してはいけない」と読みの規範を示す。
また、飯田龍太は石田波郷の〈霜の墓抱き起されしとき見たり〉について、上五の措辞が極端に切れの間合いが詰まり、その切迫した気息から、墓が抱き起こされるという解が生じると言う（「『霜の墓』の句について」―「俳句」昭52・10）。そして、曖昧さを含んだこの句は波郷俳句中の第一等にはなり得ないとする林徹に賛意を表し、「あいまいさがあつても私は作者の境涯を知つている者のみの正確な解釈（注＝病床で抱き起こされたという句意）を喜ぶ」という岸田稚魚の読み（「竹林風帖」―「琅玕」昭52・8）を排する。曰く、「背後の事実に責任を持つのではなく、表現された作品そのものに責任を持つ。それが作者の立場であり、同時に鑑賞者の立場だ。まして、境涯は、決定的な作品評価の効め手とはならない」と。

この飯田龍太の読みの規範は対談「俳句にさぐるもの」（既出）における高柳重信の読みの規範に通じるものである。重信曰く、「俳句というものは、何といつたつて、とにかく言葉で書いてあるんだから、始めから終りまで言葉に即して読もうとしなければいけないわけですよ。散文とはちがつて、作者の内情などは無視してしまわなければダメです。あなたとの対立点というのは、常にそこから始まりますね」と。これは重信の一貫した読みの規範であり、この対談でも兜太の読みとの対立がむき出しになった。ここでは〈野仏が刺さり断末梅の山〉（谷佳紀）についての両者の読みを挙げておこう。

高柳　森田緑郎が、仲間の作品に触れながら、「意味するものから意味されるものといつた言語ののりこえ、つまり表現されたことばが、そのことば自体をのりこえて、無限に自由にひろがろうとする、ことばの開示性といつてよいだろう」などと書いているのをみたけれど、こういう大袈裟な言葉のあとに具体的な作品として、

野仏が刺さり断末梅の山　谷　佳紀

などという句が出てくるわけですね。そこで、ぼくなどはびつくりして、何も言う気がしなくなる。（略）いったい「断末」って何だろうと思つてしまうのですね。

金子　ぼくにはよくわかるな。

高柳　あなたのそういうところが、ぼくにはわからないんですよ。（略）もしかするとこれは断末魔を省略しているのかもしれないと思われてきた。しかし、断末魔という言葉は

（略）末魔を断つという意味で（略）「断末」というような言葉は存在のしようがないいんですね。（略）

金子（略）ぼくにはこころよい感応がありますよ。（略）

高柳　いまの「断末」や「肉の草」（注＝佃悦夫の句〈山国に積み重なりし肉の草〉）などというのは（略）うまいまずいや成功不成功という段階とは別に、こういうのは絶対にいけないのではないかという句があるんですよ。（略）いわゆる前衛俳句が途中で何となく変になつてしまつたのは、こういうようなものに対して、きちんとしたチエックが足りなかつたからじゃないのかと思う。

森田緑郎はソシュールのシニフィアン（記号表現）とシニフィエ（記号内容）の結合としての言語論の概念に全く無知な独断を振りまわし、その具体的な作品として「断末」などという存在しない省略語を用いた句を挙げた。これはかつて高柳が批判した藤田源五郎の言説と作品との乖離と同断。高柳も飯田龍太と同様、こういう措辞の未熟な未完の句やそれを許容する読みは、俳壇の堕落に繋がるものとして許してはならない、とした。他方、金子は「断末という言葉もございますよ」と強弁し、「ぼくにはよくわかるな」「こころよい感応がありますよ」と反応するばかりで、それを裏づける具体的な読みを示さなかった（示せなかった）。

この対談は、当時、俳壇の牽引的な存在であった両者の対談として大いに注目されたが、文学的な正論を整然と論理的に説く高柳に金子が押される（敗北した）という印象を広く与えた。また、この対談は両者自身の心にも深く刻まれたものとして、共にメモや日記に記されている。すなわち、「既成の俳句にあきたらぬ思いを抱き、それを否定しながら、やがて出現せしめるべきものを強く願望しようとする姿勢にあったとき、僕と金子兜太とは隣合っていられた。しかし、およそガラクタ同然の俳句を彼が誉めはじめると、それに僕は同意できなくなった」（岩片仁次編『重信雑記帖』夢幻航海社、平28）。「九月十六日（金）晴　四時から福田家で高柳重信と対談。ねちねちした男だ。しかし可哀そうでもある」（『金子兜太戦後俳句日記　第二巻』白水社、令1）。ちなみに、このメモや日記の引用が物語るように、高柳の『重信雑記帖』には俳句形式や俳句表現にかかわる認識や見解が多く記され、金子の『戦後俳句日記』には「海程」の運営や編集、現代俳句協会の運営や協会賞の選考、俳人への対抗心や嫉妬や憎悪などが記されており、資料（史料）として対照的である。

その他では、澤好摩が「〈読む〉ということは、ここに書かれている通り、ことばによって運ばれてくる虚構としてのリアリティを私自身のリアリティとして獲得することであり、その場合、ことばそのものの働き、作用に対して厳密かつ正確に捉えてゆこうとしなければ、正しく読んだことにはならない」（「〈読む〉ということ」―「俳句研究」昭51・1）と自身の読みの規範を示す。そして、「自分のことばがどういう生まれ出かたをしたがっているか、それに細心の注意をはらう」ことで生み出した金子兜太の句として、大石雄介が挙げた〈青野に眠る黄金の疲労というもので〉〈月夜の仲間なまこのかたちの足で逃げる〉などの措辞の未熟を具体的に指摘。「「黄金の疲労」などということばがあって、もっぱらそこに興を感じているらしいが、こういう思いつきの類が「青野に睡《（ママ）》る」や「というもので」などという措辞を従えたところで、何ほどのものを喚起するというのか」「月夜の仲間が「なまこのかたちの足で逃げる」とはどういうことなのか。鬼面人を威す、といった態のものでしかない」と。

金子晋は、鷹羽狩行の読みはしばしば「象徴」を持ち出し、その内容を安易に格言・金言などで要約できるような世俗の道理や常識へ結びつけていく偏向した恣意的なものであることを批評する（「「象徴」の意味を問う」―「俳句研究」昭52・1）。たとえば、〈寒卵二つ置きたり相寄らず〉（細見綾子）――「「兄弟は他人の始まり」というように、人間はどこまでも孤独な存在で、ついに「相寄」ることなしという人生の一真相を象徴している」。〈籾殻のふかきところでりんご触れ〉（橋本多佳子）――「人間の心が、互いに無関係なまでに隔絶していても、どこか心の奥底で琴線があい触れて共鳴することがあることを象徴するようです」。

今まで具体例を挙げて「読み」の落差に言及してきた中で、重信対兜太、龍太対兜太、龍太対稚魚、澤好摩対大石雄介における「読み」の落差は、措辞の未熟な作品を対象とした場合であった。他方、金子晋対鷹羽狩行の場合だけは、対象作品の未完ではなく、鷹羽の一方的な偏向した読みの問題であった。

こうした「読み」の落差のアーカイブスを踏まえて、「俳句研究」は「俳句を読む行為」（昭55・5）と「俳句を読む行為Ⅱ」（昭55・11）を特集した。「俳句研究」の「五十句競作」から登場した新鋭俳人たち、澤好摩を中心にしてそれらの俳人たちを結集した同人誌「未定」の新鋭俳人たち、坪内稔典を中心にして同じくそれらの俳人たちを結集した「現代俳句」の新鋭俳人たち（したがってこれら三つの場の新鋭俳人たちは重複していた）が論者として多く登用された。彼らの多くは大戦末期および戦後の生まれであり、俳句に対する鋭い問題意識を持ち、ねばり強く緻密な論理的思考力によって問題意識を掘り下げる力をすでに備えていた。

批評や鑑賞という行為は享受者を主体にした批評対象への主体的な営みであるから、その基本が享受者の対象への読みに支えられていることは言うまでもない。その意味で、古来、俳句の読みという行為は延々と行われてきた。だが、ここで「俳句を読む行為」と命名された特集の意図は、そうした読みとはやや様相を異にする。従来の批評や鑑賞を支える読みは、享受者の主体的な行為とは言え、その行為自体の解明が中心ではなく、対象像の解明に傾斜したものであった。すなわち、その読みの行為自体の内部に働く規範や規制や、その意味を意識化し露頭させて問うことは、極めて例外的であった。しかし、この「俳句を読む行為」が提起している問題は、享受者の言語体験・俳句観・価値観などと直結している読みの行為自体の内部に働く享受者の規範や措辞や言葉への感応など、その行為と対象との相関である。

それは換言すれば、対象句の生殺は享受者の読みの規範（レベル）に委ねられている、という視点である。対象句に対していかに創造性を賦与できる創造的な読み手になれるか、それがポイント。それは享受者の内部に培われた俳句表現の規範（レベル）と読みの規範（レベル）とに左右される問題で、その表裏一体の二つの規範（レベル）は享受者の言語体験や俳句観に支えられている。さらに、その言語体験や俳句観は享受者が自己の内部に更新し、肉化してきた俳句表現史に拠っている。したがって、享受者の内部にある俳句表現および読みの規範（レベル）は固定的なものではなく、享受者を突き動かす新たな作品との出合いによって自己更新されていくものである。その意味で、俳句表現史とは、創造者と享受者、あるいは享受者の内部における新たな規範的な句とその読みとの競い合いによって先へ先へと紡ぎ出されていく軌跡である。

特集「俳句を読む行為」に登用された気鋭の俳人たちの論考には、先に概説したような読む行為の本質的な意味に言及したものが見られた。

最もヴィヴィッドな読む行為とは、真正な俳句作品の発見とその真価の弁明にあろう。（略）表現の更新の繰り返しが、たとえ今日、ほとんど見られないとしても、俳句の歴史としておこなわれてきたとするならば、これをそれと指摘する読みのレヴェルの更新もおこなわれてこなければなるまい。（略）過去の見過ごされてきた作品でさえ、復権の機会をもっているということである。（略）私に必要とされるのは、すべての書かれた作品を読み、読みながらも、私の読みを更新してゆき、私なりの真正の俳句作品に対する像をうちたててゆくことだろう（夏石番矢「俳句を読むことの周辺」―「俳句研究」昭55・5）。

ここで夏石は、読む行為の規範を自己の読みの更新と真正な俳句作品の発見とに置いている。この二つは表裏一体のものである。即ち、新たな言語体験とは自己の読みの更新の謂である。〈読み〉の規範とは、どのようにして形成されるかだが、それは、過去の俳句史の中で更新されてきた詩的レベルを知るとともに、それに関連する作品批評の数々を把握する営為を通してであろう。（略）〈読む行為〉とは、安定した行為ではなく、いつ未知なるものと出遇うかという不安定性の中に研ぎ澄まされるべきものだ。そのためには、自らの〈読み〉の規範は、絶えざる問い直しを受けていなければならない（澤好摩「俳句を読む行為」―「俳句研究」昭55・5）。

澤好摩も、夏石と同様の視点に立っている。また、澤は自己の読みの問い直しの一つとして「相互の〈読み〉の規範の差異を明らかにするためにも、この書かれた〈ことば〉に何度でもたちかえってみる」（同前）必要を説いた。

竹中宏は「「選は創作なり」考」（「俳句研究」昭55・5）で、享受者における読みの創造のドラマに盲目になっている例として、「よさ」「うまさ」「芸」などの超越的に仮構された実体に批評基準をあずけていることを指摘。

それら（注=「よさ」「うまさ」「芸」）は独立した価値ではなく、人が俳句に求めるものの違いによって内容を変化させてきた従属変数である。「よいものはよい」どころか、よさを何に見出すかが、ひどくまちまちであるのだ。

そして、読みの創造のドラマについて、

作品とは出合いが既知の自己を越え出る契機となり、その作品の衝撃が自己の内部に創造的な運動を開始し、自在な関わりの中で初めて読者が完成する。

と言う。この竹中が示す「読み」の規範も、夏石や澤と同様の認識、視野を開いている。

金子晋は批評や読みをめぐる矢島渚男との数度の応酬を経て、「復習篇・俳句を読む行為」（「俳句研究」昭55・11）を執筆。矢島の〈ひたひたと夢のつづきの木の芽山〉などを引いて、それらの句が省略による措辞の未熟のため矢島の意図どおりには読めないことを具体的な読みで示した。また、友岡子郷の〈春風の壁ひとの名か船の名か〉なども同様の措辞であること、一句の世界を世俗の俚諺格言に結びつけて読む鷹羽狩行の愚を指摘。

矢島は金子晋との応酬以前に「俳句批評の準則」（「俳句」昭53・3）で、

準則一、個々の作品が、技法的に高いものであるかどうか。

準則二、どのように新しさを内容上、また表現上にもたらしているか。

準則三、準則二が準則一にかなっているかどうか。

と正論を述べていた。が、金子晋との応酬では自作への読みに不備があり、金子の具体例を挙げての読みは明快だった。

毎年十二月刊、「俳句研究年鑑」恒例の座談会「俳壇総展望」では高柳重信の進行で阿部完市・飯島晴子・三橋敏雄らによって年間回顧が行われた。五十二年から五十五年までは毎年、「読み」の問題が採り上げられ、森澄雄〈炎天より僧ひとり乗り岐阜羽島〉（昭52年度）、金子兜太〈梅咲いて庭中に青鮫が来ている〉（昭53年度）、大石和子〈甲よ笑え朝日は金色の皿まわせ〉（昭54年度）、鷹羽狩行〈摩天楼より新緑がパセリほど〉・飯島晴子〈氷水これくらゐにして安達ケ原〉・矢島渚男〈死のいろによつてたかつてさくらかな〉（以上昭55年度）などが俎上に載せられた。多くは措辞の不備を衝いた読みが掘り下げられたが、最近の飯島晴子の句が全体的に朦朧化していること、〈祖か斑猫　吹きぬけて家　疒〉（「海程」の若い俳人の句）のような日常論理も詩的論理も不明な句を「わかる」と許容する愚かな傾向への重要な指摘（高柳重信）があった。

結論的に言えば、読みの規範の前提には飯田龍太や高柳重信が言うように、俳句表現のリアリティーを保証するものは一句の表現を形成している言葉だけであることへの明確な認識がなければならない。とは言え、個々に読みの落差が生じてしまう原因や背景には、個々人の培ってきた言語体験、表現史や読みの更新の豊かさ貧しさという悩ましい問題が横たわっている。

9 金子兜太・森澄雄批判 ——読む行為を疎外する二元論と情況の思想化の回避

澤好摩が気鋭の若手俳人として「未定」や「現代俳句」、あるいは「俳句研究」などで論・作両面で精力的な執筆活動を展開したことについては、すでに触れた。澤の批評の特色は、常に俳句表現史の更新を念頭に置き、それを疎外する諸問題や、既成の俳句様式になずむ退嬰的な営為などをラジカルに、論理的に、自他の問題として問いつめてゆくところにある。その顕著な成果は、毎年「俳句研究」に執筆している「俳論月評」（九～十一月号）。

前節「俳句の読みをめぐって——高柳重信と金子兜太を中心に」では、読みの行為の規範として、対象句を現実の世界からは独立した詩的言語空間として措定し（前提とし）、言葉やフレーズどうしの相互限定ないし映発、交感の詩的効果を、勝手な思い入れを排して表現に丁寧に寄り添って解いていくことが飯田龍太と高柳重信によって説かれた。そして、逆に、措辞の未熟に由来する、いわゆる「朦朧体」の俳句や、それをよしとする読みなどが批判された。読みの規範にかかわる問題は、すでに昭和四十年代後半に顕在化しており、「山上白馬」論争（詩的想像力や言語体験の貧しさから「白馬」を白馬岳や山頂の牧場にいる白馬と読んだりした読みをめぐる論争）などがあった。俳句作品は日常の現実（物の世界）とは次元を異にした詩的言語空間であることへの明晰な認識を欠き、両者を癒着させた金子兜太の「物と言葉」の認識も、読みの規範を疎外する要因ないし下地だった。「山上白馬」論争も「物と言葉」論争も、共に現実の世界と詩的言語空間とを癒着させることにおいて通底していた。

さて、澤好摩は「俳論月評」（「俳句研究」昭53・9〜10）で、金子兜太の「「実」について」（「海程」昭53・6）における「言葉が至上化されてしまうと、生きていること自体の生ま生ましさ（現実）が風化され、（略）言葉の空中楼閣をきずく」（逆に言えば、生きていること自体の生ま生ましさ（現実）を重視すれば言葉は詩的リアリティーを得る）という二元論の認識の誤りと、現実と表現とを繋ぐ言葉への転位、収斂の認識の欠如を論理的に言及する。金子の認識は「物と言葉」論争以後も改まっておらず、物（現実）と言葉が結びつくことで詩的リアリティーが得られるとする頑迷な認識から脱け出せなかった。

澤は言及する。

ことばを第一義にする（言うも愚かしい詩的常識）人が、全て現実や社会、あるいは個人としての思索・感情・思想などに対して無配慮であり、ことば遊び（私は必ずしもこれを軽視しないが）にならざるをえないなどというのは大きな誤認（略）生活や日常実感をいくら痛覚したところで、それはそのまま詩表現（言語表現）に直結する事柄ではない。（略）それが詩と関わりをもつかもたぬかは、その「生活」や「日常実感」が自らの作品行為の中で思想化されているか否かによって決まるのである（「詩の虚実とことば㈠──金子兜太の「「実」について」をめぐって」「俳句研究」昭53・9）。

澤は続いて、「言葉」と「内容」を別個に論じる兜太の認識の誤りに言及する。

要するに、言葉として書かれたものが立派であればいいので、内容がどんなによくても言葉として見事に書かれていなければダメということね。逆にいえば、内容はなにもなくたって、言葉が見事である場合はそれでよしとするわけね。（中略）われわれの場合は、中味がひじょうに良ければ、言葉がやや荒れていても、こいつはすばらしいぞ、残るぞということになりますわな（金子兜太の「「実」について」―「海程」昭和53・6）。

澤も指摘するように、これは俳人・金子兜太の所業全体を貫く根本的な認識の誤りである。澤はその誤りを正す。「詩的表現における〈内容〉とは、ことばによって構築された言語空間と、そこに展開されるイメージのことであろう。詩（俳句）にことば抜きの内容など想定のしようがない（略）〈言葉として見事に書かれていな〉いものに対して〈内容がどんなによくても〉という仮定は成立しません、と釘をさしておかねばならないことになる。（略）金子兜太の〈言葉がやや荒れていても〉差しつかえないとする神経が、実際に作品に向きあうとどう発揮されるか（略）（兜太が賞揚する「海程」の二十代俳人の）「まほうびん口あけぼくら静かに繁茂」（の）「ぼくら静かに繁茂」等のフレーズは、決して金子兜太の言う〈やや言葉が荒れていても〉などという次元のものではないのであって、イメージもリアリティも生じない、いわばでたらめなことばの寄せ集めに過ぎない」（「詩の虚実とことば㈡―金子兜太の「「実」について」をめぐって」―「俳句研究」昭53・10）と。

結論的に言えば、金子兜太は加藤楸邨の「真実感合」のような体験主義・精神主義の認識の構造に自縛され、「詩は言葉で書くものだ」（マラルメ）ということについて、最後まで明晰な認識に至らなかった。そのため、「中味が良ければ、言葉がやや荒れていてもいい」という作品評価や選句から最後まで脱け出せなかった。

次に、次節で言及する俳句の「軽み」論争とも関連する内容として、澤は森澄雄と社会性俳句のかかわり―それとの対峙や受容の実体―について鋭く追及する。澤は、まず、社会性俳句の歴史的な評価について正当な判断を下す。

私も、この社会性俳句運動の作品への結実という面、あるいは、それに先立つ、社会に対峙する俳人の内面での思想化への過程を見る限り、俳壇を巻き込んだ熱気に反して、その内容はかなり楽天的な思考に支えられていたことを指摘するに吝《やぶさ》かではない。今日的な視点から見れば、先の金子兜太・沢木欣一の発言（注=「社会性は態度の問題」（金子）や「社会主義的イデオロギーを根柢に持った生き方」（沢木）など）にしても、対社会における自らの位置決定に関心が注がれてはいるものの、それがことばの問題、言い換えれば作品化への方法論を伴うことがなかったのは、すでに致命的な欠陥であった（「再考・社会性俳句」―「俳句研究」昭54・11）。

とは言え、「社会性俳句」が内包する正当なモチーフは消えたわけではないとして、

社会や時代情況と個との関わりの問題は今日でも本質的なテーマとして残り続けているというのが、私の考えである。（にもかかわらず）現実社会や時代情況との関わりの中に自らの生の根拠を探り、それを作品行為の展開を通して思想化することの困難さから、いつの世でも多くの俳人は逃避し、あるいは最初からそういう認識と無縁なまま、まるでコロモだらけのテンプ

ラの如く、自然という不変的な対象めざして軽々と揚がっていったのだった。
と言及し、その例として、山本健吉などによって「軽み」の体現者として賞賛されている森澄雄を追及する。

彼（注＝森澄雄）は社会性俳句や前衛俳句を超克したのでもなく、その運動としての末路を見通していたのでもなかった。ただ、森澄雄の内に、それらを自分の問題として引き寄せる切実さに決定的に欠けていたにすぎないのである。（略）森澄雄が社会性俳句や前衛俳句を《ママ》賛成・不賛成に関係なく自らの問題として切実に向きあわなかったのは、伝統的な遺産の共有制の上に自らの表現の場を定め、手法的には発句的な理念を墨守する方向に、はじめから自らを措定していたからだと思わざるをえない。

その実証としては森澄雄の作品の検証を踏まえなければならないとして、次のように結論づける。

『雪櫟』『花眼』の作品から読みとれる森澄雄の意識のありようは、ささやかな自らの家庭を軸とした市民的な感懐や憂愁に吸い寄せられていて、どうみても社会や時代情況を内面化することで引き起こされる生の根柢に関連する葛藤は稀薄である。例を挙げれば、「除夜の妻白鳥のごと湯浴みせり」に示される意識と感性は、家庭をその基層から揺るがした戦後十数年の時代と社会を見届けようとする志とあまりにも距離を隔てている。（略）森澄雄も、社会性俳句をその本質面から批判することができなかったのであり、「真の社会性」の「実践者」たるべき用意も覚悟もはじめから持ってはいなかったと思う。

森澄雄の俳句に対する批判としては、昭和四十年代後半に阿部完市の「蜀葵一句―澄雄俳句と時間」(「俳句」昭46・7)という出色の論考があった。そこで阿部は予定調和の人生的な詠嘆によって固定的な時間処理がなされている森俳句の創作方法を根底から批判したのであった。他方、澤好摩は、森澄雄は社会や時代情況を内面化し、表現レベルでそれを思想化する困難を回避したのだと断じる。共に森澄雄俳句の核心に触れた論考、批評であった。

10 「軽み」論争 ―表現論を人生論へ飛躍させた山本健吉の「軽み」論の背理

昭和五十二年から五十三年にかけて、俳壇ではいわゆる「軽み」論争が起こった。その俳壇的な視野での発端は、久しぶりに昭和五十二年一月から「東京新聞」に俳壇時評(「俳句月評」)の筆を執った山本健吉の「重い俳句軽い俳句」(昭52・4・25)である。だが、文壇的に視野を拡げれば、山本が「軽み」に本格的に言及しはじめたのは昭和四十年代末ごろからである。『山本健吉全集』第八巻(講談社、昭59)には「軽み」論が収められている。それによれば、四十九年ごろに季刊文芸誌「すばる」に連載した「「軽み」の論」が発端である。

この論考は、詩人で俳文学者の森田蘭の『芭蕉の方法』(教育出版センター、昭45)の「軽み」論を否定して自説を展開するというものだった。即ち、森田は芭蕉の最晩年の句―「この道や」「秋近き」「秋の夜を」「此秋は」「秋深き」など―について、表現論に立脚して、イメージが象徴的であったり、観念性を帯びたりする句は「軽み」ではないとした。それに対し、山本は表現論（方法論）から飛躍して、「軽み」とは「結局軽く生きることだった」と人生論、生き方の問題（より生き生きと生きること）とした。

山本は「「軽み」の論」の「後記」で、その主旨を次のように言う。

「軽み」を単に、芭蕉の俳諧、発句の方法論とは考えず、彼の自在な「生き方」の問題として考えること、また俳諧、発句の姿、形においてでなく、句の中に「いのち」の灯をともそうとする願いが根本にあること、などである。

だが、表現論、言葉の世界の問題を人生論の問題へと飛躍させる超論理は、「小説の筋」をめぐる芥川龍之介と谷崎潤一郎との有名な論争における芥川の言葉を想起させる。「志賀直哉氏の作品は何よりも先にこの人生を立派に生きている作家の作品である」と。表現としての作品の自立よりも作家の人生を優先させる認識。山本の「軽み」論について、最初に結論的に言えば、表現論を人生論へと飛躍させる一方で、「軽み」（句の中に「いのち」の灯っていること）の具現の評価は表現論において判断されなければならないという自家撞着を孕んでいた、ということである。

その後、繰り返し説かれる山本の「軽み」論の骨格は、この「「軽み」の論」で明確に示されたが、続いて文壇的な視野で言えば、「「軽み」と「重み」と─芭蕉・西行・朔太郎」（「新潮」昭52・1）で、その論旨がダイジェストされた。煩をいとわず、まさにダイジェストしておこう。

──芭蕉自身が「軽み」の実践として『炭俵』で示した〈寒菊や粉糠のかゝる臼の端《はた》〉のような平明、平俗さは芭蕉の意思した「軽み」の世界ではない。最晩年の「秋近き」「秋の夜を」「この道や」「此秋は」「秋深き」など、「言葉は同じく平俗な日常語を用いて、単に市井の低俗な境地に止まらず、人間死生の間の深い寂寥相を打出している」句に「軽み」の片鱗が窺える。したがって、芭蕉の「軽み」論は、単に俳諧・発句の論として考えるだけでなく、同時に、その生き方にかかわる論なのではないか。芭蕉はその死によって「軽み」を十分に実現できなかったが、西行にその実現を見ていたのではないか。——

その後、山本は俳壇時評や座談会で、繰り返し「軽み」を説き、発言するが、それは前記の言説と同趣旨。その主なものを時系列で引用しておく。

重い俳句と軽い俳句とがある。そして、重い俳句はだんだんきらいになり、軽い俳句が好きになった。いや、いい俳句は軽いのだと思うようになった。(略)発句の中に、この「物の見えたる光」が灯っているかどうか、それが一番大事なのだ。言い換えれば、そこに「いのち」が輝いているかどうか。その瞬間のおのれの「いのち」が、句の中に移されているかどうか。(略)

それをヨーロッパの詩論ではウィットまたはエスプリと言った。(略)

芭蕉が最晩年に「軽み」と言ったのは、この速さ、ウィット、「いのち」なのだ。(略)それは、たとえ哀愁に充ちた詩であっても、つねにどこか笑いを失わない。その詩の笑いの表情が「いのち」のバロメーターとなる。

蝶墜ちて大音響の結氷期　赤黄男

この高名の前衛俳人の高名の作品も、私にはあまり重々しく、笑いが凍りついてしまった句、ウィットを欠いた、ブッキッシュな句と印象される。これは私には、どうしようもない。だが、新興俳句、根源俳句を作った人たちの中で、私は次の三氏が、かくべつウィットを体していると見た。

人ごみに蝶の生る、彼岸かな　耕衣
十方にこがらし女身錐《きり》揉《もみ》に　鷹女
穀《こく》象《ぞう》の群《むれ》を天《てん》より見るごとく　三鬼

そして次のような句に、新しいウィット、はつらつとした「いのち」の嬉戯の相を見とどけた。

一月の川一月の谷の中　龍太
磧にて白桃むけば水過ぎゆく　澄雄　（「重い俳句軽い俳句」既出）

（芭蕉の）晩年の名句はみんな軽みですよね。「四畳半」でも、「隣は何をする人ぞ」でも、「此秋は」でも、みんな軽いんだ、心も詞も…。そして最後に「枯野」が来ているわけですね（山本健吉・川崎展宏・森澄雄、鼎談「俳句の軽みと遊びと虚構と」—「俳句」昭52・5）。

これは、前に引用した森田蘭の「軽み」説への反論であり、同時に赤黄男の句を貶《おとし》め、龍太や澄雄の句を賞揚する「俳」と「詩」の二元的な戦略。芭蕉の最晩年の句については森田らの説が正論として定説だったので、山本の異論に対して、鼎談の一人である森澄雄は「ぼくのいままで瞥見した範囲で、この句（注＝「枯野」の句）を軽みとしておとりになっているのは山本先生だけなんだ」と発言。

澄雄氏には虚に居て実を生かす方法を取っているのではないかと思う句が、ことに近来多くなってきた。（略）「さるすべりの《ママ》美しかりし与謝郡」は作者の詩心が無凝《ママ》に働いて、結晶させた一句（「森澄雄の近作」―「東京新聞」昭52・9・27）。

と賞賛。他方、赤黄男については、

安西冬衛の「堕ちた蝶」の詩と赤黄男の「蝶墜ちて」の句には、詩語の上ではっきりオリジナルと模倣との関係が存在する。（略）この句の発想にブッキッシュなものを感じた（「「堕ちた蝶」と「蝶墜ちて」」―「東京新聞」昭52・11・28）。

と否定的に評価。これも同じく、山本の「軽み」論に通底する「俳」（「軽み」）と「詩」（重み）の二元的な発想、価値評価に根ざした戦略。

心の自由さ、柔軟さを説く山本の「軽み」論自体が、「軽み」対「重み」（「重くれ」）といった価値観を投入した「あれ」か「これ」かの二元論の固定観念に縛されていることについて、俳壇からは直ちに、それを衝いた反論があった。たとえば、高柳重信は「重い俳句軽い俳句」（既出）を採り上げ、「物の見えたる光」は、実作者の側から言えば論理が逆で、「何かが見えたから書けたのではなく、書けたから見えたのである。最初に輝やいたのは言葉である。人間の「いのち」は、その言葉の輝やきに呼応して、はっと目覚めるのである」と正す。また、山本の速さや即興の一面のみの強調に対して、「舌頭に千転することも俳句形式の重要な作法の一つであるし、（略）その死の直前まで推敲《すいこう》に意を用いたのも、世に知られた芭蕉の生涯であろう」と相対化する。赤黄男の「蝶墜ちて」の句を重くれとして一蹴するのに対し、国家権力による閉塞の時代に「赤黄男の一句が、その凍りついた笑いを的確に書きとめているとしたら、むしろ、それは見事と言うべき」と正す（以上「俳壇時評」―「俳句研究」昭52・8）。

飯島晴子は、

「かるみ」という成果の手前に、言葉の問題がある。私は即興とは、重い軽いにかかわらず良き言葉を、偶然に出現させる一つの方法ではあるまいかと思っている。

と、実作者の体験に即して語る。また、

老いも若きも「軽み」一辺倒になったり、「軽み」が俳句の最高の姿などと決められては、間違ってくる。それに、何を重いとし、何を軽いとするか、句の表面だけより読めないで決められる危険が多分にある。それに、「軽み」と「ただ事」との区別がつく感覚が用意されているのかということも気がかりなことである（以上「俳句と俳諧―俳句実作者として」―「俳句」昭52・11）。

と、山本の「軽み」の主張が相対化を欠いた一方的な主張であることを批判するとともに、作品の享受の視点から、「軽み」か否かを見分けるには表現論が必要だが、山本の人生論ではそれが用意されていないことを指摘した。

このように、山本の「軽み」の主張への反論が続出する状況を踏まえて、「俳句研究」（昭54・

6)は「軽み論の総括」を特集。その中から主な見解を挙げておこう。

もとより、〝軽み〟は〝新しみ〟と同義で要請されねば、何の意味もなさぬであろう。(略)そもそも〝軽み〟志向は、潜在の〝重み〟からの脱落指向であろう。〝重み〟志向は、潜在の〝軽み〟からの脱落指向であろう。〝重み〟の経験を持たないで〝軽み〟を言ってもはじまらぬ。逆も、また、そうに違いあるまい。(略)〝軽み〟と〝重み〟と、それは、優劣・是非・善悪・取捨、そのような二極のレヴェルで言挙げされることではあるまい(岡井省二、「「軽み」私感」)。

高齢者俳人の長い人生の結果が、自在境としての「軽み」であることは少しもおかしくないことだし、また逆に最後まで「軽み」に抵抗する俳人があってもおかしくない。さらに、「軽み」の先にあるもの、たとえば、それを「柔かみ」とか「枯れ」とか、あるいは「空《くう》」とか、いろいろに名付けることが出来るに違いない。もともと、すべて「軽み」に統一して論じる必要もないのである。(略)明治以来西欧近代詩にならって歌人・俳人が努めてきた思想や社会意識の定着や西欧的美意識の充実などの近代化への意義の一切を抹殺し否定することによって、貧しい伝統詩をますます貧しくする(注=香西照雄、「復古的反動を排す」-昭和五十四年度版「俳句年鑑」)提言であるとするなら、山本「軽み」説は否定されても仕方あるまい(岡田日郎、「再説・現代の「軽み」小考」)。

この人にしては、珍しく正論を開陳。

無限の自己否定と変革をもってしか、彼(注=芭蕉)の最後に到達したとされる境地は維持し得ない二律背反を、彼がもっともよく知っていたと思う。「かるみ」とは永遠の要請である

（竹中宏「かるみ遠近」）。

　ものが見えるとは、ものと自分の差異が、その異質さが、相互に鮮明に浮き出してくるということだ。（略）森澄雄の句だが、そこでは、差異性・異質性への執着が放棄されている。（略）芭蕉の「軽み」を、わたしたちが今日的に受けとめるとすれば、差異性・異質性をより徹底することにおいてである。そのとき、「軽み」とか「重み」とかいう用語は、ほとんど意味を持たないにちがいない（坪内稔典「差異性の輝やき」）。

「軽み」のすすめも、ただただ停滞をきらう芭蕉内心のダイナミズムのなせるわざ（略）去来は、「薄と軽とは違あるべし」、「重くれたると重々しき」はちがうと言っている。されば、なお去来が「其自然に厳重なるは珍重なるべし」という、「其自然に」出来する俳句を、いま、最晩年の芭蕉による数々の絶唱に思いあわせるなら、それらを、ただ「軽み」の成果とのみいってよいものだろうか。芭蕉は孤り、ひそかに自然に厳重なる「軽み」の世界に参入していたのではあるまいか（三橋敏雄「私観「軽み」」）。

これらの各論には、相対化を欠いた山本の「軽み」の主張への正論としての反論や、論考それぞれの独自な視点からの「軽み」論の開陳などが入り交っている。

他に主なものとして、いくつか挙げておく。

　山本健吉が「軽み」を提唱する心意の中には、たとえば富沢《ママ》赤黄男のような重い句（重くれた句とは違う）の否定という思いがあったのは事実で、「軽み」の体現者・森澄雄の定説化には、そういう山本健吉の俳句観、または個人的な嗜好が大きな作用を及ぼしているのは否めない。（略）森澄雄作品に「軽み」を指摘するのが妥当か、ということになると、私はかなり批判的にしか向きあえない。（略）最近の「軽み」論流行は、芭蕉にとっての必然を、いきなり自らの表現営為の中に借用してしまうという、はなはだしい短絡を行なっている（澤好摩、「評論展望3」―「俳句研究年鑑'79」昭53・12）。

俳文学者の浅野信は「軽み」は相対美だと主張。即ち、

厚き伝統を踏まへての格調高き「猿蓑」の豪華―を経ての「炭俵」の「軽み」を、じっくりと翫味熟考していただきたい。だからさうした前提なく過程なき「軽み」（「重み」も）は真の軽み（重み）ではないはず（「「軽み」は本来相対美」―「四季」昭53・7）。

川名大は山本の「重い句」軽視への切り返しとして、

単純にあれかこれかの思考の中で、暗黙のうちに「重い句」を不可とする思考に陥っていやしないだろうか。詩の根本を支える内部衝迫が「述志」であることを思い返せば「重い句」こそむしろ正当的なものである（「俳句の「軽み」について」―「壺」昭53・7）。

と論じた。また、川名は、山本が「軽み」を主張するために、安西冬衛の「堕ちた蝶」の詩と赤黄男の「蝶墜ちて」の句には「詩語の上ではっきりとオリジナルと模倣との関係が存在する」（「「堕ちた蝶」と「蝶墜ちて」」既出）として意図的に赤黄男の句を貶める戦略を採ったことに対し、安西の詩と赤黄男の俳句を具体的に対比し、分析して、山本による赤黄男模倣説が牽強付会の捏造であることを明確に反証し、論破した（「〈堕ちた蝶〉と〈蝶墜ちて〉について㈠㈡」―「俳句研究」昭53・5～6）。

以上、山本健吉が提起した「軽み」論についての様々な批判を中心に採り上げてきた。諸論の中には重複する言説もあるが、山本説の問題点はかなり明確化された。「俳句研究年鑑'79」（昭53・12）の座談会「俳壇総展望」（阿部完市・飯島晴子・三橋敏雄、進行＝高柳重信）では冒頭から十七頁にわたって山本の「軽み」論を対象に言及されており、そこでは山本の「軽み」論の問題点が掘り尽くされた観がある。そこで、最後に座談会で言及された多くの問題点と、今まで採り上げてきた多くの問題点とを合わせて箇条書き的に整理することで、この章を閉じたい。

一　山本は「軽み」は表現論（方法論）や言葉を超えた「生きる上での心の自由」として、表現論として「軽み」の概念を明確にしなかったために問題がこじれた。たとえば三橋敏雄は芭蕉や弟子たちの「軽み」に関する遺語から帰納して「重いモチーフをさりげなく正確に単純な言葉にかえてゆくところに現代に生き得る軽みがある」と明確に概念規定し、その具体として渡邊白泉の〈提燈を遠く持ちゆきてもて帰る〉を挙げる。三橋の説くところと例句とは間然するところがない。

二　山本の「軽み」論と例句との間には説得力に欠ける齟齬《そご》があった。たとえば、芭蕉の最晩年の句について森田蘭がイメージが象徴的で観念性を帯びた重い句という正論を説くのに対し、生きる上での心の自由の出た軽みだとする。「此秋は何で年よる」の内心のつぶやきは内容も言葉も重い。口語的で軽いなどということはない。同じく鷹女の〈十方にこがらし女身錐揉に〉も内容も表現も重い句だ。森澄雄の〈磧にて白桃むけば水過ぎゆく〉はすでに阿部完市の卓抜な森澄雄論（「蜀葵一句──澄雄俳句と時間」-「俳句」昭46・7）で指摘されたように、固定的な人生観に裏打ちされ、その意味で「重くれ」の句。したがって、「安住敦のことを指して、当代「軽み」の俳諧の代表者であるなどと山本健吉が書いているのを見ると、なるほど「軽み」がそういうものなら俺には関係がないと、早々と匙を投げてしまう俳人がいても、それは無理はない」（高柳重信）ということになる。

三　山本は囚われない自由な心を説きながら、相対的な視点を欠き、一方的に「軽み」の句をよしとし、「重み」の句を貶める固定的な価値観を投入した。赤黄男の「蝶墜ちて」の句は山本の言う「重くれ」の句ではなく、詩的交感《コレスポンダンス》のみごとな「重い」句である。したがって、「軽くたって重くたっていいものはいい」（飯島晴子）ということになる。

四「軽み」論は「新しみ」と同義の形で出てこなければいけないのに、山本は森澄雄の俳句のように古めかしい句やすでに古典となったものに範をとり、実作者が新しみを目ざす困難さを適切に理解していない。

五　実作者は、たとえば「重い」俳句を目ざしたとき、それがうまく行かないからといって、直ちに「軽い」俳句に乗り換えるわけには行かない。どうしたら重くて良い句が作れるか真剣に考え、試行錯誤する。ところが山本はそうした実作者の切ない志を理解せず、単純に「軽み」を可とし、「重み」を不可と裁断する。

六　山本は「物の見えたる光」が灯ることで、その「いのち」が句の中に移されると言うが、実作者の創作の論理は逆で、最初に輝いたのは言葉で、「いのち」はその言葉の輝きに呼応して目覚めるのである。

七　山本は「軽み」について即興や速さという一面のみを強調するが、舌頭に千転することも俳句形式の重要な作法の一つであり、死の直前まで推敲に意を用いたのも、世に知られた芭蕉の生涯であろう。

八　山本は即興で詠むことで句にリズムが出るが、言葉をいじくり回して「書く」ことはリズム感に欠け、ふくらみがないと言う。これは全く根拠のない独断にすぎない。（以上、四～八は実作者に十分思いを致さない批評家としての山本の限界にかかわるもの）。

九　たとえば、五人の優れた俳人がいれば、少なくとも五通りの「軽み」が見られるということでなければならない。ところが、山本が推奨する作品はある種の類型があり、しかもすでに判断のついてしまった既成の表現であり、新しみの句ではない。

結論的に言えば、山本健吉の「軽み」の提唱は、次のような根本的な矛盾を孕んでいたと言えよう。「軽み」を含めて俳句表現の問題は最終的に言葉の問題、表現論の問題へと収斂するのに、山本の「軽み」論は作者の生きる上での心の自由の問題へと超論理的に飛躍したこと。その一方で、「軽み」の具体的な作品の判断では表現論へと下降して判別せざるを得ず、しかもその判別では作品の言葉の働き、表現の微妙な働きへの山本の言語的な感性が十分に発揮されていないという自家撞着に陥っていた、と言えよう。

Ⅵ　俳句の大衆化と戦後世代の新風　──昭和五十年代後半～昭和の終焉

1　はじめに

昭和五十年代後半から昭和の終焉までの俳句界の特色を端的に言えば、俳句の実作面においていわゆる「戦後派」俳人や昭和一桁世代を中心とする中堅俳人にはあまり新風が見られなかったこと。また、女性を中心とする俳句人口の増加による俳句の大衆化とそれに伴うホビー（趣味）俳句の傾向が進んだこと。他方、それらとは対照的に、戦後生まれの三十代の気鋭俳人たちによる「戦後派」俳人を対象とした批評や分析的な読み、定型や切れなどの本質論などの批評活動が同人誌を中心にして活発に行われ、作品面でも戦後世代の様々な新風が見られたことである。

また、俳壇史的な面では次のような出来事があった。

一　俳句を楽しむシルバー世代の俳句界や結社への大量参入による俳句ブーム。

二　俳句ブームと連動した俳句総合誌の乱立（「俳句」「俳句研究」「俳句とエッセイ」に新たに「俳句四季」「俳壇」が創刊）と、俳句総合誌のカルチャー俳句化（マニュアル読本化）。

三　「俳句研究」の「匿名時評」と「俳句」の「提言」をめぐる特定俳人に対する作品削除や掲載拒否などの言論封殺。
四　小堺昭三の『密告』をめぐる「西東三鬼スパイ説」名誉毀損訴訟。
五　「毎日新聞」の匿名時評「変化球」をめぐる角川春樹名誉毀損訴訟。
六　「俳句研究」編集長高柳重信の急逝（昭58・7）。
七　「俳句研究」版元の富士見書房への移行（昭61・1）と、俳句総合誌「俳句空間」の創刊（昭61・9）。

まず、俳句の実作面での沈滞状況について、その背景を含めて具体的に考察しておこう。この時代には、かつて俳句界に新風をもたらし、昭和俳句を牽引してきた水原秋桜子や中村草田男らが亡くなり、同世代の高齢の俳人たちは永田耕衣などは例外として、多くは創造的なエネルギーが衰退していった。彼らに代わって長い間、戦後俳句を牽引してきたいわゆる「戦後派」俳人たち（大正後期世代）も、多くは結社の主宰者となり、結社の運営や俳句カルチャー講座の講師などに精力を注ぐことが多くなり、自らの俳句を更新する創造的なエネルギーや批評精神の衰弱が見られた。そうした「戦後派」俳人たちに代わって俳句界を牽引すべき昭和一桁世代の俳人たちも、既成の表現様式を更新しようとする創造的エネルギーや批評精神が鈍く、新風を生み出せなかった。昭和四十年代に新風を生み出した同世代の阿部完市・河原枇杷男・飴山實らの作風にも一種の類型的な自己模倣の停滞が見られた。

昭和二十年代から三十年代にかけて、いわゆる「戦後派」俳人たち（大正後期世代）が明治世代を批評対象として彼らを乗り越えようと世代的な連帯意識をもってエネルギッシュに論と作の両面で活動したのに比して、昭和一桁世代は概して「戦後派」俳人たちを批評対象として彼らを乗り越えようとするエネルギーに乏しかったと言えよう。本来、俳壇の世代交替は新風による世代交替として継起されるのが望ましい姿であるが、沈滞による世代交替の連鎖がこの時代の実作の低迷として結果したのである。そうした低迷現象に拍車をかけたのが、俳句を楽しむシルバー世代の大量の参入に伴う俳句の平準化、大衆化であり、さらにそれに営業的に便乗した、いわゆる総合誌（商業誌）の乱立とマニュアル読本化であった。

炯眼の飯田龍太は、「本格俳人」と「専門俳人」という弁別的な概念によって、そうした低迷状況を的確に突いている。

俳壇の様相は一変している。いうまでもなく女流俳人の大量出現である。（略）ことに、女性の俳誌主宰者が続出するに従って、この傾向は急激に加速した。（略）のみならず昨今、二十代三十代の女性俳人の存在がにわかに目立って来た。ことにここ二、三年、綜合各俳誌は、この傾向に拍車をかけた。両々相俟って、俳壇は一見百花らんまん。それはそれとして結構なことであるが、どのような世界でも、私は、専門と本格は別もの、と考えている。俳誌を主宰するひとは、まごうかたなく専門俳人だろう。ただし、専門俳人が常に本格俳人であるとは限らない。専門俳人とは、俳句を専業とするひと。本格俳人とは、専業とするしないにかかわりなく、本格の俳句をつくるひとの謂である。専門が本格を上廻ったとき、外見は盛況を示し、内実は貧しくなるのが世上一般の原則。（略）俳壇史上、かつてない新現象を現じつつある昨今、いま一番求められ、かつまた、なすべき一番大事なことは、本格の俳句とは何か。それを具体的に誰が生み出しているか。そのことを的確に見出すこと。歴史的な俳句の転変の盛衰にかかわりなく、質が量の圧殺からまぬがれる手だては、この一事につきる（「衆と平明と」—「俳句年鑑」昭61・12）。

同様の見解は随所に見られる。たとえば、

結社誌や俳句人口の隆盛という現象によって、今日の俳句は一見にぎやかにみえるが、その基底には現代俳句の新しい展開をみることができないという点を、しかと肝に銘じておくべきだろう（酒井弘司、「俳論月評」—「俳句研究」昭57・3）。

最近の俳壇における結社の繁栄とか、さっき話の出ていたカルチュア文化の一翼を担っているとか、そういう俳句商人としての一種の先生業に専念しながら安閑と日々を送るというのも、もとはと言えば俳人としての初心を忘れてしまったからでしょう（座談会「俳壇総展望」の高柳重信の発言、「俳句研究年鑑'83」昭57・12）。

飯島（晴子）おもしろい作品がどこにも見当たらないということですよね。

三橋（敏雄）何か情熱を持って取組もうとする問題意識が全般的にきわめて稀薄ですね（座談会「俳壇総展望」—「俳句研究年鑑'84」昭58・12）。

俳句の繁栄に比例して実作品は稔っていない。（略）自分の作品に何らかの新しさを加えることをもっと考えなければならない時ではないかと思う。パロディもエピゴーネンも新しさによってかならず払拭できるからである（能村登四郎、「飽食時代の俳句」—「俳句年鑑」昭60・12）。

このように、昭和六十一年の飯田龍太の発言に至るまで、飯島晴子・三橋敏雄・能村登四郎ら主要俳人によって毎年のように俳句表現の停滞現象が指摘されている。

その背景には高柳重信が指摘するカルチャー文化の花ざかりやその一翼を担う俳句商人（業俳）としての生業への専念、俳句人口の増大に伴う俳句商業誌の増加とマニュアル読本化などがある。桂信子は俳句商業誌の異常な増加に触れている。

昭和六十一年はまことに目まぐるしい年であったような気がする。一月には「俳句研究」が発行所を新たにして発刊され衆目を集めた。また九月には「俳句空間」が創刊され、これで綜合誌は「俳句」「俳句研究」「俳壇」「俳句四季」「俳句とエッセイ」「俳句公論」「俳句空間」の七誌となった。俳句綜合誌が発行されて以来このように数がふえたことは、今年がはじめてである（「今大切なこと」-「俳句年鑑」昭61・12）。

俳壇の公器としての俳句総合誌「俳句」の編集に尽力した鈴木豊一が編集長を辞した後の「俳句」は、この時代、「俳句研究」の「匿名時評」をめぐる対立もあって俳人協会に属するいわゆる伝統派にバイアスのかかった編集が強まった。俳句人口の増大を背景に、すでに昭和四十八年には牧羊社からエッセイや初心者向けの文章などを特色とする「俳句とエッセイ」が創刊され、その翌年には地方俳人の発掘を特色とする「俳句公論」が創刊されていた。五十九年にはビジュアルな誌面を特色とする「俳句四季」（ギャラリー四季）と、現代主要俳人特集を特色とする「俳壇」（本阿弥書店）が創刊。「俳句研究」は編集長の高柳重信が五十八年七月に死去した後、高屋窓秋・三橋敏雄・阿部完市による編集委員会によって継続されたが、六十年九月をもって休刊。六十一年一月号より角川書店傘下の富士見書房に移り、鈴木豊一が編集長に就いた。「俳句空間」

は昭和六十一年九月、澤好摩の編集で書肆麒麟から季刊俳誌として創刊された（注=昭和六十三年九月の第6号から大井恒行編集で弘栄堂書店から発行）。創刊号の「編集後記」に、「『俳句空間』は、何よりも俳句表現の前線を照射し、また、秀れた俳句批評の発掘を目的とする」とある。「俳句空間」創刊の背景には、「俳句研究」が角川書店傘下の俳誌となったことへの危機感がある。「俳句」と「俳句研究」の編集が伝統派俳人中心に偏り、革新派の俳人や革新的な新風を目ざす気鋭の俳人たちの登用の場が失われることへの危機感である。そこで、「俳句研究」の「五十句競作」から登場した気鋭の戦後生まれの俳人たち、即ち、同人誌「未定」や坪内稔典が編集する「現代俳句」の俳人たちを中心にして、論と作の両面で俳句の革新的な誌面作りを意図して、「俳句空間」を創刊したのであった。その後、「俳句空間」は俳句の保守化と大衆化の流れに抗して第23号まで刊行したが、平成五年六月に終刊となった。

ところで、この時代のもう一つの特色は、冒頭に触れたように、戦後生まれの気鋭の三十代俳人たちを中核とする論と作の両面における革新的な活動とその新風である。

澤好摩は「俳句研究年鑑'83」（昭57・12）の座談会「俳壇総展望」において、阿部完市が戦後生まれの人たちは「批評の根拠が非常に具体性を欠いている」と発言したことに反論して、次のように言う。

いわゆる中堅世代の人々が、戦後派に代わって新たな詩的試みと併せて、それまでの先行世代の仕事を批評し評価すべきだったわけですが、それが充分ではなかった。（略）だから、今日の若い世代が批評力を養おうとするとき、その批評対象は中堅世代も含まれるが、いまだ批評・評価がまともになされていない戦後派俳人が主たる対象になるわけです。（略）そのひとつの例として、最近、三橋さん（注＝三橋敏雄）を対象にした昭和四十年代論というのが出ていると思うんですね。（略）坪内稔典君の「秋風の吹く日に」とか「俳諧的技法の行方」（注＝三橋敏雄論）という二年ほど前に書かれた文章を発端に、林桂君とか夏石番矢君をはじめとして何人かが論じ始めている。

この澤の発言を裏づけるように、川名大も「俳句研究年鑑'83」（昭57・12）の「評論展望3」で次のように書く。

現俳壇を見廻して、すぐれた俳句認識を展開できる書き手と言えば、安井浩司・竹中宏・坪内稔典・林桂・澤好摩等々であるが、坪内・林・澤は今年も印象深い良い仕事を見せてくれた（特に坪内は「俳句研究」誌上に精力的に戦後俳人論〈注＝戦後俳人論として飯田龍太・三橋敏雄・高柳重信・佐藤鬼房・金子兜太・鈴木六林男〉を書き継いだ）。（略）いまや、すぐれた俳句認識を展開できる書き手は完全に三十代を中心とした気鋭の俳人たちの世代に移った、ということだ。「未定」や「現代俳句」（注＝坪内稔典編集）には、すぐれた俳句認識者が多い。

戦後世代は「俳句研究」「未定」「現代俳句」「豈」などで旺盛な批評活動を展開したが、その成果は坪内稔典『俳句の根拠』（静地社、昭57）、『俳句　口誦と片言』（五柳書院、平2）、夏石番矢『俳句のポエティック　戦後俳句作品論』（静地社、昭58）、仁平勝『詩的ナショナリズム』（冨岡書房、昭61）、林桂『船長の行方』（書肆麒麟、昭63）など。まさに俳句批評の黄金時代と言っていい。彼らは加藤郁乎・高柳重信・三橋敏雄・鈴木六林男ら、主に「戦後派」俳人を批評対象とするとともに、切字論や定型論などの俳句本質論を鋭く深掘りした。戦後俳句は社会性俳句から前衛俳句、そして四十年代末期の「物と言葉」論争に至るまで、論争は華々しく展開されたが、それは一句の俳句の構造を分析して精緻に読み解くことを前提としたものではなかった。それに対して、戦後世代の批評行為の特色は一句の構造を分析して精緻に読み解くことを通して推進された。これは従来の批評水準を抜く画期的な成果であった。

他方、戦後世代の作品の新風は、アンソロジー『俳句の現在』（全3巻、南方社、昭57〜58）の刊行をはじめとして、六十年代に相次いで刊行されたアンソロジー『精鋭句集シリーズ』（全12巻、牧羊社、昭60）、『現代俳句の精鋭』（全3巻、牧羊社、昭61）、『現代俳句の新鋭』（全4巻、東京四季出版、昭61）などに収録された。その中では、とりわけ攝津幸彦と夏石番矢の異色の新風が際立つ。彼らの新風については後に節を改めて言及する。

2　「遊芸派」の大量参入と俳句総合誌・俳人の劣化　―「俳句」と「俳句研究」のデータから

「はじめに」において、この時代の全体的な傾向と主な特色に触れたが、この節では俳句を趣味として楽しむシルバー世代が前例のないほど多く俳句の世界に入ってきたことで俳句総合誌と俳人たちが共に変質、劣化してゆくという負のスパイラルについて、「俳句」と「俳句研究」のデータから考察しておく。山崎正和も余暇時間の充実を求める現代人による「藝術のホビー（注11

趣味）化は万人を鑑賞者から素人藝術家に変え」（『世界文明史の試み（下）』中公文庫、平29）ると、文明史的な考察をしていた。

まず、江里昭彦は角川書店の「俳句」誌の頁数の増減と同誌上への広告の質の推移という客観的なデータに基づき、「遊芸派」（俳句を楽しむシルバー世代）と「芸術派」（俳句の新風を追求する俳人たち）という二項対立のキーワードによって、「遊芸派」によって「芸術派」が呑み込まれてゆき、俳句総合誌もカルチャー中心の俳句商業誌へと舵を切り、俳句結社は師弟道が崩壊するというこの時代に起こった大きなうねりを鮮やかに描き出した（「角川書店「俳句」の研究のための予備作業（前・中）」―「夢座」第166～167号、平23・7、平23・10）。

江里の趣旨はおおよそ次のとおり。昭和三十六年の現代俳句協会の分裂を境に、昭和四十年代は「俳句」は伝統支持に、「俳句研究」は革新支持の色彩を強めていった。両誌がそれぞれの理念、旗幟《きし》を明確に掲げていたこの時代では、両誌は共に俳壇を牽引する俳句総合誌として機能し、緊張感を生み出した。ところが、昭和五十年代後半、こうした事態は俳句を楽しむ「遊芸派」のシルバー世代による俳句ブームのうねりの中で変化していった。昭和五十八年、「俳句研究」の編集長であった「芸術派」の闘将高柳重信が急逝し、昭和六十年に同誌が休刊になった時点で、俳句ブームの主潮が「遊芸派」であることが明白になった。翌六十一年、「俳句研究」は角川書店傘下の富士見書房から再刊された。向後、「俳句」誌が俳句史の流れを方向づけることになることに危機感を抱いた旧「俳句研究」派の「芸術派」は同年九月、「俳句空間」を創刊し、俳句の文学性を重視する企画で対抗した。しかし、発行部数が思うように伸びず、第23号（平5・6）

で撤退した。これは俳句の文学性を重視する「芸術派」の層は、商業誌を支えるには市場規模が小さいことを証明するものだった。

他方、「俳句」誌は圧倒的多数の「遊芸派」のニーズに応えるように、昭和六十二年から俳句の入門企画へと編集方針の舵を切り、俳句商業誌として俳句の大衆化・遊芸化を推進していった。圧倒的多数の「遊芸派」の参入が引き起こしたものは総合誌や俳句の劣化だけではなかった。結社は、かつては師弟道のリゴリズム（厳格主義）が貫徹していたが、結社に仲良しクラブの居心地のよさを求める会員を逃がさないように厳しい方針や選を緩めざるを得なくなった。また、俳句総合誌や結社の読者は密度の濃い評論を読み通すだけの読書力を持たず、一頁ほどのエッセイ風のものを好むようになり、読者層も劣化した。以上が江里の趣旨。

ここで、昭和五十年代の俳句が四十年代のそれと比べて沈滞したことを、「俳句研究」と「俳句」の年鑑号の「諸家自選句」における秀句の選出率のデータによって示しておこう。

次の表1～4の「諸家自選句」を対象とした秀句数のデータは私個人の選句基準に基づいたもの。その選句基準は、「俳壇的ヒエラルヒーや知名度といった外在的な要素に囚われることなく、表現史の視点に立って、共時的に同時代の俳句を幅広く眺望するとともに、通時的に表現史的な展開を眺望することを通して表現史的に意義を有する作品」（現代俳句協会編『昭和俳句作品年表』の選句基準）に置いた。各年度の「諸家自選句」に掲載された約三百～六百名ほどの俳人は、各時代に主要な本格俳人や専門俳人と言っていい。

この表から見えてくるものの一つは、いつの時代にも新たな表現様式を創出したような秀句

表１　「俳句研究」諸家自選句

年度	俳人数	１人の句数	総句数	秀句数	秀句の選出率
昭46	287	10	2870	92	0.03
昭47	286	10	2860	53	0.02
昭48	288	7	2016	63	0.03
昭49	320	7	2240	54	0.02
昭50	400	5	2000	25	0.01

表２　「俳句研究」諸家自選句

年度	俳人数	１人の句数	総句数	秀句数	秀句の選出率
昭51	400	5	2000	34	0.02
昭52	388	5	1940	18	0.01
昭53	412	5	2060	30	0.01
昭54	416	5	2080	26	0.01
昭55	408	5	2040	50	0.02
昭56	422	5	2110	14	0.01
昭57	434	5	2170	13	0.01
昭58	420	5	2100	18	0.01
昭59	420	5	2100	22	0.01

表３　「俳句」諸家自選句

年度	俳人数	１人の句数	総句数	秀句数	秀句の選出率
昭46	440	5	2200	29	0.01
昭47	464	5	2320	28	0.01
昭48	464	5	2320	30	0.01
昭49	472	5	2360	30	0.01
昭50	480	5	2400	40	0.02

表４　「俳句」諸家自選句

年度	俳人数	１人の句数	総句数	秀句数	秀句の選出率
昭51	504	5	2520	23	0.01
昭52	536	5	2680	20	0.01
昭53	524	5	2620	35	0.01
昭54	556	5	2780	29	0.01
昭55	538	5	2690	22	0.01
昭56	544	5	2720	24	0.01
昭57	564	5	2820	28	0.01
昭58	560	5	2800	38	0.01
昭59	591	5	2955	13	0.004

（飯田龍太のいう「本格俳句」）は極めて少ないということ。もう一つは昭和四十六～四十九年までの秀句選出率の平均は０・０２だが、昭和五十～五十九年までのそれは０・０１と下がっていること（「俳句」の昭和四十年代後半の秀句選出率が「俳句研究」のそれと比べて低いのは、伝統派の俳人が多いことが一要因だろう）。これはその当時の俳壇情況と相関、連動しているだろう。すなわち、昭和四十年代の俳壇情況は、「俳句」対「俳句研究」と、「俳人協会」対「現代俳句協会」という

俳壇ジャーナリズムと俳句団体とがタッグを組んだ戦闘的情況が、両派に緊張関係をもたらした。そういう情況下で「俳句」と「俳句研究」は共に好企画を打ち出して競合するとともに、両協会に所属する「戦後派」俳人たちは個々に円熟した作風を見せ、昭和世代の中堅俳人たちも個々の作風を確立していった。また、「俳句研究」の「五十句競作」から登場した戦後生まれの気鋭の俳人たちの新風も見られた。さらに、関西の阿波野青畝・永田耕衣・右城暮石・後藤比奈夫らは持ち前の柔軟な発想でそれぞれ独自の諧謔味を発揮した。こうしたことが秀句の選出率を２％へと押し上げた要因だろう。

それに対して、昭和五十年代前半は俳壇の中核を担う「戦後派」俳人と昭和世代の俳人の実作は既成の表現様式になずみがちで、新風への意欲が必ずしも十分ではなかった。

昭和五十年代後半は「俳句」編集長鈴木豊一の退任と、「俳句研究」編集長高柳重信の急逝、俳句の業績以外の要素による権威づけ、「遊芸派」のシルバー世代の大量参入などが重なって、いわゆる第二芸術的な情況ともいえる低迷時代に陥った。昭和五十年代のこうした俳壇情況が秀句の選出率を１％へと押し下げることに繋がったであろう。

炯眼の高柳重信は亡くなる前に、自分の死後には俳句表現史に貢献した文学的な実績によって俳人を評価・格付けする文学的な俳壇が崩壊して、結社の大きさ・会員の多さ・俳人の社会的な地位や知名度など非文学的な要素によって俳人が評価、格付けされる第二芸術的な情況になると予言していた。その予言どおりの情況になったわけだが、高柳が生きていたとしても、シルバー世代の「遊芸派」の大量参入による俳句ブームによって、俳句総合誌が「遊芸派」を購読層とする俳句商業誌へ変質し、結社が仲良しクラブとなり、俳句・俳人・読者が劣化するという負のスパイラルは断ち切れなかっただろう。それは江里昭彦が指摘するように、資本主義経済の原理に根ざしたものだったからである。

3　戦後世代による旺盛な批評活動　―昭和五十六〜五十七年

まず、昭和五十六年から五十七年の二年間における「俳句研究」と「俳句」の主な特集企画を列挙してみよう。

「俳句研究」――作家特集「伊丹三樹彦研究」(56・2)、「鷹羽狩行研究」(56・4)、「阿部完市研究」(56・10)、「田川飛旅子研究」(56・11)、「後藤比奈夫研究」(57・1)、「三橋敏雄論」(57・2)、「高柳重信」(57・3)、「佐藤鬼房研究」(57・5)、「金子兜太論」(57・6)、「鈴木六林男論」(57・7)、「原裕研究」(57・8)、「上村占魚研究」(57・11)。世代別・年代別作家論「傘寿前後の俳人」(56・5)、「昭和40年代の俳壇Ⅰ」(56・7)、「同Ⅱ」(56・8)、「同Ⅲ」(56・9)。現代俳句の状況論「現代俳句の現況」(56・3)、「現代俳句の今日と明日」(57・4)。戦後俳句の秀句論考「現代俳句の珠玉」(56・6)、「戦後俳人十句撰Ⅰ」(57・9)、「同Ⅱ」(57・10)など。

「俳句」――「俳句を明日につなぐために（注＝戦後世代の作品特集）」(56・1)、「定評とわが読解」(56・2)、「水原秋櫻子追悼特集」(56・10)、「昭和俳句私史」(56・12)、「現代女流俳人の世界」

（57・4）、「第二芸術論再考」（57・8）、「世界の中の俳句」（57・9）、「岸風三樓追悼特集」（57・10）、「大野林火追悼特集」（57・11）、「俳句・俳諧とことば」（57・12）など。

「俳句研究」の特集からは、過去の俳句史・俳句表現史を繰り返し再検討することを通して近現代俳句史や表現史の正史を紡ぐとともに、それに立脚して現代俳句の現況と問題点を探り、未来への展望を開こうとする編集長高柳重信の意図が窺える。この二年間の特集では、主要な「戦後派」俳人とそれにつづく昭和世代俳人たちの句業を検討することに焦点が当てられている。

他方、「俳句」の特集では鈴木豊一編集長のときとは異なり、近現代俳句を眺望しての一貫した編集意図は見られない。明治世代の著名俳人の追悼特集が物語るように、そのときどきの顕著な俳壇的な出来事に焦点を当てる編集意図が窺える。この二年間の特集では「昭和俳句私史」と「第二芸術論再考」の中に俳句史や俳句形式の問題を深掘りした論考が見られた。

「俳句研究」の作家特集では戦後世代を中心とする気鋭の俳人たちによる様々な独創的な作家論が見られた。また、同人誌「未定」や坪内稔典編集の「現代俳句」などでも彼らのラジカルな評論活動が顕著だった。特に、坪内稔典は「俳句研究」に主要な「戦後派」俳人を対象とした「戦後俳人論」を精力的に執筆し、その独創的な作家論は際立っていた。それらの核心的な部分を引用し、コメントしておこう。

「飯田龍太」（戦後俳人論Ⅰ）――飯田の句（注＝一月の川一月の谷の中）も、形式の力だけで成立した句、つまり俳句の原型だけを示した句。（略）（龍太など）〈戦後俳句〉を担ってきた俳人たちが、形式の原型を志向するようになったとき、〈戦後俳句〉の未知への展開力は消えたのである（「俳句研究」昭57・1）。

坪内はすでに「俳諧的技法の行方」（「俳句研究」昭55・10）で三橋敏雄の『真神』を批評して、「三橋に現われていた俳句史的課題は、俳句の近代を問うというものだった。（略）ところが三橋は、そういう試みの展開をすすめず、俳諧的技法をそれとして充足させようとした」と論じていた。それにつづく「三橋敏雄」（戦後俳人論Ⅱ）では柳田国男に倣って「生活の必要」という概念をキーワードとして次のように言及する。

「三橋敏雄」（戦後俳人論Ⅱ）――〈俳句性と詩性〉というような二分法を捨て去ったとき、ではどんな俳句が考えられるだろうか。いうまでもなく、それは、〈生活の必要〉に根ざした俳句、〈生活の必要〉からことばの活力をくみとった俳句である。（略）三橋の多くの句は、〈生活の必要〉において現実＝世界を担ってはいない。（略）ことばが〈生活の必要〉に深々と根ざしていない場合、そのことばは、あたかも道具や材料のように機能し、ひたすら形式の完璧さを作り出すほかには何もできない。（略）三橋は『まぼろしの鱶』の後記に、「（略）厳正独立の一句、そこから言葉は始まらなければならない」と書いた。（略）しかし、昭和四十年代以降、そういう句法は無力化したのではないだろうか（「俳句研究」昭57・2）。

「高柳重信」（戦後俳人論Ⅲ）においても「一句の完結性」（一句の独立性）という視点から批評する。

「高柳重信」（戦後俳人論Ⅲ）――高柳は（俳句の）可能性を、俳句を〈敗北の詩〉と捉えることで探ったのだが、そのとき、その探求は、一句における完結性の追求へ傾いたのではなかったか。（略）一句のうちに完結しているものにはさして意味がなく、一句が喚起し指示する、その働きに俳句という表現の特殊性がある。（略）ところが彼は（略）完結性に一句の理想を置いている。そのために、自らの作品が湛える未完結性の活力とその理想とが、いつでも軋みを生じているのではないだろうか（「俳句研究」昭57・3）。

従来、飯田龍太・三橋敏雄・高柳重信を対象とした作家論には基本的に作家へのオマージュという忖度が働きがちであった。それに対して、坪内にはいわゆる「戦後派」俳人の句業を批判的に継承・発展させようという意図があり、忖度とは無縁に独創的な視点から彼らの句業の核心に迫ろうとした。この坪内の独創的な作家論は、同じく「戦後派」俳人の句業を批判的に乗り越えようとする意識を共有する戦後世代の俳人たちの共感を呼んだ。たとえば、夏石番矢は「昭和50年代後半を迎えるための覚書」（「未定」第10号）で、坪内の「俳諧的技法の行方」（「俳句研究」昭55・10）を受けて、

昭和40年代と昭和50年代前半の俳句状況において、技法と思想の一体化が「めでたく」おこなわれたのは、三橋敏雄の作品においてである（略）三橋の作品にこそこの時代（注＝上昇期と沈滞期の転換期）の俳句が強いられた様相を見出すことができる。

と書いた。坪内の「俳諧的技法の行方」については高橋龍から「三橋は俳諧的技法になじんでいるという大前提に、彼の目の狂いがある」とする反論もあったが、澤好摩は高橋の批判は坪内の論理構造をよく理解していないとして退け、坪内の意図をよく掬いとる理解を示した。すなわち、

坪内稔典が（略）今日の三橋敏雄に対する評価の力点を「俳諧の獲得している表現レベルが

新興俳句などの近代といかに交差するか、そういう劇的な場」からの後退に置いているのに対し、夏石番矢は、三橋敏雄がむしろそういう地点から後退したところで作品の成熟を果たしたのは、戦後日本の「上昇志向」の破綻とパラレルな関係にあることを重視しながら、そういう三橋の在り様を、昭和五〇年代後半の俳句の展開のために乗り越えねばならないひとつのターゲットとして見据えている（「昭和40年代と三橋敏雄Ⅰ」―「俳句研究」昭56・9）。

三橋敏雄に対する批評が、文学としての俳句を明日へどのように繰りつなぐべきかという、坪内稔典が俳句にかかわる根源的な思いに支えられたものであることをおさえておかなければ、その坪内稔典の論理への正当な批判も、また生まれてはこないように思う（「昭和40年代と三橋敏雄Ⅱ」―「俳句研究」昭56・10）。

澤の批評を受容して林桂は次のように言う。

三橋敏雄の位置は、坪内氏や夏石氏の視座の延長線上に〈史〉として書き止められるべきであろう。（略）坪内氏は「俳諧的技法」の親和によって止揚される「俳句」の呼び込む状況に対するリアリティーの限界を見届けようとするものであり、本来の「俳句」精神と見ていないのであろう（「三橋敏雄論の現在について」―「俳句研究」昭57・2）。

以上の引用から坪内の「俳諧的技法の行方」（三橋敏雄論）の意図の良き理解者は澤好摩と林桂であったと言えよう。

ところで、坪内の「戦後俳人論」には「忖度とは無縁な独創的な視点」があると言ったが、確かに独創的ではあるものの、発想や論理において共通したパターンが見られ、そこに論理的な矛盾も見られることにも触れておこう。それは「未完結性」と「完結性」という二項対立の発想、あるいはそれらの用語をキーワードとして論理を展開するパターンで、「未完結性」は何ごとかを喚起し、表現を揺るがす力を発揮するもの、「完結性」はそうした力を発揮できず、それ自身の中に閉じてしまうものという含意で用いられている。これは「俳句は片言的な表現で、そこに喚起力が発揮される」という坪内の俳句観に基づいている。「完結性」は飯田龍太論では「俳句の原型」、三橋敏雄論では「一句の独立性」、高柳重信論では「一句の完結性」として捉えられ、それぞれ否定的に論を展開するキーワードである。

だが、澤好摩が指摘したように（「気になること、二つ」─「俳句研究」昭47・4）、坪内の論理には、俳句の片言性（表現の未完結性）が喚起力を持つという俳句観から、一句の表現の完結性（一回性の表現の完結性、独立性）は表現内容の固定化をもたらすという性急な思い込みがある。一句としての表現がみごとな完結性を有するもの（一回性の表現）は当然「喚起力を発揮する」が、言いおおせて何もない表現内容の完結性には当然「喚起力」はない。坪内の論には表現の完結性と表現内容の固定化（完結）との明確な区別が曖昧だった。したがって、高柳が一句の表現の完璧さに理想を置くことは一句の喚起力の発揮と何ら矛盾しない。また、高屋窓秋の〈頭の中で白い夏野となつてゐる〉の句が象徴していることには意味がないと坪内は言うが、この句の象徴しているものは言いおおせて何もない象徴ではなく、みごとな表現が喚起する象徴的な喚起力を持つ表現内容である。

坪内の「戦後俳人論」にはまだ続きがあった。「佐藤鬼房」論（「俳句研究」昭57・5）では、昭和十年代の佐藤の句は新興俳句の特色をたっぷり持っていたが、新興俳句の俳人たちに「人間であるまえに詩人であること」を感取して新興俳句を振り捨て、戦後は〈夏草に糞まるここに家たてんか〉など美意識を捨てた句を書くようになった、という。

この見解は極めて妥当である。しかし、富澤赤黄男と渡邊白泉への言及には一面的な性急な割り切りが見られる。即ち、新興俳句の俳人たちは個＝自我を超えるものを俳句形式に発見できなかったため、「富澤赤黄男のように自我の袋小路のなかで沈黙してしまうか、渡邊白泉のように伝統的な情感のうちに自己を韜晦させるか、そのどちらかになってしまった」と。

「金子兜太」論（「俳句研究」昭57・6）では、金子が唱えた〈創る自分〉は〈主体〉における個我意識と社会意識の葛藤を主題として、表現において自分を未知へと開くものである。〈創る自分〉の方法で、「彎曲し」の句をはじめとして新鮮な表現を確立した金子が、その後〈自然《じねん》〉（あるがままの心）を唱えたとき、金子のうちの〈戦後俳句〉は終わったと言う。

これは昭和三十年代から四十年代の金子（造型から自然へ）を対象とした作家論としてはすでに広く共有された妥当な見解だが、坪内の独創ではない。中谷寛章はいち早く、次のように金子に言及していたからだ。

（ぼくは）作家の意識を社会との連関性において、内部から主体的に論理化させてゆこうとする兜太自身の可能性を読みとっていた。（略）けれども「社会性の行方」（注＝「俳句研究」昭43・7）で、そうした可能性をあいまいにさせたまま、意識のなかの「抵抗性、批判性」を後退させ、「存在感覚といった誰にでもある、あるがままの社会性」を強調するとき、ぼくはやはり首を傾けずにはおれない（「元の木阿弥　社会性論議にふれて」―「渦」第47号、昭44・4）。坪内の兜太論には、〈創る自分〉の方法を自分を未知へ開くものと評価する一方、「対象と作者の直接結合を遮断する客観化の操作にとどまった」とする論理のねじれも見られる。

坪内の戦後俳人論に執着したが、戦後世代が「戦後派」俳人を批評対象として昭和五十年代後半の俳句を切り開こうとする熱気は十分に伝わっただろう。この時代の「俳句研究」誌上には坪内の「戦後俳人論」以外にも優れた批評、論考が多く見られた。そのうちのいくつかを挙げておこう。

夏石番矢「多義性の谷間―句集『伯爵領』について」（「俳句研究」昭57・3）――高柳重信の第二句集『伯爵領』の作品を多義的に読み解いたオリジナルなもの。背景には当時、近代文学の研究で流行したテクスト論があるだろう。

澤好摩「金子兜太論―時代的僥幸の内実」（「俳句研究」昭57・6）――金子兜太には定型論がない。そのため読むことが書く行為に相互反映する回路を経ず、俳句史における自己の位相を客観的に把握することができず、他人の作品の読みも彼の相性や体感に添うものを唯一の拠りどころとせざるを得なかった。前衛俳句とは、決定的に〈読み〉の問題を欠いたまま、兜太的相性や体感が前面に押し出された運動だった、という論旨。

長谷川櫂「淋しき通行人（鈴木六林男論）」（「俳句研究」昭57・7）――石田波郷の俳句は「われ」と「見るわれ」が一致していて、その俳句の言葉は波郷の肉声を伝える。他方、鈴木六林男の俳句は「生身の六林男」と「見る六林男」の間に一定の距離が保たれ、六林男の言葉はいつもその隔たりの「こちら側」から発せられる、という論旨。

以上、長々と「俳句研究」誌上に発表された戦後世代を中心とする俳人たちの鋭い問題意識に富んだ批評、論考を追ってきた。

他方、「俳句」誌上に目を転じると、戦後世代の俳人たちの批評は皆無と言っていい。「俳句研究」で登用された「未定」や「現代俳句」（坪内稔典編集、南方社）に所属する戦後世代の気鋭の俳人たちは、「俳句」誌では疎外されていたからである。俳句の本質論や表現論に関して鋭い問題意識をもって深掘りした批評、論考は少なく、論も作も執筆者がいわゆる伝統派の「戦後派」俳人と中堅俳人が中心になっている。その中で、最も充実した論考が見られたのは特集「第二芸術論再考」（昭57・8）であった。

俳人と歌人合わせて十四名による真摯な論考が寄稿されたが、ここではその中から優れた論考として、矢島渚男「「第二芸術」再論」と小室善弘「第二芸術論活性剤の説」に触れておく。桑原武夫の「第二芸術」（「世界」昭21・11）が俳句や俳人に突きつけた問題は、絞り込めば二つであった。一つは、短小な俳句では人生をいかに生きるべきかという人間的要請を表現できないこと。もう一つは俳人たちの思想的、社会的な無自覚や結社の非文学的な慣習など俳人や俳壇の退嬰的な情況である。前者については俳句と小説とを器の大小で論じるという桑原の誤解があった。つまり、短小な俳句でもどんな内容も表現可能だが、短小ゆえの固有の表現方法が求められることに桑原は無理解だった。その点については富澤赤黄男と高屋窓秋の二人が象徴的な固有な表現ということで適切に反論した（孝橋謙二編『現代俳句の為に―第二芸術論への反撃』ふもと社、昭22）。

「第二芸術」論が発表されたとき、後者の俳壇的情況については多くの俳人が賛意を表したが、前者への反発は強かった。それは桑原の論が小説(散文)と俳句(詩)の表現方法の違いを無視した非文学的な言説だったからというよりは、戦後俳句を新たに推進しようとする俳人たちには社会的な関連の中で人間的要請を俳句で実現していこうとする意識が強く存在したからだった。

矢島も小室も桑原の挑発的言説への反発が戦後俳句の推進力になったという点で共通認識を示している。

「第二芸術」論は戦後俳句の出発点となり、いかなる俳論にもましてすぐれた作家や作品を育て生み出す結果をもたらした。(略)「思想的社会的」自覚にもとづく幾多の試行錯誤が生まれ、論争は活発化し、その中から真に残るべき業績も着実に積み上げられてきた(矢島渚男)。

俳壇は、戦後俳句の充実を桑原武夫に感謝していい。(略)人間的要請の表現や社会性論議による実人生へのかかわり方の模索も、結社のあり方についての反省も、俳句の本質についての洞察も、その脈絡は、多く第二芸術論がつきつけた問いを背負い、俳句にかかわる者が、それぞれに現代俳句のレーゾンデートルを追求し、確認しようとする努力にほかならなかったから(小室善弘)。

そうした共通認識に立った上で、矢島は桑原が指摘した後者の問題(結社の退嬰的な情況)の写し絵が昭和五十年代の今であることを具体的に鋭く分析する。他方、小室は桑原言説への当時の俳人たちの反応を六つに分類し、それぞれの特徴を的確に要約した。

もう一つの特集「昭和俳句私史」(昭56・12)では、竹中宏「土壌とその崩壊以後」の論考に俳句への根源的《ラジカル》な洞察が見られた。竹中は「俳句は詩である以前にまず俳句でなくてはならないか、また、俳句は俳句である以前にまず詩でなくてはならないか」を追尋して、俳句を作る行為は俳句作品よりも先に、ある制約を表現が受け容れることだというところに至りつく。そして、その制約は結局のところ、俳句の形式《フォルム》としての十七音律だという。この認識は仁平勝の俳句とは五七五という観念だという認識と通底しているものだろう。仁平の画期的な定型論については後に触れる。

4　昭和五十年代後半の秀句 ―昭和五十六～五十七年

本章の「はじめに」で触れたように、この昭和五十年代後半は俳句作品の低調、衰退が嘆かれた時代であるが、その実態はどうだったのだろうか。「俳句研究」と「俳句」の昭和五十六～五十七年の二年間から秀句を抽出してみよう。

「俳句研究」

風鈴の舌をおさへてはづしけり　川崎展宏

きらきらしきらきらしきさらぎの碁打ち　阿部完市

太郎に見えて次郎に見えぬ狐火や　上田五千石

生《な》り木責め思想が蜜となるならば　竹中　宏
眠れぬ夜ルソーの森の葉を数え　長岡裕一郎
男女の厠分ちて雪のふかさかな　阿波野青畝
短日はさびし来る夜のおそろしき　赤尾兜子
さらばこそ雪中の鳰《にお》として　〃
心中にひらく雪景また鬼景　〃
藤昏れてわずかに人の声通す　林田紀音夫
長濤をもつて音なし夏の海　三橋敏雄
丁寧に拭ふおとなの夏寂《しつ》か　清水径子
子の開《まら》を吸ふ母やここ桑の海　夏石番矢
真虫真神も閊《しなたりくぼ》に入りて死ぬ　〃
猪が来て空気を食べる春の峠　金子兜太
誰かまた銀河に溺るる一悲鳴　河原枇杷男
末黒野にイエスの裔として吃る　鈴木六林男
三月の甘納豆のうふふふふ　坪内稔典
寂しさをこぼさぬ蠅の頭脳哉　永田耕衣
階段が無くて海鼠の日暮かな　橋　閒石
露の世の間に合はざりしことばかり　星野立子

（以上昭和五十六年）

煌と雄鶏二月はきつときれいである　阿部完市
こんな崖にも春は来てゐて垂れる蛇　中村苑子
月光写真まずたましいの感光せり　折笠美秋
戦争と畳の上の団扇かな　三橋敏雄
睫毛ほどさみしきはなし揚雲雀　新山美津代
晩春のどこに触れても女体なる　鳴戸奈菜
ごはんつぶよく嚙んでいて桜咲く　桂　信子
鶏頭に鶏頭ごつと触れゐたる　川崎展宏
たましいのくらがり峠雪ならん　橋　閒石
詩も川も臍も胡瓜も曲りけり　〃

焼野匂へり
遠く
性欲花のごとし　林　桂

枯蓮に雨降りつづく君から死ね　鈴木六林男　（以上昭和五十七年）

「俳句」

糞《ふん》袋《たい》や冬まみれまた春まみれ　永田耕衣
戦死者の足音玉砂利にもまじる　林田紀音夫
落椿とはとつぜんに華やげる　稲畑汀子
啓蟄に引く虫偏の字のゐるはゐるは　上田五千石
箒目の破れ芭蕉にゆきとどき　波多野爽波（以上昭和五十六年）
重着にうすうす五欲燃えゐたる　能村登四郎
轍《てつ》中《ちゆう》のわれは魚なり西東忌　佐藤鬼房
昼の酒蓬は丈をのばしけり　宇佐美魚目
蔵のうしろよく降るよゆきこ　阿部完市
露の石百夜踏まれて毀われけり　柴田東子（以上昭和五十七年）

このように書き抜いてみて、この時代の二年間に秀句がないわけではないが、佳句や秀句の数が少ないようにも感じられる。全体的な印象としては、実力作家がそれぞれ、すでに自身で確立した独特の表現様式によって佳句・秀句を詠み、安定した実力を示した、というのが妥当だろう。その中で、独自の秀句を詠み、充実した活動を示した俳人に触れておこう。

まず、新風という視点から言えば、阿部完市の作風の変貌が顕著。昭和四十年代に、

ローソクもつてみんなはなれてゆきむほん

など、「てにをは」を省略し、平仮名を多用した文体、表記によってメルヘンチックな心象世界によって新風を打ち出した阿部は、

栃木にいろいろ雨のたましいもいたり

豊旗雲の上に出てよりすろうりい

と、次々と自己更新を遂げてきた。

きらきらしきらきらしきさらぎの碁打ち

蔵のうしろよく降るよゆきこ

これらの句は、韻律の同調、交感に主眼を置いた新たな自己更新を意図したものだろう。戦後世代から「俳諧的技法」という評語によって批評対象とされた三橋敏雄は、

長濤をもつて音なし夏の海

戦争と畳の上の団扇かな

という秀句を詠んだ。「戦争と」の句は戦争というモチーフを手離さず古典的な文体で詠んだ句で、坪内稔典の「俳諧的技法」という批判に結果として応えたものになっていると言えよう。

寂しさをこぼさぬ蠅の頭脳哉　　永田耕衣

糞袋《ふんたい》や冬まみれまた春まみれ　〃

耕衣は独特の発想、語彙、観念的把握によって存在の寂しさや卑俗的エネルギーなど独自の世界に旺盛な創造力を発揮し、秀句を示した。

河原枇杷男は第一句集『烏宙論』（昭43）で観念や瞑想の形而上的な世界を形象化して、鮮やかな新風を切り開いたが、その路線を継承して、

誰かまた銀河に溺るる一悲鳴

という秀句を詠み、健在ぶりを示した。

階段が無くて海鼠の日暮かな　橋　閒石

橋閒石は生涯における代表作とも言えるこの一句を詠んでおり、充実した時期であった。この句は日常の世界から非日常の世界まで多義的な読みを誘う傑作である。閉塞した空間に一人存在するものの寂寥感や存在のわびしさが伝わってくる。

落椿とはとつぜんに華やげる　稲畑汀子

鶏頭に鶏頭ごつと触れゐたる　川崎展宏

稲畑と川崎の句は、共に「落椿」と「鶏頭」の本情を捉えた秀句。特に「落椿」の句は稲畑の

代表句であろう。

赤尾兜子の「短日は」「さらばこそ」「心中に」の三句は必ずしも秀句とは言えないが、これらの句の後に起こった不慮の死を思い合わせると、鬱や俳句上の悩みに堪えながら日々を生きていた辛い心中が如実に伝わってきて、切ない。

戦死者の足音玉砂利にもまじる　林田紀音夫

枯蓮に雨降りつづく君から死ね　鈴木六林男

林田と鈴木の句も必ずしも秀句とは言えないが、一貫して戦死者や現実を生きることに思いをいたしてきた両者の姿勢はぶれることがない。坪内稔典の、

三月の甘納豆のうふふふふ

は坪内自身の自己宣伝の効果もあって、広く知られる句となった。坪内は、時代意識と定型との葛藤を通しての俳句表現の生成という俳句認識から、俳句は片言の詩だとする認識に転じ、口誦性（坪内は「口誦の文学」―「俳句研究」昭59・7で、表現内容の質を問うことなく、口誦性を俳句の絶対的な属性として、富澤赤黄男の一字空白表記や高柳重信の多行表記を口誦性の疎外として否定した）を重視して口語文体やオノマトペを多用する戦略を採った。三橋敏雄の句集『真神』を否定的に論じた「俳諧的技法の行方」（「俳句研究」昭55・10）や、飯田龍太・金子兜太・高柳重信ら重要な「戦後派」俳人を論じた「戦後俳人論」（「俳句研究」昭57に連載）と、こうした新たな俳句認識や

「甘納豆」の句との齟齬が坪内自身の内部でどのように折り合っているのかが分明ではなかった。
夏石番矢の句は第九回「五十句競作」（「俳句研究」昭56・11）の入選作。新山美津代の句は第十回「五十句競作」（「俳句研究」昭57・11）の入選作。夏石の句は古代人類史や古代説話的な構想によるもので、その仮構によって主題を展開する。これは渡邊白泉の「支那事変群作――篠原鳳作の霊に捧ぐ」（「広場」昭13・6）や、高柳重信の句集『伯爵領』（昭27）の方法を継承発展させたものである。詩性だけでなく、構想力や持続的なエネルギーを要する力業であり、意欲的に新風を目ざす大型新鋭の登場を強く印象づけた。新山美津代は繊細な感性によって内面世界や目に見えないものを掬いとろうとするところに特色がある。夏石以外の戦後生まれの新鋭俳人の中では多行表記の俳句に挑戦している林桂の作品が清新な詩情に溢れている。林は一行書きの初期作品を書いていたころから瑞々しい抒情と感性の資質に恵まれていた。

受話器からしやぼんの如き母の声　（『銅の時代』）
クレヨンの黄を麦秋のために折る　（〃）

多行表記に移ってもその資質は存分に発揮された。

蜷《にな》を
陽《ひ》に
かざせば

両手《りやうて》稚《わか》きかな
龍膽《りんだう》の
色《いろ》のうちなる
吾《われ》は
音楽《おんがく》
（『黄昏の薔薇』）

5 「現代俳句」と「未定」に拠る戦後世代の旺盛な活動

第3節で、戦後世代を中心とする旺盛な批評活動に言及した。それは坪内稔典をはじめとする「俳句研究」に登用された気鋭俳人たちの批評活動で、彼らに活動の場を与えた「俳句研究」の誌面での批評、論考に焦点を当てたものだった。

この節では、彼らの元々の活動の場である「現代俳句」と「未定」の誌面に焦点を当て、彼らの旺盛な批評と作品活動に言及する。「現代俳句」はオルガナイザーとしての抜群の才を持つ坪内稔典が編集企画の中心となって発行する季刊誌。その編集委員会規約には、

「現代俳句」は、①新しい書き手、さまざまな試みへの加担、②俳句の根源的な問題にかかわる批評を軸に編集し、当分、季刊とする。

編集委員会開催と同時に「現代俳句シンポジュウム」を開く。という項目がある。新風を開く新しい書き手や俳句の根源的な問題を洞察し、批評を展開できる書き手を結集して俳句の新たな可能性に挑戦していこうという編集方針が打ち出されている。それを実現するために、坪内は主に「俳句研究」の「五十句競作」から登場した気鋭の俳人たちを中心にした誌面作りを積極的に行った。

まず、「現代俳句」第10集（昭56・3）以後の主な佳句・秀句を抽出してみよう。

美しき寝姿檻の影を纏い　長岡裕一郎（10集）
祭あと毛がわあわあと山に　西川徹郎（〃）
自転車にからまる海藻暗い生誕　〃（〃）
月光としてみな繃帯を巻かれてゐる　攝津幸彦（〃）
人妻の舌やはらかく春立てり　橋本輝久（11集）
厠にて紙かたくなる寒の入　大屋達治（〃）
ねころべば血もまた横に蝶のそら　八田木枯（〃）
庖丁へ集まるをみな倒立す　攝津幸彦（12集）
鳥危め毀れた空を負い下る　徳弘　純（〃）
魂も乳房も秋は腕のなか　宇多喜代子（〃）
逝く夏は戸板の上の白い雲　津沢マサ子（〃）

毟られる鶏に木犀の一夜ある　鏡原由紀子（14集）
ゆく鴨へ流れて春といふ言葉　鎌倉佐弓（〃）
遥かよりもう鳥でなく燕来る　〃（〃）
ゆつくりと顔拭き秋を深くせり　〃（〃）
サイネリア待つといふことときらきらす　〃（〃）

攝津幸彦・大屋達治・津沢マサ子に関しては、すでに昭和四十年代末期から五十年代前半にかけてそれぞれ独自の新風が見られた。ここに抽出した三人の句はそれぞれの作風の特色が見られるが、すでに確立したそれぞれの新風をさらに更新する秀句というわけでもない。ここで新しく瑞々しい新風をもって登場したのは鎌倉佐弓である。時空の中を生動する対象（鴨や燕）を的確かつ巧みに捉えたり、日常の些細な行為に伴う微妙な心情を的確に捉えたりする俳句的表現力が確かである。

しかし、「現代俳句」の成果は作品活動よりは批評や論考の方が上まわっている。第10集（昭56・3）に掲載された上田玄の「渡辺《（ママ）》白泉の枯野」は白泉論の先駆的な論考で、白泉論の白眉である。上田は白泉の「支那事変群作」（「広場」昭13・6）中の日本兵の戦死像を描いた、

薄暗き太腿を立て戦死せり
走り行き横を振り向きて戦死せり

などについて、次のように読み解く。白泉が造型したこの無惨なフォルムは、単に戦死体の諸相を外面的にスケッチしたものではない。彼と兵士とを貫く無駄死にへの戦慄が表現されているのだ、とする。そして、そういう表現ができた理由として、

彼（注=白泉）にとって、むざむざと非業の死に追いやられる兵士たちは、「涎し涙する我等貧しき無産勤労階級」（『白泉句集』あとがき）の一員にほかならなかっただろう。（略）大陸の兵士と自分とを貫く感応を〝無駄死〟の戦慄に見、その根っこに彼我を「無産勤労階級」として把えかえす意志があったからこそ、白泉は、あの喧噪状態のなかにあって、あくまでも〝無駄死〟を強いられる側から構成した戦争像を俳句上に表現しえたのだと思う。

と言及する。

第11集（昭56・6）では特集「戦後の俳句論」第一回として神田秀夫・平畑静塔・西東三鬼・金子兜太・大岡信・飯島晴子・坪内稔典を対象として、その戦後俳句論の評価を試みた。その中では、山本健吉との対比によって神田秀夫を評価した澤好摩の論考が正鵠を得たものであった。澤によれば、山本健吉は戦前の俳句の業績を戦後俳句への地続きの前史として疑わなかった人物だが、神田秀夫のそれと比べると、そこには俄かに同一視できない要素が孕まれていた。戦後俳句の前史としての戦前の俳句の認識の仕方には、四Sから人間探求派へのみならず、四Sから新興俳句への詩的展開に対してもそれなりの支持を惜しまない神田秀夫の在りように比して、四Sから人間探求派への流れのみを支持し続けた山本健吉は、その史観においてかなりの偏向を示している。自らの思想形成期において同時代を生きてきた人々への共時的な共感のみに囚われて、

それを絶対的な規範に仕立て上げ、後続の時代へと持ち込んできた山本健吉の評論家としての在りように比べると、神田秀夫ははるかに柔軟な視点を持っており、そこが神田の山本よりも優れたところであった、という。その例として神田編の筑摩書房版『現代俳句集』における炯眼ぶりは、自らに共感可能な範囲を超えて、優れた作家を幅広く対象としているところにあった。山本の『現代俳句』（角川書店）と比べて、どちらが正しい俳句史に基づいているかは一目瞭然だと、結論づける。山本の『現代俳句』は名著としていわば先験的に権威づけられており、澤の論考はその絶対的評価を相対化する意義を持つものであった。

「現代俳句」別冊の「高柳重信―さらば船長①」（昭57・1）は優れた作家論と作品論が多く寄稿されており、俳句総合誌の作家特集に匹敵ないし上回る充実ぶりである。夏石番矢は「大手拓次と高柳重信における「薔薇」」において、大手の「薔薇のもののけ」（『藍色の蟇』所収）の詩句の多義的なイメージを読み解き、大手は日本の詩史において、「薔薇《ばら》」ということばを内化し独自化した最初の詩人と位置づける。そして大手に匹敵するような「薔薇」を書いたのは高柳重信だったとして、高柳の、

咲き
燃えて
灰の
渦

輪の
孤島の
薔薇　（『伯爵領』所収）

の句を多義的に読み解き、単なる歓喜のあとの虚しさでなく、生そのものの内に潜む死を敏感に視像化したところに、「若年にして晩年」の高柳の作品の特異さがあった、という。夏石の論考はフランス近代詩への豊かな知を踏まえつつ詩句を多義的に読み解くところに特色があり、それは戦後生まれの気鋭の俳人たちによってなし遂げられた成果であった。

川名大は「『蕗子』―その仮構と作家の影」において、『蕗子』から『伯爵領』へとつづく高柳の基本的な詩法は、石田波郷らと対極的に、作品の中から作家の影を消すことであり、暗喩や象徴の詩法に拠っている。ただし、『蕗子』は『伯爵領』に比べて、作家の影が作品の中に顕れすぎているきらいがある、と論じた。

林桂は「『日本海軍』―望郷の船団」において、山川蝉夫とは高柳重信の単なるペンネームではなく、〈高柳重信〉を放棄したところで書かれる俳句の方法論の名前である。それは、昨日の〈高柳重信〉の方法を守ることであり、それゆえに今日の高柳重信を守ることでもあるが、多行表記の必然から自由になりつつある自分をより生かす方法ではなかったか、という。また、今日の〈高柳重信〉の中でかつての〈高柳重信〉が稀薄になりつつあるという高柳自身の問題意識の強さが、山川蝉夫を世に出したように思われる、という。そして、『日本海軍』について、今日の高柳重信の想いが『日本海軍』の中で「少年時」に向き合っているとき、また多行表記の俳句形式も、その初発へ望郷的に向き合っているように思われてならない、とする。林は『日本海軍』にかつての〈高柳重信〉が稀薄になりつつある危機感を鋭く感受した。

「現代俳句」第14集（昭58・1）の特集「定型のことば」では、仁平勝が「俳句における像」においてサルトルや吉本隆明のイメージや想像力の論を踏まえて俳句におけるイメージや想像力の問題に鋭く斬り込む。まず、言語における「像《イメージ》」を作る想像力の働きの原理について、

　サルトルのいうように（注＝サルトルは『想像力の問題』の中で「想像意識はその対象を空無《ネアン》として措定する」という有名な定義をしている）、〈像〉は人間が対象を知覚しているときには不可能だとすれば、言語が〈像〉を喚起しうるためには、当然それが描写という次元から離脱していなければならない。（略）ある言語表現がうまく〈像〉を手に入れるか否かは、ただ「想像的な表出の力（表出へむかう想像力）にかかっている。

という。眼前にある光景を見ながら、それを言語によって写生するなどという虚子の客観写生などはドグマであり、端《はな》から成り立たない。仁平は山口誓子の〈夏の河赤き鉄鎖のはし浸る〉を例にして、「てにをは」の省略や動詞の不定形（「浸る」）によって、言葉は叙述的な指示機能を放棄しようとしており、その補償作用として〈像〉を強く喚起させる。これが定型の言葉の本質的な特徴である。したがって、俳句表現とは、言葉の指示表出性がそのまま主体の自己表出として成立しようとする形式、だとする。

　また、仁平は作者の意識的な世界を読者が作品の〈像〉を通して追体験し得るのは文化の共同

性に支えられているとして、次のように言う。作品は常に作者の分身である〈私〉が参加しているという黙契があり、読者は作品の言葉から喚起される〈像〉の中にそれを見ている〈私〉を加えている。しかもこの〈私〉が同時に読者の分身たり得るという共有感覚を支えているのが季語に代表される文化の共同性だ、と。そして結論として、俳句の現在はそういう〈像〉を喚起する作品と〈像〉を喚起しない作品の間に様々なバリエーションとして存在しており、バリエーションのそれぞれは、俳句の〈像〉に表現の完結性を保証する場としての文化の共同性が失われてゆく現代を反映すると同時に、そのことに対する批評性として成立している、とする。

次に「未定」第9号（昭56・1）から創刊五周年記念号（第19・20合併号、昭58・10）までの作品から佳句・秀句を選出してみよう。

寂しさに童を攫ふ夏の海　澤　好摩（9号）

木洩れ日に割れては少女散らばりぬ　黒田正美（10号）

樹が空に刺さつて痛い誕生日　〃（〃）

蜷《にな》を
陽《ひ》に
かざせば
両手稚《りやうてわか》きかな　林　桂（〃）

人が皆塔を見上げてゆく日なり　三浦敏郎（〃）

la Révolution japonaise《にっぽんかくめい》　無し　濤の秀《ほ》を打つ霰　夏石番矢（11号）

家ぬちを濡羽の燕暴れけり　〃（〃）

薔薇《ばら》の暗部《あんぶ》の
父《ちち》てふ
母《はは》てふ
開脚《かいきやく》よ　林　桂（12号）

人焼いてまなこを洗う日の終り　跡部祐三郎（13号）

干し網に肉声のこる夜の海　〃（〃）

夕暮れの俺は巨きな目なのだ走る　中里夏彦（〃）

真昼間《まひるま》の
中也《ちゆうや》の
友《とも》の
短靴《たんぐつ》よ　林　桂（〃）

そよかぜや花びらが持つ記憶《めもうりあ》　夏石番矢（16号）

来簡を裏返して使ふ春長し　伊藤　基（17号）

全部で十四句を選出したが、第9号から創刊五周年記念号（第19・20合併号）までの多くの俳句の中では佳句・秀句は多くない。創刊五周年記念号には創刊号から第18号までの中から選出した「「未定」一〇〇句」（編集部選）が掲載されている。それらの句は私が先に選出した十四句（第9〜17号）と重複する句が多く含まれている。その他の佳句・秀句では、

秋昼や中二階から淋しい拍手　水島直之（創刊号）
生き急ぐ馬のどのゆめも馬　攝津幸彦（2号）
樹より降《ふ》る蛭も昔の友なりき　夏石番矢（〃）
影がまだそこにいたのか春啼く鳥よ　三浦敏郎（8号）

などが選出されている。

これらの佳句・秀句を眺めると、とりわけ攝津幸彦・林桂・夏石番矢の三人がそれぞれの資質に基づいて個性的な作風を発揮していることが見てとれる。就中、

生き急ぐ馬のどのゆめも馬　攝津幸彦（2号）

真昼間《まひるま》の
中也《ちゅうや》の

家ぬちを濡羽の燕暴れけり　　夏石番矢（11号）

友《とも》の
短靴《たんぐつ》よ　　林　桂（13号）

はそれぞれの初期（青年期）を代表する秀句として記念すべき作品であろう。これらの句はいわゆる戦後派やそれにつづく昭和生まれの中堅世代の句とは異なっている。政治的イデオロギー性、人生や境涯などの私性、伝統的な季語の規範などに囚われておらず、世代的なテーマも共有していない。そこに戦後世代の新たな特徴を見ることができる。

後年、仁平勝はポスト伝統回帰としての俳句の現在はいかにものっぺらぼうに見えるとして、その特徴を次のように指摘した。

> 俳句作品の表情を作者の「人生」に求めるなら、「人生」が見えなければ作品はのっぺらぼうになる。だとすれば俳句は漸く、背後にどんな「人生」があるかではなく、そこにどんな「言葉」が書かれているかで評価するしかなくなった。（略）いまわたしたちが生きている時代は、だれもが似たり寄ったりの人生を送りながら、その人生に個々それぞれの価値を見いだそうとしている。そのありふれた人生が自身にとって価値あることを確認し、さらにそれを普遍性として語りたいという表現欲求を、俳句の形式は受け入れてきたのである。昭和二ケタ生まれの俳人たちは、そのように俳句と出会ってきた感性を代表しているように思える（「共同研

究　現代俳句50年　第20章　人生から言葉へ」―「俳句研究」平8・9）。

この仁平の指摘は、とりわけ昭和五十年代から昭和の終焉までの俳句情況と戦後世代の俳句の特徴を鮮やかに捉えたものだろう。

攝津の「生き急ぐ馬」の句は、人間によって調教され競走馬として生き急ぐサラブレッドたちの見る夢は、鬣《たてがみ》を靡《なび》かせながら草原の大地を蹴って自在に疾駆する本来の「馬」として生きることだ、というサラブレッドの悲しい宿命の切なさを捉えている。それは「生き急ぐ人間」と重なり、重層的な拡がりをもたらす。林の「真昼間《まひるま》」の句は、白昼における中原中也とその友の短靴との照応によって青春の放蕩無頼《デカダンス》、ダンディズムをホモセクシュアリティーを伴いながら鮮やかに浮かび上がらせる。夏石の「家ぬちを」の句は屋内に迷い込んだ濡羽の燕の行動を描きながら、閉塞情況を打破しようともがく者や母性的なものから自我による自立を希求する者へと隠喩的な二重性を孕む。「ぬ」と「ば」の音韻の反復も効果的だ。三俳人のこれらの句には資質・表現様式の違いがくっきりと現れている。ちなみに、仁平勝は林の「真昼間の」の句と夏石の「家ぬちを」の句を挙げ、

> 林には、けっして他にまぎれない独自な俳句の文体への渇望がある。これは夏石にも共通しているが、この渇望はそのまま、のっぺらぼうな現在に耐えがたい意識の表われともいえる
> （「人生から言葉へ」既出）。

という。これは攝津幸彦にも当てはまるだろう。

「未定」はこのように個性的な気鋭の俳人を生み出したが、その本領は坪内稔典らの「現代俳

句」と同様に、ラジカルで旺盛な評論批評活動にあった。その主なものに言及しておこう。

第9〜11号の特集「私にとっての同時代の俳句」（論考とシンポジウム）では、夏石番矢の「昭和50年代後半を迎えるための覚書」（「未定」第10号）の問題意識と言及の鋭さが際立つ。夏石の論については、すでに第3節「戦後世代による旺盛な批評活動」で採り上げたが、改めて触れておく。すでに言及したように、坪内稔典は「俳諧的技法の行方」（「俳句研究」昭55・10）で三橋敏雄の『真神』を、俳句の近代を問うという俳句史的課題を回避して俳諧的技法として充足させようとした、と否定的に論じた。夏石はそれを受けて、次のように言う。昭和三十年代までの戦後俳句の「主体」の優位と可能性の信頼の破綻ののちに、昭和四十年代と昭和五十年代前半の俳句状況において、技法と思想の一体化がめでたく行われたのは三橋敏雄の作品においてだった。それは通時的、遍在的なものを核として肉体の様態として俳諧的な手法によりうまく表現されている。しかし、それは自己という暗闇に意識のカンテラを差し向けていく意志的な自己投企はなく、俳句史における終末光のように思われる、と。したがって「昭和五〇年代以降の俳句を背負って立たねばならない僕達の世代こそが、三橋さんを対象化していかなければならない」（シンポジウム「私にとっての同時代の俳句」第11号）と言う。

林桂の「鶏頭論」は第5号（昭54・12）から第一回の連載を開始し、第12号（昭56・10）で全七回の連載を終結した。林は正岡子規の〈鶏頭の十四五本もありぬべし〉の読み解きにおいて二つの要点をおさえる。一つは、この句が子規庵句会において「鶏頭」という席題の嘱目吟であったこと。そのことを子規庵の家の間取りや庭に植えられた草木と、当日の句会で詠まれた諸句から緻密かつ論理的に実証する。もう一つは、「ぬべし」の文法的な用法が眼前の景物（この場合は「鶏頭群」）への視覚的な確信的な推量（きっと…ちがいない）であること。この二点を踏まえて、この句の受容史（いわゆる「鶏頭」論争）を辿りながら、主要な「鶏頭」論である塚本邦雄・大岡信・山本健吉・坪内稔典の各論を、ねばり強い論理的な実証と論証によって次々と鮮やかに論破し、自身の「鶏頭」論に至る。即ち、

視覚と化して〈子規〉がいると、それこそがリアリティであろう。（略）この作品世界では、二者の「存在」は互いに他者の存在によって、他者の存在を借りて、可能なのである。「作者」は自己存在を「ありぬべし」と鶏頭の「存在」を認知することで確かめるしかなく、鶏頭も他者である「作者」によって「ありぬべし」と「所有」されることによってしか、その思想を「存在」せしめることができないのである。（略）よって、この作品は、何かの象徴などとして読まれることを拒否している。（略）一回性としての「存在」が一回性として書かれてあるのである（「鶏頭論(7)」既出）。

林の「鶏頭論」はいわゆる「鶏頭」論争に結着をつけたものである。しかし、林の論のモチーフは、「鶏頭」論争に結着をつけることだけにあったのではなかった。林は論のモチーフを次のように語る。

いつから俳句形式は、可能性としての俳句と別れ、可能性としての俳句の興味さえ失い、遺産として生きるようになってしまったのであろうか。恐らくそれは高浜虚子に於いてであるに違いない（「鶏頭論(1)」既出）。

（鶏頭の句を通り過ぎてしまった）虚子を通しての俳句形式の流れを拒否したところで、この句を評価しようとしたのが本稿である。（略）「鶏頭」の句を評価することは、とりも直さず、虚子を通す以外での「俳句形式」の筋を、紡ぎ出すことである（「鶏頭論(7)」既出）。

虚子が閉ざしてしまった俳句形式の可能性を、虚子とは別の筋からその可能性を紡ぎ出す端緒として林の「鶏頭論」は書かれたのである。こうした傑出した論考が戦後世代の同人誌に掲載されたことは画期的なことであり、この論考だけでも「未定」の存在価値を高からしめた。ちなみに、林の「鶏頭論」はのち評論集『船長の行方 青春の現代俳句』（書肆麒麟、昭63）に収録された。『船長の行方 青春の現代俳句』は、夏石番矢の評論集『俳句のポエティック 戦後俳句作品論』（静地社、昭58）、仁平勝の評論集『詩的ナショナリズム』（冨岡書房、昭61）と並んで戦後世代の問題意識と批評力の圧倒的な高さを端的に示すものであった。この三冊の画期的な評論集については、後に第8節で改めて言及する。

第12号（昭56・10）から第19・20合併号（創刊五周年記念号、昭58・10）までは、特集「戦後俳句の再検討」を昭和二十年から五年きざみで昭和五十年まで全六回連載。各号ごとにおおよそ三名の論者が対象や視点を変えて論及する。主な論考に触れておこう。

第一回（第12号、昭和20～25年）では跡部祐三郎が佐藤鬼房の戦後俳句に焦点を当て、『名もなき日夜』と比べて『夜の崖』は社会現象に対して饒舌であり、後に俳壇的に集中した社会性への埋没が、逆に鬼房の俳句をむしろ限定してしまっている感がある、と言う。そして、

戦後の俳壇が、社会性俳句をいとも容易に許容できたのは、俳句史の内側からのものでなく、

それをとり巻く、言わば、オプティミスティックな精神主義に力点を置いたせいであろうとする。（「佐藤鬼房の戦後俳句作品」）。

大井恒行はこの時代に屹立する俳人の句集として野見山朱鳥の『曼珠沙華』と高柳重信の『蕗子』を対象にして、両者に共通するのは「孤絶の魂」と「眼中の景」にこだわりつづけたことであり、相違点は、朱鳥は俳句形式を前提としつつ、彼の魂を繋ぎとめ、重信は俳句形式そのものまで問うところだ、と言う。

第二回（第13号、昭和26〜30年）では、澤好摩が戦後俳句史の洗い直しを提言する。澤によれば、戦後いち早く台頭したのは新興俳句の遺産を継承した俳人たちだったが、「風」などの「寒雷」に育った俳人たちの台頭に対し、新興俳句の側からの正当な批評行為が見られなかった。それは逆に「寒雷」系の俳人たちにとっても大きなマイナスとなった。即ち、新興俳句の遺産を置き去りにし、敗戦直後から昭和二十年代半ばまでを空白とするもう一つの戦後俳句史がそこに出発することになった。「戦後俳句の再検討」とは、そういう俳句史を洗い直すことでなければならない、と。澤の論は前に挙げた跡部祐三郎の論とリンクしているだろう。

第三回（第14号、昭和31〜35年）では夏石番矢が、この時代の俳句の特色として、①戦後派の数人は戦争と戦後を自らの志向と才能の度合に応じて問うたこと。②旧来の俳句的文体との相違が著しいこと。特に赤尾兜子、加藤郁乎・金子兜太・高柳重信には著しいことを指摘（「昭和30年代前半の四人の戦後派俳人」）。そして四俳人のそれぞれの特色に言及する。即ち、赤尾の文体は言葉の違和的関係の連続によって俳句的規範からの逸脱度が高い。赤尾と対照的なのが金子兜太で、金子の暗喩のアナロジーは通俗的感覚や感情にたやすく還元され、通俗としての文化共同体に支えられている。高柳の文体は構築的文体と融合的文体でアンビバレンスだ。加藤の文体は詩と俳諧と近代俳句を吸収し、フィジックとメタフィジックの中間停止点としての俳句の美がある。他の戦後派と違って、人間主義の空洞化への洞察がある、と言う。

第四回（第15号、昭和36〜40年）では仁平勝が彼の表現論の原理に立脚し、この時代に俳壇を席巻した、いわゆる「前衛俳句」に言及する。まず、仁平は自己の表現論を次のように提示する。

> 一般に俳句表現がうまく成りたつには、ことばの指示性が〈意味〉へ向かわずに〈像〉をむすぶ本質として表出されていなければならない。しかも〈像〉はたんに対象指示性として完結するのではなく、それ自体を作者の自己表現として背後にある世界を暗示する（「「前衛俳句」への一視点」『詩的ナショナリズム』）。

そして、林田紀音夫の作品は、そういう俳句的な〈像〉を全体喩として表出することによって、作者の或る内的世界を形象化している、と言う。ところが多くの前衛俳句に言葉の〈像〉的な本質への認識が欠けていた、として、その欠陥を次のように言及する。

> 「前衛俳句」は、彼らの性急な自己表現のためにはいかにも短かすぎる〈十七文字〉の、いわば密度を高めるべく、俳句のことばに隠喩《メタファー》なり象徴《シンボル》を背負わせようとした。そしてそれが本質的にことばの〈像〉によらざるをえないかぎり、俳句表現はついに季語的な共同性の場を飛びさることができないという、ひとつの限界を明らかにしたといえる。

他方、加藤郁乎の俳句について次のように言及する。

〈郁乎俳句は〉ことばの指示性が、〈像〉を媒介することなく、そのまま自己表現性へ転化してゆく可能性を見ることができるように思う。

第五回（第17号、昭和41～45年）では、宇多喜代子がこの時代の俳句の特徴を河原枇杷男と阿部完市に代表させて、次のように捉える。

　個を超えた時代の問題をその根底に捉えて書かれたのが戦後俳句だとするなら、生存するわれとわが魂に執着して書いた河原枇杷男の俳句や、言葉が本来的に指示する方向を快的（ママ）に断裁し、独自の指示性を展開していった阿部完市の俳句は、それまでの戦後俳句が抱え持っていた「時代の問題」に結着をつけるかたちで「個の問題」を深化させていったといってよいように思われる（「個の凍結とその時代」）。

そして、この時代と戦後俳句の違いを次のようにも指摘する。

　河原枇杷男や阿部完市の横にひろがる世代の俳人たちを眺望した場合、目立って感じられるのは、戦後俳句が発散させていたスクラムの熱気と、時代感情への懐しさの欠如であろう。（略）昭和四〇年代の前半、戦後俳句は、はっきりと活力を失ったことを情況の中に示している。

以上、昭和二十年から昭和四十五年までを五年きざみにした特集「戦後俳句の再検討」についての主要な論考を採り上げてきた。これらの論考の質的レベルは、たとえば「俳句研究」での「戦後俳句」を対象とした論考類と比べてもけっして遜色はない。つまり、それほど「未定」における批評、論考はラジカルで密度が濃いということだ。

なお、単発の論考では上田玄の「渡辺（ママ）白泉の綳帯」（第15号、昭57・7）が犀利《さいり》な読み解きにより白泉の俳句の核心に迫る。これは上田が坪内稔典らの「現代俳句」第10集に寄稿した「渡辺《ママ》白泉の枯野」とリンクする論考で、白泉の「支那事変群作」中の〈繃帯が上膊を攀ぢ背を走る〉など一連の「繃帯」の句を次のように読み解く。

> 外からのレンズでは把えきれない内側からの皮膚感覚がむしろ句の核をなしている（略）作者の視覚そのものを描写対象自身の視点へと移行させながら〝そこに視える〟〝そこに感じる〟ものを創造した白泉の奔放な方法の成果をも確認することができる（略）「支那事変群作」は「新興季論」を生みだす生みの苦しみであり、「群作」が白泉をして「戦争」を「「季」ではない「季」」へと鍛えあげさせた（略）。

上田は以前から渡邊白泉への関心が高く、斬新な論考を書き継いできた。

6　批評精神や実証性が劣化した俳壇史的な事件　―二つの名誉毀損裁判

この時代は、前節で言及した戦後世代の旺盛な批評精神に基づく、ラジカルで論理的な批評活動を除いては、いわゆる「戦後派」俳人や昭和生まれの中堅世代を中心に全体的に文学的な批評精神が衰え、論証性や実証性に立脚した批評活動が劣化した時代だった。それを象徴する二つの名誉毀損裁判に触れておこう。

一 「西東三鬼スパイ説」訴訟事件

「西東三鬼スパイ説」訴訟とは、小堺昭三が実録小説『密告―昭和俳句弾圧事件』（ダイヤモンド社、昭54・1）で「三鬼は特高のスパイだった」と断定的に記述したことに対して、三鬼の次男斎藤直樹が小堺と出版元を相手取り、「事実無根の記述で死者、遺児の名誉が傷つけられた」として謝罪広告と慰謝料の支払いを求めた訴訟である。原告からの訴状は昭和五十五年七月三十日に大阪地裁堺支部に提出され、昭和五十八年三月二十三日、同堺支部で判決があった。判決は故三鬼の名誉回復のための謝罪広告掲載請求は棄却したが、「スパイ説は虚偽」との主張をほぼ認め、遺族に対する謝罪広告掲載と慰謝料三十万円の支払いを被告に命じ、原告が勝訴した。翌日の大手新聞の各社会面では紙面の半分のスペースで故三鬼や『密告』の写真入りで判決の詳細が報じられた。

この判決は、訴訟当初から大方予想されていたことであった。というのは、この判決によっても、依然として「京大俳句」弾圧事件や「情報提供」（スパイ）の真相は霧に包まれているという状況は変わらないものの、被告小堺の「三鬼スパイ説」の論理的構造は極めて単純なものだったからである。

小堺による「三鬼スパイ説」の出どころは、小堺の取材に応対した故島田洋一の語りにあった。それは『密告』の本文では判然としなかったが、その後、島田が「俳句研究」（昭54・8）のアンケート「はたして西東三鬼は「特高のスパイ」か?」に寄せた回答や、俳誌「俳句ポエム」42号に寄稿した「俳句弾圧事件余録」から島田の「三鬼スパイ説」（情報提供者）観は明白に打ち出されている。

「俳句弾圧事件余録」では三鬼への心証が次のように書かれている。

　昭和十六年二月五日に父が検挙されたが、数日後のある日、私は三鬼の訪問を受けた。（略）「こんどの東京の事件は、京都と違って大きくなる。君も必ず検挙されるから覚悟したまえ。ぼくのよく知っている刑事がいるから、また何かと相談に来たまえ」。

　このときの三鬼は（略）何か私をおびやかし不安を募らせるような、実に不愉快な気持ちを起させるものであった。ことに、〝ぼくのよく知っている刑事〟という言葉が、何か私の心にひっかかった。

島田における三鬼スパイ容疑は、このときの島田の三鬼への心証を核として形成されたものである。島田の三鬼スパイ容疑への推測は、今回の訴訟で争点となった三鬼の検挙の日にちの遅れと早い釈放へと絞られる。その点について、島田はアンケート回答（既出）の中で次のように書く。

　三鬼が京都で特別待遇を受けるには、それ相応の理由がなければならない。よほどのことがなければ大物の三鬼を、わずか一ヶ月（注＝約二ヶ月の誤り）の拘置で済ませるわけがない。（略）この特別待遇に対して、あの特高が何も代償を要求しなかったとしたら、それは全く甘い考えだ。（略）三鬼は当然、監視されながら「泳がせられ」、また何らか情報提供を求められた。（略）私は「情報提供者」という言葉を使いたい。

島田の推測は、三鬼の検挙の遅れと、拘置期間の短さという特別待遇の背景には、泳がされ、情報提供を求められるという取り引きがあったに違いない、というスパイ容疑の方向へと一直線に推測の翼を広げたもの。島田がそういう推測の拠りどころとした一つは、昭和五十二年、三谷昭と面談したとき、「「三鬼は泳がされ、協力させられたんですよ」と三谷昭がポツリと言ったのが印象的だった」（「俳句弾圧事件余録」既出）という三谷の語りである。しかし、この三谷の語りは何らかの確証があってのことではなく、三谷の推測の域を出るものではない。このように島田の三鬼へのスパイ疑惑形成は、物証や確証などの明証に基づくものではなく、三鬼に関する一体験を通しての心証に依拠し、そこから推測したものであった。

　したがって、今回の判決において、三鬼の検挙の遅れについて原告が主張した「囮《おとり》として泳がされた」点と、早い釈放について原告が主張した「先に逮捕された同人たちから事件の全貌を把握しており、釈放の条件の手記も三鬼は平畑静塔らのそれを参考に書いた」点を信憑性が高いと思料して、被告の「三鬼スパイ説」を虚偽として退けたことは妥当であった、と言えよう。

　ただし、問題点がなかったわけではない。それは裁判の過程で、原告側・被告側共に十分な調査や確証のないまま双方の弁論や証人の陳述がなされた点がいくつかあったことである。そのうち、主な二点を指摘しておく。

㈠　原告側が主張した「三鬼の留置の期間が短かったのは当局は十一月初旬に予定されていた天皇の京都行幸にそなえて房を空にしておく必要があったこと」という点。

　これは三鬼が自伝「俳愚伝」（「俳句」昭34・4〜35・3）の中で、「検事局では、十一月初旬の天皇行幸までに、事件の処理を終りたがっていた」と書き、また、「現代俳句思潮と句業―俳句弾圧事件の真相」（『現代俳句全集 第三巻』みすず書房、昭34・6）で、「京都警察部が功を急いで、事件を、十五年秋の、天皇行幸以前に終了させようとした」と書いたのを鵜呑《うの》みにした主張である。ちなみに、原告側の証人に立った湊楊一郎も「三鬼が短期間（七十日あまり）の留置だったことについては、前記「俳句研究」のアンケートにおける杉村聖林子の答え（注＝杉村はアンケートで「（当局は）十一月の〝行幸〟の前に事件処理の決着を迫られていた」と回答した）が当たっていて、これも三鬼『密告』事件に結びつけられない」（「新興俳句検挙事件」―「俳句研究」昭58・8）と天皇の関西行幸説を主張した。しかし、原告側のこれらの関西行幸説は三鬼や杉村の記述を調査せず、鵜呑みにした誤りであった。天皇の関西行幸は昭和十五年六月九日から十三日までであった。したがって、判決において「関西行幸説」を採用しなかったのは、結果として賢明であった。同年十一月三日の明治節では恩赦により「全国各刑務所から合計百三十三名に対し仮出所を許した」（「朝日新聞」昭和十五年十一月四日付）が、三鬼の釈放（十一月五日）もその恩赦に関連したものだったのか。当時、大日本航空の総裁という要職にあった三鬼の長兄武夫との関係による保釈説も捨てきれず、謎が残る。

㈡　白泉が京都五条署に勾留中、三鬼が白泉の父親の家を訪れ、白泉の釈放工作という名目で寸借詐欺を働いたことについて、原告および原告証人三橋敏雄と被告が共に確証のないまま推測で否定（原告および原告証人三橋敏雄）と肯定（被告）を主張した点。

この三鬼の寸借詐欺事件は『密告』の訴訟当時は研究が進んでおらず、原告側・被告側双方に確証が得られなかったのはやむを得ないことではあったが、白泉は五条署に勾留中、父親からの手紙で三鬼の寸借事件を知り、裏切られた不愉快さを、晩年、明確に書き遺した（「好日」昭43・11）。白泉が書き遺したことで、この事件は確証となった（参照＝川名大『戦争と俳句』創風社出版、令2。同『渡邊白泉の一〇〇句を読む』飯塚書店、令3）。

二　「角川春樹名誉毀損」訴訟事件

昭和五十年に角川書店の社主で俳人の角川源義が亡くなった後、社主となった長男春樹は出版業だけでなく、「角川映画」として映画界にも進出していたが、五十四年「河」の副主宰となり、五十六年には「角川俳句賞」の選考委員となるなど俳句界にも華々しく進出した。新人としてその急速な進出について俳句界での評価は揺れ幅が大きかった。そういう情況下で、毎日新聞（昭56・5・22夕刊）文化欄の匿名コラム「変化球」に、「臆面もない俳壇」と題する俳壇時評が掲載された。時評の前半はいわゆる「戦後派」俳人たちが一誌の主宰者となり、素人俳人簇生《そうせい》のブームに乗って東奔西走している現象を、俳句の堕落として批判したもの。後半は角川春樹に焦点を当て、次のように書いた。

結社「河」の副主宰にとどまっていれば無難だったものを、自ら率いる角川の雑誌「俳句」でも、「特別座談会・野生とロマン」を催したり、角川俳句賞の選考委員に加わったりしたからたまらない。（略）みな角川の「俳句」誌からしめ出されるのを懸念してか、当たらずさわらずのカゲ口を叩いているのである。

角川も勇み足は注意したほうがよろしかろうし、「秋」主宰の石原八束のように、春樹の何とも幼稚な句に、「若々しい青年の生命がほとばしるように満ちている」などと世辞を言うのもみっともないが、春樹一人に押しまくられている俳壇自体がどこかおかしいのではないか。匿名コラムによって「春樹の何とも幼稚な句」と評されたので、春樹としては、自作を引用して「幼稚な句」ではないことを具体的、論理的に論証して文学論争を展開すべきであった。それが批評の一般的ルールである。しかし、春樹はその一般的ルールを飛び越えて、いきなり毎日新聞社を相手取り、「名誉毀損」として東京地方裁判所に提訴した。

裁判は角川春樹の句は幼稚な句か否かを争点として進行したと思われる。しかし、「三鬼スパイ説」では裁判記録が「俳句研究」（昭58・8）に掲載されたが、春樹の名誉毀損裁判記録はどこにも掲載されなかった。また、東京地方裁判所民事訴訟廷事務室の記録の保存期間は五年間で、すでにそのデータは消去されている。したがって裁判の具体的な進行過程を記述することは困難である。私には次のようなことが記憶に残っている。昭和五十三年「角川俳句賞」の選考委員に俳壇外部から具眼の大岡信が加わることになり応募者が急増した。ところが、翌年、角川春樹が選考委員に加わるのと入れ違いに大岡信がたった一年で選考委員を辞退した。その件が裁判経過の中で争点となり、原告側は、大岡の辞退は大岡の渡米時期と重なったためと証言した。被告側はその真偽を確かめるため大岡の証人申請を行うこととなり、結果、原告側が提訴を取り下げ、決着したのではなかったか。

この他、毎日新聞の匿名時評（「変化球」既出）における角川春樹への否定的な評とリンクしたものとして、「俳句研究」の匿名時評「俳句春秋」があった。これに対して、角川書店の「俳句」

では昭和五十六年八月号から時評欄「提言」を設け、数名の署名入りで春樹擁護の論を展開した。しかし、この応酬は客観的な事実に立脚せず、憶測で相手を非難することに集中し、俳句論争としては稔りがなかった。また、客観的な事実の誤認を糺《ただ》して反論する側の文章や作品の掲載拒否にまでエスカレートした。「わたしは、お前の言うことに反対だ。だが、お前がそれを言う権利を、わたしは、命をかけて守る」（ヴォルテール）という公正な批評の基盤や、「表現の自由とは、ただ意見を発表する自由ということではなくて、権威の座にある人たちの気に食わない意見を発表する自由という事なのである」（宮沢俊義『憲法講話』）という表現の自由の基盤が失われ、俳壇が閉塞情況に陥ったことは、不幸なことであった。

7　戦後世代の台頭とその多様な新風 ――昭和終焉期の新陳代謝

すでに触れてきたように、昭和五十年代後半から昭和の終焉までの時代は、いわゆる「戦後派」俳人や中堅世代俳人の新風創出への意欲や問題意識が希薄で、そのため全体的に彼らの作品や批評活動は沈滞し、保守的、退嬰的な傾向が強かった。また、ホビー（趣味）俳句を楽しむシルバー世代の大量参入は俳壇や俳句総合誌、結社を劣化させた。さらに、批評精神の衰退や表現の自由への抑圧的な行為などにより、俳壇に閉塞的な重苦しい雰囲気が漂った。

しかし、同時に、この時代は戦後世代の気鋭の俳人たちが句集シリーズやアンソロジーによって一斉にニューウェーブとして登場し、俳壇に戦後世代の新鋭として認知され、新鋭としての俳壇的な地位を確立した画期的な時代であった。俳壇に若々しい新風が吹き、活発に新陳代謝が行われたのである。具体的に言えば、坪内稔典編集の「現代俳句」が企画した戦後世代を中心とする作品と批評を合体させたアンソロジー『俳句の現在』(全3巻、南方社、昭57〜58)がスタートだった。ここには攝津幸彦・徳弘純・夏石番矢・藤原月彦・久保純夫・仁藤さくら・秦夕美・林桂ら新世代五十五名の多彩な新風が収録された。そして、その流れのピークは昭和六十年から六十一年にかけて、田中裕明・夏石番矢・長谷川櫂・林桂ら十二名をセレクトした『精鋭句集シリーズ』(全12巻、牧羊社、昭60)および小澤實や岸本尚毅らの『処女句集シリーズ』(牧羊社、昭61)と、攝津幸彦・宮入聖・小澤實・鎌倉佐弓ら四十名を収録したアンソロジー『現代俳句の精鋭』(全3巻、牧羊社、昭61)および金田咲子・保坂敏子・皆吉司・西川徹郎ら三十八名を収録したアンソロジー『現代俳句の新鋭』(全4巻、東京四季出版、昭61)という句集シリーズとアンソロジーが俳句関係の商業出版社から相次いで出版された時であった。俳壇ジャーナリズムによって戦後世代の新鋭たちが集団的ニューウェーブとして俳壇に押し出され、広くその存在を認知されたのである。平成二年に刊行された『現代俳句ニューウェイブ』(立風書房)は夏石番矢・長谷川櫂ら八名をセレクトした決定打であった。

このように新世代のニューウェーブが集団的に台頭したわけだが、そこに至るまでにはいくつか要因があった。戦後世代の俳句活動は昭和四十年代の前半にいくつかの大学における同人誌活動などを通して始まっていたが、次のような要因が彼らの活動を活発化させた。

一　昭和四十八年、高柳重信が「俳句研究」誌上に既成俳句に囚われない新鮮な新人の登場を意図して「五十句競作」を企画したこと。炯眼の重信が選考に当たることにより、攝津幸彦・大屋達治・林桂・夏石番矢・長谷川櫂らの有力な新鋭が登場。のち「俳句研究」誌上にしばしば登用された。

二　同人誌「未定」が「五十句競作」で登場した新鋭俳人たちを糾合して実作と批評に活発な活動を展開したこと。

三　坪内稔典が「現代俳句」で「五十句競作」で登場した新鋭俳人や無所属の新鋭俳人を糾合して、論と作に斬新な企画を立てるとともに、適宜シンポジウムを企画して旺盛な活動を展開したこと。

四　各結社の中からも新世代の新鋭が登場してきたこと。

五　「五十句競作」などから登場した新鋭と、結社から育った新鋭が共に昭和五十年代以後、次々と新鮮な句集を上梓したこと。

したがって、昭和六十、六十一年をピークとして俳壇に登場、認知された新世代の新鋭俳人は、「五十句競作」や同人誌からの新鋭と結社育ちの新鋭とが交じっている。

昭和五十年以後に上梓された新世代の主な新鮮な句集には次のようなものがある。

昭和五十年―藤原月彦『王権神授説』、昭和五十一年―攝津幸彦『鳥子』、昭和五十六年―宮入聖『聖母帖』、昭和五十七年―大屋達治『繡鸞』、昭和五十八年―夏石番矢『猟常記』・大西泰世『椿事』・西村和子『夏帽子』、昭和五十九年―鎌倉佐弓『潤』・金田咲子『全身』・辻桃子『桃』・

皆吉司『火事物語』・林桂『黄昏の薔薇』、昭和六十年―長谷川櫂『古志』・田中裕明『花間一壺』・保坂敏子『芽山椒』・大木あまり『火のいろに』・鳴戸奈菜『イヴ』、昭和六十一年―岸本尚毅『鶏頭』・高澤晶子『復活』・小澤實『砧』・正木ゆう子『水晶体』、平成元年―中原道夫『蕩児』。

これらの新鋭俳人の中で大木あまりと鳴戸奈菜は昭和十年代生まれ、他は全て昭和二十年代以後の生まれである。

次に彼らが生み出した新鮮な秀句・佳句を挙げてみよう。

南国に死して御恩のみなみかぜ　　摂津幸彦
階段を濡らして昼が来てゐたり　　〃
生き急ぐ馬のどのゆめも馬　　〃
日輪のわけても行進曲《マーチ》淋しけれ　　〃

真昼間《まひるま》の
中也《ちゆうや》の
友《とも》の
短靴《たんぐつ》よ　　林　桂

家ぬちを濡羽の燕暴れけり　　夏石番矢
千年の留守に瀑布を掛けておく　　〃

トウメイニンゲンナル臣民《シンミン》ト赫赫《カクカク》タル岬《ミサキ》ヲ走《ハシ》ル　〃
致死量の月光兄の蒼《あお》全裸《はだか》　藤原月彦
童貞や銀器に注ぐ秋の水　〃
美術展はじめに唇を処刑せり　大屋達治
火柱の中にわたしの駅がある　大西泰世
如月にうつくしく死ぬ生殖器　〃
白木蓮と声を重ねあう真昼　〃
地獄絵に風の牡丹を加ふべし　大木あまり
大俎殺生を待つ半夏かな　〃
青大将この日男と女かな　鳴戸奈菜
春の月大輪にして一重なる　長谷川　櫂
冬深し柱の中の濤の音　〃
鶏頭の短く切りて置かれある　岸本尚毅
青大将実梅を分けてゆきにけり　〃
雪舟は多くのこらず秋螢　田中裕明
ことごとく全集にあり衣被　〃
吊されて土用の葬の羽織透く　宮入　聖
石垣の穴こそ春の娯楽なれ　〃

夏芝居監《けん》物《もつ》某《なにがし》出てすぐ死　小澤　實
鞍馬より貴船に下る大蚯蚓　〃
屏風絵の鷹が余白を窺へり　中原道夫
捩花をねぢり戻してみたりけり　〃
虚子の忌の大浴場に泳ぐなり　辻　桃子
膝を貸すこともしたるよ花見人　〃
いまダリは何をしてゐる昼顔よ　皆吉　司
冬晴れて古城のごとき霊柩車　〃
安房は手を広げたる国夏つばめ　鎌倉佐弓
サイネリア待つといふことさらきらす　〃
鮎は影と走りて若きことやめず　〃
双腕はさびしき岬百合を抱く　正木ゆう子
アマリリス男の伏目たのしめり　〃
極月の空青々と追ふものなし　金田咲子
街道にダリヤとわれと濃くゐたり　〃
花八ッ手隣家なまなましくありぬ　〃
朧月友禅の裾ふまれをり　保坂敏子
花満開縊死水死のこゑあまた　〃

炎帝に空あけわたす山の寺　〃

西瓜切るすぐに帰るといふ人に　西村和子

黄落の水に人声映りさう　〃

このように新世代の秀句・佳句を列記してみると、全体的な傾向として、いわゆる「戦後派」俳人や中堅世代俳人とは異なる新風の特色が浮かび上がる。戦後に台頭した「戦後派」俳人たちの多くは、戦中の戦争（出征）体験を心中に深く刻んで戦後社会と正面から向き合い、あるいは死に至る病（肺結核）に冒され死に向き合う生を共有しながら、その生を根底にした俳句を詠んだ。社会性や死の意識を共有しながら、自己の生と一体化した俳句作りが戦後派の大きな特徴である。

それにつづく中堅世代は昭和四十年代に台頭した。この時代の特色は、山崎正和が『柔らかい個人主義の誕生』（中央公論社、昭59）で鮮やかに捉えたように、産業や経済の発展を背景に大衆社会へ進展。人々の意識は国家や職場などの共同体への帰属意識が希薄化し、個人が多元的な帰属関係を形成するようになった。そして、そのときどきのパーソナルな帰属関係を結ぶ中で、個人的な日常生活を生きることに意義を見出すようになった。

こうした社会構造や人々の生活意識の変化を背景に、中堅世代の作風はいわゆる「戦後派」俳人の多くに共有された戦争の傷痕、国家や組織との軋轢、死に至る病といったモチーフからは切れ、個々の日常生活や感性に重きを置き、多元的な帰属関係の中での関心を主に既成の表現様式で詠む傾向が強まった。そうした同世代の保守的で類型的な俳句に抗して、いわゆる「戦後派」とは異なるパーソナルな独自の新風を確立したのが阿部完市・河原枇杷男・安井浩司らであった。彼らは無意識の深層世界、形而上的な仮象の世界、カオスとエロスを孕んだ世界など「戦後派」には見られなかった世界を、それぞれ独自の表現様式によって表出した。「戦後派」には重く苦しい人生と俳句との一体化、阿部や河原らには独自のモチーフと独自の表現様式との一体化というそれぞれの必死な表現的格闘があったのである。

それに比して戦後世代、とりわけ結社育ちの戦後世代の一般的特色は、表現史的な新風を開くといった高揚した使命感や意識に囚われることなく、俳句とのかかわりが自然体である。俳句を作ることが好きなので、自己の感性を大切にしてそれぞれのモチーフを俳句形式においてレトリックを熟練させて身の丈に合った句を詠めれば幸せだ、というのが彼らの基本的な考えだろう。

戦後世代の俳句のパイオニアである攝津幸彦が平成の初めに詠んだ、

国家よりワタクシ大事さくらんぼ　（『陸々集』平4）

は戦後世代の意識や価値観を象徴する句だ。昭和六十年代から平成にかけて戦後世代を中心に自己中心の個人主義が拡がった。私の職場の学校現場での体験の一端を挙げれば、自分の子供である小学生の運動会を見物するために何のためらいもなく有給休暇をとる戦後世代の教員が現れ、職場を騒がすとともに上の世代の教員との間に激しい軋みを生じさせた。若い教員にしてみれば、公共的な価値よりも私的な価値を優先させることはごく自然な意識だったのだろう。

ここで、前に挙げた戦後世代俳人の作風の特色にコメントを付しておこう。攝津幸彦・林桂・夏石番矢の個性的な作風についてはすでに触れた。彼らは阿部完市・河原枇杷男・安井浩司らを表現史的に更新するべくそれぞれ独自の世界を独自の文体で表出することを目ざしており、戦後世代では最もアグレッシブな俳人たちである。藤原月彦もエロスとタナトスの世界に固執する異色の俳人。大西泰世・大木あまり・鳴戸奈菜の三人の女性は性や死や異界への関心が高い。長谷川櫂・鎌倉佐弓・正木ゆう子・金田咲子に共通するのは鋭敏な感覚と清新な詩情である。宮入聖・小澤實・中原道夫・辻桃子・保坂敏子・西村和子に共通するのは俳意や諧謔味を狙ったレトリック。岸本尚毅と田中裕明の句の文体は対照的。岸本は季語から伝統的な情趣を洗い落とし、一物仕立の文体で写生的に俳意のある光景を切り取る。田中は季語の伝統的な情趣を生かしつつ飛躍した取り合わせによってふくらみのある世界を表出する。大屋達治と皆吉司はモダンな感性による斬新な作風である。

それぞれの清新な感性や冴えたレトリックによって身の丈に応じた日常的な小さな世界を詠む新世代の趣向に対して、いわゆる「戦後派」の森澄雄は岸本尚毅や田中裕明の作風を批判して、

自分の生きる困難さから俳句が生まれればいいじゃないですか。（略）人生に独立して俳句だけのテーマはあるはずがない（後藤比奈夫・上田五千石との作品月評の鼎談、「俳句」平2・5）。

と発言した。しかし、それは「国家よりワタクシ大事」という自己中心の個人主義に立脚して日常の些細な事柄に生きる意味を見出し、日常のディテールに俳意を捉える新世代への無理解による無いものねだりだったと言えよう。

今まで展望してきたように、一口に戦後世代の俳句と言っても、その作風は個々の俳人ごとに異なり、多様である。長谷川櫂は、戦後世代の中で全共闘運動を体験した団塊の世代とそれ以後の世代の断層を世代論の視点から捉え、それ以後の世代の共通した特徴を大略次のように言う（特集・現代俳句の傾向をさぐる――「俳句の原点」―「俳句研究」昭62・2）。

団塊の世代以後の世代が段階の世代から学んだ最大の教訓は、自分で触れて確認できるもの以外は用心せよということ。彼らの作品は「若さ」「元気のよさ」がないが、それは彼らが、俳句形式は生物的な若さとは無縁であることを心得ているからだ。また、都市に生きる人間の不安といった「現代的なテーマ」が時代の風物に過ぎないことも知っている。彼らの作品には、「俳句の原点」とでも呼ぶべきものへ帰ってゆこうとする力が働いている。共通しているのは、水原秋桜子以後の「昭和俳句」以前に拠りどころを求めていることである。

そして、

桃の葉のくたぶれゐるや桃実る　小澤　實
四五人のみしみし歩く障子かな　岸本尚毅
やはらかく芦の崩るる野焼かな　上島顕司
藤の実はよだれのやうな形かな　皆吉　司

を挙げて、どの句にもむき出しのままの物が描かれている。ここにも「自分で触れて確認できるもの以外は用心せよ」という世代のテーゼがある。最近、高野素十の俳句が見直されはじめ、また、波多野爽波の写生説に若い人の関心が集まったのも、このような背景があってのことだろう、と言う。

長谷川のこの世代論の視点で、団塊の世代以後の世代の俳句の特徴が全て割り切れるわけではない。すでに見てきたように、団塊の世代の攝津幸彦や、団塊の世代以後の世代の林桂・夏石番矢・藤原月彦らは「戦後派」俳人ら先行世代が切り開いた俳句表現史の尖端を継承して、ポスト戦後俳句の新風を希求する俳人たちであり、小澤實や岸本尚毅らとはその俳句観や志が大きく異なっていたからである。「俳句研究」の「五十句競作」や、同人誌「未定」、坪内稔典の「現代俳句」から登場した戦後世代俳人はポスト戦後俳句の新風を希求する俳人が多い。逆に、結社育ちの戦後世代俳人は、いわば反近代に拠りどころを求める俳人が多い。

とは言え、団塊の世代以後の世代に小澤や岸本らのような作風の俳人たちが輩出したのは、長谷川が言うように、高野素十や波多野爽波の俳句への関心の高まり、あるいは大岡信や川崎展宏の虚子論を契機とする一種の虚子ブームともリンクしているだろう。さらに、それを取りまくものとしてはカルチャー俳句や女性俳人の大量進出による日常卑近なものを対象にして感性の違いを競うような作風の普及もあるだろう。現代日本文化論的に言えば、山崎正和が『柔らかい個人主義の誕生』（中央公論社、昭59）で言及したように、国家や組織への帰属意識が希薄化し、個人が多元的な帰属関係を形成していく中で、日常生活の些細な物事に価値を置き、そこに幸福感を抱くようになったこともあるだろう。俳句形式は短小だが、俳句固有の表現方法によって大きくて深い世界を表現できる。しかし、桑原武夫が「第二芸術」（「世界」昭21・11）において、巨樹を俳句という植木鉢に移植したならば、植木鉢は破れざるを得ないと考えたのと同様に、俳句形式を認識していた俳人が多かったこともあるだろう。

長谷川櫂は、小澤實や岸本尚毅ら「シラケ世代」の出現は、昭和六年に水原秋桜子が唱えた「文芸上の真」の言葉と、この言葉の呪力の下にあった昭和の俳句が、一つの転換期を迎えていると言えるかもしれない、と結論づけている。新興俳句の勃興以来、人間・人生・社会・戦争など大きな物語を主題として追求してきた昭和俳句、戦後俳句の展開に鑑みて、短小な俳句形式の身の丈に合ったような小さな物語に自らを閉ざすような、俳壇における内向世代の出現は、長谷川の言うように、確かに一つの大きな転換期と言えよう。そして、その流れが「シラケ世代」だけでなく、俳壇全体に加速し、拡がっていったのが平成俳壇であった、と言えよう。

8　戦後世代の批評の画期的な成果　――卓越した作品論・作家論・定型論・切れ論

この時代は前節で言及したように、戦後世代の新鋭たちが句集やアンソロジーによって一斉に俳壇に台頭し、多様な新風を見せた時代だった。だが、彼らの新風は実作面だけにとどまるものではなかった。批評面においても彼らは作品論・作家論・定型論・切れ論などにわたって前世代に見られなかった方法で犀利な批評活動を旺盛に展開した。そして、昭和六十年前後にそれらを評論集・論考集として刊行し、従来の水準を超える画期的な成果を示した。

従来の戦後の俳句評論は、時代と切り結ぶ俳人の主体性とその作品との相関に焦点を当て、表現技法(レトリック)の特徴から作風を論じたり、作品のモチーフの特徴や俳人の自然観・人間観・社会観などから作家の特徴に言及するものが主流だった。作品を深く読み込み、その内部構造を捉えるというよりは、いわば外在的な批評だった。戦後世代の新鋭たちの批評も、時代や社会と切り結ぶ俳人の主体性とその作品との相関に視点を置くことを無意味として捨て去ったわけではないが、彼らは基本姿勢として、まず何よりも独立した作品に向き合い、深く読み、作品の言葉が放射するものを鋭敏に感受するところから批評をスタートさせようとした点で、両者の差異は大きい。

ここでは彼らの批評活動の画期的成果を示すものとして、夏石番矢『俳句のポエティック 戦後俳句作品論』(静地社、昭58)、仁平勝『詩的ナショナリズム』(冨岡書房、昭61)、林桂『船長の行方 青春の現代俳句』(書肆麒麟、昭63)の三冊を中心に言及しておく。絞って言えば、この三人の犀利な批評活動には画期的な業績が三点あった。

一つめは、三人に共通するものとして作品を深く読むことから作品論や作家論を駆動させる方法の確立。すなわち、作品を熟練した深い読みによって、作品の言葉が放射する多義的な含意を感受し、作品の内部構造を論理的、説得的に捉えることを通して作品論と作家論とを往還させていく営みである。当時、日本近代文学の研究方法として文化記号論やテクスト論など外来の文学理論が流行していたが、彼ら三人は新しい文学理論のマニュアルによって作品を分析したのではなく、個々の熟練した深い読みを通して一回性のオリジナルな作品論や作家論を駆動させたのである。

二つめは、夏石番矢が従来の二句一章の定番的な切れ論を超克して、一句を構成する語やフレーズの相関においてイメージや意識の揺らぎやその飛翔を鋭敏に捉えて幾重にも屈折する精緻な切れ論を唱えたこと（「狭間《はざま》の詩学―俳句形式と《切れ》」―「俳句評論」第199号、「《切れ》の変貌のために」―「俳句研究」昭59・5）。

夏石は五・七・五のいわゆる句切れの視点からミクロ的な切れ論を紡ぎ出した。他方、仁平勝は連歌や俳諧において発句が脇句から切れて独立するという発生史的な〈切れ〉に立脚して、「切字（切れ）とは共同規範としての言語の〈意味〉を逆に積極的に断つことによって、ことばのディスコミュニケーションを表現的な価値として主張しようとする契機」（「〈発句〉の変貌」―『詩的ナショナリズム』）と説く。芭蕉の「謂ひおほせて何かある」を俳句の本質とする切れ論である。夏石と仁平は切れの概念、視点が異なるが、共に俳句定型が言葉のダイナミズムを獲得するためには、〈切れ〉〈転換〉への認識が重要な課題であることを明確に提示した。

ただし、仁平は脇句（付句）から切れるという発生史的な〈切れ〉の概念に執着し、すでに芭蕉の時代から上五や中七で「切って繋ぐ」という切れの概念へと変貌していたこと、すなわち、〈切れ〉は脇句から切れる働きではなく、上五や中七で切ることで読み手の想像力を喚起する空白を作り、いったん切られた上と下をアナロジーによって繋ぐ働きということにはあまり言及しなかった。したがって、仁平の〈切れ〉論には夏石のような語やフレーズの多様な切れの効果を精緻に分析するものは見られない。その分、夏石の〈切れ〉論と比べて発生史としての一次的な原理の提示にとどまり、実作への示唆的な意義は稀薄だった。ちなみに、後年、〈切れ〉の働きの更新を歴史的に追求することで表現史の展開を精緻に構築した志賀康の『山羊の虹』（邑書林、平23）が刊行され、いわば〈切れ〉史は集大成された。

三つめは、従来、形式論や韻律論はあっても、俳句定型論と呼べるものは見られなかった。そういう俳論史的状況の中で、仁平勝は『新古今和歌集』の三句切れの構成意識から始まって、やがて上の句の下五で終止する技法を手に入れ、五七五という新たな定型が生成、独立してくる。さらに、芭蕉が上五に切れの技法を確立することで、上五と中七下五とが比喩的な関係で対峙することで、意味を作ろうとする散文脈を断ち切り、脇句から独立した俳句定型が確立した、と定型の歴史的な生成を論理的に鮮やかに解き明かした。金子兜太が俳句を「最短定型」と呼び、将来、口語的な表現が普及すれば、五七五定型も崩れ、新しい定型が生成するなどと説いた俗流定型論を一蹴する、説得力のある画期的な定型論であった。

仁平は『詩的ナショナリズム』の序の章「虚構《フィクション》としての定型」で次のように説く。

「切れ」こそまさに俳句の発句性にほかならないのだ。つまり、〈発句〉が「切れ」を構造的に方法化する過程において、五・七・五＝十七音は、俳句の〝定型〟としての本質的な契機を手に入れているのである。

定型論としての同様の趣旨は「俳句定型論ノート㈠㈡」（『詩的ナショナリズム』既出）や、後年の「詩の定型を考える」（「すばる」平17・10）でも繰り返し説かれる。

ただし、俳句は日本の詩的近代がついに解体し得なかった「定型」の表現であり、「古典詩」

だという認識に立脚して、仁平が次のような論理を紡ぎ出したことに対しては、林桂から厳しい批判が投げかけられた。

同時代の表現と言っても、そもそも俳人という人種は今日のリアルタイムを生きているわけではない。俳人の職業からして（略）時代のリアリティとはあまり接触しない場所で生きている人が多いが、ここではべつにそういう意味ではなくて、俳句という定型の根拠が時代のリアリティとは無関係に成立していることを言うのである（仁平勝「同時代論」『現代俳句の精鋭Ⅲ』牧羊社、昭61）。

林はこの仁平の認識に対し、「こうした短絡の上の定型論は無効」と断じ、次のように批判した。

「書く」という、文学に振り分けられた存在とは、時代の先端から疎外された求心的想像力のことであったのは、平安文学以前からのことで、なにも現在に始まったことではないし、そのことが現在のリアリティを表現として担いえなかった理由になったことなどないはずです。また、それ以上に、「俳句」定型の無時代的リアリティの根拠になることもないはずです（夏石番矢・林桂往復書簡「ポスト戦後俳句」―「俳句空間」第3号、昭62・4）。

林の批判を敷衍すれば、俳句の定型を時代や情況と切り離された不変の形式とする仁平の認識は、俳句定型を静体と捉える短絡的な誤りであり、俳句は定型詩であっても、俳句文脈はそれぞれ一回性として「書く」ことによって出現する動体であり、そこには時代の照り返しが詩のリアリティーとして刻印されているのだ、ということだろう。そして、それは時代を遡った和歌の時代からの変わらない真実である。定型詩であっても、それが「文学」表現の営為となるような

「書く」人は、現実的な情況から疎外される存在であっても、むしろそのことによってよりよく時代が見えており、彼らが生み出した優れた表現には時代の刻印がある、というのである。坪内稔典が俳句の「片言性」や「口誦性」を主張することにより、俳句を静体と捉える方向へ後退させたのと同様に、仁平も俳句を静体と捉えている、というのが林の批判の主旨である。

仁平には卓抜な加藤郁乎論がある。「独吟連句のように、作品のことばを連想的に形成してゆくことは、郁乎俳句の構造的な核ともいうべき本質的な特徴」（「加藤郁乎論・序説」『詩的ナショナリズム』）と捉え、前衛俳句が〈像的な喩〉に頼ったのに対し、加藤は『えくとぷらすま』（昭37）、『形而情学』（昭41）において〈像的な喩〉を解体する方向に進んだ。そこに、言葉の指示性が、〈像〉を媒介することなく、そのまま自己表現性へ転化してゆく可能性を見ることができる、とした。後年、仁平は『加藤郁乎論』（沖積社、平15）により郁乎論を集大成したが、それについてはすでに触れた。

林桂の『船長の行方　青春の現代俳句』では、第一章の六編の高柳重信論が林の作家論の方法を明確に示している。すなわち、高柳重信の作品の方法に即して作品を深く読み込み、作品の言葉の放つ多義的なイメージを鋭敏な感性で掬いとっていくことで、作品論を通して作家論を形成するという方法である。夏石番矢の方法とリンクしているが、林の方がよりストイックな方法的な枠組みがある。その方法に拠って、第一句集『蕗子』から晩年の『山川蟬夫句集』へと作品論を紡ぐことを通して高柳重信の俳句的な軌跡を鮮やかに描き出す、という作品論と作家論とのみごとな往還を遂げている。林の批評の特徴である緻密で、明晰な論理の展開が美しい。

第三章の中の「坪内稔典の現在から遠望する」（初出は「未定」第14号、昭57・4）は、ポスト戦後俳句の牽引者であった坪内稔典に対する最も犀利な批判的論考。坪内は俳句を「過渡の詩」（俳句はその誕生への過渡の詩形式だという認識）と捉え、「定型詩である俳句は、国家意志による侵蝕（言葉や感性が国家意志に侵蝕されること）という危機を、定型との葛藤として表現にまで高めなければならない」（『過渡の詩』牧神社、昭53）と唱え、三橋敏雄論（「俳諧的技法の行方」―「俳句研究」昭55・10）をはじめ「戦後俳人論」を執筆し、「戦後派」俳人を乗り越えるポスト戦後俳句を牽引した。坪内の唱える俳句観に共感する同世代や戦後生まれの俳人たちは多かった。その坪内が表現内容の質を問うことなく、俳句の片言性や口誦性を絶対視する主張（「口誦の文学」―「俳句研究」昭59・7、「口誦性―若い俳句」―「俳句」昭和61・4）に転じ、その作品の具現として、〈三月の甘納豆のうふふふふ〉など一連の「甘納豆」の句を自選句として発表した。この坪内の俳句観と作風の変貌には澤好摩ら気鋭の俳人たちから疑問や違和感が表明された。林桂もその一人だが、彼はすでに俳句表現史の継起について明晰な認識を確立していた。

　真の評論・作品のレベルに立つとは、自己の中に「史」を形成することによってしかない。（略）先行世代を「史」として自己の内に引き受ける地平に立つことが必要であろう。そして、それは先行世代のレベルを読み定める眼と、それによる評価と批判を通してしか果たされることはない（「〈時代〉を奪い合う〈季節〉へ」―「俳句研究」昭53・4）。

この認識に立脚して、坪内の作品への違和感を「坪内の俳句史の〈読み〉から期待されたものは（略）このような地平ではなかったはずだという異和《（ママ）》感であった」と言う。即ち、坪内は先行世代の評論と作品のレベルを読み定める眼が明晰ではなかったわけだが、林は坪内の眼の曇りを、吉本隆明の引用に引きずられて山本健吉の言う形式の空白（時間性の抹殺）と吉本の言う作者の空白（自己省察の及ばない内部の空白）に求めたところに方法的な錯誤があった、と断じた。いわゆる「鶏頭論争」に結着をつけた画期的な論考「鶏頭論」については、すでに触れた。

ここで、夏石番矢の『俳句のポエティック　戦後俳句作品論』に戻って、補足しておく。第一章の「超克のための戦後俳句作品史」は、戦後俳句表現史の眺望。戦後俳句史の記述に関しては、表現史的史眼を持てないまま俳壇史を現象的に時系列で記述するのが一般的な傾向であった。夏石はそれに抗して、「戦後派」俳人の中で高柳重信と鈴木六林男の業績を高く評価するとともに、「戦後派」俳人の特徴を人間の感情や思いを文学の根本とする人間主義、近代的自我の親和に囚われていた、と捉える。他方、昭和三十年代に登場した加藤郁乎は虚無主義の世界観に立って、表現技法の極北に向かい、意味の超脱化への道を辿った、とする。昭和四十年代は俳壇で流布した「龍太・澄雄」時代ではなく、安井浩司・河原枇杷男・阿部完市らの時代である。とりわけ、人間の深層に最も食い込んだのは安井浩司であり、同時代の前線に安井の作品は立ち、その銃後と呼ぶべき後方に、三橋敏雄の作品は堡塁を築いた、とした。このマクロ的な視点に立った戦後俳句表現史の提示は、かなりの説得力を持つ問題提起であった。そして、新風を目ざす戦後世代の俳人たちの間には「加藤郁乎以後の俳句」という認識が共有されることとなった。

9　昭和五十八年から昭和の終焉までの俳句作品の成果

飯島晴子「おもしろい作品がどこにも見当たらない」（座談会「俳壇総展望」―「俳句研究年鑑'84」昭58・12）。

三橋敏雄「問題意識が全般的にきわめて稀薄。（略）安定というよりも衰弱現象」（同）。

飯田龍太「専門俳人が常に本格俳人であるとは限らない。（略）専門が本格を上廻ったとき、外見は盛況を示し、内実は貧しくなるのが世上一般の原則」（「衆と平明と」―昭和六十一年度「俳句年鑑」）。

佐藤鬼房「古い大きな結社にも、戦後の中堅どころにも「昨日に厭く」ものが居るにはいるが（略）」（「昨日に厭く」―「俳句研究年鑑'88」昭62・12）。

この時代は、このように著名な実力俳人たちによって概して作品の低迷現象が指摘されている。では、その実態はどうだったのか。昭和五十八年一月から同六十三年十二月までの期間において、主に「俳句」および「俳句研究」に掲載された秀句を抽出することにより、この時代の作品の傾向と成果に言及しておこう。抽出した秀句を眺めると、新風を切り開いたと言えるものは少なく、すでに個々の作風を確立した実力俳人たちがその作風による秀句を継続して示した、というのが一般的な傾向である。その意味では低迷よりは安定した実力を発揮したと言えよう。また、新たな傾向としては、概して俳意、諧謔性を打ち出した句が多いこと。
まず、新風と呼ぶべきものは折笠美秋の句。

海嘯も激雨もおとこの遺書ならん　（昭60）
ひかり野へ君なら蝶に乗れるだろう　（昭61）
彼処此処《そこここ》に君が汨羅《べきら》や桜闇　（〃）
海嘯と死んじやいやよという声と　（〃）

これらはＡＬＳ（筋萎縮性側索硬化症）という難病と向き合った嵩高な生と詩魂から生み出された絶唱。その一句一句はわずかに動く口と目だけで伝える意思を夫人が読み取って書き留めたもの。北里病院での闘病生活は「俳句研究」（昭62・2）から日記体の「北里仰臥滴々」として連載された。

暗黒の中から生まれてきた。暗黒の中へ突き戻されて、もともと。光の中に在る間を「生」という。しかし生涯を地中深くや海底の漆黒の中で送る生物もある。暗の中でも志高く生きる事は出来るのかも知れない（「北里仰臥滴々⑾」―「俳句研究」昭62・12）。

など、敬虔な深い思惟は多くの読者の胸深く刻まれた。
次に、固有の作風を推進して多くの秀句を詠み、充実した活動を示した俳人。

河原枇杷男

天地また一蝶翔ちて暗くなる　（昭60）
おほむらさき太虚《おほぞら》も又年経たる　（昭61）
蜆蝶どの枝先も夢なりき　（〃）
君も乗れよと鴛鴦のせて春の水　（昭62）
何見よと賜ひし眼や鳥雲に　（昭63）

重厚な文体と形而上的な思惟の世界は健在。

清水径子

日が射すとわれも変型あやめとよ　（昭60〜64）
そんな目をすれば夕方鰈かな　（昭61）
倒れたる板間の葱に似て困る　（昭60〜64）

あやめや葱に見立てた上質な自己諧謔。

飯島晴子

金屏風何んとすばやくたたむこと　（昭59）
軽暖や写楽十枚ずいと見て　（昭60）
螢の夜老い放題に老いんとす　（昭62）

闊達な文体による狙いすました俳意。

安井浩司

栗の花劫初の犬に帰らなん　（昭58）

柘榴種散つて四千の蟲となれ　（昭59）

花曇る眼球を世へ押し出せど　（昭61）

作者独特の情念の表出。第三句はこの作者には珍しい社会性を感じさせる句。

阿部完市

遠方とは馬のすべてでありにけり　（昭58）

翡翠《かわせみ》をあっとこころはこえるなり　（昭61）

ぜったいのごとし南のばすすとっぷ　（昭62）

昭和三十年代の後半以来、意識化され、知覚される以前の「現瞬間」の生動する感覚や気分などを表現することを一貫して追求してきたこの作者の「次の俳句」を志すアグレッシブな試み。

飯田龍太と森澄雄は座談会や執筆活動などに旺盛に活動し、実作でも安定した固有の作風を示した。永田耕衣や三橋敏雄も継続的に固有の秀句を示した。三橋の「銀座」の句は、昭和十年代に渡邊白泉が果敢に多様な表現様式に挑戦した志を継承したものである。三橋は後に白泉の〈駈ける蹴る踏む立つ跨ぐ跳ぶ転ぶ〉（「風」第6号、昭13）を踏まえて〈寝ては起き歩き駆け坐し去年今年〉と詠んだ。

龍の玉虚子につめたき眼あり　龍太（昭58）

龍の玉升《のぼ》さんと呼ぶ虚子のこゑ　〃（昭59）

何はともあれ山に雨山は春　〃（昭62）
はるかまで旅してゐたり昼寝覚　澄雄（昭60）
妻がゐて夜長を言へりさう思ふ　〃（昭61）
木の実のごとき臍もちき死なしめき　〃（昭63）
炎昼や傑作一人《じん》体《たい》の滅《めつ》　耕衣（昭58）
河骨や天女に器官ある如し　〃（昭61）
餅膨れつつ美しき虚空かな　〃（〃）
高ぞらの誰もさはらぬ春の枝　三橋敏雄（昭59）
あやまちはくりかへします秋の暮　〃（〃）
銀座銀河銀河銀座東京廃墟　〃（昭61）

以下、この時代の多様な秀句を時系列で挙げておく。

魂《たま》あまた翔《か》け入りゆきぬ寒満月　柴田白葉女（昭58）
初夢のいきなり太き蝶の腹　宇佐美魚目（〃）
唇《くち》も肉なれば尊し桃の花　桑原三郎（〃）
陰干しにせよ魂もぜんまいも　橋閒石（〃）
炎天こそすなはち永遠の草田男忌　鍵和田秞子（〃）
東入る西入る知らず朧かな　草間時彦（昭59）

畳目にまぎれて春の蚊なりけり　岡本　眸（〃）
ほのぐらき電流曳けり大揚羽　渋谷　道（昭60）
冬眠の蝮のほかは寝息なし　金子兜太（昭61）
初明り不條理もて稿終る　鈴木六林男（〃）
応といふまに米寿初蝶来　阿波野青畝（〃）
打擲もて山吹を呉れにけり　伊沢正江（〃）
蠑螺浮く宇宙泳ぎをするもゐて　右城暮石（〃）
短日のここにも釘を打てと云う　橋　閒石（昭62）
人類の歩むさみしさつちふるを　小川双々子（〃）
五月闇ほとけの闇は別にあり　井沢正江（〃）
草の根の蛇のねむりにとどきけり　桂　信子（〃）
牡丹剪つて大きな闇をつくりけり　加藤楸邨（〃）
猫の目に来てまくなぎの伸びにけり　〃（昭63）
麦踏のまたはるかなるものめざす　鷹羽狩行（〃）

前に指摘したことだが、これらの諸句には概して俳意を打ち出す傾向が見られる。元来、阿波野青畝・阿部青鞋・永田耕衣・橋閒石・右城暮石らの句には豊饒な俳意のテイストが含まれていたのであるが、それ以外の俳人にも俳意を意図した句が見られる。その背景には、昭和五十年代中ごろから、大岡信・川崎展宏らの著作や座談会を通して虚子俳句が再評価され、一種の虚子ブームが生じたことと、山本健吉や俳文学者たちによって俳句性の特質として俳意・諧謔性が積極的に説かれ、流布したことがあるだろう。

折笠美秋の句から加藤楸邨の句まで引用した秀句は、昭和五十八年から同六十三年までの「俳句研究年鑑」および「俳句年鑑」の「諸家自選句」（各五句）から精選したものである。すでに、第2節で昭和四十六年から同五十九年まで両年鑑の「諸家自選句」から年度ごとの秀句数と秀句選出率のデータを図示したが、秀句選出率の平均はおよそ一パーセントほどであった。それと比べると、ここに引用した六年間の秀句率は、はるかに低いものになる。それは六年間の引用句は秀句を精選したことが主因である。冒頭に主要な実力俳人の文言を引用したように、この六年間は俳句の低迷が指摘され、江里昭彦の文言に倣えば「遊芸派」が「芸術派」を数の上で圧倒した時代であった。たぶん、秀句率も一パーセントを下回っているだろう。その意味では実作の低迷とは言えようが、そういう情況下でも、優れた実力俳人たちは固有の秀句を詠み、それによって俳句史上の俳句の水準を保ち、支えていたのである。ただ、戦後俳句を推進してきた実力俳人である林田紀音夫・佐藤鬼房・飴山實らの秀句が見られなかったのは淋しいことであった。

10　昭和俳句の終焉期　—俳句総合誌の三派鼎立

「昭和俳句史」もいよいよ最終章である。ここでは、昭和五十八年以後において書き漏らしたいくつかの評論類を補いながら、六十年以後の昭和俳句の終焉期における俳句総合誌、俳壇ジャーナリズムの情況を「三派鼎立」(「俳句」「俳句研究」「俳句空間」)と捉え、その実体に言及することによって締め括りたい。

まず、書き漏らした評論類から。「俳句研究」の特集「戦後派の功罪Ⅰ・Ⅱ」(昭58・1、昭58・5)では、既成の戦後俳句通史を解体して、戦後俳句史をいかに紡ぐべきかという認識と方法論に立脚して、表現史の視点から「戦後派」俳人を洗い直してゆく斬新な諸論が見られた。

宇多喜代子は、

> 表現史として綴られる史がなくてはならぬ。(略)私は、戦後俳句の骨格を、自己の俳句表現に戦後が開放した時代的特性を内在せしめた俳人の意識の問題だと考える(「戦後俳句史のための試論」昭58・1)。

と言う。そして、敗戦直後から社会性俳句までの期間を空白化する俳壇通説史に異を唱え、「敗戦直後に若い俳人たちがそれぞれの句集の刊行に集中させた個々の情熱と、「時代」を内蔵させた彼等の代表句がすでにそこに書かれていたという俳句表現の展開の軌跡を忘れることはできない」という認識を示す。宇多と同様の認識は澤好摩・夏石番矢・安井浩司らにも見られる。

澤は、

> 個々の俳人の仕事を、とりわけ俳句表現史の高みにどう参加したか、あるいは俳句表現史の展開をどのように担ってきたかという視点から検証していくことは、「戦後派俳人」という

「群」から漠然と感じとれる俳句の「戦後」像を、とりあえず解体していくことにつながる。そして、いま最も必要なのは、俳句における「戦後」像の解体の作業を通して、戦後という時代の深みに下りていくことで評者としての自己を晒しながら、そこで我々が明確に継承発展させるべきものとそうでないものとの位置付けを行なうことである（「戦後派の功罪」昭58・1）。

と言う。そして「「戦後派」が最も「戦後派」の名に相応しかったのは、戦後の時代情況の推移にヴィヴィッドに反応した昭和三十年代前半まで」だ、と考察する。

夏石番矢は「社会性」や「暗喩」の問題について、昭和二十年末期から昭和三十年代にかけて勃興した社会性俳句や前衛俳句の主題や方法の問題と捉える既成の俳句通史を解体して、「昭和20年代に鈴木六林男や高柳重信の作品によって一つの解決と結実を迎えていた」（「戦後俳句史の座標」昭58・1）という新たな見解を示した。

安井浩司は、

〝時代〟に対してスクラム状にあった彼等の連結系をたち切ったところに、もう一つの詩としての検証が加えられてしかるべきなのである。（略）文学運動が共同幻想のるつぼの中に詩をうながすが、しかし、いつかは詩によって文学運動が洗われなければならないのは当然のことである（「戦後俳句考」昭58・5）。

と、文学運動を断ち切ったところに、個的営為としての詩（俳句）の本質を捉える。そして、他の論者と異なり、「戦後俳句の総体は、必ずしも戦後派の軌跡にのみ限定して捉えるべきではない」という視点から、永田耕衣における根源的な「命」の問題、三鬼の物と自己との間に生じる

「無意味性」、草田男のビジョンとしての「超人」、赤黄男における「神」などを論及すべき問題として指摘した。

以上の論者たちが「戦後派」俳人を捉えようとする認識や方法は、一口で言えば戦後俳句史の書き換えである。すなわち、「戦後派」俳人たちが「群れ」として、あるいは運動体として推進したいわゆる「社会性俳句」や「前衛俳句」を解体して、俳人個々の同時代の成果を問い直すことで、新たな戦後俳句史の構築を目ざすものである。その視点から「社会性」に関しては昭和二十年代前半期に、すでに鈴木六林男や佐藤鬼房の成果が見られ、「暗喩」に関しては同時期に、すでに高柳重信の成果があった、という新たな考察がなされた。

その高柳は昭和四十三年に「俳句研究」の編集長に就いて以来、同五十八年まで十五年間、編集長を務めてきたが、同年七月八日、病により急逝。「俳句研究」は高屋窓秋・三橋敏雄・阿部完市の三名による新たな編集委員会を発足させ、継承された。そして、同年十一月号で「追悼高柳重信」を特集し、翌年七月号では「高柳重信の世界」を特集した。すでに戦後生まれの気鋭の俳人たちを中心に優れた高柳重信論が書かれ、それらのいくつかについてはすでに言及してきた。今回の二つの高柳重信特集に寄せられた論考の中では、林桂の「高柳重信と多行形式」（特集「高柳重信の世界」）が出色。

林の論の骨格を端的に要約すれば、次のとおり。戦前の新興俳句が達成した表現の高みを戦後俳句において継承する独自の方法として多行形式を創出することで、正統な「現代俳句」を書こうとした。したがって多行形式とは「現代俳句」の正統な嫡子だ、と。

戦後、新興俳句運動期に於いて誕生した「現代俳句」と同じ名を称しつつ、それゆえに「現代俳句」の実質を疎外しながら、その名のもとに自己を繰りつないでゆこうとする俳人に対する異議申したてを、重信は「現代俳句」の名称にこだわることによって行なってゆこうとするのである。

そして、林は高柳の「現代俳句」としての具現のための初期の『蕗子』から晩年の『日本海軍』までの多行形式の軌跡を次のように考察する。

(『蕗子』において)三つの「切れ」の存在を一つの「俳句性」として自覚し、かつその「切れ」を多行によって顕在化し、また従来の「五七五」の内在的な「切れ」からずらすことによって、その齟齬の中に新たな文脈を誕生させるという方法意識の獲得が行きつくところは、四行表記であった。それは「俳句性」に内在する三つの「切れ」を異化する最小単位であるからにほかならない。恐らく四つの「切れ」を求めて四行形式に収束したというよりは、従来の「俳句性」がもつ三つの「切れ」を異化する最小単位として四行形式を求めた結果として、四つの「切れ」を手にしたということであったろう。四つの「切れ」の自覚と可能性への自覚は後になってやってきたはずで、その時、重信は『罪囚植民地』にまで来ていたのである。(略)しかし(『蒙塵』で)「三十一字歌」「二十六字歌」という名前でしかまとめられなかった時、重信は「俳句性」の果てを見ていたのであろう。

それは「現代俳句」の偉大なる「保守派」高柳重信の折り返し点でもあった。『遠耳父母』『山海集』『日本海軍』の世界が、山川蟬夫の誕生、重信を待っていたのだった。

林が重信を「偉大なる「保守派」」と書いたのは磯田光一が「彼（注＝高柳重信）は、様式への偏固なまでの執着を持つがゆえに、俳句を詩に近づける方法論にも対立してしまうのである。（略）高柳重信もまた保守派なのである」（「様式主義の司祭」『金子兜太　高柳重信集』朝日文庫、昭59・5）と書いたことに因る。林の論も磯田の言説を受容して、高柳重信は多行形式という独自の様式を創出したが、それは俳句を詩形式に近づける方法ではなかった、と捉えている。

他方、林の論と対向するものとして仁平勝の「啄木と重信―高柳重信論(3)」（「豈」第7号）があった。仁平は重信を石川啄木と対比して次のように捉える。

重信の多行書き俳句は――啄木の三行書き短歌が近代短歌を否定するモチーフであったように――必ず近代俳句の否定であるのだが、さらに、五七五という定型詩の観念をその表出過程の次元で無化しうる度合において、しばしば俳句形式そのものの否定にまで射程距離をとりえていたのである。

この仁平の認識は、具体的に言えば、澤好摩が解説するように（「評論展望3」－「俳句研究年鑑'85」）重信の多行俳句が次第に四行に定着していった過程を方法的完成とは扱えず、四行定着以前の『罪囚植民地』までの様々な多行の試みを新たな「定型詩」のビジョンを孕んでいたものとし、それ以後は方向を転じ、すでに在る俳句形式との親和の度合を深めてきた、と捉えたものである。

「俳句研究」の匿名時評をめぐって敵対し、排他的な編集をしていた「俳句」は、高柳重信の追悼特集を企画しなかった。「戦後派」俳人の中心として戦後俳句に輝かしい業績を遺した高柳重信を、単に敵対関係にあるというだけで排除した編集方針は、優れた俳人への文学的なリスペクトを欠いた残念なことだった。俳句総合誌以外にも「俳句評論」（第200号、終刊号）や坪内稔典の編集する「現代俳句」（第17集、昭58・10）などは、重信をリスペクトして追悼特集を組んだ。そこに寄せられた論考の中では安井浩司の「高柳重信の世界―その熾烈なる軌跡と業績」（「俳句評論」終刊号）が異色。安井論は林や仁平のように重信の多行形式の軌跡を追尋する視点ではなく、重信にとって俳句とは何であったかという核心を洞察したもの。安井は言う。重信は辛辣で正鵠な批評眼の持主であると同時に、何を書いても重信に必ず読まれるのだという見震いを起こすような緊迫した感覚を書き手にもたらす「読者」の眼を所有する存在だった。しかし、重信の作品世界は鎮め歌あるいは葬い歌のような魂の優しい表情をなした作品が主調をなしており、母性的ないし母性憧憬的詩人だった。最大の業績は新興俳句運動の本質を見通し、その系譜を純粋に洗い、戦後、自らがその系譜の支点に立つことで批評原理を起こし、高い啓蒙を説きつづけたことだ、と。

そして、安井は「重信における多行形式とは何であったろう」と自問し、次のように言う。

それは、形式の変革とか、表記上の工夫とか、詩的実験とか、世間では明快に言い切られているようだが、そういうものではないだろう。多行形式を行なうことによって、俳句の新しみを求め、今の「詩」を獲得しているのではない。それは、もっと逆説的なもので、古来の俳句形式において、多行形式を実践することによって、そこに高柳重信即多行形式（あるいは高柳重信即俳句形式）というマイナス部分を生じさせることである。体系からマイナス方向へ引いたもの。つまり「世界」に対して、〝虚〟なる陰型として、この形式をこそ捉えてゆくことである。
俳句形式を、「「世界」に対して〝虚〟なる陰型として捉える」という安井の文言はわかりにくい。幸い、「現代俳句」（第17集、昭58・10）の特集「高柳重信―さらば船長②」には重信の遺稿「『蕗子』の周辺」が収められている。そこには、

> その頃（注=昭和20年代）、俳壇でも、前衛とか可能性とかいう言葉で威勢のいい言挙げが行なわれることが多くなっていたが、そういう安易な風潮に組《ママ》するつもりは毛頭なかった。俳句形式は、そういうような観念とは無縁な精神によって選ばれなければならないと、私は信じていたのである。

とあり、その文言に着眼すると、安井の文言は、社会的な自我を充溢させれば社会的な現実や社会性を俳句形式で達成できるといった楽観的に可能性を夢見るプラスの方向とは逆に、表現的な自立性が極めて困難な形式、本質的に不可能を孕んだ形式として重信は俳句形式を認識していたということを意味するだろう。

いくつかの優れた高柳重信論にこだわって筆を費やしたが、重信論以外にも優れた論考はまだある。仁平勝は「山本健吉論―古典主義者の〈悪意〉」（「現代俳句」第20集、終刊号）で、山本が「挨拶と滑稽」で主張した俳句固有の方法――滑稽・挨拶・即興の三つの命題と時間性（詠嘆性・抒情性）の抹殺――に基づく「本来の俳句」の言説を、歴史的必然による発句の変貌の視点から鮮やかな論理によって解体してみせた。

仁平は、山本の言う「本来の俳句」は私的な幻想にすぎない、として大略次のように論を展開

する。

俳句が近代の詩として残存したことは、発句が歴史的必然として変貌せざるを得ないことを意味する。新興俳句とは、近代俳句が抱え込んだ発句の変貌の課題をはじめて意識的に実現し得た俳句。換言すれば、山本の言うように俳句の形式が抒情性を先天的に拒否しているのであれば、新興俳句は、にもかかわらずそこに抒情性を持ち込もうとした。具体化すれば、高柳重信が言うように（注＝「新興俳句運動概観」）、時代的な危機としてのささやかな違和感を述べるため時代的な抒情の形式として俳句が選択された。そして、新興俳句の優れた作品は、山本の言うように「和歌や詩の持っているような形での抒情性」を求めたわけではなく、俳句的な「抒情」の方法を試行し、実現していたのである。

このように論じて、次のように結論づける。

「彼等の意図したものは一つとして本来の俳句ではなかった」という、山本健吉の妙な自信に対抗していうなら、新興俳句が存在しなければ俳句は今日すでに滅びているしかない、というのが私の確信である。茶道や華道のような芸事としてではなく、なお現代の詩として俳句が生きつづけているのだとすれば、その根拠は、私たちが花鳥諷詠に魅かれているからでは断じてないように、「挨拶」や「滑稽」や「即興」などに詩のありかを求めているからではない。新興俳句を生み出し、そしていま〈現代俳句〉を意図している詩意識は、ただ、五七五、十七音という〈定型〉にこだわってみせる（こだわらざるをえない）そのこと自体のうちに、かならずある時代的な表現の構造のようなものをなお予感しつづけているのだということである。

（略）山本健吉（の〈悪意〉）は、このもっとも根源的な〈現代俳句〉の場所を、どのような意味においても回避したのである。

この山本の「挨拶と滑稽」（昭21・12）を否定した仁平の「山本健吉論」は掲載誌が「現代俳句」（第20集、昭60・3）であったため、おそらく山本の目には触れなかっただろう。ちなみに、山本はそれから三年後の昭和六十三年五月七日に急逝した。ましてや、季語・切字・取り合わせの三点セットを自己目的化してホビーのマニュアル俳句に勤しむ多数の「遊芸派」や、現代俳句の現代性のモチーフを喪失した「戦後派」「中堅派」や、長谷川櫂の言う「シラケ世代」の俳人たちの目には触れなかっただろう。たとい触れたとしても、仁平の論理を十分に受容できず、読解力の劣化が俳壇には著しかった。たとえば山本が説く「時間性の抹殺」（＝日本語のシンタックスを解体した俳句特有の表現構造で、切字を潜在させたもの）を正しく読み解ける俳人は極めて少なかった、と思われる。

その一方、俳壇の保守的、退嬰的なムードが漂う中で、山本健吉の『現代俳句』（角川新書、昭26〜27）や、「挨拶」や「即興」説を盲目的に受容したり、大岡信や川崎展宏の虚子評価に倣った虚子神話のようなものが拡がったりした。そういう情況に対して、虚子神話を解体する鋭い視点が林桂によって提起されたことも、忘れてはならない。林は言う。

（僕は）虚子の読みがどこまでだったのかということを、しっかり見ておかなければいけないと思っています。虚子の俳句の神話というのは壊れると思うのですが、虚子選の神話の方は、批評して相対化しないと、残ってしまいそうな気がするわけですよね。（略）虚子選から現代俳句が全部ひとつになっているから、虚子選以外のところから何か読みをもってこなければ、あるいは、虚子選はここまでの効力しかないのだとしっかり見定めておく仕事をしておかないと、最後に残ったのは虚子選だけだったというふうな危惧が出てくるわけです（対談、夏石番矢・林桂「読みから切り込んだ俳句の水位」―「未定」創刊五周年記念、第19・20合併号）。

高柳重信急逝後の「俳句研究」は前記三人による編集委員会により企画、編集された。主な特集として「戦後俳句鑑賞Ⅰ・Ⅱ・Ⅲ」（昭59・1、5、8）、「俳句と表記Ⅰ・Ⅱ」（昭60・4、7）、「昭和50年代の俳壇Ⅰ・Ⅱ」（昭60・8〜9）や、「高浜虚子論Ⅰ・Ⅱ」（昭60・3、5）などの作家論・作家研究があったが、俳句表現史や現在の俳句情況を見据えて緻密に発展的な企画を立てた高柳重信と比べると、単発的という印象を免れなかった。この間、「俳句研究」に載ったもので、成果や核心に触れた発言として印象に残ったものは、次のようなものであった。

夏石番矢の「切れ」に関する緻密な分析的な言及についてはすでに触れたが、それらの一つとして「《切れ》の変貌のために」（昭59・5）があった。また、仁平勝の犀利に核心に言及した書評（昭60・1〜4）、座談会「俳論、その現在」（川名大・倉橋羊村・仁平勝・澤好摩、昭60・9）における「俳句の評論は原理論に関する認識が稀薄である」（澤好摩）、「批評史がない。そのため同じことが繰り返される」（仁平勝）という俳句批評の負性の核心を衝いた発言もあった。

座談会「俳論、その現在」が載った昭和六十年九月号の巻頭には「株式会社俳句研究新社取締役社長　北山茂」の名前で、「社告」として次の文言が掲示された。

このたび当社は、諸般の情勢とやむを得ぬ事由によりまして、月刊誌「俳句研究」を本九月号以降休刊することに決定いたしました。
なお本誌は改めて株式会社富士見書房より六十一年一月号（六十年十二月発売）から続刊されることと相成ります。（以下略）

「諸般の情勢とやむを得ぬ事由」とあるが、これは経営不振を意味するものではなかった。角川書店側から「俳句研究」を買収したい旨の申し入れがあり、北山社長がそれに応じて売却を決断したものであった。その結果、「俳句研究」は前記の文言にあるとおり、翌六十一年一月号から角川書店傘下の富士見書房から刊行されることとなった。編集長には、かつて「俳句」の編集長として充実した俳句的業績を遺した鈴木豊一が就任した。

他方、昭和五十八年以後の俳句総合誌「俳句」の誌面は、俳人協会所属の主要俳人に軸足を置いた編集で、この時代を論・作両面で活性化させた「未定」や「現代俳句」の戦後生まれの気鋭俳人たちは登用されていない。主な特集としては、野澤節子『八朶集』『存身』、石原八束『白夜の旅人』、佐藤鬼房『何處へ』、金子兜太『詩經國風』、平畑静塔『矢素』（昭59・5、9、昭60・7、9、12）など、「戦後派」俳人の近刊句集特集。鷹羽狩行・山本健吉・飯田蛇笏・高浜虚子特集（昭59・1、昭60・1、4、10）。皆吉爽雨・中村草田男・星野立子・相生垣瓜人らの追悼特集（昭58・10、11、昭59・6、昭60・4）。「人間探求派再見」「戦後俳句の出発」「伝統と前衛と」「現代俳句の現況と未来①・②」（昭60・8、11、昭61・2、4〜5）など。トピック的な特集が中心だが、「人間探求派再見」以下の特集は、点綴的ではあるが、現代までの俳句史を検討しようとする意図が見られる。そうした中で特筆すべきことは村山古郷が「昭和俳壇史」（昭58・5〜60・5まで25回連載）の労作を完成させたこと。村山はこれで『明治俳壇史』『大正俳壇史』と合わせて三時代の俳壇史という偉業を打ち立てた。

昭和の終焉期（昭和六十年代）の俳壇ジャーナリズムの顕著な現象は、俳句のカルチャーや結社に女性を中心にシルバー世代の「遊芸派」が数多く参入してきたことを背景に、すでに第Ⅵ章の「はじめに」で桂信子の文言を引用したとおり、いわゆる俳句総合誌が異常に増加したことである。昭和六十一年九月に「俳句空間」（書肆麒麟）が創刊され、「俳句研究」や「俳句」などと合わせて七誌が競合することになった。このうち、「俳句研究」「俳句」「俳句空間」を除いた四誌は「遊芸派」の受け皿とはなっても、現代俳句の水準を高めようとする問題意識が充溢しているとは言えず、本質的な問題意識を持つ本格的な評論もあまり見られない。したがって、現象的には七誌の競合とは言え、飯田龍太が「出揃った綜合誌の一月号に限ると、作品内容は「俳句研究」がいちばん充実しているように思われる」（「現代秀句鑑賞㈢」―「俳句研究」昭61・3）と言うように、実質的には「俳句研究」を頂点とする「俳句」「俳句空間」の三派鼎立と捉えるのが妥当だろう。

この三誌は編集方針と読者層が大きく異なる。「俳句」は飯田龍太・原石鼎・今日の作家などの作家特集（昭61・1、3、8）、対談「結社の時代」「戦後俳句の一風景」「季語の力」（昭61・5、8、9）など、作家と座談会を主な特集としていたが、昭和六十一年十月号から編集長が福田敏幸から秋山実に交替した。秋山は俳人協会所属の俳人に軸足を置いた編集路線を継承するとともに、昭和六十二年三月号の特集「歳時記の歴史と使用法」をスタートして、俳句界に参入してきた多数の「遊芸派」（カルチャー派）を読者対象とする路線へと舵を切った。現代俳句の水準を維持、発展させる役割やその場を提供する俳句総合誌から、「遊芸派」の関心に合わせて俳句作りのマニュアル読本としての商業雑誌への転換である。以後、昭和六十二年には（括弧内は刊行月）、大特集「夏の歳時記にしひがし」（8）、大特集「最新季語入門」（10）、大特集「現代俳句の上達法」（12）と続き、六十三年に入ると、大特集「入門旅の歳時記」（1）、大特集「現代俳句の基礎と実用法」（2）、大特集「現代俳句の季語の置き方選び方」（3）、大特集「現代俳句を上手に作る方法」（4）、大特集「入門現代俳句の地名歳時記」（5）と、マニュアル読本が定番化する。その度に繰り返される「大特集」「現代俳句」は空疎な言葉でしかない。

「俳句空間」の創刊の背景は2節で触れたが、編集は「芸術派」の一人である澤好摩が担当。基本的な編集方針は旧「俳句研究」に倣って特集主義を貫いた。「俳句と近代」「昭和四十年代前半の新人達」（共に創刊号）、「現代の句集30冊」（第4号）、「さらば昭和俳句」（第8号）は、時代・句集・流派・俳句運動の視点から俳句表現の特徴や成果に言及した特集で、旧「俳句研究」に倣ったもの。他方、「俳句と性」（第2号）、往復書簡形式の「併論現代俳句の諸問題」（第3号）、「俳句文体バラエティー」（第7号）などは、性や往復書簡形式や文体といった独自な切り口で俳句の主題や表現様式に焦点を当てた斬新な特集。作品欄も所属する俳句協会・結社・作風・年齢を問わず、現代俳句の前線に立つ実力俳人を中心とする実力主義の編集方針を採った。旧「俳句研究」の読者や現代俳句の前線を推し進めようとする「芸術派」に関心を持つ読者を想定した編集であった。

しかし、「俳句」や「俳句研究」と比べ、商業資本力が圧倒的に貧弱なため、季刊で定価も二倍の高さであった。さらに「芸術派」を敬遠する読者層の劣化現象も拡がって、売れ行きは伸びなかった。そのため、第6号からは弘栄堂書店が引き継いで大井恒行が編集に当たった。ちなみに、大井は従来どおり、「芸術派」の読者を対象とする編集方針を貫いて第23号（平5・6）まで発行、終刊に至った。これは江里昭彦の言うように（第2節参照）、俳句の文学性を重視する「芸術派」の層は、商業誌を支えるには市場規模が小さいことを証明するものだった。

しかし、終刊号の特集名の「現代俳句の可能性」が象徴するように、現代俳句の前線を見据えて俳句表現の質的レベルの維持、向上に資する編集を貫いたことで、資料的な価値の高い遺産を遺した。

富士見書房の新「俳句研究」の編集長に就任した鈴木豊一は昭和五十年代前半に「俳句」の編集長として、俳句史を展望できる史眼と俳句界の前線や情況、問題点を捉える批評眼とを併せ持ち、ジャーナリストとしてのバランス感覚と公正さをもって編集に当たり、俳句界の充実と向上に大いに貢献した。また、その多忙な編集の傍ら、「俳句」の臨時増刊として『飯田龍太読本』（昭53・10）をはじめとして、半年に一冊ずつ『森澄雄読本』（昭54・4）、『加藤楸邨読本』（昭54・10）、『西東三鬼読本』（昭55・4）、『中村草田男読本』（昭55・10）など、主要俳人の充実した資料集を次々と刊行し、編集者として大きな業績を上げた。その鈴木も、「俳句研究」は角川書店傘下の俳誌であるという縛りからは自由ではあり得ず、基本的に俳人協会所属の俳人たちに軸足を置いて、彼らを対象とした特集「森澄雄の世界」（昭61・1）、「石原八束の世界」（同2）、「細見綾子の世界」（同3）、「岡本眸の世界」（同4）、「石川桂郎・角川源義の軌跡」（同10）といった企画を次々と打ち出していった。しかし、彼はけっして一つの俳句団体の機関誌に類するようなものを意図してはいなかった。現代俳句の歴史と現状を眺望できる眼を持ち、俳句表現の多様性を重視し、その発展に寄与する公正な誌面作りを理念としていた。それを実現するために鈴木が採った戦略は大きく括れば二つであった。一つは近現代俳句の歴史的な検証、洗い直し。もう一つは俳諧と俳句とを架橋し、俳句定型特有の多様な表現方法と俳句表現の可能性を探ることであった。

　前者は近現代の俳句史・俳句表現史・俳壇史の洗い直しである。したがって、それは言わば旧「俳句研究」の高柳重信の編集路線を継承したものとも言える。その発想は高柳から得たかもしれないが、鈴木は高柳とは異なる独自の方法を採った。高柳が多くの気鋭俳人を登用して様々な視点から論じさせたのに対し、鈴木は炯眼の評論家と俳人との対談の連載、および炯眼の俳人による秀句鑑賞の連載という二つの戦略によって、前記の主題を洗い直そうとした。

　山本健吉と川崎展宏の対談「昭和俳句回想」（昭61・4〜9）は新興俳句・人間探求派・俳句弾圧事件・戦時下の俳句などにわたって、当時「俳句研究」（改造社）の編集者であった山本の豊富な俳壇体験に基づく貴重な俳壇史的証言が随所に見られる。しかも、それは単に俳壇史的事実の究明に終わらず、評論家山本の炯眼によって戦後の「挨拶と滑稽」に繋がる「純粋俳句」論や、渡邊白泉の季題論など俳句の本質論も掘り下げられた。また、誓子と草田男や、誓子と松本たかしの俳句観の対立など作家論や人物論へも及ぶ。この対談は語り手山本の豊かな俳壇体験や俳句的見識と聞き手川崎の鋭い問題意識が嚙み合った貴重な成果。

続いて企画されたのは大岡信と川崎展宏の対談。これは正岡子規（昭62・1）からスタートし、高浜虚子・女流俳句・阿波野青畝・渡邊白泉・富澤赤黄男・野見山朱鳥・山口誓子と加藤楸邨の近業・花鳥の本意（昭62・10）まで、近現代俳句の主要俳人たちの句業を再検討し、その核心を捉えようとする企画。この対談の特色は炯眼の両者が事前に一ヶ月かけて対象俳人を深く読み込んで対談に臨むという周到なもので、「自分を限りなくゼロにする」（虚子）、「善と悪の共存という世界観」（青畝）、「芸術の真とヒューマニティ」（白泉）、「新興俳句の宿命的な究極者」（赤黄男）、「花鳥の本意は花に泣き、鳥に泣くこと」（花鳥諷詠の本意）など、多方面に創見が見られ、各俳人の核心を衝く。対談形式の作品論・作家論の形による近現代俳句の表現史と呼ぶべき成果であった。

飯田龍太の「現代秀句鑑賞」（昭61・1〜62・6）は全十八回の連載。鈴木が龍太を起用したのは、高柳重信亡き後、俳壇で最も具眼の鑑賞者は龍太であることを体験的に知っていたからであろう。その体験とは、すでに前章（昭和五十年代前半）で言及したように、鈴木が編集長を務めた「俳句」（昭52・1）の鼎談「俳句の古さ新しさ」（龍太・兜太・澄雄）と、同誌（昭52・11）の対談「俳句にさぐるもの」（重信・兜太）において、体験的発想から言語空間への転位の認識とそれに基づく鑑賞をめぐって、兜太が龍太と重信に決定的に敗北したときのことである。鈴木には炯眼の龍太による現代秀句鑑賞によって、「遊芸派」による平準化したマニュアル俳句の侵蝕に抗して現在の俳句の質的水準を維持しなければならないという想いがあっただろう。

龍太は近刊の句集『空艪』（森澄雄）、『怒濤』（加藤楸邨）、『十指』（岡本眸）などとともに、近刊の諸俳誌からも秀句を選出し、その秀句たるゆえんを表現の完成度、一句の自立性に評価軸を置き、表現方法・修辞（レトリック）・措辞にわたって適切に鑑賞した。そればかりでなく、「白泉遠望」（昭61・11）と「龍之介と寺山修司と」（昭62・1）において、白泉・龍之介・修司の秀句の斬新な流行性と時代を超えた不易性を捉え、筆は作品論、作家論へと及んでいる。龍太は結果として、鈴木の編集意図によく応えたのである。

付け加えれば、昭和六十二年二月号から折笠美秋の闘病生活の句日記「北里仰臥滴々」の連載が始まったのも、ALS（筋萎縮性側索硬化症）という不条理な難病に冒されながらも崇高な生と詩魂とを示した折笠美秋の俳句即人生を広く知らしめることで、「俳句って楽しい」という遊芸性の拡がりに対して、俳句の文学性、質的水準を保持する鈴木の意図があっただろう。

次に、鈴木が採ったもう一つの戦略（俳諧と俳句とを架橋し、停滞する俳句を活性化させる方法）は気鋭の俳文学者を起用して、今日の俳句を活性化する方法、可能性を探ることであった。起用された乾裕幸・堀切実らは定期的な連載を通して、俳句活性化の適切な処方箋を提示した。

堀切は「俳句の視点論」（昭62・1）で、〈時雨るるや黒木つむ屋の窓あかり〉（凡兆）と〈応々といへどたゝくや雪の門〉（去来）を引用して、次のように言う。

詩人の眼は（家の内外の）二つの位置を移動する。その視点の重複が、形象の重層性を生む。だから、読者にもまた、それに応じた視点の移動が要求されるのである。そうした鑑賞する眼の自在さがないと、作品の世界は痩せたイメージしかもち得ないのである。

そして、「応々」の句には「内外の応答に対応した時間的な視点の移動も含まれている」と指摘する。視点の移動が形象の重層性や豊かなイメージを生むという堀切の言説は、実作と鑑賞の両面で俳句を活性化させる重要な示唆を与えるものだった。

その視点の移動も含めて、現代俳句の活性化のために闊達な提言を行ったのは乾裕幸であった。乾は俳諧と近代俳句を架橋して次のように論じる。

俳諧におけることばの制度化（本情）、ことばが内包する美的規範は俳諧師の自由な個の発想や創造力を拘束するものであるが、そこに「俳言」（日常の通俗語や漢語）を抱え込むことで詩言語との取合せによって異化現象を生じ、相互に両義化しあって俳諧独特のポエジー（俳意）を醸し出し、個の創造性を発揮できた。ところが、近代では短歌や俳句に日常通俗言語の解放が起こり、近代俳句は「俳言」ということばの制度によっては独自性を主張できなくなった。そうした前提に立って、乾は、三句十七音節の俳句にはその定型を成立せしめるのに必要な俳句特有の表出の仕方が要求される、として、俳句活性化の表現方法を提言する。

十七文字による全体化《トタリテ》をめざすために採られなければならない視点の移動や異化構成や逆説的表現や、それによって生じる文脈のよじれや断絶や、ときには無心所着《ナンセンス》などが顧みられなければなるまい（「俳諧・俳句・詩」昭61・5）。

また、俳句の活性化と季語とのかかわりについて乾の言説を要約すれば、次のとおり。俳句の活性化とは、本意・本情の名で制度化された非現実的な季語の拘束性を解き放ち、生々しい現実の文脈へ投げ返して、そこから俳句の文脈として奪取すること。即ち季語を多義化する営みである（「季語について㈡—俳句の〈古典と現代〉」昭62・5）。

さらに、俳句の不安定さについては仁平勝の和歌の下句（七七）から切り離された「幻肢」説や、坪内稔典の俳句が俳諧の発句から切り離されて独立した「様式の近代化」説を否定し、俳諧と近代俳句を架橋して次のように説く。

季題の本意さえ遵守していれば、発句は不安定な揺れを免れることができた。（略）発句が不安定に揺れ始めるのは、そこに俗語が抱え込まれたとき、すなわち俳諧の時代からだ。（略）俳句の近代化とは、季語を捨てることでもなければ、定型をうち壊すことでもなかった。現実と乖離した季語の規範性を克服して、それを多義化するといういとなみであった。（略）俳句の特性が「不安定さ」であったとしても、それはけっして定型のせいではない。季語が裸身の言語となって現実そのものとぶつかり合い、限りなく多義化するとき、俳句は「不安定」に揺れるように見えるだけなのである（「季語について㈣―俳句の〈古典と現代〉」昭62・11）。

高柳重信が編集した「俳句研究」が現在も何回も読み返すに足る歴史的な意義を失わないように、鈴木豊一が編集した昭和の終焉期の「俳句研究」も同様の歴史的な意義を失わない充実した編集であった。その意味では、俳句総合誌の三派鼎立とは言っても、絞って言えば、昭和終焉期の俳句の質的水準を担ったのは「俳句研究」であったと言えよう。

（完）

【昭和後期主要俳論年表】

高柳重信「写生への疑問」-「俳句」昭31・4
神田秀夫「高柳重信『黒彌撒』考」-「俳句研究」昭31・9
神田秀夫「定型と口語Ⅰ・Ⅱ」-「俳句研究」昭31・11〜12
高柳重信「暗喩について」-「俳句研究」昭31・11
金子兜太「本格俳句―「誓子の革新」の評価をめぐって」-「俳句研究」昭32・1
金子兜太「俳句の造型について⑴〜⑵」-「俳句」昭32・2〜3
赤城さかえ「戦後俳句論争史⑴〜㉑」-「馬酔木」昭32・11〜33・7、昭33・9〜34・8
高柳重信「直喩と暗喩」-「俳句」昭34・3
大岡信「現代俳句遠望」-「俳句研究」昭34・11
大山天津也「俳句に於ける想像力について」-「俳句研究」昭34・10
高柳重信「断絶は埋まったか―昭和35年俳壇回顧」-「俳句研究」昭35・12
金子兜太「造型俳句六章⑴〜⑹」-「俳句」昭36・1〜6
高柳重信「酒場にて―前衛俳句に関する大宮伯爵の演説」-「俳句評論」昭36・3
大岡信「現代俳句についての私論」-「俳句」昭36・7
岡井隆「兜太の場合、紀音夫の場合」-「俳句」昭36・9
高柳重信「関西の前衛俳句について」-「俳句研究」昭36・10
永田耕衣「アナロジイ雑談」-「俳句評論」昭36・10
高柳重信・金子兜太、対談「前衛の渦のなか」-「俳句研究」昭36・11
中村草田男「真の「克服」はどちらか―意味不明の作品つづける前衛派」-「朝日新聞」昭36・12・4
金子兜太・中村草田男、往復書簡「現代俳句の問題」-「俳句」昭37・1
金子兜太「現代俳句の問題―再び中村草田男氏へ」-「俳句」昭37・3

大岡信・岡井隆・高柳重信・楠本憲吉、座談会「現代俳句のうちとそと」―「俳句研究」昭37・4
高柳重信「前衛俳句の総決算―新興俳句との関連において」―「俳句研究」昭37・7
澁澤龍彦「言葉の殺戮者―加藤郁乎試論」―「俳句」昭39・3
鈴木六林男・塚本邦雄・堀葦男・林田紀音夫・赤尾兜子、座談会「前衛の軌道を追う―その今日と未来像」―「俳句」昭39・4
三谷昭・金子兜太・高柳重信、鼎談「返り点以後の前衛」―「俳句研究」昭39・4
飴山實「作家と史家―戦後俳句について」―「俳句」昭39・7
飴山實「《存在》について―金子兜太との隙間」―「俳句」昭39・8
飴山實「戦後俳句再説」―「俳句」昭39・11
大岡信「赤黄男における「俳句」と「近代」」―「俳句評論」昭41・1
大岡信「現代俳句について」―「ことばの宇宙」昭42・1
山本健吉「秩序としての季語の世界」―「風」昭42・1
金子兜太「現代俳句―大岡信へ」―「詩と批評」昭42・4
折笠美秋「否とよ、陛下―季題季語論への試み・序」―「俳句評論」昭42・9
川名大「言葉についての進歩主義と保守主義―あるいは、大岡・金子論争」―「俳句研究」昭42・12
金子兜太「社会性の行方」―「俳句研究」昭43・7
山下一海「季題論の変遷」―「俳句研究」昭43・9
岡井隆「兜太俳句の韻律・序説」―「俳句」昭43・10
川名大「前衛俳句の軌跡」―「俳句評論」昭43・12
中谷寛章「元の木阿弥―社会性論議にふれて」―「渦」昭44・4
金子兜太「社会性と存在―中谷寛章へ」―「俳句研究」昭44・9
中谷寛章「社会性から自然への成熟―金子兜太氏へ」―「俳句研究」昭44・11
岡井隆「定型について」―「鷹」昭45・3
藤田湘子「私詩からの脱出」―「俳句」昭45・4
草間時彦「伝統の黄昏」―「俳句」昭45・4

高柳重信「「書き」つつ「見る」行為」―「俳句」昭45・6
安井浩司「もどき招魂」―「俳句評論」昭45・10
三好行雄「反近代の詩―高浜虚子の方法・序説」―「俳句」昭45・11
森澄雄「山中独語」―「俳句」昭45・11
安井浩司「有季と無季」―「俳句研究」昭45・11
能村登四郎「伝統のながれの端に立って」―「俳句」昭45・12
阿部完市「蜀葵一句―澄雄俳句と時間」―「俳句」昭46・7
大石雄介「約束から内的必然性へ」―「俳句研究」昭47・1
井本農一「俳句における「私」の考察」―「俳句」昭47・5
金子晋「連帯的抒情の崩壊から」―「俳句評論」昭47・9
中谷寛章「釈迦の手の内―加藤楸邨と金子兜太を繋ぐもの」―「俳句研究」昭48・1
折笠美秋「二羽のツバメ―あるいは前衛俳句の盛衰」―「俳句研究」昭48・4
飴山實「俳句復元考」―「風」昭48・7
金子兜太「物と言葉―俳句の現状と提言」―「毎日新聞」昭49・3・31
平畑静塔「不実物語(1)～(8)」―「俳句」昭49・5～50・8
川名大「前衛俳句運動における、その精神的嫡子の行方(1)～(2)」―「俳句研究」昭49・6～7
金子兜太・阿部完市・飯島晴子・折笠美秋・金子晋・川名大・酒井弘司・坪内稔典・平井照敏ら、特集「物と言葉の周辺」―「俳句研究」昭49・11
飴山實「面と花」―「俳句研究」昭50・7
金子晋「金子兜太に於ける「もの」と「ことば」―金子兜太著『詩形一本』を批判する」―「俳句研究」昭50・11
高柳重信「現代俳句における前衛と正統」―「国文学」昭51・2
坪内稔典「形式の不安へ―鈴木六林男論」―「俳句」昭51・9
三好行雄「近代文学と定型―覚え書ふうに」―「俳句」昭51・10
竹中宏「写生序説―わが詩法のために」―「俳句研究」昭52・1

飯田龍太・金子兜太・森澄雄、鼎談「俳句の古さ新しさ」-「俳句」昭52・1
坪内稔典「発句の解体─日野草城論」-「俳句研究」昭52・6
金子兜太・高柳重信、対談「俳句にさぐるもの」-「俳句」昭52・11
安井浩司「渇仰のはて─俳句の文体と構造」-「俳句評論」昭53・12
坪内稔典「俳諧的技法の行方」-「俳句研究」昭55・10
夏石番矢「昭和50年代後半を迎えるための覚書」-「未定」昭56・4
三枝昂之「表現の水系─俳句と定型について」-「俳句とエッセイ」昭56・9
澤好摩・三浦敏郎・夏石番矢・仁平勝・宇多喜代子ら、「戦後俳句の再検討(1)～(5)」-「未定」昭56・10～58・1
坪内稔典「戦後俳人論(1)～(6)─飯田龍太・三橋敏雄・高柳重信・佐藤鬼房・金子兜太・鈴木六林男」-「俳句研究」昭57・1～3、5～7
仁平勝「〈発句〉の変貌─切字論・序説」-『俳句の現在Ⅰ』昭57・9
矢島渚男「「第二芸術」再論」-「俳句」昭57・8
夏石番矢「パラフィジックな句的現在」-「月刊現代俳句」昭58・5
仁平勝「俳句定型論ノート(1)・(2)」-「俳句評論」昭58・6、9
夏石番矢「《切れ》の変貌のために」-「俳句研究」昭59・5
林桂「高柳重信と多行形式」-「俳句研究」昭59・7
坪内稔典「口誦の文学」-「俳句研究」昭59・7
川名大・倉橋羊村・仁平勝・澤好摩、座談会「俳論、その現在」-「俳句研究」昭60・9
飯田龍太「現代秀句鑑賞(1)～(18)」-「俳句研究」昭61・1～62・6
山本健吉・川崎展宏、対談「昭和俳句回想(1)～(6)」-「俳句研究」昭61・4～9
乾裕幸「俳性としての定型(1)～(2)」-「俳句研究」昭61・8、11
大岡信・川崎展宏、対談（連載）「子規・虚子・女流俳句・青畝・朱鳥・白泉・赤黄男・花鳥諷詠・誓子・楸邨など」-「俳句研究」昭62・1～10
宮坂静生「地貌論─季語のいのち」-「俳句研究」昭62・1

乾裕幸「季語について―俳句の〈古典と現代〉(1)〜(4)」―「俳句研究」昭62・2、5、8、11
三枝昂之「俳句的喩の可能性―仁平勝『詩的ナショナリズム』をめぐって」―「未定」昭62・1
酒井弘司・上田玄・妹尾健・鳴戸奈菜・久保純夫・仁平勝・澤好摩・江里昭彦、特集「さらば昭和俳句」―「俳句空間」平元・3

おわりに

本書の冒頭の「はじめに」でも触れたことだが、私が構想した俳句表現史としての「昭和俳句史」について、改めて触れておきたい。

俳句表現史とは、主に創作者としての俳人の立場から捉えれば、俳句表現の新風の更新の軌跡。すなわち、不易と流行とのあざなえるダイナミズムの軌跡。或る新風が出現すると、やがて同時代の表現や感性として共有され不易のカノン（規範的な作品）となるが、時あってそのカノンを解体する新風が出現してくる、というように次々と展開するダイナミズムの軌跡である。

より具体的に言えば、山本健吉の「挨拶と滑稽」における「時間性の抹殺」という俳句表現の本質論の具現としての石田波郷のメタ俳句（俳句について考える俳句）〈霜柱俳句は切字響きけり〉に象徴されるような規範的な俳句様式の解体へ向けての絶えざる試みである。戦後俳句における新風は多様だが、その突出した新風の更新を点綴《てんてい》すれば、次のようなものが、私の視野に入ってくる。象徴的な季語と感懐を取り合わせた人間探究派の俳句様式を解体した高柳重信の多行様式。写生俳句・境涯俳句とその言語観を解体し存在の極北に至った富澤赤黄男の言語空間。加藤郁乎の超絶的な詩的交感《コレスポンダンス》から日本語のシンタックス（統辞法）の解体に至る多彩な詩的レトリックを駆使したドラスティックな試み。一般的な意味規範をずらし意味の希薄化を一貫して追求した阿部完市の試み。同時代の現実（前線）からいわば二重に疎外されたバーチャルな戦火想望俳句などを仮構した攝津幸彦の新風など。

他方、視点を受容者の側に移してみれば、「創造は読書のなかでしか完成しない」(サルトル『文学とは何か』加藤周一ほか訳)ものなので、俳句表現史の更新は作者(作品)による表現の更新だけではなく、読者による読みの更新という言語体験の軌跡として捉えられる。すなわち、俳句表現史の更新は創作者による表現の更新と受容者による読みの更新という相補的な新たな言語体験の軌跡である。戦後俳句におけるその相補的な表現史の更新の顕著な例は、いわゆる「社会性俳句」とその超克としての金子兜太の「造型俳句」論、いわゆる「前衛俳句」とその批判、超克としての高柳重信の暗喩論、兜太の「山上白馬」の句をめぐる読みの応酬などに見られた。

私は本書を構想し、執筆するに際し、以上のように、作者や作品の側からの表現の新風の更新を捉えることに主軸を置きながらも、同時に作者や作品に対する批評、論争、読みなどにも積極的に筆を費やした。本書の末尾に精選した「昭和後期主要俳論年表」を付したのも、その意図の一環である。いわば受容史を組み込むことで、相補的な表現史の更新として「昭和俳句史」の執筆を試みたのである。

しかし、実際に執筆していく過程で新風作品の分析や表現史的な作品評価の枠組みなどに一貫した密度やバランスを保つことが難しく、構想の理念は十分には遂げられなかった。久しぶりにゲラを通読してみて、Ⅰ章の「前衛俳句の勃興」とⅥ章の「俳句の大衆化と戦後世代の新風」との執筆の密度の落差などを実感した。それは私の非力に因るものだが、長年に亘り、俳句総合誌「俳句研究」と「俳句」を中心に各種の同人誌に至る膨大な資料を読んでは書き、書いては読むという繰り返しの中で、一貫した集中力や表現史的な展望や表現史的な審級(価値判断の枠組み)

を維持することが困難であったからである。また、昭和五十年代においては俳壇を覆った悪気流の中で、その俳壇史的な側面にもかなりの筆を費やさざるを得ない事情もあったのである。ともあれ、曲りなりにも、構想した相補的な表現史としての「昭和俳句史」を昭和の終焉まで書き切った、という思いはある。

新風を切り開くにも、それを受容するにも、表現史的な史眼を磨いて、各自が自分で俳句表現史を確立するしかない。それが出来なければ俳句表現史上の自分の立ち位置が分からず、自分の独創的な仕事の方途も見定めがたい。それではたまたま佳句を生み出した初心者やＡＩと変わりない。本書が幾分でも受容され、各自の俳句表現史の確立に資することが出来れば幸いである。

昭和三十年代から五十年代は、いわゆる「戦後派」俳人、それにつづく気鋭の「第四世代」俳人、そして坪内稔典・澤好摩両氏などに牽引された戦後世代の新鋭俳人たちが文学としての俳句の新風を目ざして競い合い、激しく論争し合った時代であった。そういう時代に青年期から壮年期を過ごせたのは時代の恩寵である。また、その渦中で多くの優れた俳人・研究者・批評家と出会い、励ましを受け、時には論争し合ったのも、人との出会いの恩寵である。そういう恩寵に支えられて本書を書き切れたことに深く感謝したい。

最後に煩雑な編集作業をご担当くださった角川文化振興財団出版事業部の方々に厚く御礼申し上げる。

二〇二三年（令和五年）五月吉日　　川名　大

＊本書は『俳句』に連載された「昭和俳句史」（2021年4月号〜2022年2月号）より再編集、大幅加筆をし、角川俳句コレクションとして刊行したものです。
＊本書には、今日の人権意識に照らして不適切な語句や表現がありますが、扱っている題材の歴史的状況およびその状況における著者の記述を正しく理解するため、底本のままとしました。

川名 大（かわな はじめ）
1939年千葉県生まれ。早稲田大学第一文学部を経て慶應義塾大学・東京大学両大学院修士課程にて近代俳句を専攻。三好行雄、高柳重信に師事。東京都立三田高校、聖光学院中学・高校（横浜市）教諭、東京都公文書館史料編纂係などを歴任。著書に『昭和俳句の展開』『新興俳句表現史論攷』（ともに桜楓社）、『現代俳句上・下』（ちくま学芸文庫）、『挑発する俳句　癒す俳句』（筑摩書房）、『昭和俳句の検証』（笠間書院）、『渡邊白泉の一〇〇句を読む』『三橋鷹女の一〇〇句を読む』（ともに飯塚書店）など多数。2022年、第22回現代俳句大賞を受賞。

昭和《しようわ》俳句史《はいくし》—前衛俳句《ぜんえいはいく》～昭和《しようわ》の終焉《しゆうえん》

初版発行　2023年8月24日

著者　川名　大

発行者　石川一郎

発行　公益財団法人 角川文化振興財団
〒359-0023　埼玉県所沢市東所沢和田3-31-3
ところざわサクラタウン 角川武蔵野ミュージアム
電話　050-1742-0634
https://www.kadokawa-zaidan.or.jp/

発売　株式会社 KADOKAWA
〒102-8177　東京都千代田区富士見2-13-3
電話　0570-002-301（ナビダイヤル）
https://www.kadokawa.co.jp/

角川俳句コレクション

印刷所　株式会社暁印刷

製本所　牧製本印刷株式会社

 Printed in Japan　ISBN 978-4-04-884543-4　C0095